EU NÃO PRECISO MAIS DE VOCÊ

A marca FSC® é a garantia de que a madeira utilizada na fabricação do papel deste livro provém de florestas que foram gerenciadas de maneira ambientalmente correta, socialmente justa e economicamente viável, além de outras fontes de origem controlada.

ARTHUR MILLER

# Eu não preciso mais de você

*e outros contos*

Tradução
José Rubens Siqueira

COMPANHIA DAS LETRAS

*I Don't Need You Anymore* — copyright © Arthur Miller, 1951, 1957, 1958, 1959, 1960, 1961, 1962, 1966, 1967
*Homely Girl* — copyright © Arthur Miller, 1966, 1967, 1992
*Presence* — copyright © The Arthur Miller Literary and Dramatic Property Trust, 2007
Todos os direitos reservados

*Grafia atualizada segundo o Acordo Ortográfico da Língua Portuguesa de 1990, que entrou em vigor no Brasil em 2009.*

*Título original*
Presence: Collected Stories of Arthur Miller

*Capa*
Carlo Giovani

*Preparação*
Jacob Lebensztayn

*Revisão*
Carmen. T. S. Costa
Huendel Viana

Dados Internacionais de Catalogação na Publicação (CIP)
(Câmara Brasileira do Livro, SP, Brasil)

Miller, Arthur, 1915-2005
    Eu não preciso mais de você: e outros contos / Arthur Miller ; tradução José Rubens Siqueira — 1ª ed. — São Paulo : Companhia das Letras, 2015.

    Título original: Presence : Collected Stories of Arthur Miller.
    ISBN 978-85-359-2530-2

    1. Contos norte-americanos I. Título.

14-12864                             CDD-813

Índice para catálogo sistemático:
1. Ficção : Literatura norte-americana   813

[2015]
Todos os direitos desta edição reservados à
EDITORA SCHWARCZ S.A.
Rua Bandeira Paulista, 702, cj. 32
04532-002 — São Paulo — SP
Telefone: (11) 3707-3500
Fax: (11) 3707-3501
www.companhiadasletras.com.br
www.blogdacompanhia.com.br

# Sumário

Prefácio do autor — Sobre distâncias, 7

EU NÃO PRECISO MAIS DE VOCÊ
Eu não preciso mais de você, 17
Monte Sant'Angelo, 69
Por favor, não mate nada, 88
Os desajustados, 95
Vislumbre de um jóquei, 132
A profecia, 136
Fama, 188
A noite do serralheiro, 197
A busca por um futuro, 250

MOÇA DO LAR, UMA VIDA
Moça do lar, uma vida, 271

PRESENÇA
Buldogue, 317

A apresentação, 330
Castores, 354
O manuscrito nu, 364
O engenho de terebintina, 392
Presença, 447

# Prefácio
# Sobre distâncias*

Estes contos foram escritos ao longo dos últimos quinze anos; todos, menos um que aparece neste livro pela primeira vez, foram publicados em revistas. Evidentemente não foram concebidos como uma série (embora ao lê-los juntos agora me surpreenda ao encontrar certa continuidade). Foram escritos para meu prazer, se é que isso é possível quando a pessoa escreve para publicar. Em comparação com a dramaturgia, no entanto, escrever contos é sem dúvida mais prazeroso, se essa palavra vem ligada a algo feito primordialmente como seu próprio fim. Afinal, neste país damos pouca importância a contos, que ficam espremidos entre os anúncios das revistas e são de certo modo considerados coisas casuais no plano mais baixo de grandeza, como os bangalôs no mundo da arquitetura.

Mas eu até preferiria que essa atitude não se alterasse. O prêmio da grandiosidade nos deixa essa forma de arte em que o

---

* Escrito para a primeira edição da coletânea *I Don't Need You Anymore* (Nova York: Viking, 1967).

escritor pode ainda ser tão conciso quanto o assunto realmente exige que seja. Aí ele não precisa dizer mais do que sabe em função da forma. Existe um tom de voz do conto que, em meio ao heroísmo sem modéstia de hoje em dia, ainda é convidativo a quem deseja falar ou despejar sua verdade de um só fôlego. Para um dramaturgo, o conto apresenta certas afinidades; sua economia e decoro formal — ele *pode* ao menos ter essas qualidades — oferecem um veículo para os sentimentos e histórias que, não elaborados, são mais verdadeiros, e no entanto, por uma ou outra razão, não pertencem ao palco de teatro.

Claro, espera-se que o dramaturgo diga que gosta de escrever contos porque assim se livra de atores, diretores e do incômodo da maquinaria teatral, mas, para ser bem sincero, eu gosto bastante de atores e diretores. O que descobri, porém, é que de quando em quando existe uma necessidade de não acelerar e condensar acontecimentos e desenvolvimento de personagem, que é o que se faz numa peça, mas mantê-los congelados e ver as coisas isoladas em imobilidade, algo que penso ser a grande força de um bom conto. O objeto, o lugar, o clima, o jeito de uma pessoa mudar de postura — essas coisas podem ter importância apenas secundária no palco, onde a ação torna a verdade evidente; na vida, porém, e no conto, o próprio lugar e as coisas vistas, a atmosfera do momento, a pontada de apreensão casual que não leva a lugar nenhum, tudo isso pode ser registrado e ter peso.

Alguns destes contos nunca poderiam ser peças teatrais, mas alguns talvez pudessem. Estes últimos não foram escritos como peças, em parte, porque me pareceram rejeitar o tom de voz teatral, que é sempre imodesto, no fundo. O dramaturgo, afinal de contas, é um ator *manqué*: filósofos absolutamente tímidos e discretos não escrevem peças — pelo menos não peças encenáveis. Talvez por isso dramaturgos na meia-idade tantas vezes se voltem para a ficção e se afastem do faz de conta indecoroso. O mundo todo é um palco, mas chega um momento em que a pessoa prefere ser real e ficar em casa. No meu caso, ao longo dos anos, me vi chegando a esse ponto uma ou duas vezes por semana (embora nem sempre com sorte suficiente para encarar o assunto nesses momentos adequados), e foi aí que achei que escrever contos era particularmente adequado. A máscara, em resumo, é outra quando se senta para escrever uma história. O adversário — a plateia e a crítica — será pego de surpresa na sala de espera do dentista, num trem ou num avião, ou no banheiro. Tem menos do que se ressentir. É paradoxal, mas verdadeiro, ao menos para mim, que, mesmo que o conto caia, por assim dizer, num poço de silêncio quando publicado, enquanto uma peça vem sempre acompanhada por todo tipo de ruído humano, é no conto que me sinto estabelecendo alguma conexão com o leitor, com estranhos. Existe uma agressividade no escrever para o palco; e se existe uma forma de arte fraternal e familiar, é o conto. Sinto que conheço Tchékhov melhor por seus contos que por suas peças, e Shakespeare através de seus sonetos, que são seus contos por analogia. Sem dúvida, Hemingway é mais palpável em seus contos que em seus romances, menos encoberto e profissional no sentido da frieza. Há menos coisas para arrebatar o leitor em "Os cossacos" ou "A morte de Ivan Ilitch" do que em *Guerra e paz*, com toda a certeza, mas também há menos elementos em que o leitor não consiga acreditar. Talvez seja essa a atração — o autor abusa um pouco menos da verdade num conto, mesmo que apenas pelo fato de os arcos de conexão interpretativa serem mais curtos, menos afastados do concreto; pode-se pegar de surpresa o deslumbramento mais depressa, o que afinal de contas é a razão de ser de se escrever — ou de se ler.

Nada disso pretende denegrir a dramaturgia ou o teatro, mas apenas apontar algumas diferenças. Foi curioso para mim, por exemplo, descobrir que era muito mais difícil escrever diálogos num conto do que numa peça, e de quando em quando imagino várias explicações para essa estranheza. Talvez, pensei, eu saiba que nenhum ator vai dizer essas frases, então existe algo absurdo em escrevê-las. Depois, parecia haver alguma espécie de objeção em usar o diálogo numa forma em que ele não é absolutamente necessário, e assim uma sensação de arbitrariedade intervém. Mas agora acho que existe um conflito de máscaras, um choque de tonalidades. A frase falada é "discurso", é algo dito para uma multidão e deve, portanto, ser particularmente enfática e definida, e implicitamente exigir uma resposta; cada frase de diálogo cênico é uma metade de um conflito dialético. Mas esse tipo de prazer que repousa em diálogos numa história distorce tudo em torno. É como se a pessoa ouvisse um incidente contado por um amigo que de repente se levanta, olha em torno da sala e continua sua história imitando as vozes dos participantes. A súbita injeção de formalidade, desse tipo de formalidade, é a iminência ameaçadora do ator. Talvez por isso seja impossível recriar cenas a partir de diálogo e colocá-las no palco. Elas parecem perfeitamente encenáveis no papel, e algumas vezes até de fato são, mas a maior parte do diálogo de um romancista se dirige mais ao olho do que ao ouvido, e o diálogo fica chapado quando é escutado. Por sua vez, o diálogo de um conto precisa sacrificar sua sonoridade a fim de ser convincente para o olho. E essa é outra sedução que os contos têm para o dramaturgo — quando se escreve diálogo para o olho, o palco volta a se tornar uma coisa maravilhosa e o dramaturgo volta a sentir sede, e a ter o "direito" de contar uma história através de sons mais uma vez. Isso para mim é estranho e irônico porque, quando estudante, o que primeiro me seduzia nos livros era a proporção de diálogos revelados num rápido folhear de páginas. Eu achava que era em função do diálogo que o resto do livro era escrito; com toda a certeza era por causa do diálogo que se lia o livro. Era quando o autor, eu achava, parava de falar e deixava o caminho livre; seu comentário era como uma opinião em oposição a um fato.

Uma ideia primitiva, mas que mesmo assim reflete a verdade. Todas essas formas que herdamos — conto, romance, peça de teatro — são graus de distância que os escritores precisam colocar entre eles próprios e o público perigoso que eles devem seduzir, ameaçar ou, de uma forma ou de outra, domar. O dramaturgo só não está no palco fisicamente, cara a cara com o monstro; o autor de ficção, por mais tênue que seja sua cobertura, está mais seguro nesse sentido, mas fora do alcance do som do aplauso, fora das vistas da massa de estranhos sentados, fascinados, num teatro, absorvidos para fora de si mesmos por sua imaginação. Assim, quando o romancista passa a escrever uma peça, ou o dramaturgo um conto, ele está mudando a distância para mais perto ou mais longe do terrível calor do centro do palco. Às vezes, um Dickens, um Mark Twain, lutando para se livrar de todas as máscaras, se apresenta em pessoa no tablado de leitura e um Sinclair Lewis é sócio do sindicato de atores, um Hemingway é uma personalidade por si mesmo, independente de seu trabalho. Mas não há fim para as máscaras; a que despimos apenas deixa no lugar a que estamos usando. O problema, portanto, não é de sinceridade — quem pode saber disso a seu próprio respeito? É mais da representação de uma visão específica à sua própria distância, a descoberta do tom adequado para aquilo que a pessoa sente por uma coisa, por uma pessoa, por um evento. Nenhuma forma sozinha é capaz de fazer tudo direito; estes contos são simplesmente o que vi de uma outra distância.

A. M.<br>
Novembro de 1966

EU NÃO PRECISO MAIS DE VOCÊ

À *memória de Pascal Covici*

# Eu não preciso mais de você

Algumas vezes, nos dias anteriores, ele havia sido não exatamente alertado, mas avisado, de um jeito grosseiro e absoluto, de que esta semana Deus proibira nadar na sexta-feira. E era sexta-feira. Ele vinha observando o mar muitas vezes por dia e com toda a certeza o mar estava ficando mais e mais agitado e a cor da água engraçada. Não verde, nem azul, mas um tipo de cinza, até preto mesmo em certos lugares, mesmo agora, quando a água corria com pecados, as ondas realmente batendo na areia com tanta força que a sarjeta onde estava sentado estremecia ligeiramente em suas costas. Alguma conexão corria por baixo da praia e chegava ali onde a rua terminava.

As ondas escorregavam como grandes prédios que oscilassem, bêbados, e depois despencavam em cima da própria face e se espalhavam por toda a areia dura. Ele ficou vigiando as faces curvas das vagas à espera de um sinal dos pecados barbados que ele sabia estarem flutuando por ali como algas marinhas, e por um segundo, de quando em quando, via um lampejo deles. Eram como barbas, só que tinham metros de comprimento e não se via o rosto do homem em que cresciam. De alguma forma, havia várias barbas, mas todas pertenciam ao mesmo rosto. Era como se um homem estivesse ali, flutuando, uns trinta centímetros debaixo da água ou se movimentando às vezes rápido como um peixe e flutuando de volta até outro ponto. Pois hoje e amanhã eram Tisha BeAv ou Rosh Hashaná ou Yom Kippur ou um daqueles feriados que o vovô e outros velhos de alguma forma sabiam que havia chegado — dias em que todo mundo se vestia bem e ele devia usar o terno de tweed, gravata e os sapatos novos, e ninguém podia comer o dia inteiro, a não ser ele, porque tinha só cinco anos e ainda nem tinha aprendido hebraico. Ele ia ter também lições de piano ou violino quando fizesse seis anos, e quando começasse a tocar piano ou violino também não ia poder comer o dia inteiro, igual ao irmão. Mas enquanto isso, iria à sinagoga em visita com o irmão e o pai, mas não precisava ir. Era melhor ir, mas, se ficava impaciente e queria sair para o ar livre, ele podia e não levava bronca, nem ninguém notava. Ele podia fazer praticamente qualquer coisa porque ainda tinha só cinco anos.

Hoje de manhã, quando terminou de tomar café da manhã sozinho na mesa coberta com oleado da cozinha, depois que seu pai e seu irmão tinham saído para rezar, ele decidira não comer mais nada o resto do dia. Mas às onze horas sua mãe, como sempre, saiu do bangalô à procura dele com um pedaço de pão de centeio com geleia e ele primeiro se recusou a comer. Mas aí ela disse: "Ano que vem...", e ele cedeu por ela e comeu. Estava gostoso, mas não delicioso, e ele ficou zangado logo depois quando lembrou que tinha sido forçado a comer. Mais tarde, na hora do almoço, ela saíra outra vez à sua procura e ele almoçara no mesmo estado de insatisfação. Porém agora desejava abertamente, ali parado a olhar o mar e ouvir seu rugido, que o pai ou o irmão o tivessem proibido terminantemente de comer. Ele teria aguentado. Lado a lado com o avô e o irmão bom, ele teria sido capaz de passar só com água o dia inteiro. Como também nem sonhava em ir até o mar agora, por exemplo, mesmo com o terno de tweed pinicando o pescoço e as coxas, mesmo não conseguindo deixar de imaginar como a água seria deliciosa na pele. Sua mãe dissera que tudo bem se ele vestisse shorts de algodão, mas ele nem pensava em tirar o terno que pinicava. Feriado era feriado. Ele tentou apagar da cabeça que havia almoçado. Tentou se forçar a sentir muita fome, mas não conseguia lembrar direito da sensação. Pelo menos não tinha voltado ao bangalô desde o almoço para tomar um copo de leite. Ele contou e, meio acreditando, garantiu a si mesmo que jejuara três vezes hoje e depois limpou um pouco de areia que estava em cima do sapato para ficar perfeito. Mas depois de um momento uma vaga inquietação voltou; ele não conseguia acreditar em nada sozinho e queria que o irmão ou o pai estivessem ali para ver sua perfeição. De repente ele se deu conta de que, sem nem tentar se controlar, não tinha cutucado o nariz o dia inteiro e sentiu-se cristalino diante disso. Mas não havia ninguém perto para ver.

O mar continuou batendo. A praia, branca como sal, estava deserta. Não se ouvia o tilintar do sorveteiro, não havia quase carros estacionados na rua ladeada por bangalôs, agora que setembro chegara e as varandinhas, cada uma exatamente igual à seguinte, estavam quase todas vazias. Ele sentiu, ao apertar o bolso contra a coxa, o canivete enferrujado que havia encontrado no bangalô vazio dos Levine, semana passada. Era o melhor tesouro que encontrara no fim da estação quando acompanhou os outros meninos no saque. Ele se perguntou, à toa, por que as mães sempre deixavam tantos grampos de cabelo e sabonetes cheios de pelos. Pais deixavam lâminas de barbear, mas essas não se escondiam nas frestas das gavetas nem debaixo dos colchões. Ele se perguntou por que mães paravam de falar ou mudavam de assunto quando ele entrava na sala. Debaixo da saia delas era escuro. Pais continuavam falando, mal notavam o menininho entrar, e era sempre mais claro.

Uma nova estranheza no mar desmanchou suas lembranças. Ele viu sua superfície se inclinar. Lá, muito, muito longe, estava se formando uma onda tão grande quanto o próprio mar e um novo ruído, mais forte do ele jamais ouvira, começou a soar. Ele se pôs de pé, num êxtase de medo, pronto para correr. A onda subiu mais e mais alta até ser uma parede ereta de água negra. Ninguém mais estava vendo aquilo, ele sabia, só ele, a areia e as varandas vazias. Ela se inclinou, dura e compacta como pedra, e ele a ouviu gritar para si mesma ao bater de cabeça, os borrifos voando como cinquenta mangueiras de jardim ao mesmo tempo. Virou-se, feliz por ter escapado da morte, e partiu para casa para contar. Palavras alegres já se formavam em sua boca. "A água ficou assim dura, igual à rua, depois subiu no ar e eu nem conseguia ver o céu, e aí, sabe o quê? Eu vi a barba!" Deteve-se.

De repente, não tinha bem certeza de ter visto a barba. Lembrava de ter visto, mas não tinha certeza de ter visto mesmo. Visualizou sua mãe; ela acreditaria se ele contasse, como sempre acreditava em tudo que contava ter acontecido com ele. Mas uma tristeza se esgueirou para dentro dele, uma indecisão, quando se lembrou que ultimamente ela não ficava tão animada com as coisas que lhe contava. Claro que não dizia que ele estava mentindo, como fazia o irmão, ou o interrogava como Ben, de um jeito que os detalhes contraditórios apareciam e estragavam tudo. Mas agora havia algo nela que não era exatamente escuta, do jeito que ela sempre escutava. De forma que mesmo com ela agora ele se via tendo de acrescentar coisas que sabia que não eram verdade para fazer com que ela realmente prestasse atenção. Como a história do cavalo do leiteiro que pisou numa mosca. Ele realmente tinha pisado na mosca, mas, quando ela simplesmente balançou a cabeça, ele continuou e disse que ele havia erguido o casco de novo, olhado o chão, esperado e depois pisado em outra mosca, e depois numa terceira. Ele franziu o rosto pálido. Se fosse contar a ela agora a história do mar, provavelmente teria de dizer que vira não apenas a barba, mas o rosto mesmo debaixo da água, e talvez até a aparência dos olhos. Em sua cabeça, ele via claramente os olhos — eram azuis com pálpebras brancas e chatas, e conseguiam olhar para cima dentro da água salgada sem piscar; mas não era a mesma coisa que ele saber que tinha visto os olhos. Se ela acreditasse, então ele provavelmente teria visto, mas se ela simplesmente balançasse a cabeça como andava fazendo ultimamente, sem respirar nem se encher de surpresa, então ele acabaria se sentindo vagabundo, mau, por ter contado uma mentira. Estava ficando quase igual a contar as coisas para o irmão. A raiva contra ela cresceu dentro dele parado ali, louco para contar ao menos sobre a onda. Para ele, era como se nada tivesse acontecido se não pudesse contar, e ultimamente era tão complicado contar alguma coisa.

Foi para a porta e entrou na sala pequena, amargurado pela incerteza. Viu-a através da porta da cozinha, trabalhando com as panelas. Ela deu uma olhada para ele e disse: "Tome um copo de leite".

Leite! Enquanto o pai e o irmão estavam agora mesmo parados na frente de Deus, rezando com os lábios ressecados, verdes de fome. Ele não respondeu. Não podia nem entrar na cozinha, aquele lugar abençoado onde sempre adorava sentar com o queixo apoiado no oleado fresco da mesa, observando enquanto ela cozinhava, contando as coisas incríveis que tinha visto no mundo lá fora. Ele subiu em uma cadeira da mesa de jantar onde nunca havia se sentado antes.

Depois de alguns momentos de silêncio, ela se virou e o viu ali. Ergueu as sobrancelhas como se o tivesse surpreendido pendurado do teto. "O que está fazendo aí?", perguntou.

Como se ela não soubesse! Ele baixou os olhos amargamente para a mesa. Então ela saiu da cozinha e parou perto dele, intrigada. Ele não olhou para ela, mas podia vê-la e, de novo, como se fosse a primeira vez, lembrou-se que ultimamente ela estava estranha, tinha o rosto um pouco inchado. É, e caminhava diferente, como se estivesse sempre numa fila de gente andando devagar.

Ela ficou olhando para ele sem falar, as sobrancelhas franzidas, e ele de repente se deu conta de que era o único em toda a família, inclusive seus primos, que tinha orelhas de abano. "Abaixe essas orelhas, Martin, vamos entrar num túnel!" E os tios olhavam do alto para ele, riam: "De onde foi que *ele* saiu? A quem puxou?". Ele não se parecia com ninguém, lembrou, sentado ali com a mãe à sua frente. Cresceu dentro dele a sensação de que havia um espaço através do qual ele e a mãe se olhavam o tempo todo, e ele não se lembrava disso antes. "Está doente?", ela perguntou afinal, tocando sua testa com a mão.

Ele afastou a mão dela, roçando ligeiramente sua barriga com a lateral do dedo. Imediatamente seu dedo ficou quente, e sentiu uma pontada de medo no estômago, como uma lâmina de vidro. Ela cobriu a barriga com uma respirada, uma contração profunda no interior do corpo que dava quase para ouvir, e virou-se para voltar à cozinha. Fechou-se o silêncio e em silêncio ela voltou ao fogão. Ultimamente, ela nem gritava mais com ele, lembrou-se, e não se vestia mais se ele estava no quarto, mas entrava no closet e conversava com ele pela porta quase fechada. Ele sabia que não devia perceber isso, assim como Ben e papai não notavam. E agora ele sabia que não devia notar que ela não gritava mais com ele, e escorregou da cadeira, sem saber aonde ir em seguida, o conhecimento secreto gelando a pele.

"Por que não veste um short?", ela perguntou da cozinha.

Um soluço começou a convulsionar o estômago dele. Short! Enquanto Ben e papai tinham de ficar levantando e sentando na sinagoga um milhão de vezes por dia com os ternos de lã! Se dependesse dela, as pessoas poderiam fazer tudo o que quisessem... e a barba longa flutuando na água, o mar tão bravo! Ele queria ver se ela teria coragem de ir e falar para papai ou Ben vestirem short!

"Vá, meu filho", ela disse, "o short está na gaveta de cima."

A cadeira em que ele estivera sentado escorregou, guinchou no chão. Ele se deu conta de que a tinha chutado e olhou para a porta da cozinha; ela olhou para ele com um ar assustado e divertido.

"O que foi?", perguntou. A falsidade dela zuniu como insetos em torno de seu rosto.

Ele foi para fora, abriu muito a porta da frente, de forma que a mola miou.

"Martin?" Ela vinha vindo pela sala, mais depressa do que ele esperava, e ele saiu para a varanda, com vontade de correr, mas mantendo um passo orgulhoso. Sentia certa autoridade porque de alguma forma havia imposto a lei a ela. Atrás dele, a mola da porta miou, e ele estava descendo com firmeza o degrau quando ela estendeu a mão e o pegou pelo ombro. "Martin!" A voz era uma queixa, mas acusadora também, penetrando e se espalhando em seus pensamentos mais silenciosos, demolindo sua autoridade. Ele tentou escapar de seu toque, mas ela segurou o paletó e puxou de tal forma que o botão foi parar no queixo dele. "Martin!", ela gritou agora bem no seu rosto.

Sentiu a indignação se acender dentro dele por ela ser tão desrespeitosa com o terno que usava com tanto cuidado e bateu no braço dela com toda a força. "Me solta!", gritou.

O golpe a disparou. Ela bateu na mão agressora, segurando-o pelo pulso, bateu e bateu até arder e, ao tentar escapar, ele tropeçou, caiu na varanda e sentou-se. "O papai vai te dar um couro!", ela gritou, com lágrimas nos olhos.

Papai! Ela ia contar ao papai! Seu desprezo empurrou para quilômetros de distância o rosto contorcido dela a gritar e ele sentiu uma calma estrada de luz se abrir diante dele. O queixo tremendo, os olhos negros marcados pelo ódio, ele gritou: "Eu não preciso mais de você!".

Os olhos dela pareceram se abrir mais e mais, escandalizados. Ele estava perplexo; naquele momento não parecia uma coisa ruim de se dizer, apenas verdadeira; ela não precisava dele, então ele não precisava dela. Mas lá estava ela, a boca aberta, a mão no rosto, olhando para ele com um horror que ele nunca imaginara que alguém pudesse demonstrar. Ele não entendia; apenas as mentiras é que eram horríveis. Ela se afastou, olhando para ele como se fosse uma coisa estranha, abriu a porta e entrou em casa em silêncio.

Ele ouviu o mar batendo atrás dele, o som lhe chegou, familiar. Levantou-se, estranhamente esgotado. Escutou, mas ela não estava fazendo barulho nenhum, nem chorando que desse para ouvir. Ele desceu da varanda, andou uns metros na calçada até a areia, hesitou em estragar seu brilho e avançou pela praia. Sabia que tinha sido malvado, mas não sabia por quê. Aproximou-se da água proibida. Ela parecia vê-lo.

Havia privacidade ali. A brisa forte abafaria a voz dela se o chamasse, e, ele lembrou, ela não podia mais correr atrás dele. Assim como não podia dançar em volta da mesa com ele ou deixar que pulasse na cama deles de manhã, e se ele chegasse por trás para abraçá-la ela escapava depressa de seu abraço. E ninguém além dele tinha notado esse jeito novo e ele percebeu que era perigoso de alguma forma. Papai não sabia, nem Ben, e caminhando pela beira de areia molhada, o corpo envolto no rugir das ondas a quebrar, ele apertou uma orelha contra a cabeça, pronunciou silenciosamente seu desejo. Se ao menos ele *parecesse* com o pai e com o irmão! Então ele não saberia o que não devia saber. Era culpa de suas orelhas. Como ele era tão diferente, via coisas diferentes do que eles viam, e tinha conhecimento de coisas que um bom menino jamais teria. Como o dentista.

A respiração arranhou sua garganta quando tentou escapar da lembrança daquele dia terrível. Uma onda repentina subiu e lambeu seu sapato, ele saltou para longe. Curvou-se, tentando se concentrar em secar o sapato com a mão. De repente se deu conta de que havia de fato tocado a água má. Cheirou a mão. Não tinha cheiro de podre. Ou talvez fosse Deus quem estava na água hoje, e não se pode entrar com Ele, então por isso é que a água não estava cheirando a podridão, mesmo sendo proibida. Ele se afastou alguns metros e sentou-se na areia, a imagem do dentista se misturando a seu arrepio de medo por ter tocado a água, e ele deu vazão a certo prazer assustado.

Viu claramente a calçada da frente do apartamento deles na cidade — a mãe voltando para casa, ele enganchado em seu quadril, ouvindo o crepitar do saco de papel pardo com as compras que ela carregava. E se lembrou da sensação de andar com ela sem ter de pensar onde devia virar, quando parar, quando se apressar, quando ir devagar. Estavam como que conectados, e ele simplesmente se via ali. E então, de repente, pararam. Erguendo os olhos, ele viu o rosto do homem estranho próximo do rosto dela. E uma lágrima escorreu do rosto do homem, passou pelo nariz de Martin. Ela estava falando com uma risada estranha, uma densa excitação, o corpo muito ereto. E ele a chamava pelo primeiro nome, o estranho. E depois, no saguão enquanto esperavam o elevador, ela riu e disse, ainda com a mesma risada ofegante: "Ah, ele estava tão apaixonado por mim! Eu estava pronta para casar com ele, pode imaginar? Mas vovô fez com que ele fosse embora. Era só um estudante ainda. Ah, os livros que me trazia o tempo todo!".

Através do rugido das ondas, ele ainda conseguia ouvir a voz excitada dela acima de sua cabeça, exatamente como havia soado no saguão. E ficou vermelho de novo, de vergonha, uma humilhação que não vinha de nenhuma ideia ou mesmo do incidente em si. Ele não conseguia imaginá-la realmente casada com o dentista, uma vez que era mulher do papai, ela era a mamãe. Na verdade, ele mal se lembrava de qualquer coisa que ela tivesse dito aquele dia, mas apenas de sua risada e da excitação em sua respiração quando deixou o dentista e entrou no prédio de apartamento. Ele nunca tinha ouvido a voz dela daquele jeito, o que o fez decidir imediatamente que nunca revelaria que havia notado o novo tom e a mulher tão estranha que o produzira. E o horror que havia por trás da vergonha dele era que a mãe tinha pensamentos que o papai não tinha. A partir desse dia, ele se sentira como um pequeno pastor que guarda animais de grande porte e que precisam ser impedidos de entender a própria força, e se ele tocasse música longe da vista deles por um momento ou mesmo risse deles ou brigasse com eles, nunca esqueceria que sua flauta não seria de fato rival para a violência não percebida deles caso tomassem consciência de que não eram uma mesma pessoa, mas independentes, não conectadas em suas mentes como achavam que eram, mas capazes de falar e respirar diferente quando longe das vistas um do outro. Só ele sabia disso e só ele estava encarregado de protegê-los dessa consciência, de mantê-los inconscientes de que não eram como tinham sido antes de o dentista ter falado com a mamãe na rua.

Como sempre acontecia quando ele se lembrava do estranho, pensou no dia seguinte, um domingo, em que toda a família saiu para dar um passeio e quando se aproximaram daquele quadrado específico da calçada ele prendeu a respiração, certo de que, assim que o sapato de papai o pisasse, um rugido e um estalo romperiam o ar. Mas papai passou diretamente sobre o concreto, não notou nada e mamãe também não notou nada, de forma que Martin naquele momento viu claramente o seu dever, que ele sozinho tinha de manter a vigilância. Pois mesmo mamãe tendo agido daquele jeito com o estranho, ela de certa forma não tinha consciência do real significado daquilo, como ele tinha. Ele não podia deixar que ela soubesse, de nenhuma forma concebível, o verdadeiro sentido do que havia feito; que, em vez de rir excitada quando disse "Ele estava tão apaixonado por mim, eu quase me casei com ele", ela devia uivar e gritar, ficar horrorizada. Mas ele nunca diria isso a ela.

Agora, sua cabeça tremia, tremulava, como sempre fazia quando chegava à última parte, quando imaginava o que aconteceria com papai se ele um dia descobrisse não só o que acontecera, mas que ele sabia esse segredo. Papai ia olhar para ele de cima de toda sua altura e rugir de dor e horror terríveis. "Mamãe quase casou com o dentista? Quem é esse menino que inventa uma coisa dessas! Aaaaaahhh!" Ele seria engolido pelo rugido, e a agonia o fez ficar de pé.

Caminhou ao lado do mar, catando conchinhas e esmagando-as até virarem pó; jogou pedras, quebrou gravetos, porém uma ameaça não o deixava em paz. Aos poucos lhe veio a lembrança de que nunca tinha visto sua mãe tão horrorizada como a havia deixado. Ele a deixara louca algumas vezes, mas não daquele jeito, não com aquele olhar. E os dentes dela tinham aparecido quando bateu nele. Isso nunca acontecera — não com os dentes aparecendo.

Os dentes aparecendo e os olhos arregalados... Ele olhou o mar. Talvez fosse porque hoje era feriado? Ele sempre acreditara que sua maldade emitia uma espécie de raio invisível, uma comunicação que passava além da sua família e entrava numa escuridão em algum lugar distante; não era uma coisa que ele tivesse pensado, era uma coisa que sempre soube. E o castigo viria da escuridão como de um julgamento inalterável, que não podia ser detido, nem encarado, nem desviado. Os olhos escandalizados dela pareciam agora ter se assustado por ele, pelo que ele havia atraído da escuridão sobre si. Ela não estivera apenas brava com ele na varanda, tivera medo por ele. Ele deve ter dito alguma coisa que era não só um insulto a ela, mas um pecado. E não conseguia lembrar o que tinha dito. O simples fato de não lembrar o assustava; abria alguma horrível possibilidade.

O dentista! Sentiu o coração apertar; teria, por engano, dito a ela que sabia que ela tinha agido daquele jeito com o estranho? Ou quem sabe ela acreditasse que ele já havia contado a papai? Ele queria correr para casa e dizer a ela: "Mamãe, eu não contei do dentista para o papai!". Mas, assim que pensou nisso, ele se deteve, ao se dar conta de que não podia contar nem a ela que ele sabia. E se contasse a Ben, Ben ficaria horrorizado que ele pudesse ter dito uma coisa dessas. Foi arrastando os pés pela praia vazia, tão solitário quanto seu dever, sem saber que partilhava seu segredo com o mar barbudo em cujas profundezas havia olhos que viam, e viam a ele, viam através de seu crânio. E caminhando lembrou-se de como seria perder sua visibilidade; se papai descobrisse que ele sabia, e rugisse, ele iria desaparecer gradualmente. Porém, não seria o fim. Ele estaria efetivamente lá, ouvindo tudo e vendo-os o tempo todo, só que eles não o veriam. De repente, sentiu que ia cair no choro por eles o terem perdido, e depressa corrigiu sua visão. O fato é que seria visível quando olhassem para ele, mas assim que virassem as costas ele ia desaparecer. Estava muito bem. À noite, por exemplo, poderia levantar da cama e ir invisível até o quarto deles, sentar lá confortavelmente e eles nunca saberiam de sua presença. E caso se cansasse quando ficasse muito tarde, podia deitar na cama entre eles e todos dormiriam muito bem. Só que — acrescentou cuidadosamente — tinha de se lembrar de não fazer xixi na cama, senão eles iam acordar de manhã, ver o molhado e um acusar o outro e brigar.

Ele se viu parado imóvel, de frente para o mar. Como se fosse uma ideia muito velha que nunca ia embora, ele viu que podia entrar na água e se afogar. No momento não havia medo nisso, nem esperança, mas apenas o prazer de não fazer parte de nada. E ele se lembrou de um momento anterior, no verão em que ele e o irmão tinham saído antes do café da manhã, quando não havia ninguém na praia. E tinham brincado na água por algum tempo e quando chegou a hora de voltar ele não conseguiu. Uma corrente submarina o puxou com muita força quando tentou nadar contra ela. Então ele se virou na água, já vomitando, e começou a nadar a favor da corrente. Que fácil, que rápido! E logo chegaria à Europa. Depois, estava deitado na cama, todo enrolado, com o médico ali e todo mundo dizendo que ele teria morrido afogado se não fosse o leiteiro notá-lo por acaso.

Ele nunca negou isso abertamente. Mas parado ali agora, ele sabia que não tinha quase se afogado, não. Ele teria chegado à Europa, porque tinha uma força secreta que ninguém sabia que tinha. E de repente se lembrou: "Eu não preciso mais de você!". Suas próprias palavras voltaram, agudas e vermelhas de fúria. Por que isso era tão terrível? Ele não precisava dela. Sabia amarrar o sapato já, podia andar para sempre sem se cansar... Ela não o queria, por que ele tinha de fingir que a queria? O horror daquilo lhe escapava. Mesmo assim, talvez fosse mesmo horrível, só que ele não entendia por quê. Se ele ao menos soubesse o que era horrível e o que era apenas terrível! "Que bom seria afundar no mar agora", pensou. Como ela ia implorar para seu rosto morto, de olhos fechados, para que dissesse alguma coisa. Ben ficaria maluco também, e papai... O papai provavelmente estaria esperando atrás, sem querer interferir com o médico, esperando contarem o que havia acontecido. E então seus lábios se mexeriam um pouco e todos se surpreenderiam. "Ele vai falar!", ela exclamaria. Ele abriria os olhos e diria: "Eu estava no mar, andando. Vi uma onda e dentro da onda vi a barba. Era do tamanho de um quarteirão. Toda grisalha. E aí vi o rosto. Tinha olhos azuis, igual o vovô, só que muito maiores. E tinha uma voz muito, muito grossa, como as baleias cantando no fundo do mar. É Deus".

"É Deus", sua mãe ofega, batendo as mãos como costuma fazer.

"Como pode ser Deus?", Ben pergunta, enojado com suas mentiras.

"Porque Ele me beijou."

"Prove!", Ben diz, rindo, cálido.

Ele abre a boca e todos olham dentro, como todos olharam quando teve dor de dentes na noite de Ano-Novo, e precisaram chamar tantos dentistas. E dentro de sua boca eles veem o oceano inteiro, e logo abaixo da superfície veem os olhos azuis, a barba flutuante e então de sua boca sai um rugido profundo, gigantesco, igual ao do oceano. Pelo canto dos olhos, ele viu um movimento. Havia um homem lá, vestido de preto.

Não ousou se virar inteiramente, mas mesmo naquele primeiro instante viu que o homem usava sapatos pretos brilhantes, um xale de oração de cetim nos ombros e um solidéu preto no alto da cabeça.

Então fez um esforço para olhar para o homem; um terror sugou sua língua centímetros para dentro da garganta, mas ele logo se sentiu aliviado — o homem estava realmente ali, porque havia outros homens parados atrás dele na pequena multidão. Ocupavam o espaço que ele conseguia cobrir atirando uma bola. O vento agitava as franjas dos xales de oração. Estavam de frente para o mar, rezando em voz alta com os livros pretos abertos nas mãos, oscilando o corpo para a frente e para trás com um pouco mais de urgência, ele pensou, do que os que tinha visto na sinagoga, e viu que o pai e o irmão estavam entre eles. Será que sabiam que ele estava parado ali? Ninguém nem olhou para ele; continuavam se dirigindo ao ar acima do mar.

Ele nunca tinha visto tantos homens com sapatos pretos engraxados na praia. Nunca tinha visto xales de oração à luz do sol. Para ele era algo fora do comum, pulsando num vago alarme. Ele temeu por eles, ao fazerem isso, como se o teto da sinagoga tivesse sido arrancado e Deus fosse realmente aparecer e não apenas os rolos da Torá retirados da Arca. Estavam diante d'Ele. Ele devia estar muito próximo e era terrível. Vendo seus olhares introvertidos, ele se perguntou se talvez não percebessem que estavam na praia a apenas um metro do mar bravio. Talvez ele pudesse esgueirar-se quietinho até papai e contar para ele, e aí papai levantaria os olhos do livro, veria onde estava e gritaria: "O que nós fizemos! Como saímos do *shil?*". E todos se virariam e voltariam correndo à sinagoga, com os xales de oração esvoaçando, e depois agradeceriam a ele por tê-los impedido de olhar no rosto nu de Deus.

Ou talvez ele nem devesse ver aquilo, como daquela vez no ano passado na sinagoga quando seu avô disse: "Você não deve olhar agora", e fez com que cobrisse os olhos. Mas durante um segundo, ele espiara por entre os dedos e lá na frente, na plataforma elevada, vira uma imagem terrível. O cantor, ou o rabino, ou alguém com uma barba comprida, junto com três ou quatro outros velhos, estava cobrindo o rosto com o xale sedoso de oração. Ele não estava de sapatos, só meias brancas. Todos eles de meias brancas, e começaram a cantar loucamente e depois estavam *dançando!* E não uma dança bonita, mas uma dança de velhos, principalmente subindo e descendo e balançando, duros, de um pé para o outro, como um grupo de barracas em movimento e de debaixo dos xales vinham guinchos, choro e gritos súbitos. Depois, todos olharam para o armário onde guardam os rolos da Torá e ajoelharam com um joelho, depois com o outro e, como prédios que se curvavam, deitaram de cara no chão, bem esticados. Lá no altar, onde o rabino, ou o cantor, ou outra pessoa costumavam ficar sempre muito rígidos, sem olhar diretamente para ninguém. Ele ficou com vergonha de pensar nos velhos sérios dançando.

Ninguém da pequena multidão estava olhando para ele, nem mesmo Ben por um segundo, nem papai também. "Eles sabem que eu espiei aquela vez o cantor dançando", Martin pensou e eles sabiam que ele não podia mais ser salvo; não importava que ele olhasse isso agora porque ele não era bom. Na verdade, talvez tivessem todos vindo aqui para chorar por ele, por ele ser um bandido. Se um menino bom como seus primos, com orelhas normais estivesse ali agora, eles provavelmente correriam até ele e o fariam fechar os olhos e não olhar. Ele virou o rosto para se concentrar no rugido do mar, tentando nem ouvi-los rezando. Mas não foi recompensado, nenhuma recompensa, e de repente a voz do cantor, o homem que ele tinha visto primeiro, subiu mais e mais alto no vento, até parecer uma voz de moça, e Martin teve de olhar.

Estavam todos rezando mais alto agora e gritando assustadoramente para as ondas, o cantor e depois outros homens com ele, batendo com os punhos no peito. Os golpes soavam como tambores individuais no chão, fazendo-os gemer ou gritar para a água insistentemente, e Martin viu alguma coisa cintilante voar da mão do cantor e formar um arco até uma onda. Uma sardinha morta? Ou era um borrifo brilhando? Fez-se silêncio. Ninguém se mexeu. Todos os lábios se abriram e se fecharam, mas havia apenas um zumbido grave que emergia do rugido das ondas.

Martin esperou e, de repente, ficou assustado com a ideia de que o cantor, assim como havia feito na sinagoga na semana anterior, fosse pegar o chifre curvo de carneiro e soprar nele.

"Ahuuuuuuu-iá!" A carne de Martin se agitou à lembrança do grito cru, animal, que ele rezou para não acontecer agora, não agora que Deus estava tão próximo que o barulho iria direto para o ouvido d'Ele e faria com que Ele saísse do mar e queimasse todos com Seu olhar azul. Ah, que coluna tonitruante de espuma romperia a superfície do mar, rios de água verde despejando da grande barba!

Sem aviso, todos começaram a apertar as mãos um do outro. Estavam andando agora, tão aliviados e familiares, rindo, balançando a cabeça, dobrando os xales sedosos de oração, fechando os livros, parecendo vizinhos. Martin sentiu cantar dentro de si que Deus havia ficado em Seu lugar. Graças a Deus, Ele não havia saído! Martin correu e se enfiou no meio da multidão, em busca de seu pai, esquecendo completamente se devia ou não ter olhado. Ele viu Ben primeiro e chamou por ele, excitado, tentando se aproximar. Ben, ao vê-lo, puxou a manga do pai, e papai virou, o viu, e ambos sorriram orgulhosos para ele, foi o que sentiu. E antes que pudesse pensar, exclamou: "Ben! Eu vi! Eu vi quando ele jogou na água!". Que bom ter visto uma maravilha e não sozinho. "Eu vi quando voou para as ondas!" Sentia-se tão límpido e bom quanto Ben, sem absolutamente nada escondido dentro dele.

"O quê, na água?", Ben perguntou, intrigado.

O terror estalou a unha de leve no olho de Martin. Ele ficou vermelho com a rejeição, mas havia como deter seu desejo. "O cantor — o que ele jogou agora há pouco." Ergueu os olhos depressa em busca de corroboração do pai, que riu para ele, cálido e surpreso, sem entender, mas amando-o apenas.

Ben sacudiu a cabeça para o pai. "Rapaz", disse, "as coisas que ele inventa!"

O papai riu, mas dando crédito a ele, Martin achou, e ele se alimentou desse crédito por alguns momentos ao caminhar com eles pela praia na direção do bangalô. Ao menos tinha feito o papai rir. Mas ele *tinha* visto alguma coisa cair em arco no mar — por que eles não admitiam? Uma palidez começou a tomar conta dele. Sentiu as orelhas mais e mais espetadas e não conseguia suportar sua solidão, lançado de volta aos braços de seus segredos. "Eu *vi*, Ben", insistiu, tentando deter Ben com a mão. "Pai? Eu vi ele jogar, juro!", gritou, de repente.

Seu pai, alarmado, ao que parece, olhou para ele com sua delicada incompreensão e seu desejo de um comportamento feliz. "Ele só mexeu a mão, Marty. Quando bateu no peito."

Era alguma coisa, pelo menos. "Mas o que ele tinha na mão? Ele jogou, eu vi."

"Ele joga os pecados dele, tonto", disse Ben.

"Claro", disse papai, "os pecados são jogados no mar."

Martin sentiu um tímido humor no tom de voz do pai. Ele se perguntou se era porque não se devia falar daquilo. E depois se perguntou se o pai não acreditava absolutamente que eram pecados na mão do cantor.

"E eles brilham, não brilham, pai?", ele perguntou, ávido. Mais que qualquer outra coisa, queria que papai respondesse que sim, para que pudessem ter visto alguma coisa juntos, e não precisasse mais ficar sozinho com o que sabia.

"Bom…" Papai se calou. Deu um suspiro. Não riu, mas também não estava muito sério.

"Eles não brilham?", Martin insistiu, ansioso.

Papai pareceu a ponto de responder, mas não respondeu, e Martin não ia suportar que terminasse em silêncio. "Eu vi assim…", seu alerta interno soou, mas não conseguiu se calar, "assim como uma sardinha voar e mergulhar."

"Uma sardinha!" O pai caiu na gargalhada.

"Ah, meu Deus!", Ben gemeu, batendo com o punho na testa.

"Bom, não estava viva! Quer dizer, estava morta!", Martin emendou, desesperado.

"E morta ainda!" Ben riu. "Sabe o que ele disse semana passada, pai?"

"Cale a boca!", Martin gritou, sabendo bem o que vinha.

"Que o cavalo do leiteiro..."

Martin agarrou a manga do irmão e começou a puxá-lo para a areia, mas Ben continuou.

"... mata moscas com o casco!"

Com toda a força, Martin bateu nas costas do irmão, socando com os punhos.

"Ei, ei!", o pai exclamou com a voz aguda que era igualzinha à de Ben.

"Eu vi!" Martin puxou os braços do irmão, chutou suas pernas, enquanto o pai tentava separá-los.

"Tudo bem, você viu, você viu!", Ben gritou.

Papai puxou Martin delicadamente para longe do irmão. "Tudo bem, chega disso agora. Seja homem", disse e o largou. E Martin bateu no braço do pai quando o soltou, mas o pai não disse nada.

Continuaram andando pela praia. Martin tentou controlar a garganta que ficava apertando, querendo gritar. Quase sem perceber, disse, com um soluço: "Um cavalo vive arrodeado de moscas".

"Tudo bem", disse Ben, chateado com ele, e ficou quieto.

Martin caminhou ao lado dele e a raiva pulsava dentro do peito. No fim da rua, havia uma mulher de avental, olhando para a multidão de homens que se dispersava, provavelmente esperando o marido. Ao vê-la, Martin foi para mais perto do pai para que ela, talvez, pensasse que ele também tinha passado o dia inteiro jejuando na sinagoga e rezando na praia com os outros. Ela olhou para eles quando se aproximaram do asfalto e disse, respeitosamente: *Gut Yontef*".

"*Gut Yontef*", feliz Ano-Novo, o papai e Ben responderam juntos, sérios. Martin começou a falar as palavras, mas era tarde demais; soaria nua, sua voz sozinha, e talvez risível, uma vez que ele havia se alimentado tantas vezes durante o dia. Subiram a escada do bangalô e de repente ele estava fraco de inquietação por não ser um deles.

A mola da porta miou, e seu pai inocente segurou a porta aberta para Ben passar e depois apertou a mão grande nas costas de Martin, aquecendo-as com orgulho. Só quando a porta bateu atrás dele foi que se lembrou dos dentes à mostra da mãe e de seus olhos escandalizados.

"Mãe?", Ben chamou.

Nenhuma resposta.

O fogão estava fumegando, sem ninguém. O pai de Martin entrou na cozinha, chamando o nome dela com uma voz interrogativa, voltou para a sala e Martin viu a perplexidade, o começo de alarme em seu rosto. Martin ficou vermelho, temendo saber o que o pai não sabia. E ele vislumbrou que ela havia ido embora para sempre, desaparecido, de forma que eles, os três homens, poderiam sentar calados e comer em paz. E depois Ben iria embora, só sobrariam ele e papai, e como ele seria obediente! Como seria sempre perfeitamente sério com o pai, como discutiria com ele com toda a seriedade como discutia com Ben, fazendo-o ganhar uma engraxada de sapato todo sábado, como fazia com Ben, conversando com ele sobre os feriados para que ele sempre soubesse com antecedência e não só de surpresa no dia anterior, que era Rosh Hashaná ou *Tisha BeAv* ou o que fosse, repartindo com ele o conhecimento do que era contra ou a favor da Lei a todos os momentos.

A porta do banheiro se abriu e mamãe saiu. Ele viu de imediato que ela não havia esquecido. Estava com os olhos vermelhos, como depois que tio Karl morreu e ele se abaixou para pegar o catálogo de telefones. Martin sentiu o pescoço pinicar com a inquietação da mágoa que ela sentia. Não era brincadeira, ele viu — papai estava realmente assustado e Ben de olhos arregalados.

"O que aconteceu?", eles perguntaram, já assustados.

Ela olhou deles para Martin, com impotente incompreensão, tristeza ressecada, brilhando nos olhos. "Eu não queria ter vivido para ouvir isso", ela disse e virou-se para o pai de Martin.

Mesmo agora, Martin não conseguia acreditar que ela ia contar sobre ele para o papai. Mais uma vez não conseguiu lembrar exatamente o que havia para contar, mas ela ia revelar que alguma coisa acontecida entre eles era obscuramente apavorante e o deixaria sozinho por completo diante dos olhos alarmados do pai e de Ben, e da gritaria e brigas que o esmagariam até desaparecer.

"Sabe o que ele disse para mim?"

"O quê?"

"'Eu não preciso mais de você.' Foi isso que ele me disse!"

Parecia que ninguém conseguia respirar. O rosto de Ben parecia tão magoado e perplexo como se ele fosse desmaiar. E Martin esperou que ela continuasse, que contasse algum fato final sobre ele que sairia de sua boca como uma pedra ou um pequeno animal; e olhando para isso, todos saberiam, ele saberia, o que ele era.

Entretanto, ela não continuou. Era só isso! Martin não fazia bem ideia de que mais ela poderia dizer, mas o mal terminal, com rugido de mar, não foi trazido à sala e seu coração ficou mais leve. Ela estava falando de novo, mas só sobre como ele havia batido nela. E embora papai estivesse ali parado, balançando a cabeça, Martin viu que ele já estava abstraído.

"Você não devia dizer uma coisa dessas, Marty", ele falou e foi para o quarto, tirando o paletó. "Vamos comer", disse lá de dentro.

Ele queria sair correndo e beijar o pai, mas alguma coisa o deteve: certa decepção, um desejo e um temor de um confronto final.

E, de repente, sua mãe gritou: "Você não ouviu o que eu disse? Ele está me deixando louca o dia inteiro!".

Os passos do papai se aproximaram, vindos do quarto. Agora, talvez agora viesse o seu rugido de trovão de desgosto. Ele apareceu na porta em mangas de camisa, enorme, inamovível. "Vai sentir a minha cinta, rapazinho", ele disse, e tocou a fivela do cinto.

Martin se arrepiou e preparou-se para correr em torno da mesa. Papai havia tirado o cinto algumas vezes — e Martin tivera de ficar longe dele, mantendo a mesa da sala entre os dois por um minuto ou dois. Mas papai nunca bateu nele de verdade, e uma vez suas calças começaram a cair e todo mundo riu, inclusive os próprios pais.

Mas agora seu pai estava desafivelando o cinto e uma onda de pena por seu pai trouxe lágrimas aos olhos de Martin. Ele ficou com pena do pai por ter um filho tão indigno, sabia por que ia apanhar e sentiu que estava certo, porque era desagradável um menino saber o que ele sabia. Ele se afastou do pai, não porque temesse ser machucado, mas para poupá-lo da dor de ter de ser cruel.

"Foi sem querer, mamãe!", ele implorou. Talvez ela deixasse papai não bater, ele esperou.

"Você vai me matar!", ela gritou.

Porém, imediatamente Martin entendeu que havia sido liberado: papai ter desafivelado o cinto bastava para ela, e mamãe entrou na cozinha com a mão na barriga para fazer uma tampa de panela parar de bater.

"Seja homem", papai disse, tornando a afivelar o cinto. Foi até o móvel, encheu um copinho de uísque que levou até a cadeira de balanço junto à janela, e sentou-se com um suspiro.

A toalha de mesa e os talheres cintilavam. Martin notou de repente que Ben saíra da sala e imaginou se ele teria saído para chorar. Aquilo ainda não havia terminado, ele sabia.

Papai levantou o copo na direção da cozinha e disse: "Então? Um Ano-Novo!".

Mamãe gritou do fogão: "*Mit glick!*". E fechou os olhos por um instante. Martin nunca fazia nenhum barulho nessas horas, porque eles estavam se dirigindo a um ouvido invisível.

Papai engoliu o copo todo de um só trago e exalou. "Vou te contar uma coisa", disse através da porta da cozinha, "esse cantor é forte como um cavalo." Martin viu o cantor com sua longa barba atrelado à carroça do leiteiro. "Não sentou o dia inteiro. O homem não parou nem cinco minutos."

"Porque ele não é daqueles fingidos. É um homem religioso."

"Bom, também", o pai concordou, relutante, "ele tem o ano inteiro para descansar."

"Ah, pare com isso."

"Se eu tivesse de trabalhar só dois dias por ano eu também aguentava." Martin viu o humor cálido nos olhos do pai, piscando, tranquilos.

"O que você está dizendo?", disse mamãe. "Eles são capazes de caírem mortos desse jeito, cantando o dia inteiro com o estômago vazio, sem nem um copo de água."

"Ele não vai cair morto", papai disse. Ele sempre sabia do rumo tranquilo das coisas, Martin sentiu, do jeito como as coisas iam resultar de verdade, e rezou para ser bom. "O chefe cuida bem dele."

"Não brinque com isso", mamãe disse e ergueu as sobrancelhas, fechou os olhos um segundo, pedindo a Deus para não prestar atenção no que Ele tinha acabado de ouvir.

"Eu também não ia achar ruim... dois dias por ano."

"Já basta", a mamãe disse com um pequeno sorriso involuntário. Ela levou a papai um grande prato de borda dourada cheio de canja de galinha amarela com bolas de *matzo* flutuando. "Coma", disse, e voltou para a cozinha.

Papai se levantou, arrumou a calça, soltando dois furos no cinto marrom. Martin foi depressa para seu lugar, subiu na cadeira e pôs seu solidéu. O pai sentou-se à cabeceira da mesa e pôs o solidéu. Mamãe trouxe a sopa de Ben e voltou para a cozinha.

"Quem é o chefe dele?", Martin perguntou.

"De quem?"

"Do cantor."

Papai deu de ombros. "Deus. Quem sabe?" Depois, mergulhou a colher na sopa, mexeu e murmurou uma oração.

"Ele vê Deus?", Martin perguntou. Em seu coração voejava a esperança de que o cantor e talvez papai também tivessem visto a barba no mar e então poderia contar que ele também a vira flutuando lá e esse segredo eliminado levaria consigo todos os segredos.

"Onde está Ben?", papai perguntou. A colher ainda não tocara seus lábios.

Mamãe saiu da cozinha imediatamente. "Por quê? Onde está Ben?" Ela olhou para Martin, alarmada, o queixo dele caiu e ele ficou vermelho.

"Não sei. Não fiz nada para ele", disse.

"Ben?", mamãe chamou, correndo até o quarto, olhando para dentro. "Ben?"

Papai a observava, a colher erguida, pingando. "Calma, pelo amor de Deus", ele disse, irritado. Mas ele também estava farejando problemas, e Martin ficou alarmado porque talvez tivesse feito alguma coisa para Ben e tivesse esquecido.

"Como assim?", ela disse, indignada. "Ele não está aqui!" Correu para o banheiro e descobriu que a porta estava trancada.

"Ben? Ben!", exigiu uma resposta, assustada, e com um choque Martin percebeu a perda que Ben seria.

Ouviu-se a chave girar e a porta se abriu. Ben saiu, o cabelo molhado e penteado, a gravata azul ainda no lugar, embora papai já tivesse tirado a dele. Martin viu a mágoa no rosto do irmão, viu que ainda não olhava para ele e que tinha chorado por mamãe como era dever de um bom filho.

"Pronto!", papai disse. "*Agora* que razão você tem para chorar?" E engoliu a sopa, colherada após colherada.

"Achei que tinha acontecido alguma coisa", ela disse a Ben.

"Eu só estava no banheiro", disse Ben, a voz rouca.

"Por que não avisou a ela que ia ao banheiro?", papai perguntou.

"Tudo bem, tudo bem", mamãe alertou.

Ben tentou sorrir e sentou-se em seu lugar.

"Se você não avisa", papai continuou, "é porque pode ter sido morto..."

"Pare", mamãe disse, sorrindo e brava.

"Podia ter sido atropelado. Afinal, tem muito trânsito nesta casa."

"Quer parar?", ela pediu, perdendo o sorriso.

"Tem muito caminhão", papai continuou, enquanto tomava a sopa. "A pessoa tem de pedir licença antes de ir ao banheiro." Então, ele olhou para ela e sacudiu a cabeça, pronto para rir. "Estou dizendo, mocinha..." Calou-se com um riso cansado e voltou à sopa.

Ben arrumou o solidéu de seda na cabeça e olhou significativamente para a travessa de prata do centro da mesa, que estava cheia de frutas, e papai parou de comer. Agora estava tudo quieto. "*Barúch atá Adonai...*" Ben pronunciou monotonamente e, sem hesitar nem se mexer, continuou com a bênção. Mamãe ficou parada à porta, ouvindo, tomada por sua seriedade, as mãos juntas, o rosto erguido para o ar, onde Martin sabia que os desejos secretos dela flutuavam, despertados à vida pela força da oração de Ben e de sua memória imaculada, que não pulava nem uma única palavra sagrada. Martin apertou uma orelha contra a cabeça, fingindo que sentia uma leve coceira, enquanto Ben continuava inflexível até o fim da oração. Só então papai voltou a comer e Ben, sem pressa para quebrar seu terrível jejum, escolheu sua colher, mexeu a sopa durante tanto tempo que parecia até que estava relutando em comer, e finalmente comeu penosamente. Mamãe aceitou sua séria permissão para se mexer e entrou em silêncio na cozinha, saindo um momento depois com seu prato, e sentou-se diante de papai.

A mão de Martin ainda estava pegajosa da água salgada que havia limpado dos sapatos, mas sabia que isso era invisível e tomou sua sopa, o queixo quase tocando a borda da tigela. A sala estava em silêncio. Ele sorveu a sopa entre os lábios com o mesmo som suave de seu pai, fungando como o pai fazia a cada bocado. Ele avaliou sua bola de *matzo*. A borda da colher tinha de cortar exatamente no meio, senão ela escorregava, voava da tigela, sua mão baixaria de repente e derramaria a sopa. Pousou a borda da colher em cima da bola de *matzo*, sabendo que sua mãe o observava do outro lado da mesa. Com a mão esquerda segurando a tigela, começou a apertar. A bola de *matzo* começou a escorregar sob a pressão.

"Martin", começou a mãe, "deixe que eu..."

Surpreso com a própria firmeza, ele replicou: "Eu consigo!". Ben pareceu provocado, mas não disse nada. Papai deu uma olhada, mas continuou comendo.

Ele levantou a colher e colocou a borda na bola firme outra vez, ligeiramente ao lado da marca anterior. Sabia que agora papai e Ben também estavam olhando, embora não diretamente. Seu rosto estava ficando rígido e vermelho, o cotovelo erguido tremendo com o esforço quando começou a apertar para cortar a bola. Mais uma vez ela começou a deslizar, mas ele sabia que às vezes uma empurrada súbita, rápida, para baixo conseguia cortar antes que ela voasse da tigela, embora às vezes apenas jogasse a bola girando em cima da mesa ou no seu colo. Ele hesitou, batalhando com a própria dignidade, que podia despencar se começasse um terceiro corte, e estava a ponto de erguer a colher para começar de novo quando viu a mão de sua mãe se estendendo para a sua para pegar a colher.

Com toda a força e raiva ele abaixou a colher, juntando sua força de comando místico para fazer a bola de *matzo* ficar parada e obedecer como acontecia com papai e Ben, e no mesmo instante a mão de mamãe agarrou a dele. A bola voou para fora da tigela, sua mão bateu com força na borda da tigela. A sopa, primeiro morna, depois repentinamente quente, queimou suas coxas através da calça de tweed boa, o cheiro fumarento da lã molhada alarmando suas narinas. Enquanto gritava, ouviu o berro de Ben: a bola tinha derrubado uma das velas dentro do vinho de Ben e ele virara o copo ao tentar salvá-la. A toalha estava sangrando numa ferida vermelha que se espalhava a partir do centro. Martin pulava para cima e para baixo, batendo as mãos contra as coxas e tentando ao mesmo tempo manter as mãos da mãe longe dele, porque ela tentava soltar seu cinto para tirar a calça.

"Você que me fez fazer isso!", ele gritou para ela.

"Ele está se queimando! Tire a calça!", ela gritou.

Ben agora estava na frente dele, puxando para baixar sua calça. Mas essa indignidade o enfureceu. "Não faça isso!", gritou, mas sentiu a calça passando pelos quadris e chutou mamãe. Ela respirou forte e Ben caiu sentado no chão. Tudo se aquietou. De algum ponto no alto, ele ouviu a voz aguda e interrogativa do pai.

Mamãe estava endireitando o corpo, uma mão cobrindo os seios, os olhos alarmados olhando o futuro acima da cabeça de

Martin. Ele ouviu o mar rugindo como se estivesse debaixo do piso e sentiu a casa tremer com as ondas. Papai, murmurando perguntas, acompanhou mamãe ao quarto deles. Ela respirava em espasmos curtos. A porta se fechou.

Ben ficou olhando a porta fechada. Temor e preocupação rígidos no olhar.

"Por que ela está desse jeito?", Martin perguntou baixinho.

"Você deu um chute nela!", Ben gritou, sussurrando, olhando Martin com desprezo, depois se virou para a porta a fim de escutar.

Martin não tinha lembrança de havê-la chutado. Sabia que tinha esperneado, mas achou que não atingira nada. Porém, era impossível explicar, e a vergonha cresceu dentro dele, ele viu o céu enegrecido.

"Pai?", Ben chamou baixinho na porta. Nenhuma resposta e a respiração de Ben se acelerou, perto de chorar, enquanto ouvia. Então, Ben virou para o irmão, descrença e repulsa no rosto. "Como você pôde dizer *aquilo* para ela?"

"O quê?"

"O que você disse. Que não precisa mais dela. Para sua própria mãe!"

Martin chorou alto, mas suavemente, parado ali.

"Tem de pedir desculpas para ela. Tem de implorar perdão", Ben disse, como se Martin não soubesse nada de como se comportar. "Você ao menos pediu desculpa?"

Martin sacudiu a cabeça, soluçando.

"Você nem pediu desculpa?"

Martin chorou, cobrindo o rosto com as mãos. Chorou porque havia machucado sua mãe e não entendia nada, estava sozinho, fora do círculo de uma boa família. A calça agora estava esfriando.

"Pai?", Ben chamou de novo, agora mais insistente. Depois, cuidadosamente, girou a maçaneta e espiou dentro do quarto.

"Pai?", chamou. A voz mais grave do pai falou lá de dentro e Ben entrou no quarto, fechando a porta ao passar. Martin ficou ouvindo se abriam a janela e todos pulavam para fora e o abandonavam para sempre. Mas eles ainda estavam falando lá dentro.

Ele esperou. A tigela de sopa estava emborcada no chão; o desastre da mesa parecia emitir um ruído guinchado, desordenado para ele; uma vela ainda queimava a sua luz sagrada enquanto o pavio da outra estava dentro do copo de Ben caído e todas as cadeiras viradas para direções estranhas. Ele deu um passo na direção da tigela para pegá-la, mas a coxa que tocou a calça molhada e fria o deteve, e ele se ocupou em tentar rearranjar o vinco perdido. Mais uma vez tentou caminhar, mas a friagem do tweed grudado à pele o desgostou e trouxe-lhe lágrimas aos olhos. Era como acordar entre lençóis molhados e produzia em seu coração o mesmo ressentimento e perplexidade. Vagamente, sentiu que era culpa de sua mãe, e mais forte por colocar nela a culpa, caminhou com as pernas duras para o quarto dele e de Ben.

Com a ponta dos dedos desabotoou a calça e deixou que caísse, depois se sentou no chão para fazê-la passar pelos sapatos. Ela cheirava a cachorro molhado. Martin se levantou, tentando resolver o que fazer com ela, e começou a chorar. Andou pelo quarto chorando baixinho, a calça pesada pendurada dos dedos. Pendurou-a nas costas da única cadeira do quarto e afastou-se, mas o peso derrubou-a no chão. Ele tentou colocá-la na cama, mas temeu que fosse molhar o cobertor; fazia tempo que não molhava mais a cama, talvez duas semanas, ou um mês ou três meses, e não queria que ninguém pensasse nisso outra vez. Atravessou o quarto até o armário, mas os cabides ficavam incrivelmente altos; além disso, lembrou vagamente de uma vez que haviam ralhado com ele por guardar o calção de banho molhado dentro do guarda-roupa. Ali parado, soluçando baixinho, ele olhou em torno, procurando um lugar para a calça molhada e uma mão pareceu se estender e apertar sua barriga. "Mãe!", ele chamou de mansinho, com cuidado para não deixar seu chamado penetrar nas paredes do quarto dela. Mas estava chorando de verdade agora e, ao levantar as mãos para enxugar os olhos, derrubou a calça no chão; olhou para ela e, abandonando-se a seu destino, saiu para a sala.

A porta do quarto ainda estava fechada. Ele foi até ela, ainda chorando, e disse: "Mãe?". Tentou conter os soluços para ouvir. Mas agora estava tudo em silêncio lá dentro. Tinham-no abandonado! "Mamãe!", chamou mais alto e bateu o pé. Talvez tivessem molhado sua calça para ele ir para o quarto, dando-lhes tempo de ir embora. Pela primeira vez na vida, não ousou girar a maçaneta sem primeiro ouvir a permissão para isso; não ousou abrir a porta e encontrar um quarto vazio. Bateu na porta, chamando a mãe, cego por seus gritos. Uma raiva súbita brotou em sua cabeça, do jeito que o mar às vezes despeja uma onda sobre quase toda a praia. "Eu não chutei o bebê!", gritou, a pele das têmporas se arrepiando. "Eu não vi!"

Como em resposta, uma cadeira raspou furiosamente o chão dentro do quarto e a porta se abriu. Martin já havia fugido para o meio da sala. Papai apareceu na porta. Seu rosto estava mais sombrio do que jamais Martin tinha visto. A testa franzida, sem nem um traço de sorriso nem mesmo nos olhos. Não era brincadeira. Olhou para Martin. Ele ia dizer: "Ninguém nesta família tem orelhas de abano como as suas! Ninguém nesta família anda por aí vendo barbas no mar! Ninguém espia entre os dedos quando o cantor está dançando de meias brancas! Ninguém anda por aí com os cadarços dos sapatos desamarrando o tempo todo, jogando bolas de *matzo* em cima da toalha limpa e molhando a calça da McCreery, inventando coisas sobre dentistas! E ninguém sabe de nada sobre bebê nenhum! *Não está acontecendo nada nesta casa, Martin!*".

E então Martin desapareceria. Ele viu, com grande alívio, como desapareceria, como naquela vez em que acidentalmente virara o ventilador para as claras de ovos que sua mãe tinha batido e elas voaram do prato para o ar e não estavam mais lá. Ele sempre estaria por ali, observando, mas não o veriam, e ele poderia sentar com a mamãe ou o papai, ou deitar entre eles na cama domingo de manhã como costumava fazer e eles não saberiam.

"Sente", disse o pai, em parte para ele, em parte para Ben, que estava saindo do quarto de olhos vermelhos.

Martin foi e pegou sua tigela do chão, evitando cuidadosamente a poça, colocou-a direitinho em seu lugar e subiu na cadeira. Estava tudo distante. Ben sentou-se em seu lugar, endireitou o copo de vinho e pôs a vela caída de volta no candelabro de prata, manipulando-a como se fosse a do seu velório. Mas o pai, em vez de sentar, entrou na cozinha. Martin ouviu o movimento dos pratos lá dentro. Ben ficou olhando a mancha vermelha na toalha. A casa vazia de mamãe retorcia o coração de Martin e ele começou a chorar mansinho outra vez, tentando não atrair nem compaixão, nem culpa, nem atenção alguma. Papai saiu da cozinha e deu para cada um deles um prato de frango com ervilhas e cenouras. Martin nunca comia carne branca, mas não reclamou. Um momento depois, papai saiu de novo com seu prato e sentou-se.

Martin comeu entre soluços, e o frango ficou molhado por suas lágrimas, pela água de seu nariz frio, pela saliva que escapava livremente de sua boca. Papai procurou no bolso de trás, tirou seu grande lenço, esticou o braço e o segurou debaixo do nariz de Martin. Estava quente. Ele assoou. "De novo", papai disse. O prazer de Martin fez seus soluços começarem a pulsar outra vez, mas ele teimou em se controlar e assoou o nariz pelo papai.

"Quer que eu corte o frango?", papai perguntou.

Martin hesitou; o novo tom respeitoso de papai renovava a lembrança da dor que ele havia lhe causado, sua traição, e ele não queria ir ainda mais longe agora e recusar sua gentileza. Mas não conseguia aguentar a injustiça de seu frango ser cortado para ele enquanto Ben estava cortando o seu com tanta facilidade. "Eu consigo cortar, papai", ele sussurrou, em tom de desculpa.

"Tudo bem. Seja homem."

Papai comeu depressa durante alguns minutos, pensando. Ben manteve os olhos no prato. A mesa agora parecia ainda pior do que antes, como a dessacralização de um dia santo. Do quarto não vinha nenhum som. Finalmente papai pousou o garfo e a faca, tomou um pouco de vinho e inclinou o corpo para um lado com a mão agarrando o braço da cadeira. Ele ia falar. Olhou para Martin com um olhar claro, uma timidez e um orgulho não dito dentro dele. "Então você logo vai para a escola, hein?"

"Acho que semana que vem", Martin disse, olhando para Ben à espera de correção. Mas Ben não estava olhando e não cederia à leveza do pai.

"Você vai junto com o cavalheiro?", ele perguntou a Ben.

"No começo, eu que vou levar", Ben disse depois de um momento.

Papai assentiu com a cabeça. Martin não sabia que Ben ia levá-lo à escola de manhã. Mais uma vez se deu conta de que Ben e mamãe andavam tendo conversas secretas quando ele não estava perto — quando ele dormia, talvez. Nessa ideia ele sentiu o calor de ser protegido, mas inquieto outra vez por descobrir as coisas só quando elas já haviam acontecido.

"Então agora você vai ter de lavar o rosto de manhã e engraxar os sapatos. Vai ter de cuidar das suas coisas."

"É, papai", Martin respondeu, animado, esperando que papai continuasse com mais pedidos. Mas não veio mais nenhum. "Acho que vou ter minha própria caneta-tinteiro", ele sugeriu, sabendo como é preciso cuidar de uma caneta-tinteiro. Ah, como ele ia cuidar de sua caneta!

"Você não usa caneta-tinteiro no primeiro ano", disse Ben.

"Bom, eu quis dizer no segundo ano", Martin ficou vermelho.

"Contanto que você não precise de uma secretária", papai disse. E acrescentou: "No terceiro ano, você pode ter uma secretária". Ele riu, mas Ben não se deixou enganar e Martin riu com o pai, pensando como ia ser bom mantê-lo exatamente assim. Mas Ben estava impassível e sua cabeça procurou rapidamente uma maravilha para distrair a atenção do irmão. "Sabe de uma coisa?", ele disse, agora ávido, os olhos castanhos indo de um para o outro. Ele ainda não fazia a menor ideia do que ia dizer, mas estava decidido — ia continuar entretendo o pai, mesmo que Ben se recusasse a perdoar seus pecados.

"O quê?", papai perguntou.

"Vamos ter um verão índio!"\*

"Não diga? Onde?"

Ele viu que Ben estava começando a ficar vermelho tentando não rir e sentiu um estranho poder sobre seu irmão que podia forçá-lo a sair de sua amuada condenação. Ele seguiu com os olhos fixos no pai, sentindo-se próximo dele porque o estava ouvindo, mas ao mesmo tempo, traiçoeiro, ao sentir que estava a ponto de assombrá-lo. "Acho que no hotel", ele disse.

"Ah", papai disse, erguendo muito a cabeça, "no hotel vai haver um verão índio?"

Martin fez que sim, animadamente. Agora não havia nada além do prazer de sua visão. "O leiteiro me disse."

Ben estalou a língua, "tsc", e virou a cabeça para o outro lado.

---

\* "*Indian summer*" é expressão usada para indicar uma onda de calor no meio do outono. Toda a cena seguinte faz referência a índios, impossibilitando aqui a tradução. (N. T.)

"Disse, sim!", Martin gritou, furioso, mas contente de Ben ter voltado a se opor a ele abertamente e não mais o deplorar de longe.

"Sempre que ele não consegue pensar no que dizer, põe a culpa no leiteiro", Ben disse, desdenhoso, mas seus olhos estavam divertidos e interessados em ouvir mais.

Martin ficou vermelho. "Ele me disse! Não teve no ano passado, mas este ano vai ter. Então eles precisam de mais leite."

"Para dar para os índios", papai disse.

"Ele que falou", Martin disse.

"Bom, certo", o pai virou para Ben. "Devem estar esperando uma porção de índios."

"Do campo", Martin acrescentou, vendo claramente uma fila de índios com penas saindo da floresta perto da estação ferroviária.

"Em outras palavras", papai disse, "índios do campo."

Ben não conseguiu controlar o riso e soltou um chuveiro de saliva pela boca aberta.

"É isso mesmo!", Martin gritou indignado, mas estranhamente contente de estar fazendo os dois rirem com suas mentiras e não com alguma coisa pior.

"Ei, ei!", papai franziu a testa para Ben, mas com riso nos olhos. "Quieto você, não dê risada."

"Índios do cam..." Ben quase sufocou, histericamente.

Martin riu, contaminado. "É quando todo mundo volta para a cidade", ele explicou, desesperadamente meticuloso. "É assim que todo mundo enxerga eles."

Ben ergueu os braços de repente ao cair da cadeira para o chão e sua queda fez Martin explodir numa límpida gargalhada vitoriosa. Ele desceu da cadeira, tomado de amor pela risada do irmão, correu em torno da mesa e jogou-se em cima de Ben, fazendo cócegas embaixo de seus braços com toda a força dos dedos. Ben caiu de costas no chão, impotente, implorando para

Martin parar, mas seus suspiros sufocados eram como areia molhada e macia em que se mergulha, e Martin cutucou a carne do irmão, montado nele agora, espetando suas costelas desde a barriga ao pescoço até Ben não estar mais rindo. Mas Martin continuou, sentindo uma fúria deliciosa e uma força vitoriosa. Ben estava com o pescoço esticado, o rosto contorcido, lágrimas nas faces, sem poder respirar. Martin esperneou ao ser erguido no ar e ouviu o pai dizendo: "Ben? Ben?". E depois: "Ben!". Ben finalmente respirou e ficou ali ofegante, rindo com lágrimas nos olhos, não estava morto.

Papai pôs Martin no chão. "Tudo bem, índio, já chega. Diga boa noite para sua mãe e vá para a cama. Temos de começar a fazer as malas amanhã de manhã bem cedo. Ben, você também."

Ben, ainda respirando pesado, se pôs de pé, a expressão ficando mais séria ao tirar o pó dos fundilhos da calça e inspecionar os sapatos. Martin começou alegremente a bater a calça, igual ao irmão, mas descobriu que estava de cueca e sua cabeça se encheu de sombras com a lembrança da calça ainda caída no meio do quarto dele e de Ben. Papai já tinha entrado no outro quarto, onde mamãe estava deitada.

"Você precisa pedir desculpas para ela", Ben sussurrou.

"Por quê?", Martin perguntou, todo inocência. A raiva brotou dentro dele outra vez e se sentiu deslizando de volta para o sentimento.

"Pelo que você fez, seu maluco", Ben sussurrou. "Antes." E entrou no quarto dos pais. Ele sempre sabia exatamente do que tinha de se desculpar.

Martin foi atrás, se dirigindo ao quarto dos pais o mais devagar possível, sem ficar parado no lugar. Primeiro avançou um pouquinho um pé, depois o outro. Procurou internamente uma pista para tristeza; ainda estava muito alegre por dentro. Pensou em tio Karl morrendo e isso deixou seu rosto sério, mas não conseguia se lembrar exatamente do que precisava se desculpar e seu esquecimento deixava vazios que o assustavam. Ele sabia que não era sobre a calça no meio do quarto, porque ninguém tinha visto isso ainda, e a lembrança da mãe parada segurando os seios tinha se fragmentado em sua cabeça; ele a via fazendo aquilo e suspirando, mas não conseguia lembrar direito o que tinha causado sua dor. O medo que sentiu ao se aproximar da porta do quarto aberta era de ter feito alguma coisa que nem sabia. Sempre se lembravam de coisas que ele tinha esquecido. Só Ben nunca esquecia; Ben lembrava de tudo.

Ele entrou no quarto, sentindo as orelhas ficarem tolamente maiores e mais pesadas; sua mãe estava olhando para ele do travesseiro, e o papai e Ben de cada lado da cama se viraram para olhar para ele como se estivessem todos falando a seu respeito havia uma hora e soubessem o que ele devia fazer.

Ao pé da cama ele parou, tentando não deixar seus olhos serem atraídos para a montanha na barriga dela. No silêncio, o chiado e o ribombar do mar entraram na sala, surpreendendo-o com sua súbita presença. Dava para sentir o cheiro da água ali e ver a coisa barbuda flutuando logo abaixo da água ondulante, como alga marinha.

Ela sorriu para ele agora, cansada; seus lábios se abriram hesitantes em resposta. O pai, ele viu, estava dobrando os braços para ficar com as mãos atrás das costas, cotovelos abertos. As mãos de Martin deslizaram pelos quadris quando ele tentou fazer a mesma coisa, então ele baixou as mãos e pousou uma no lençol amarelo e macio.

"E então?", ela perguntou, sem desviar os olhos dele, mas sorrindo. "Ele comeu, o meu bandido?"

"Comeu, sim", papai respondeu, "já é um homem grande. Se deixar, ele come sozinho."

Ao ouvir que ela o chamara de bandido — coisa de que

nunca tinha chamado Ben — ele baixou os olhos de prazer, notabilizado por seus crimes. Ele sabia exatamente onde estava agora e amava todos eles.

"Comeu as ervilhas também?"

"Hã-hã."

"E as cenouras?"

"Tudo." Nessa expectativa ele viu seu reconhecimento, sua unicidade se expandindo diante da mãe, do pai e até de Ben, que parecia magnanimamente vencido e de certo modo mostrando-o a ela. Mas ele manteve os olhos no lençol, sem saber por que estava começando a ficar com vergonha.

"Então agora você vai ser bonzinho, hein?", ela perguntou.

"Hã-hã." Ele olhou no rosto dela; estava séria e ainda magoada. Depois olhou de volta o lençol, puxou-o, começando a se preocupar com os próximos cinco minutos, pois sabia que mais uma vez aquele algo ainda estava inacabado.

"Você se preocupa demais com ele", papai disse. "Ele já é praticamente um professor e você ainda…"

"Deixar ele cortar as próprias bolas de *matzo*? Está maluco?"

"Um homem tem o direito de cortar suas próprias bolas de *matzo*."

"Ah, fique quieto."

"Principalmente um professor que tem sua própria caneta-tinteiro."

"Como assim?", ela perguntou. Martin olhou para ela e viu que estava zangada, mas sorrindo. O medo se mexeu dentro dele. "Eu me mato feito louca o dia inteiro e você vem para casa e faz ele achar que pode fazer o que quiser!" Papai levantou os olhos para fazer pouco daquilo, mas ela estava indo para uma escuridão e Martin sentiu terror dentro do peito, então sorriu. "Eu não me preocupo demais com ele", ela negou. "Só quero ajudar. Um menino de cinco anos não pode…"

"Um menino de cinco anos! Quando eu tinha seis estava na rua vendendo jornais."

"Claro", disse ela, "por isso é que você foi tão bem-educado!" Ela virou para Ben, como sempre fazia nessa altura da história. "Nem para deixar um menino ir à escola, para ele talvez ler um livro na vida."

Papai ficou lá parado, ligeiramente vermelho por sua criação, sua família, e Martin continuou sorrindo e beliscando o cobertor, agoniado. Pelo rabo dos olhos, viu os três livros na mesa de cabeceira dela, e seu coração esfriou; eram os livros que o dentista chorão tinha dado a ela? "Ah, os livros que ele me trazia!" A voz dela no saguão cantou acima da cabeça dele com toda a saudade, e a lembrança deixou seu rosto vermelho. Ah, o papai não podia saber nunca! "Quando eu crescer...", ele disse.

Viraram para ele, sorrindo diante dessa afirmativa repentina. "O quê, quando você crescer?", a mãe perguntou, ainda afogueada por sentimentos.

Ele baixou os olhos para o cobertor, não tivera a intenção de dizer nada em voz alta e seu rosto queimou de vergonha. "O quê, meu bem?", a mãe insistiu. Ele não sabia se queria dizer que ia ensinar o papai, assim ele poderia ler livros numa cadeira, como ela fazia, ou se ele ia crescer e ele mesmo lhe trazer livros, para ela não se lembrar do dentista, e então eles não iam mais brigar, ela e o papai. Ele só tinha certeza é de que queria que ela nunca envergonhasse seu pai.

Ela ficou perguntando o que ia acontecer quando ele crescesse, e ele sabia que tinha de dizer alguma coisa depressa. "Papai deu frango para nós", ele disse. Todos riram, surpresos, e ele ficou aliviado, e riu apesar de não saber por que aquilo era engraçado. "Em cima da ervilha e de cenoura!", acrescentou.

"Que garçom e tanto!", mamãe riu. Todos riram mais alto, mas papai estava vermelho e Martin queria correr até ele e pedir desculpas.

Ela estava orgulhosa de Martin agora e ele sabia que não deveria estar. "Venha cá, me dê um beijo", ela disse, estendendo os braços. Ele ficou no lugar, encolhendo os dedos dentro dos sapatos. "Venha!", ela sorriu.

Temendo fazer uma afronta a ela, ele avançou um centímetro para seus braços e parou, puxando o cobertor com a ponta dos dedos. "Ben vai me levar na escola", ele disse, mantendo-se fora do alcance dela.

"Ele mal pode esperar para ir para a escola, está vendo?", ela se gabou diretamente para papai, e nesse momento Martin reluziu de orgulho por ter puxado a ela. Mas quando viu como papai concordava com a cabeça satisfeito e inocente, sentiu a cabeça ficar logo sombria; ele só sabia que ela não devia torná-lo tão abertamente posse dela na frente do papai e no ar entre ele e sua mãe sentiu um mal compacto crescendo, uma incompreensão conspiratória que ele desejava muito e não conseguia suportar.

"Eu sei escrever 'praia'!", falou de repente e de imediato sentiu medo.

"Ah, você! Você vai escrever tudo!" Ela gesticulou com a mão para ele. "Vamos lá, como escreve 'praia'?"

"'Praia'", ele disse da forma correta de dizer a palavra antes de começar a soletrar. Viu que Ben estava sorrindo; será que estava orgulhoso por ele ou duvidava de que soubesse de fato soletrar a palavra? A memória de Martin ficava mais afiada a cada letra. "'P'..."

"Certo!", ela disse, balançando a cabeça, satisfeita.

"'r'..."

"Muito bem!", ela disse, olhando orgulhosa para papai.

"'a'...", ele disse, com menos força.

Ela pareceu sentir uma hesitação nele e ficou quieta. Ele estava olhando para o pai agora, seu sorriso cálido, magnânimo, o olhar absolutamente sem egoísmo — e entendeu naquele instante que papai não sabia como escrevia "praia". Ele, Ben e mamãe sabiam, mas papai estava sentado ali sozinho com sua paciente ignorância.

"'P-r-a', o que mais?", a mãe estimulou. Ele sentiu o poder envolvente da pergunta como um vento nas costas e fincou os calcanhares contra ele. Mas papai não viu nada, apenas a maravilha que estava para sair da boca de seu filho, e a sensação de sua própria traição queimou dentro dele.

"O que mais, meu bem? 'P-r-a'..."

"'P-r-a'..." Martin começou de novo, devagar, para ganhar tempo. Baixou os olhos como se procurasse as letras finais, mas bateu-lhe a consciência de que estava ensinando a seu pai. Como tinha a audácia de ensinar ao pai! Tinha de calar a boca senão alguma coisa terrível podia acontecer com eles. Porque... ele não sabia por quê, mas não queria estar ali na frente de papai, ensinando uma coisa que tinha aprendido com ela ou... Sua mente afundou nas consequências como num vale antes de uma onda. "Sei escrever 'telefone'", ele disse. Todos riram. De alguma forma "praia" agora estava proibida. Ele se lembrou de repente que uma vez havia soletrado para papai a palavra "telefone" da capa do catálogo de telefones. Desejava profundamente soletrar "telefone" para ele outra vez e apagar "praia" da memória.

"Primeiro conte como escreve 'praia'", ela reclamou com leveza. "Você sabe como escreve."

Ben falou: "É igual a 'saia'".

"Eu sei!" Martin gritou e seu pai e sua mãe estavam começando a rir.

"Eu sei como que escreve!", ele gritou para o pai e a mãe.

"Bom, então, diga como é", disse a mãe.

Ele se preparou, mas agora era ele que estava sozinho, solicitando a eles, a eles todos, a permissão para demonstrar que sabia soletrar. E não conseguia aguentar a indignidade, o perigo, que havia em ter de produzir alguma coisa em troca de lhe darem um lugar entre eles. A aura dourada desaparecera de sua cabeça; ele estava meramente parado ali despido de sua posição e começou a chorar, não sabia por quê, a não ser que odiava todos eles, como se tivesse sido de alguma forma traído e zombado.

"O que foi, querido?", ela perguntou e estendeu a mão para ele. Ele bateu na falsidade dela e ela recolheu a mão.

"Vamos, vamos dormir", disse o pai indo até ele.

Ele empurrou a barriga do pai, mas não com toda a força. "Não quero ir dormir!" Alguma coisa, alguma batalha ficara sem lutar, e ele a desejava como se deseja a paz.

A sensação da fivela do cinto do pai ficou impressa em sua mão. Ele ergueu os olhos para o sorriso perplexo do pai que se desmanchava. Agora, agora ele ia tirar o cinto e bater nele! Através da onda vermelha da raiva, Martin viu a promessa de um fim, de paz. Depressa percebeu que agora ia mesmo apanhar e a lembrança do dentista seria removida de sua cabeça e ele nunca mais ouviria o som da risada aguda e excitada de sua mãe aquele dia. Ah, sim — tudo ia se partir com o estalo daquele couro e papai em fúria rugindo: "ai... ai... ai... ai!". Agora, agora ele ia bater! E então papai viraria, jogaria mamãe contra a parede e ela nunca mais ousaria fazê-lo ensinar nada para o pai outra vez.

Porém, papai estava se inclinando para ele, tocando suas costas, dizendo: "É tarde, professor, vamos", e Martin sentiu a mão grande do pai em torno da nuca e permitiu que fosse levado do quarto para a sala. E enquanto atravessava a sala, ouviu a voz do irmão, sob o peso da responsabilidade a ensinar-lhe: "É 'p-r-a-i-a', Marty".

A injustiça caiu em cima de sua cabeça como uma chuva de pregos. Ele ouviu o barulho primeiro, depois viu a toalha despencando sobre seus pés, os pratos correndo para ele e se estilhaçando no chão, frutas rolando pela sala, o arco de uma vela acesa despencando, um estalo de mão em sua testa, outro no traseiro e ele estava correndo, para cima de Ben primeiro e escapando de suas mãos, depois para as coxas de mamãe e depois erguido no ar, as pernas chutando, o rosto virado para o teto onde as marcas de três moscas que seu pai esmagara ainda estavam visíveis. Tudo vermelho, como se estivesse olhando através do próprio sangue, e sentia os dedos dos pés batendo dentro dos sapatos quando chutava o corpo do pai. "Ei!" Foi posto no chão, caiu em cima dos pés e vislumbrou a mão do pai tocando a barriga como se doesse e a dor que tinha causado ao pai apertou sua garganta, mas ele estava estranhamente livre, cheio de si — malvado, ágil, olhando depressa para eles, solto, sabendo que nunca seria pego e contido se não quisesse. Por um instante ninguém se mexeu e ele só ouvia a própria respiração ofegante.

Correu para seu quarto, pegou do chão a calça amassada, correu de volta para a sala e jogou a roupa no chão na frente da família. O que aconteceria em seguida, ele sabia, é que sairia correndo pela porta, desceria a rua e não voltaria nunca mais. Não — corrigiu-se —, ele correria pela praia e iria nadar! Mergulharia no mar barbudo ao qual pertencia — não tinha medo como eles! Sua mãe mexeu um pé para se aproximar e ele congelou, respirando com dificuldade. As palavras subiram de seu estômago — *Eu não preciso mais de você!* Estava com a boca aberta e gritando, mas nada saía porque sua língua estava achatada no fundo da garganta.

"Martin!"

Ele gritou de novo: "Aaaahhhg!" foi o que saiu. Sentiu muito frio na raiz da língua. Estava assustado. Todos se aproximando dele, cautelosamente. Ele engoliu em seco, mas a língua não voltava ao seu lugar. Sentiu que estava sendo carregado e o travesseiro apareceu debaixo de sua cabeça.

O quarto estava escuro e os rostos deles cortados ao meio pelo luar que entrava pela janela. Durante longo tempo não os viu, mas podia ouvir a conversa e os murmúrios preocupados. Não conseguiu desviar a atenção da boca, tateando à procura da língua. Sentiu uma mão no braço e virou para a beira da cama, achando que a mãe estaria ali, mas era seu pai, sentado na cadeira. Ele olhou para a direção de onde vinha a voz de mamãe e ela estava aos pés da cama com Ben. Era estranho; papai sempre ficava parado aos pés da cama quando ele estava doente, e mamãe sentava ao seu lado. Virou-se para o pai, sentiu-se desamparado e agradecido, lutando para entender as novas posições.

"Diga alguma coisa, Martin", a mãe pediu cheia de medo, distante.

Ele manteve os olhos no rosto meio escuro do pai, esperando. Mas o pai, alarmado com sua aparência, não falou; estava apenas segurando o braço de Martin, comunicando algum pensamento novo, indefinível. E Martin em seu silêncio implorava que o pai falasse, mas o pai não falou.

"O que foi, querido? Está tudo bem. Não aconteceu nada. Diga alguma coisa. Diga 'bola'. Consegue dizer 'bola'?"

A raiz de sua língua estava ficando gelada. Com a mente tateando dentro da boca ele só conseguia ouvir a voz dela ao longe, e sua qualidade distante tornava ainda mais fácil não responder. Incapaz de responder, sentiu-se estranhamente aliviado de todo pensamento e estratégia. Um afastamento de todos eles e de seus próprios sentimentos o mantinha à deriva, e sem querer ele captava os poderes da invisibilidade — sem dúvida estava em sua cama, mas ninguém conseguia ficar zangado com ele uma vez que não conseguia responder suas perguntas, e o silêncio forçado lhe dava uma visão nova e macia que o livrava da necessidade de pensar a cada instante o que devia ou não dizer em seguida. De repente, parecia não estar acontecendo nada em sua vida e tudo estava para acontecer. A beleza parecia formar-se à sua volta, todos eles se erguendo e caindo juntos numa iminência, num vir a ser que era como um canto não cantado, mas audível. A distância mantida por sua mãe lhe parecia vagamente respeitosa, e a mão do pai em seu braço continha algum tipo de promessa nova que ele não conseguia entender. A mãe continuava pedindo para ele falar e ele ouviu a voz de Ben também, e por baixo de suas palavras uma perplexidade diante dele, constante e agradável, que não continha nenhuma culpa. Teria quebrado a língua?, perguntou a si mesmo. Estranhamente, isso não o atemorizava, mas apenas o mantinha em suspense, não havia dor.

 Sentiu o tempo passar e passar e mesmo assim não havia raiva neles, apenas uma curiosidade preocupada, que ele sentiu que gradualmente o aproximava deles — até haver algo bastante novo para ele nessa semiescuridão, uma sensação nova se formando nele de sua própria verdade. Em sua mente expandia-se o fato de que aquilo era um deslumbramento que eles todos descobriam ao mesmo tempo que ele. Não era algo que tivesse sido meio inventado, meio acreditado, era um acontecimento real que o dominava e ao mesmo tempo os assombrava também. Estavam todos compartilhando a mesma convicção, e essa súbita unidade, fundindo-os sem aviso, queimou o seu sentido de possuir segredos. Ele se sentiu apoiado no espaço, com todos suspensos à sua volta e naquele momento não havia mamãe, nem papai, nem Ben, mas três imobilidades de calor abraçando-o, sem pensamentos próprios. E pareceu-lhe então que isso era tudo o que vinha procurando encontrar, isso era real e perfeito, enquanto todo o resto, todo o passado de discussões, brigas, sorrisos e gritos, era um sonho.

 Ela agora estava dizendo a ele para fechar os lábios e pronunciar "*b*". Mas um inverno secreto parecia ter congelado seu lábio superior e ele não conseguia movê-lo. Algo estranho se movimentou no luar e ele espiou o pai mordendo o lábio inferior. Nunca o tinha visto retorcer o rosto daquele jeito. Ficou olhando o pai, meio esverdeado pelo luar, estava olhando para ele, mordendo o lábio com força, e o olho iluminado estranhamente arregalado de fúria. O subir e descer se acalmou e parou. Martin começou a sentir um calor percorrer a língua e o lábio ficar menos rígido. Sentiu medo a fluir do peito. A mão de papai estava agora agarrando seu braço, e por meio dela conseguia sentir uma força viva no grande corpo do pai. Parecia que um trovão se formava, expandindo-se em seu pai, a enfurecê-lo, como um céu todo repentinamente juntando uma tormenta dentro de si. Um som estalado saiu dos lábios de Martin e sentiu o pescoço pinicar com um suor súbito. Viu a si mesmo arrebatado agora, puxado para fora na noite como uma bola de pano. "Papai!", gritou, caindo sobre o travesseiro.

"Ele está bem!", a voz da mãe gritou, sobressaltando-o. Ele a ouviu correndo ao longo da cama, viu que estendia os braços para ele e o susto rompeu seu silêncio. "Mamãe!", soluçou, e ela caiu em cima dele, beijando-o freneticamente, dizendo em seu rosto: "Isso, isso, fale, meu filhinho, fale! Ele está bem!". Sua gratidão, tão inesperadamente pura, o arrebatou para além do alcance do castigo que esperara um minuto antes; sua fusão com ele apagou seu último pensamento e ele pareceu nadar pela luz com ela, sem esforço. Ela estava chorando agora e endireitou o corpo, olhando do alto para ele, as mãos juntas como em oração.

E mais uma vez, Martin viu o pai e viu que ele não estava contente, nem agradecido, mas sim como estivera um momento antes. E ele ouviu a voz do pai antes de ouvir suas palavras, como um trovão rolando antes que ele falasse com um estrondo. "Queeeedrooooggaaa!"

Mamãe virou para olhar para ele.

"Quando vai parar de amolar o menino!", ele gritou no rosto dela.

"Eu...?", ela começou a se defender.

"Você amola muito o menino, amola tanto que deixa ele maluco!" O trovejar estava ficando mais agudo, formando um raio branco e ardente, e Martin enrijeceu contra o golpe, o cérebro excitado com o rugido dos ventos que pareciam atravessar o ar escuro. "E daí que ele derramou um pouco de sopa! Que droga, como ele vai aprender sem derramar nada?"

"Eu só...", ela começou, debilmente.

"Você 'só'!" Ah, ele não deixava nem que ela explicasse! Viu, perplexo, que a raiva de papai não era nada contra ele! E como ela estava assustada, parada ali, olhando para ele com as mãos juntas em oração. Então o trovão de seu pai tocou a terra e ele não conseguiu ouvir as palavras, mas o medo da mãe passou-lhe a mensagem — o medo dela e os olhos baixos de Ben. Ambos censurados agora, ambos sempre mais e mais pressionados pelo amor de papai.

"Você não pode tratar um menino desse jeito", ele estava dizendo, agora mais baixo, mais sério. "Se ele não consegue comer sozinho, não ponha uma colher na mão dele; se ele não consegue comer, pare de ficar em cima dele." Ela não ousou responder. Papai se mexia, alto em cima dela. "Eu não sou nenhum professor, mas não pode ser desse jeito", ele disse. "De jeito nenhum. Você está se matando e matando todo mundo em volta."

"Eu só estava tentando..."

"Pare de tentar tanto!", ele rugiu, com a lua acima de sua orelha. "Agora, vamos. Deixe ele dormir. Vamos." Respirando com raiva, ele fez um gesto autoritário com a mão aberta e ela foi indo para a porta. Hesitou, querendo, Martin sabia, lhe dar um beijo de boa-noite, mas em vez disso passou obediente diante do pai e saiu do quarto. Martin sentiu sua felicidade castigada quando ela desapareceu silenciosamente.

Papai então se virou para ele e disse sério, como antes: "Menos estripulias agora. Escute direito o que ela diz para você, entendeu?".

"Entendi, pai", Martin sussurrou, o amor sufocando sua voz.

Papai estendeu a mão. Martin se contraiu para receber o golpe, mas delicadamente o pai arrumou um pouco o cobertor e saiu do quarto.

Durante um momento, Martin esqueceu inteiramente que Ben ainda estava ali aos pés de sua cama. Uma convicção de coragem se tornara viva em sua alma; dava quase a sensação de que ele havia jejuado o dia inteiro ao lado do pai e que estava protegido pelos ecos daquela voz grave que tinha tão repentinamente rompido o ar em sua defesa. E por um momento quase acreditou que ele próprio é que havia rugido; mentalmente imitou os sons e a expressão do rosto enfurecido do pai e depressa assumiu aquilo como seu. Purificado e querendo agir outra vez, desejou a manhã e a chance de caminhar ao sol ao lado do pai, talvez encontrar alguém e ouvir o pai dizer: "Este é meu filho". Filho dele! Pela primeira vez na vida, teve a dura e imperecível consciência da ascendência, e com ela o poder de alguém que sabe que está sendo cuidado e, portanto, recebe uma confiança que não deve nunca decepcionar. Mentalmente, passou pela imagem do pai zangado e atrás do papai estava o vovô e outros homens, todos sérios e barbudos, zelando por ele e de alguma forma esperando, gratificados por verem sua retidão e bravura renovadas nele. E no calor de suas cabeças assentindo, ele começou a deslizar para o sono.

Um alto soluço o despertou. Ele se ergueu depressa. Ben! Olhou no escuro para seu irmão, de quem havia esquecido, querendo dizer a ele — não importava o que diria a ele — simplesmente não tinha mais nada a esconder e queria tocar seu irmão.

"Ben?" Estranhamente, Ben não estava mais ao pé da cama. Martin esperou. Mais uma vez, mas baixinho agora, ele ouviu o irmão chorando. Como Ben podia estar triste?, pensou.

"Ben?", chamou de novo. O choro continuou, remoto, autossuficiente, e chegou a Martin, que se sentiu afastado. De repente, viu que Ben estava sentado ao seu lado, de frente para ele do outro lado do corredor que separava as duas camas. Estava inteiramente vestido.

"O que foi?", Martin perguntou.

O luar iluminava uma face e o canto de um olho; o resto do rosto de Ben se perdia no escuro. Martin não conseguia perceber que expressão havia no rosto de Ben e esperou que ele falasse apenas com curiosidade, não medo. Mas então ouviu a respiração irregular do irmão e, embora não conseguisse lembrar de nenhum pecado que cometera, sentiu a condenação se acumulando no longo silêncio.

"O que aconteceu?", perguntou.

Com uma voz quebrada pela dor, Ben perguntou: "Como pôde dizer uma coisa daquelas?".

"Não chore", Martin se pôs a pedir. Mas Ben ficou ali sentado chorando com as mãos no rosto. "Eles estão *dormindo*!", alertou nobremente. Porém, Ben chorou ainda mais forte à menção dos pais e o medo de Martin encontrou-o outra vez; e sua velha sensação de segredos reviveu perfidamente dentro dele de novo.

"Não chore assim!"

Ele desceu da cama depressa e curvou-se para olhar o rosto do irmão. O pânico abria um espaço aos seus cotovelos. "Foi sem querer, Ben. Por favor!" E, no entanto, ele ainda não sabia o que tinha sido tão terrível no que dissera, e o não saber em si era um sinal de sua maldade.

De repente, estendeu o braço para tirar as mãos de Ben do rosto, mas Ben se desvencilhou e virou na cama, de costas para

Martin. Um redemoinho de nuvens, profundidades oceânicas e segredos barbados fluíram das costas de Ben e varreram a cabeça de Martin. Silenciosamente, ele voltou para a cama. "Nunca mais vou dizer isso. Eu prometo", ofereceu.

Mas Ben não respondeu. Até seus soluços estavam se aquietando. Ele esperou, mas Ben não aceitou sua promessa e no silêncio do irmão entendeu que tinha sido proscrito. Deitado ali, com os olhos abertos no escuro, viu que mesmo os gritos do pai em sua defesa eram porque o pai não entendia, como Ben, o quanto ele era ruim. Papai era inocente, então o defendeu. Mas Ben sabia.

Ele não podia ficar deitado ali. Sentou-se e fungou alto para ver se Ben se virava para ele, mas Ben estava imóvel, quieto. Teria dormido de roupa? Essa ruptura de ordem estabelecida há muito expandiu a visão de Martin e ele lembrou que a sala ainda devia estar toda desarrumada. Que maravilha se ele se esgueirasse dali e limpasse tudo sem um som, e de manhã todos ficariam surpresos e o amariam!

Seus pés tocaram o chão. Ben não se mexia. Ele se curvou e saiu do quarto na ponta dos pés, as mãos estendidas no vazio negro do ar.

Na sala não havia luar e ele se deslocou centímetro a centímetro temendo o barulho. Sua mão tocou a mesa e ele estendeu as mãos. Estava tudo vazio. Só então lembrou precisamente como tinha sido, ouviu o grande estrondo pela primeira vez, e a realidade de sua maldade foi como um golpe no rosto. Ele caiu de joelhos, ferozmente decidido a limpar tudo. Seu joelho pousou sobre uma ervilha e a esmagou, repelindo-o. Ele se sentou para limpar o joelho, sentiu a carne fria debaixo de si e deu um pulo; era uma coxa de frango. Mantendo os joelhos longe do chão, de quatro afastou-se da mesa para escapar a uma crescente sensação de repulsa. Na janela da frente se levantou, olhou para fora e viu uma maravilha. Havia uma luminosidade prata-esverdeada pairando sobre o asfalto da rua.

Ele nunca tinha visto luar tão brilhante. Chegava a rebrilhar nas janelas do outro lado da rua. No silêncio, ouviu um tênue retinir no ouvido, como insetos. Seus olhos engoliram o refulgir lá de fora e um momento depois não sabia mais o que o tinha levado até ali. Havia sobre ele uma sensação de novidade; coisas a fazer que nunca tinha feito antes. De repente, era um momento secreto; sem ninguém olhar estava tudo em suas mãos. Ninguém sabia que ele estava parado ali e nunca antes saíra caminhando quando todos dormiam. Ele podia até ir lá fora! A liberdade ilícita o animou — sair e ser a única pessoa acordada no mundo! Estendeu a mão, virou a chave da porta da frente e ela se abriu, surpreendendo-o um pouco. Através da tela, sentiu como o ar estava quente. Ouviu então uma nova delicadeza nas ondas que quebravam, abriu a porta de tela, olhou para fora, para a esquerda, saiu para a varanda e olhou o mar. Estava plano, toda a agitação dos dias anteriores desaparecida. Deus tinha ido embora?

A nova calma, mágica, do mar sugou a sua mente. Quando ninguém estava olhando, Deus havia saído da água numa agitação de espuma; e quando a água caiu de volta, as ondas se aplacaram e o mar descansou. Deus esperara ali até eles terem jogado seus pecados, e os levara com Ele, deixando a água limpa e sem barbas. Que maravilha que papai e os outros homens soubessem o que fazer com Deus! Como rezar a Ele e quando Lhe jogar seus pecados, quando voltar para casa e comer. Papai e Ben também, junto com os outros, tinham um entendimento com Ele e sabiam o que deveria acontecer em seguida e o que Ele queria que fizessem.

Olhando a praia cintilante, a areia branca como sal que se estendia diante dele como um céu para se caminhar e o rio verde da lua correndo do mar para seus olhos, ele desejou saber o que devia fazer para Deus, como os outros sabiam. Seu corpo se esticou como num voto mudo, uma pura estrela dos desejos que logo se transformou em fato; assim como ele havia se levantado e sentado com a congregação na sinagoga, sem saber por quê, mas satisfeito por estar junto com outros em pura obediência, ele agora votou obediência ao mar, à lua, à praia estrelada, ao céu, ao silêncio que se estendia no vazio a toda a sua volta. Qual exatamente era o seu comando ele não sabia, mas da noite lhe vinha uma ordem e ele estava grato por isso, tornava-o melhor e não mais tão só. Ele sentiu, sem nenhuma noção de detalhes, que secretamente, sem que ninguém soubesse a não ser a noite, ele era o guardião da inocência de Ben e de seus pais. Vagamente sentiu que com algumas palavras que sabia estarem dentro de sua cabeça, em algum lugar, ele havia quase feito com que todos gritassem enfurecidos uns com os outros e com ele, de forma que se tivesse dito o que podia dizer, todos ficariam horrorizados com a mera visão um do outro e haveria o terror de um espanto. Tinha de esconder deles esse conhecimento, sabia disso e recebia-o como água quando estava com sede, com olhos plácidos e uma atenção e prazer internos, com um anseio que era mais que conhecimento.

De repente, sentiu-se exausto. O sono o derrubava parado ali ao parapeito. Estendeu a mão para fora dos beirais do telhado da varanda e sentiu o luar. Não era quente! Agora, lavando nele ambas as mãos, buscou seu calor e textura, mas não era diferente do escuro. Pôs no rosto a mão tocada pelo luar para sentir, mas não veio dela nenhum calor. Ele a levantou e tentou debruçar do parapeito para pôr o rosto no luar, mas não conseguiu alcançar. Com as pálpebras pesadas, caminhou incerto até o degrau baixo, desceu, foi até o canto da casa, onde a praia começava, e saiu da sombra da casa para o luar aberto. Ao olhar para cima, a luz o cegou, e ele caiu sentado, de repente, apoiado nos braços esticados; então, o cotovelo cedeu e ele se deitou na areia.

Com o último canto escuro da mente procurou a sensação de o rosto esquentar e lentamente aconteceu. As pálpebras primeiro, depois a ponte do nariz, depois a boca estavam sentindo a difusão do calor da lua. Ele viu o irmão, o pai e a mãe, e agora sim podia dizer que o luar era quente! — e ouviu a risada deles diante dessa impossibilidade, a risada deles que era como um portão mantendo-o fora do mundo deles, e mesmo se sentindo raivoso, envergonhado, orelhudo, ele era o protetor deles agora. Deixaria que rissem e não acreditassem nele, enquanto secretamente, sem que ninguém soubesse, senão os olhos que tudo veem a partir do mar, ele conseguiria, pela força de seu silêncio, preservá-los do mal e do dano. Ligado à regra, encarregado da perturbada paz, ele adormeceu na força de seu ministério.

A brisa o refrescou e logo a areia resfriou suas costas, mas ele recolheu mais calor do luar e depressa se aqueceu. Afundando, nadou pelo mar mais profundo e prendeu a respiração por tanto tempo que, quando voltou à superfície com o sol brilhando em seu cabelo, entendeu que ia surpreender todo mundo.

[1959]

# Monte Sant'Angelo

O motorista, que estava sentado no banco da frente em perfeito silêncio durante quase uma hora, enquanto cruzavam a monótona planície verdejante da província de Foggia, disse alguma coisa. Appello depressa se inclinou no banco de trás e perguntou o que ele havia dito. "É Monte Sant'Angelo ali na frente." Appello baixou a cabeça para olhar pelo para-brisa do pequeno fiat trepidante. Depois cutucou Bernstein, que acordou ressentido, como se o amigo estivesse incomodando. "A cidade fica ali em cima", disse Appello. O aborrecimento de Bernstein desapareceu e ele se inclinou para a frente. Ficaram ambos sentados assim durante vários minutos, olhando a aproximação do que lhes parecia uma cidade comicamente situada, ainda mais cômica do que qualquer das outras que vinham vendo nas quatro semanas que passaram se deslocando de um lugar para outro pelo país. Era como uma velhinha que morasse no sótão por sentir medo de ladrões.

A planície continuava plana como uma mesa por uns quinhentos metros à frente. Então, o monte subia dela, como um pilar; reto e rígido se erguia para o céu, estreitando-se apenas ao chegar ao topo. E lá, quase invisível agora, a cidade acocorada, momentaneamente obscurecida por nuvens brancas, depois aparecendo de novo minúscula e segura, como um porto de montanha à espreita no fim do mar. De onde estavam não conseguiam ver nenhuma estrada, nenhum acesso daquele lado do pilar.

"Quem construiu isso devia estar com muito medo de alguma coisa", disse Bernstein, apertando mais o casaco no corpo. "Como se sobe lá? Será que se sobe?"

Em italiano, Appello perguntou ao motorista sobre a cidade. O motorista, que estivera lá apenas uma vez antes e não conhecia mais ninguém que tivesse feito a viagem — apesar de residente de Lucera, que não ficava longe —, disse a Appello um tanto divertido que eles logo iam ver como era raro alguém subir ou descer de Monte Sant'Angelo. "Os jumentos vão escoicear e fugir quando a gente subir, e quando chegarmos à cidade todo mundo vai sair para olhar. Estão muito longe de tudo. Parecem todos irmãos lá em cima. E não sabem muita coisa, não." Ele riu.

"O que o cara de Princeton falou?", Bernstein perguntou.

O motorista tinha o cabelo cortado curto, o nariz arrebitado e o rosto vermelho com olhos azuis. Era o dono do carro e, embora falasse como qualquer italiano quando os pés estavam pisando o chão, segurando a direção, com dois americanos sentados atrás, ele demonstrava apenas uma atitude divertida e superior em relação a tudo que estava fora do para-brisa. Appello, depois de traduzir para Bernstein, perguntou quanto tempo levaria para subir. "Talvez uns quarenta e cinco minutos — o que dura a montanha", acrescentou.

Bernstein e Appello recostaram e observaram a aproximação do monte. Dava para ver agora que as laterais eram de pedra branca esfarelada. Olhando assim de perto, parecia que tinha sido atingida por algum martelo monstruoso que rachara sua estrutura em milhões de fendas. Estavam começando a subir agora, numa estrada de pedras quebradas aguçadas.

"A estrada é romana", observou o motorista. Ele sabia o quanto os americanos valorizavam tudo que era romano. E acrescentou: "Mas o carro é de Milão". Ele e Appello deram risada.

E então uma poeira branca começou a entrar no carro. Em torno deles, a altitude começou a parecer ameaçadora. Não havia anteparos na estrada e ela se curvava sobre si mesma a cada duzentos metros para continuar subindo. As portas do fiat tremiam nos caixilhos; o banco em que estavam sentados ficava se inclinando para o piso. Uma película fina de talco branco assentava nas roupas e cobria suas sobrancelhas. Ambos começaram a tossir. Quando pararam, Bernstein disse: "Só para eu entender melhor e sem nenhum preconceito, você pode me explicar de novo, com palavras simples, por que diabos estamos subindo esta montanha de pó, meu velho?".

Appello riu e deu-lhe um soco de mentira.

"Sem brincadeira", disse Bernstein, tentando sorrir.

"Quero ver uma tia minha, só isso", Appello começou a levar a sério.

"Você é maluco, sabia? Tem algum complexo de ancestralidade. Tudo o que a gente faz neste país é procurar seus parentes."

"Bom, meu Deus, eu finalmente estou no país, e quero ver todos os lugares de onde eu venho. Sabe que dois parentes meus estão enterrados numa cripta na igreja ali em cima? Em mil cento e alguma coisa."

"Ah, daí que vieram os monges?"

"Claro, os dois irmãos Appello. Eles ajudaram a construir essa igreja. É muito famosa, a igreja. Dizem que são Miguel apareceu numa visão ou alguma coisa assim."

"Nunca pensei que eu fosse conhecer alguém que tem monges na família. Mas ainda acho que você enlouqueceu com essa história toda."

"Bom, você não tem nenhum sentimento pelos seus ancestrais? Não gostaria de voltar à Áustria, ou seja, lá de onde você é e ver como os seus antepassados viviam? Talvez encontre uma família que pertença à sua linhagem ou algo assim."

Bernstein não respondeu de imediato. Não sabia bem o que sentia e se perguntou se não ficava cutucando o amigo um pouco por inveja. Quando estiveram no tribunal de província onde estavam pendurados os retratos do avô e do bisavô de Appello, ambos renomados magistrados do interior; quando passaram a noite em Lucera, onde o nome de Appello significava algo nitidamente honroso e onde apertavam a mão de seu amigo Vinny e o saudavam daquele jeito íntimo porque ele era um Appello — em todos esses momentos Bernstein se sentira de fora e, de alguma forma, deficiente. De início, tomara a atitude de que toda a agitação era infantil, e no entanto, incidente após incidente, marco após marco, o nome Appello continuava ecoando, e ele aos poucos sentiu seu amigo mesclado àquela história, e pareceu-lhe que isso tornava Vinny mais forte, de alguma forma menos morto quando chegasse a hora de ele morrer.

"Não tenho conhecimento de parentes meus na Europa", ele disse a Vinny. "E se eu tiver, devem estar todos mortos já."

"Por isso que você não gosta dessas minhas visitas?"

"Eu não disse que não gosto", Bernstein falou e sorriu de propósito. Ele queria poder se abrir como Vinny; sentia que isso lhe daria calma e força. Ficaram olhando a planície abaixo e falavam pouco.

A poeira de giz havia clareado as sobrancelhas pretas de Appello. Por um brevíssimo momento ocorreu a Appello que eles se pareciam. Ambos tinham mais de um metro e oitenta, ambos tinham ombros largos e cabelos escuros. Bernstein era mais magro, bem esguio, de braços compridos. Appello era mais forte nos braços e um pouco curvado, como se não quisesse ser alto. Mas os olhos não eram parecidos. Os olhos de Appello pareciam um pouco chineses e brilhavam, negros, diretos e, para as mulheres, apaixonadamente. Bernstein passava os olhos mais do que olhava; para ele olhos eram perigosos quando podiam ser decifrados, então os desviava sempre, ou baixava, e parecia haver algo defensivamente cruel mesmo que delicado ali.

Os dois se gostavam não por alguma razão, mas pelas possibilidades; era como se ambos sentissem que eram opostos. E eram atraídos pelos defeitos um do outro. Com Bernstein por perto, Appello se sentia desviado de sua sensualidade irresponsável, e nessa viagem Bernstein muitas vezes tivera o prazer e a dor de resolver não mais negar a si mesmo.

O carro virou numa curva fechada com uma nuvem abaixo, à direita, e de repente a rua principal da cidade fez um arco diante deles. Não havia ninguém à vista. Era verdade, o que o motorista predissera — nos poucos retalhos de relva pelos quais haviam passado na subida, jumentos escoicearam, e tinham visto pastores com bigodes duros, chapéus pretos e longas capas pretas que olharam para eles com a silenciosa inspeção dos que vivem isolados. Mas ali na cidade não havia ninguém. O carro subiu até a rua principal, que ficou plana, e imediatamente estavam cercados de pessoas que saíam de suas portas, vestindo paletós e bonés. Pareciam de fato estranhamente relacionados, e mais irlandeses que italianos.

Os dois desceram do fiat e inspecionaram a bagagem amarrada no teto do carro, enquanto o motorista circulava, protetor, em torno do veículo. Appello falava risonhamente com as pessoas, que perguntavam por que ele tinha vindo de tão longe, o que tinha para vender, o que queria comprar, até ele finalmente esclarecer que estava apenas procurando a tia. Quando disse o nome, os homens (as mulheres permaneciam em casa, olhando pelas janelas) pareceram vagos, até que um velho com alpargatas de corda e uma touca de esqui de tricô avançou e disse que se lembrava daquela mulher. Ele então se virou, Appello e Bernstein o seguiram pela rua principal com o que deviam ser agora cem homens atrás deles.

"Como é que ninguém conhece sua tia?", Bernstein perguntou.

"Ela é viúva. Acho que fica em casa o tempo todo. Os homens da família morreram aqui há mais de vinte anos. O marido dela era o único Appello daqui. Eles não se ligam muito nas mulheres; aposto que esse velho lembrou do nome porque conheceu o marido dela, e não ela."

O vento, constante e forte, soprava pela cidade, lavando-a, branqueando as pedras. O sol era fresco como um limão, o céu azul puro e as nuvens tão próximas que suas quilhas pareciam navegar pela rua em frente. Os dois americanos começaram a caminhar com alegria nos passos longos. Chegaram a uma casa de pedra de dois andares, seguiram um corredor escuro e bateram. O guia permaneceu respeitosamente na calçada.

Durante alguns momentos, não houve nenhum som no interior da casa. Depois, sim — passos curtos, como um rato que andasse, parasse, olhasse em torno, andasse de novo. Appello tocou outra vez. A maçaneta da porta girou e a porta abriu uns trinta centímetros. Uma mulher pequena e pálida, não muito velha, segurava a porta aberta o suficiente para que seu rosto fosse visto. Parecia preocupada.

"Hã?", ela perguntou.

"Eu sou Vincent Georgio."

"Hã?", ela repetiu.

"Vicenzo Giorgio Appello."

A mão dela deslizou da maçaneta e ela recuou um passo. Appello, sorrindo com seu jeito amigável, entrou, e Bernstein logo atrás dele fechou a porta. Pela janela o sol inundava a sala, que mesmo assim era gelada. A mulher estava com a boca aberta, as mãos juntas como em oração, as pontas dos dedos voltadas para Vinny. Parecia estar agachada, como prestes a se ajoelhar, e não conseguia falar.

Vinny foi até ela e tocou-lhe o ombro ossudo, fez com que se sentasse numa cadeira. Ele e Bernstein também se sentaram. Ele contou qual era seu parentesco, citando nomes de homens e mulheres, alguns já mortos, outros de quem ela só ouvira falar e nunca conhecera naquele lugar do céu. Finalmente, ela falou e Appello não conseguiu entender o que disse. Ela saiu da sala de repente.

"Acho que ela acha que eu sou um fantasma ou algo assim. Meu tio disse que ela não via ninguém da família há vinte, vinte e cinco anos. Aposto que ela acha que não sobrou mais ninguém."

Ela voltou com uma garrafa que tinha dois dedos de vinho no fundo. Ignorou Bernstein e deu a garrafa para Appello. Ele bebeu. Era vinagre. Ela então começou a chorar e enxugava as lágrimas dos olhos para poder olhar para Appello. Nunca terminava uma sentença e Appello ficava perguntando o que havia dito. Ela ficava correndo de um canto para o outro da sala. O ritmo de suas saídas e voltas à cadeira estava ficando tão frenético que Appello ergueu a voz e mandou que se sentasse.

"Não sou um fantasma, tia. Eu vim da América", ele se calou. Era claro pela expressão dos olhos perplexos, assustados, que ela não achava que ele fosse um fantasma, o que não era nada bom — se ninguém vinha vê-la nem de Lucera, como podia alguém sequer pensar nela na América, um lugar que existia de fato, ela sabia, assim como o céu existia e exatamente da mesma maneira. Não havia como estabelecer uma conversa com ela.

Eles finalmente saíram e ela não dissera uma única palavra coerente, a não ser uma bênção, que era o seu modo de expressar alívio por Appello ir embora, uma vez que, apesar da alegria indizível de ter visto com seus próprios olhos mais alguém com o mesmo sangue de seu marido, a visão em si era terrível demais em suas associações e na responsabilidade que punha sobre ela para lhe dar as boas-vindas e acomodá-lo com conforto.

Agora caminhavam para a igreja. Bernstein não tinha conseguido dizer nada. A emoção da mulher, tão pura, violenta e desvairada, o assustara. E no entanto, olhando para Appello, ele se surpreendia ao ver como seu amigo não sentira nada além de uma calma espécie de satisfação com aquilo, como se sua tia tivesse apenas se comportado corretamente. Lembrou-se vagamente dele menino visitando uma tia no Bronx, uma mulher que não mantivera contato com a família e que nunca o vira. Ele se lembrou de que ela o tinha alimentado à força, beliscado suas bochechas e sorrido toda vez que ele olhava para ela, mas ele sabia que não havia nada desse sangue naquele encontro; nem poderia haver para ele agora se na próxima esquina encontrasse uma mulher que dissesse ser de sua família. Podia até ser que quisesse ir embora com ela, embora sempre tivesse se dado bem com sua gente e não sentisse nem o costumeiro esnobismo por eles. Quando entraram na igreja, ele disse a si mesmo que alguma parte dele não estava conectada, mas por que haveria de se perturbar com isso era algo que lhe escapava e até o deixava irritado com Appello, que agora estava perguntando ao padre onde ficavam os túmulos dos Appello.

Desceram à cripta da igreja, onde o piso de pedra estava parcialmente coberto com água. Nas paredes e pelos corredores em curvas que partiam de um salão central em arcos, havia tumbas tão antigas que nenhuma vela conseguia iluminar a maior parte das inscrições desgastadas. O padre lembrou-se vagamente de uma cripta Appello, mas não fazia ideia de onde ficava. Vinny ia de uma cripta a outra com a vela que tinha comprado do padre. Bernstein esperava na entrada do corredor, o pescoço curvado para evitar que seu chapéu tocasse o teto. Appello, ainda mais curvado que sempre, parecia ele próprio um monge, um antiquário, uma figura que desaparecia gradualmente apertando os olhos à prolongada escuridão das eras em busca de seu nome numa lápide. Não conseguiu encontrá-lo. Seus pés estavam ficando encharcados. Depois de meia hora, saíram da igreja e do lado de fora lutaram com trêmulos meninos a vender postais religiosos encardidos, que o vento arrancava de suas mãos.

"Tenho certeza de que é aqui", Appello disse com fascinada excitação. "Mas você não vai querer dar uma busca, não é?", perguntou, esperançoso.

"Não é lugar para eu pegar uma pneumonia", disse Bernstein.

Tinham chegado ao fim de uma rua lateral. Passaram por lojas na frente das quais havia carneiros rosados pendendo de cabeça para baixo, as patas rígidas se projetando acima da calçada. Bernstein apertou uma delas e imaginou para Vinny uma cena chapliniana em que um monsenhor encontra com ele ali, estende a mão para ele, e dá com a pata fria do cordeiro entre os dedos, e Chaplin fica envergonhado. No fim da rua, vislumbraram um céu sem fim e do alto do precipício olharam a Itália.

"Podem ter cavalgado por aqui, com armaduras — os Appello", Vinny disse, arrebatado.

"É, é muito provável", disse Bernstein. A visão de Appello em uma armadura apagou qualquer desejo de brincar com seu amigo. Ele se sentiu sozinho, desolado, como as laterais de calcário ressecado daquele pilar quebrado sobre o qual se encontrava. Com certeza não tinha havido cavaleiros em sua família.

Ele se lembrou do pai contando de sua cidade na Europa, de um barril comum de água, de um idiota da aldeia, de um barão próximo. Era só isso para ele, e nenhum orgulho, nenhum orgulho de nada daquilo. Depois, eu sou americano, disse a si mesmo. Olhou o perfil de Appello e sentiu o calor daquele olhar sobre a Itália, perguntou a si mesmo se algum americano teria realmente sentido isso pelos Estados Unidos. Ele nunca antes sentira com tanta força que o passado pudesse ser tão povoado, tão vívido com a sucessão de gerações, como acontecera com a tia de Vinny uma hora antes. Um barril comum de água, um idiota da aldeia, um barão que vivia perto... Não tinham nada a ver com *ele*. E parado ali, sentiu quebrada uma parte de si mesmo e se perguntou com ligeiro divertimento se era isso que uma criança sentia ao descobrir que os pais que a criaram não eram seus e que ele não viera de um lugar afetuoso, mas da rua, de um lugar público e desordenado...

Procuraram e encontraram um restaurante para almoçar. Era do outro lado da cidade, à beira de um precipício. Dentro, era uma sala imensa com quinze ou vinte mesas; a parede da frente tinha uma fileira de janelas que dava para a planície lá embaixo. Sentaram-se a uma mesa e esperaram que aparecesse alguém. O restaurante era frio. Dava para ouvir o vento batendo nas vidraças e, no entanto, as nuvens ao nível dos olhos se deslocavam serenamente, devagar. Uma moça, filha da família, saiu da cozinha e Appello a estava interrogando sobre a comida quando a porta da rua se abriu e entrou um homem.

Para Bernstein houve uma repentina impressão de familiaridade com o homem, embora ele não conseguisse nem suspeitar a razão desse sentimento. O rosto do homem parecia siciliano, redondo, escuro como terra, malares salientes, queixo largo. Ele quase riu alto quando lhe ocorreu instantaneamente que podia conversar com aquele homem em italiano. Quando a garçonete foi embora, ele disse isso a Vinny, que se juntou a ele para observar o homem.

Sentindo os olhares, o homem voltou-se para eles com um alegre tremor das bochechas e disse: "*Buongiorno*".

"*Buon giorno*", Bernstein respondeu por cima das quatro mesas que havia entre eles e disse para Vinny: "Por que ele me causa essa impressão?".

"Eu sei lá", disse Vinny, contente agora de poder juntar-se a seu amigo numa ocupação mutuamente interessante.

Ficaram olhando o homem, que evidentemente comia sempre ali. Já havia deixado um pacote grande em cima de outra mesa e agora punha o chapéu numa cadeira, o paletó em outra, o colete numa terceira. Era como se estivesse criando companheiros com suas roupas. Estava no auge da meia-idade e era muito vigoroso. E para os americanos havia algo fora do lugar em suas roupas. O paletó podia ser usado por um homem local; era apertado e preto, amassado e coberto de poeira de calcário. A calça, marrom-escura e muito grossa, como de camponês, e os sapatos com a ponta arrebitada, de couro pesado. Mas usava um chapéu preto, o que não era usual ali onde todos usavam boinas, e tinha uma gravata. Ele limpou as mãos antes de desfazer o nó; era uma gravata listada, amarela e azul, de seda, e não era gravata que se comprasse naquela parte do mundo, ou fosse usada por essas pessoas. E havia em seus olhos um ar que não era o olhar para dentro dos camponeses, nem tinha a inocência dos outros homens que haviam olhado para eles nas ruas ali.

A garçonete veio com dois pratos de cordeiro para os americanos. O homem ficou interessado e de sua mesa olhou a carne e os estranhos. Bernstein olhou a carne mal cozida e disse: "Tem cabelo na comida".

Vinny chamou a moça de volta quando ela estava indo para o recém-chegado e apontou o cabelo.

"Mas é pelo de carneiro", ela explicou com simplicidade.

Eles disseram "Ah" e fingiram começar a cortar a carne ligeiramente rosada.

"O *signor* devia saber que não devia pedir carne hoje."

O homem parecia divertido e, no entanto, não estava claro se ele não estaria um pouquinho ofendido.

"Por que não?", Vinny perguntou.

"É sexta-feira, *signor*", ele sorriu, simpático.

"É verdade!", disse Vinny, embora soubesse o tempo todo.

"Me traga um peixe", disse o homem à moça e com intimidade perguntou sobre sua mãe, que estava doente esses dias.

Bernstein não conseguia desviar os olhos do homem. Não conseguia comer a carne e ficou mascando pão e sentindo uma vontade cada vez maior de ir até o sujeito e falar com ele. Parecia-lhe louco. O lugar todo — a cidade, as nuvens na rua, o ar rarefeito — estava se transformando numa alucinação. Ele conhecia aquele homem. Tinha certeza de que o conhecia. Evidentemente era impossível. Mesmo assim, havia uma coisa além da impossibilidade da qual ele estava de todo seguro, e era que, se tivesse a ousadia, começaria a falar italiano fluentemente com aquele homem. Era o primeiro momento, desde que partira dos Estados Unidos, em que não sentia o incômodo de viajar e de ser um viajante. Parecia-lhe estar se sentindo agora tão confortável como Vinny. Mentalmente, conseguia visualizar o interior da cozinha; tinha uma imagem incrivelmente clara de como devia ser a cara da cozinheira, e sabia onde certo tipo de avental sujo estaria pendurado.

"O que está acontecendo com você?", Appello perguntou.

"Por quê?"

"O jeito que está olhando para ele."

"Quero falar com ele."

"Bom, fale", Vinny sorriu.

"Não falo italiano, você sabe disso."

"Bom, eu pergunto para ele. O que você quer dizer?"

"Vinny..." Bernstein começou a falar e parou.

"O quê?", Appello perguntou, inclinando a cabeça e olhando a toalha.

"Faça ele falar. Qualquer coisa. Faça."

Gostando da estranha emotividade do amigo, Vinny foi até o homem, que agora estava comendo com cuidadosa, mas imensa satisfação. "*Scusi, signor.*"

O homem ergueu os olhos.

"Sou um filho da Itália na América. Gostaria de conversar com o senhor. Somos estrangeiros aqui."

O homem, mastigando deliciosamente, acenou com seu sorriso amigável e divertido e ajeitou o paletó pendurado na cadeira próxima.

"O senhor é daqui de perto?"

"Não muito longe."

"Como vão as coisas por aqui?"

"Pobre. Sempre pobre."

"No que o senhor trabalha, se posso perguntar?"

O homem tinha acabado de comer. Tomou um longo último gole de vinho, levantou-se e passou a se vestir, apertou firme a gravata. Quando caminhava era com um ritmo lento, amplo, como se cada passo tivesse de ser conservado.

"Eu vendo panos aqui para as pessoas e lojas, se é que se pode chamar assim", disse ele. E foi até o pacote, arrumou-o cuidadosamente sobre a mesa e começou a abri-lo.

"Ele vende panos", disse Vinny a Bernstein.

As faces de Bernstein começaram a ficar vermelhas. De onde estava sentado, podia ver as costas largas do homem, ligeiramente curvadas sobre o pacote. Podia ver as mãos do homem desfazendo os nós e só um canto de seu olho esquerdo. O homem estava tirando o papel de dois rolos de pano, alisando cuidadosamente as rugas contra a mesa. Era como se o papel pardo fosse um couro valioso que não podia ser quebrado ou dobrado grosseiramente. A garçonete saiu da cozinha com um tremendo pão redondo de pelo menos sessenta centímetros de diâmetro. Entregou a ele, que o colocou em cima do pano, e uma levíssima pluma de sorriso curvou os lábios de Bernstein. O homem então dobrou o papel de volta, passou o barbante em torno e deu um nó. Bernstein deu uma pequena risada, uma espécie de alívio.

Vinny olhou para ele, já sorrindo, pronto para se juntar ao riso, mas intrigado. "O que foi?", perguntou.

Bernstein respirou. Havia algo um pouco triunfante, um novo ar de segurança e superioridade em seu rosto e em sua voz. "Ele é judeu, Vinny", disse.

Vinny virou-se e olhou o homem. "Por quê?"

"O jeito de ele arrumar o pacote. É exatamente o jeito que meu pai costumava fazer um pacote — e meu avô. A história toda de empacotar e fugir. Ninguém pode ser tão terno e delicado com pacotes. Esse homem é um judeu amarrando um pacote. Pergunte o nome dele."

Vinny estava deliciado. "*Signor*", chamou com aquele calor reservado em sua natureza a membros de famílias, quaisquer famílias.

O homem, enfiando a ponta do barbante na beira do papel, virou-se para eles com seu sorriso gentil.

"Posso perguntar seu nome, *signor*?"

"Meu nome? Mauro di Benedetto."

"Mauro di Benedetto. Claro!" Vinny riu, olhando para Bernstein. "É Morris dos Abençoados. Moisés."

"Fale para ele que eu sou judeu", disse Bernstein, o olhar carregado de empenho.

"Meu amigo é judeu", Vinny disse ao homem que estava agora ajeitando o pacote no ombro.

"Hã?", o homem perguntou, confuso com a súbita vivacidade deles. Como se imaginasse se haveria algum sofisticado sentido americano que deveria ter entendido, ficou parado, sorrindo vago, polido, pronto para se envolver no clima.

"*Judeo*, meu amigo."

"*Judeo?*", ele perguntou, o desejo de entender a piada ainda no sorriso em seu rosto.

Vinny hesitou diante daquele olhar firme de incompreensão. "*Judeo*. O povo da Bíblia", disse.

"Ah, sei, sei!" O homem sacudiu a cabeça, aliviado de não ter sido vítima de ignorância. "*Ebreo*", corrigiu. E acenou afavelmente com a cabeça para Bernstein, parecendo um pouco confuso quanto ao que esperavam que fizesse em seguida.

"Ele entende o que você quis dizer?", Bernstein perguntou.

"É, ele disse 'hebreu', mas parece não ter entendido. *Signor*", dirigiu-se ao homem, "por que não toma um copo de vinho conosco? Venha, sente aqui."

"Obrigado, *signor*", ele respondeu, agradecido, "mas tenho de chegar em casa antes do anoitecer e já estou um pouco atrasado."

Vinny traduziu e Bernstein pediu que perguntasse por que tinha de chegar antes do anoitecer.

O homem parecia nunca ter pensado nisso antes. Deu de ombros, riu e respondeu: "Não sei. Minha vida inteira eu cheguei em casa para jantar na sexta-feira à noite e gosto de entrar em casa antes do anoitecer. Acho que é um costume; meu pai... sabe, tem um caminho que sigo, que é este caminho. A gente é conhecido aqui faz muitas gerações. E meu pai sempre ia para casa sexta-feira à noite antes do anoitecer. É um costume de família, acho".

"O *shabbat* começa ao anoitecer da sexta-feira", Bernstein disse quando Vinny acabou de traduzir. "Ele até está levando pão fresco para o sabá. O homem é judeu, estou dizendo. Pergunte para ele, por favor?"

"*Scusi, signor*", Vinny sorriu. "Meu amigo está curioso para saber se o senhor é judeu."

O homem ergueu as sobrancelhas grossas não apenas em surpresa, mas como se se sentisse um tanto honrado por ser identificado como algo exótico. "Eu?", perguntou.

"Não quero dizer americano", disse Vinny, acreditando ter entendido o sentido do olhar que o homem deu a Bernstein. "*Ebreo*", repetiu.

O homem sacudiu a cabeça, parecendo um pouco decepcionado por não poder satisfazer Vinny. "Não", disse ele. Estava pronto para ir embora, mas queria continuar aquela que, evidentemente, era a sua conversa mais interessante havia semanas. "Eles são católicos? Os hebreus?"

"Ele está me perguntando se os judeus são católicos", disse Vinny.

Bernstein recostou na cadeira, um ar intrigado contraindo os olhos. Vinny respondeu ao homem, que mais uma vez olhou para Bernstein como se quisesse investigar ainda mais essa estranheza, mas sua missão o chamava, ele desejou boa sorte a todos e se despediu. Foi até a porta da cozinha e agradeceu à moça lá dentro, dizendo que o pão ia aquecer suas costas até o alto da montanha. Abriu a porta e saiu para o vento e o sol da rua, acenando para eles ao se afastar.

Eles foram repetindo sua surpresa a caminho do carro e Bernstein contou mais uma vez como seu pai fazia embrulhos. "Talvez ele não saiba que é judeu, mas como pode não saber o que é judeu?", disse.

"Bom, lembra de minha tia em Lucera?", Vinny perguntou. "Ela é professora e me perguntou se eu acreditava em Cristo. Não sabia nada a respeito. Acho que aqui nestas cidadezinhas os poucos que algum dia ouviram falar de judeus devem achar que são algum tipo de seita cristã. Conheci um velho italiano, uma vez, que ensinava que todos os negros eram judeus e que judeus brancos eram só os convertidos."

"Mas o nome dele..."

"'Benedetto' é um nome italiano também. Mas nunca ouvi 'Mauro'. 'Mauro' é estritamente nome do velho mundo."

"Mas se ele tem um nome desses, será que não pensaria que...?"

"Acho que não. Em Nova York o nome 'Salvatore' virou 'Sam'. Os italianos são ótimos para apelidos; o primeiro nome nunca quer dizer muita coisa. 'Vicenzo' é 'Enzo', ou 'Vinny', ou mesmo 'Chico'. Ninguém pensaria duas vezes com 'Mauro' nem com qualquer outro nome. Ele é evidentemente judeu, mas tenho certeza de que não sabe disso. Deu para perceber, não deu? Ele ficou perplexo."

"Mas, meu Deus, levando para casa um pão para o sabá!", Bernstein riu, arregalando os olhos.

Chegaram ao carro, Bernstein estava com a mão na porta, mas se deteve antes de abrir e virou para Vinny. Parecia acalorado; as pálpebras inchadas. "É cedo — se ainda quiser, eu volto à igreja com você. Você pode procurar os meninos."

Vinny começou a sorrir, ambos deram risada juntos, Vinny deu-lhe um tapa nas costas e agarrou seu ombro como se fosse abraçá-lo. "Nossa, agora você está começando a gostar da viagem!"

Enquanto caminhavam depressa para a igreja, a conversa voltou ao mesmo ponto, quando Bernstein disse: "Não sei por quê, mas me pega. Ele não estava apenas agindo como judeu, mas como judeu ortodoxo. E ele nem sabe... quer dizer, para mim é uma loucura de esquisito".

"Você está diferente, sabia?", disse Vinny.

"Por quê?"

"Está."

"Sabe de uma coisa?", Bernstein disse baixinho quando entraram na igreja e desceram à cripta. "Eu me sinto, assim... em casa neste lugar. Não sei dizer como."

Embaixo da igreja, escolheram onde pisar entre as poças do chão de pedra, espiando em vestíbulos, abrindo portas, à procura do padre. Que apareceu afinal — eles não conseguiam imaginar de onde —, e Appello comprou mais uma vela para sumir nas sombras dos corredores onde ficavam as tumbas.

Bernstein esperou — estava tudo molhado, pingando. Atrás dele, plana e larga, se erguia a escada de pedra gasta pelos passos de milhões de pessoas. Saía vapor de suas narinas. Não havia nada para olhar além de sombras. Era úmido, escuro, baixo, um portão para o inferno. De vez em quando, ao longe, ele ouvia ecoar um passo, outro, depois silêncio. Não se moveu, procurando a raiz de um êxtase que ele não sonhava fazer parte de sua natureza; viu o homem afável descendo as montanhas, atravessando as planícies, em trilhas marcadas para ele por gerações de homens, um viajante sem nome levando para casa o pão quente numa sexta-feira à noite — e ajoelhando na igreja no domingo. Havia nisso uma ironia que ele não conseguia identificar. E, no entanto, havia orgulho a circular dentro dele. Orgulho de quê, ele não fazia ideia; talvez fosse apenas que, por baixo da esmagadora falta de sentido da história, um judeu havia sobrevivido secretamente, roubado de sua consciência, mas preso para sempre naquela impudicícia de sabá judeu num país católico; de forma que sua própria inconsciência era prova, uma prova tão muda como as pedras, de que um passado sobrevivia. Um passado para mim, pensou Bernstein, atônito com a importância daquilo para ele, quando de fato nunca tivera religião ou nem mesmo, agora dava-se conta, uma história.

Podia ver a forma de Vinny se aproximando pelo corredor estreito das criptas, a chama de uma vela se inclinando à brisa fria. Sentiu que olharia Vinny com outros olhos; sua condescendência desaparecera, e com ela certo embaraço. Sentiu-se solto, de alguma forma igual ao amigo — e como era estranho aquilo quando ele se considerara superior. De repente, com Vinny a um metro de distância, ele viu que sua vida fora coberta por uma vergonha irreconhecível.

"Encontrei! É lá no fundo!", Vinny estava rindo, como um menino, apontando o corredor escuro.

"Que ótimo, Vinny", disse Bernstein. "Fico contente."

Ambos ligeiramente curvados sob o teto baixo, úmido, suas vozes saindo da boca em sussurros cheios de ecos. Vinny ficou imóvel um instante, captando a respeitosa felicidade de Bernstein, e viu que sua busca não era um sentimento sem valor. Ergueu a vela para ver melhor o rosto de Bernstein e riu, pegou o pulso de Bernstein e o puxou pela escada que subia à superfície. Bernstein não gostava que ninguém o agarrasse, mas naquele toque de uma mão no escuro, estranhamente, não havia sinal de uma fraqueza odiosa.

Caminharam lado a lado pela rua íngreme, afastando-se da igreja. A cidade estava vazia de novo. O ar tinha cheiro de carvão queimando e azeite de oliva. Umas poucas estrelas pálidas apareceram. As lojas estavam todas fechadas. Bernstein pensou em Mauro di Benedetto seguindo pela estrada pedregosa, cheia de vento, correndo para chegar antes do pôr do sol.

[1951]

# Por favor, não mate nada

Aquela praia ficava dourada perto do pôr do sol. Os banhistas tinham todos ido para casa quando o vento ficou mais forte. Gaivotas mergulhavam logo depois da arrebentação. No horizonte, dava para ver quatro barcos de pesca atarracados seguindo em fila. Então ela se virou para a direita e viu os dois caminhões estacionados, os pescadores puxando uma rede. "Vamos ver se pegaram alguma coisa", ela disse, com a onda repentina de assombro que tomava conta dela diante de qualquer coisa nova.

Os caminhões eram surrados e enferrujados, com o fundo descoberto, e aquele ao qual chegaram tinha uns vinte e cinco robalos salpicados de areia e anchovas menores, empilhados na carroceria. Um homem de seus sessenta anos estava sentado no caminhão, segurando uma corda enrolada num guincho a seu lado. Acenou para eles, simpático, e puxou a corda para mantê-la tensa em torno do guincho que rodava. Na beira da água, outro homem vigiava a rede, fazendo com ela uma pilha quando ia saindo da água.

Sam olhou os peixes quando chegaram perto do caminhão e previu que ela ia ficar surpresa. Ela os viu, arregalou os olhos, mas até tentou sorrir para cumprimentar o velho que segurava a corda e disse: "O senhor que pegou todos estes?".

"É", disse ele, e seus olhos se aqueceram com sua beleza.

"Estão todos mortos, não estão?", ela perguntou.

"Ah, estão", disse o velho.

Os olhos dela estavam tomados de excitação ao olhar cada peixe individualmente para ter certeza de que não se mexiam. Sam começou a conversar com o velho sobre a probabilidade de uma boa pesca na rede que estavam recolhendo, e ela foi atraída para a conversa. Ele ficou aliviado ao ver que os olhos dela, da cor do mar azul, tinham se acalmado.

Mas o velho mexeu uma alavanca, o guincho rodou mais depressa com um gemido e ele se esforçava para manter a corda tensa. O guincho do outro caminhão também rodou mais depressa e os dois cuidadores da rede na praia foram depressa dos caminhões para a bcira da água, empilhando apressadamente a rede que vinha. Dava para ver a linha curva das boias de cortiça poucos metros dentro da água.

"Por que estão puxando tão depressa?", Sam perguntou ao velho. "Estão brigando dentro da rede?"

"Não", disse o velho, "só quero deixar a rede tesa para eles não pularem para fora e fugirem."

As ondas estavam quebrando em cima da rede, mas não dava para ver nenhum peixe. Ela então pôs as duas mãos no rosto e disse: "Ah, agora eles sabem que foram pegos!". Ela riu. "Cada um está pensando o que aconteceu!" Ele ficou contente de ela estar brincando consigo mesma, mesmo que seus olhos estivessem cheios de medo, fixos na rede submersa. Ela olhou o marido e disse: "Ah, nossa, estão pegos agora".

Ele começou a explicar, mas ela continuou depressa: "Eu sei que tudo bem se eles vão ser comidos. Vão ser comidos, não vão?".

"Vão vender todos para as peixarias", ele disse, baixo, para o velho no guincho não ouvir. "Vão servir para alimentar as pessoas."

"É", ela disse, como uma criança tranquilizada. "Vou ficar olhando. Estou olhando", ela quase anunciou a ele. Mas dentro dela alguma coisa estava prendendo a respiração.

Uma onda recuou então e com um puxão o saco da rede escapou da arrebentação. Soaram vozes em ambos os caminhões; não havia muita coisa. Ela viu as caudas das pequenas anchovas tremendo por dentro da rede ("Estão de ponta-cabeça!") e um robalo grande se debatendo, os ruivos tentando esticar as asas curvas escuras, e um linguado ali no meio daquele emaranhado cascalho do mar. Ela continuou apontando aqui e ali para peixes que de repente pulavam ou se sacudiam, gritando: "Olha um! Ali outro!" — querendo dizer que ainda não estavam mortos e, ele sabia, deviam ser resgatados.

Os homens abriram a rede, puxaram o bagre e algumas anchovas, jogaram os ruivos na areia e o linguado, e dois baiacus que imediatamente começaram a inchar. Ela se virou para o velho no caminhão e, tentando um sorriso, chamou-o com uma urgência na voz, quase um grito: "Vocês não pegam esses?".

Ele sentiu um calor de velho diante do brilho do rosto dela e da forma incrível do corpo debaixo da malha listada e da calça bege. "Esses não prestam, dona", ele disse.

"Bom, não vão jogar de volta?"

O velho pareceu hesitar como se alguma lembrança de culpa lhe passasse pela cabeça. "Claro. A gente joga de volta" — e ali ficou, sentado, olhando o parceiro que pegava os peixes bons da rede e jogava os ruivos alados na areia a torto e a direito.

Havia agora uns cinquenta ruivos na praia, alguns ofegando, alguns absolutamente imóveis. Sam podia sentir a tensão crescendo dentro dela, foi até a rede mais próxima e, com um leve tremor de repugnância, ergueu o peixe, jogou nas ondas e voltou para perto dela. A pulsação da vida do peixe permaneceu em seus dedos. "Se eu tivesse alguma coisa para segurar os peixes", ela disse.

"Não dá para jogar todos esses de volta", ele disse.

"Mas estão vivos!", disse ela, tentando desesperadamente sorrir e se afastar dele.

"Não, estão mortos. A maioria está morta, meu bem."

"Estão mesmo?", ela se virou e perguntou ao velho.

"Não, não estão mortos. A maior parte."

"Eles vivem de novo se a gente jogar na água?"

"Ah, claro, voltam sim", disse ele, tentando tranquilizá-la, mas sem se mexer de seu lugar.

Ela tirou um pé da sandália e foi até um peixe que estava se remexendo, tentou jogá-lo na água, mas ele escorregou. Sam se aproximou, pegou-o e jogou no mar. Ele estava rindo e ela continuou dizendo: "Desculpe. Mas se eles estão vivos...!".

"Está certo", disse ele, "mas estão quase todos mortos agora. Olhe." E ergueu um que estava imóvel. Jogou-o na água e ele se curvou ao mergulhar. Ela gritou: "Viu! Está nadando!".

Derrotado e sorrindo, agora que via os pescadores olhando para ele com um sorriso, continuou jogando os peixes de volta para a água. Sentiu que mesmo com o sorriso, aqueles homens estavam, de alguma forma, tomados pela insistência dela. E enquanto ia jogando os peixes viscosos um por um, viu que cada peixe individualmente lutava por seu espaço na água e não teve mais vergonha. Havia apenas mais dois peixes, ambos ruivos com barrigas brancas, rígidas asas escuras e começos de pernas se projetando dos dois lados do pescoço. Estavam imóveis, de costas. Ele não se abaixou para pegá-los porque ela parecia disposta a sacrificá-los e ele voltou até ela, sentindo, de alguma forma, que, se deixasse aqueles dois morrerem na praia, ela poderia se conformar com esse tipo de perda. Porque um dia em casa ele tivera de abrir a janela para deixar sair uma mariposa que normalmente teria matado, e embora uma parte de seu coração adorasse a sua feroz ternura por tudo o que vivia, outra parte sabia que ela precisava entender que ela não morria com aquelas mariposas, aranhas e passarinhos e, agora, com aqueles peixes. Mas ele queria também que os pescadores vissem que ela não era tão fanática a ponto de exigir que aqueles dois últimos peixes, evidentemente mortos, tivessem a sua chance.

Ele parou ao lado dela de novo, esperando. Sorriu e disse: "Arrumou um trabalho sob encomenda para você. São quase trinta quilômetros de praia que podemos percorrer, jogando os peixes de volta". Ela riu, puxou a cabeça dele para baixo e o beijou, ele a abraçou e disse: "Só mais aqueles dois. Anda, Sam. Eles podem estar vivos".

Ele riu de novo, pegou um dos peixes, sabendo que era ainda injusto dois morrerem quando cinquenta tinham sido salvos, e quando o jogou no mar um cachorro apareceu. Era um retriever grande, marrom, com o pelo opaco de mar e ele saltou nas ondas, mergulhou a cabeça na água, ergueu o peixe delicadamente aninhado na boca e saiu com grande orgulho para depositá-lo cuidadosamente aos pés de Sam. "Nossa, veja com que delicadeza ele traz o peixe de volta!", disse Sam.

"Ah, nossa!" Ela riu e curvou-se para a cara severa do cachorro de olhos lustrosos. O animal retribuiu seu olhar com determinação atlética. "Não pode fazer isso!" Ela olhou desamparada para Sam, que pegou o peixe e atirou de volta. Mais uma vez o cachorro saltou para dentro da água, o trouxe de volta e agora com enorme ânimo e orgulho quase dançou de volta até Sam, pôs o peixe a seus pés e ficou esperando que ele atirasse de novo, as pernas tremendo de ansiedade.

"E então?", ele disse a ela. "Está vendo. É uma conspiração contra esses dois peixes. Esse cara é treinado para ajudar o homem; o homem tem de comer e alguma coisa tem de morrer, meu bem..."

Enquanto ele falava, um peixinho prateado escapou da boca do ruivo a seus pés. "Olhe só!", ele gritou. "Está vendo? E *esse* peixinho?"

"É verdade!", ela disse, como se admitisse.

"Está vendo? As vítimas fazem outras vítimas."

"Bom, depressa, jogue de volta mesmo assim."

"Mas esse moço vai ficar trazendo de volta. Este peixe está condenado", disse ele, e os dois deram risada, mas dentro da cabeça ela sentia um relógio lhe dizendo que cada segundo era importante, e começou a se inclinar para o peixe aos pés dele, apesar da repugnância em tocá-lo. Ele afastou a mão dela, pegou o peixe, atirou no mar e, quando o cachorro virou e entrou na água para buscá-lo, ele correu alguns metros até o outro peixe e atirou-o para as ondas.

"Agora", disse um pouco ofegante quando o cachorro voltou com o primeiro peixe, "agora sobra só um. Este é definitivamente um peixe condenado pelo princípio de que o homem tem de comer e este cachorro é parte do esquema para alimentar o humano." Mas então nem mesmo ele conseguia tirar os olhos do peixe que passara a ofegar apressado, aparentemente com os choques de ser jogado na água e recolhido de novo pelo cachorro, voando no vento fresco. "Esse peixe quer que você deixe ele morrer em paz!", Sam riu.

Ela olhou em torno quase descontrolada, ainda sorrindo e rindo com ele, viu um graveto e correu, correu com o passo leve de bailarina, o cachorro olhou para ela, e ficou olhando enquanto ela sacudia o graveto e o chamava. Ela atirou o pau na água e o cachorro mergulhou atrás; Sam pegou depressa o último peixe, atirou no mar, e ele torceu o corpo com vida ao escorregar para uma onda.

A praia agora estava limpa, os pescadores ocupados recolhendo as redes, e os dois foram andando para a estrada. "Desculpe, Sam, mas eles estavam vivos, e ninguém ia comer aqueles peixes..."

"Bom, a maré teria levado os peixes mortos, meu bem, e eles seriam comidos por outros peixes. Não seria uma perda."

"É", disse ela.

Foram andando, de mãos dadas, e ela se calou. Ele sentiu uma grande alegria se abrir dentro dele por ela ter posto sua mão nos peixes que agora nadavam no mar porque ele os recolhera. Ela olhou para ele como uma menina, com aquele assombro nu no rosto, mesmo sorrindo como uma mulher adulta, e disse: "Mas alguns vão poder viver agora até ficarem velhos".

"E depois vão morrer", disse ele.

"Mas ao menos terão vivido o máximo possível." E ela riu com sua parte mulher que sabia dos absurdos.

"Isso mesmo", ele disse, "vão viver até uma idade madura, vão ficar ricos e importantes..."

Ela explodiu numa risada. "E vão ver os filhos crescerem!"

Ele beijou seus lábios, abençoando sua mulher e seu desejo. "Ah, como eu te amo", ela disse com lágrimas nos olhos. E foram para casa.

[1960]

# Os desajustados

O vento soprou das montanhas a noite inteira. Um louco rio de ar varreu em turbilhão o céu escuro e se abateu contra o deserto azul, silvando de volta para as colinas. Os três caubóis dormiam debaixo de seus cobertores, de costas para a primeira curva ascendente do círculo de montanhas, o rosto voltado para o deserto de sálvia. O vento e sua maré se infiltravam em seus sonhos e quando parou de soprar fez-se um silêncio lunar que levou Gay Langland a abrir os olhos. Pela primeira vez em três noites ele conseguia ouvir a própria respiração e, no silêncio novo, olhou as estrelas e viu que estavam claras e brilhantes. Sentiu alegria, deslizou para fora das cobertas e se pôs de pé, inteiramente vestido.

No platô silencioso entre as duas cadeias de montanhas, Gay Langland era a única coisa que se movia. Virou a cabeça e depois todo o corpo num círculo completo, olhando o céu azul profundo em busca de um sinal de tempestade. Viu que seria um dia bom e sossegado. Afastou-se alguns metros dos outros dois que dormiam e molhou a areia do chão. A excitação do silêncio estava despertando seu corpo. Voltou-se e acendeu um feixe de sálvia seca que havia se juntado durante a noite, jogou um pouco de madeira mais pesada nas chamas rápidas, encaixou a cafeteira enegrecida nas pedras em torno da fogueira, sentou-se num calcanhar, olhando as brasas novas alaranjadas.

Gay Langland tinha quarenta e cinco anos, mas ainda era ágil como sempre fora na vida. A luz de seu rosto se acendia quando havia alguma coisa a fazer, um prego para endireitar, um animal para avaliar, e se apagava quando não tinha nada nas mãos, seus olhos ficavam sonolentos. Quando havia alguma coisa a ser feita num lugar, ele ficava, e quando não havia nada a fazer, ele ia embora. Tinha uma esposa e dois filhos a menos de cento e cinquenta quilômetros dali que não via fazia mais de três anos. Ela o tinha traído e não o amava, mas os filhos naturalmente ficavam melhor com a mãe. Quando sentia saudade deles pensava neles, sentia sua falta, e quando o sentimento passava, ia embora sem nenhuma pergunta sobre o que deveria fazer para reunir todos de novo. Tinha nascido e crescido nas pastagens e não sabia de nada que se pudesse desfazer quando feito, assim como a chuva que cai não pode parar no ar. E tinha no rosto um sorriso e uma expressão coerentes com isso. A testa era marcada por rugas profundas, como se as sobrancelhas estivessem sempre erguidas em uma pequena expectativa — ligeiramente surpreso, um pouco divertido, e a boca era simpática. As orelhas eram de abano, como são muitas vezes nos meninos pequenos e nos bezerros novos, e ele tinha o nariz arrebitado de um menino. Mas sua pele era queimada pelo vento e os olhos pequenos olhavam, viam e, acima de tudo, eram treinados para não demonstrar medo.

Gay Langland olhou do fogo para o céu e viu o primeiro suave tom rosado. Foi até os que dormiam e sacudiu o braço de Guido Rancanelli. Um grunhido de saudação ressoou na cabeça de Guido, mas ele ficou deitado de lado, com os olhos fechados. "O fiadaputa morreu", Gay disse a si mesmo. Guido ouviu, imóvel, os olhos fechados por causa da luz da fogueira, os ossos quentes no corpo. Gay queria sacudi-lo de novo e acordá-lo, mas nos últimos dois dias passara a se perguntar se Guido não estaria secretamente pensando em não voar. O motor do avião estava com as válvulas batendo e um amortecedor de choque fraco. Gay conhecia o piloto fazia anos e não ignorava seus humores, mas os respeitava. Subir e descer por aquelas gargantas das montanhas a poucos metros das paredes de pedra não era uma coisa que se pudesse obrigar um homem a fazer. Mas agora que o vento havia parado, Gay queria muito que Guido decolasse essa manhã e os deixasse começar a trabalhar.

Ele se pôs de pé e olhou o céu outra vez. Depois ficou pensando em Roslyn. E sentiu um forte desejo de ter dinheiro no bolso, ganho por ele mesmo, quando fosse encontrá-la à noite. A sensação ficava sempre voltando de que ele havia de alguma forma ultrapassado o ponto da brincadeira e que tinha de trabalhar de novo e ganhar a vida como sempre fizera antes de conhecê-la. Não que ele não trabalhasse para ela, mas não era a mesma coisa. Dirigir o carro dela, arrumar sua casa, cumprir tarefas — essas coisas todas não eram o que se pode chamar de trabalho. Mesmo assim, pensou, era, sim. No entanto, não era nem uma coisa nem outra.

Foi até o outro homem que dormia e o sacudiu. Perce Howland abriu os olhos.

"O fiadaputa morreu, Perce", disse Gay.

Os olhos de Perce olharam o céu e ele assentiu com a cabeça. Então saiu de debaixo do cobertor, passou por Gay e ficou molhando a areia, respirando profundamente como se dormisse. Gay sempre o achara engraçado de olhar quando acordava. Perce pisava nas coisas e às vezes molhava as próprias botas.

Era um pouco como uma criança acordando e seus olhos agora estavam ainda sonhadores e macios.

Gay disse a ele: "Melhor que assalariado, hein, Perce?".

"Tem razão", Perce murmurou e voltou para a fogueira, esfregando a pele contra a roupa.

Gay ajoelhou-se junto ao fogo outra vez, raspando as brasas quentes para formar uma pilha, pôs a frigideira em cima delas, nas pedras. Era capaz de pegar coisas quentes sem sentir dor. Mexeu uma brasa com o dedo.

"Você me deixa nervoso quando faz isso", disse Perce, olhando por cima do ombro dele.

"Nada, é só fogo", Gay disse, satisfeito.

Ficaram em silêncio um momento, ambos fruindo o ar que clareava. "Guido vai subir?", Perce perguntou.

"Não falou. Acho que está pensando, sim."

"Já já clareia", Perce alertou.

Olhou a cordilheira mais próxima e viu as rochas roxas erguendo seu mistério às estrelas que brilhavam tênues. Perce Howland tinha vinte e dois anos, alto, quadril estreito, e ali estava tão sem esforço como as montanhas que observava, como se tivesse sido criado ali com seu macacão, a camisa xadrez e os punhos de três botões, o chapéu bege de aba larga na cabeça loira, os polegares enfiados no cinto de forma que os dedos tocavam a fivela entalhada com seu nome escrito debaixo da figura de um cavalo empinando. Era o seu primeiro prêmio de peão de rodeio, ele adorava tocá-lo quando estava esperando, e gostava de esperar.

Perce conhecia Gay Langland fazia apenas cinco semanas e Guido havia três dias. Conhecera Gay num bar de Bowie, Gay perguntara de onde era, o que estava fazendo, e ele contou sua história, que era a de sempre da maioria dos peões de rodeio. Viera de Nevada, algo que fazia desde os dezesseis anos, para acompanhar os rodeios locais e ganhar algum dinheiro montando cavalos indomados, mas essa viagem tinha sido diferente, porque perdera a vontade de voltar para casa.

Ficaram bons amigos naquela noite em que Gay o levou para dormir na casa de Roslyn, e quando ele acordou de manhã, ficou surpreso por uma mulher tão educada da Costa Leste ser tão simpática, bem-humorada e interessada em suas opiniões. Então ficou circulando em torno de Roslyn e Gay Langland e era confortável estar com eles; sobretudo com Gay, porque este nunca pensava dizer que ele devia fazer alguma coisa na vida. Gay fazia com que sentisse que estava tudo bem, só seguir dia após dia, semana após semana. Perce Howland não confiava muito em ninguém e não era preciso confiar em Gay porque Gay não queria nada dele, nem tentava manipulá-lo. Ele só queria um parceiro para ir caçar cavalos selvagens. Perce nunca tinha feito isso e queria saber como era. E agora estava ali, a setenta e cinco quilômetros da cidade mais próxima, a sete mil pés de altitude, e havia dois dias esperava o vento parar para o piloto poder partir para as montanhas onde ficavam os cavalos selvagens.

Perce olhou o deserto, que estava começando a mostrar seu horizonte silencioso. "Aposto que a lua deve ser assim se alguém conseguisse ir até lá."

Gay Langland não respondeu. Em sua cabeça, sentia os cavalos selvagens pastando e se deslocando nas montanhas próximas e queria chegar até eles. Apontando Guido Racanelli, disse: "Dê uma sacudida nele, Perce. O sol está para sair".

Perce foi na direção de Guido, que se mexeu antes que Perce chegasse até ele. "Está clareando, Guido", disse Perce.

Guido Racanelli rolou, sentou sobre seu grande traseiro, a barriga apertada no cinto, e inspecionou o céu que clareava ao longe, como se houvesse lá alguma mensagem pessoal para ele. A luz rosada refletida iluminou seu rosto. A pele em volta de seus olhos era branca na área em que os óculos protegiam o rosto, o resto da pele marrom, queimada pelo vento. Seus silêncios eram mais profundos que os silêncios dos outros, porque suas faces eram tão redondas quanto as faces de um babuíno que se curvam para fora a partir da boca, como duas metades de um melão. Eram, porém, faces firmes, tão firmes quanto a grande barriga. Ele agora parecia um pássaro da selva, virando lentamente a cabeça para inspecionar o céu distante, um pássaro sério de rosto marrom e olhos brancos. A cabeça totalmente careca. Tirou o quepe cáqui do exército e esfregou a cabeça com os dedos.

Gay Langland se pôs de pé e foi até ele, entregou-lhe os ovos e a fatia grossa de bacon num prato de metal. "O vento parou, Guido", disse Gay, ali parado, olhando o piloto.

"Não interessa muito como está aqui embaixo", Guido apontou o céu com o polegar. "Lá em cima é que conta."

"Não tem sinal de vento lá em cima", disse Gay. Os olhos de Gay pareciam divertidos. Ele não queria parecer disposto a uma discussão de fato. "Acabaram os ovos, Guido", alertou.

Guido comeu.

O céu se incendiou então com o amanhecer de verdade, como papel úmido que de repente pega fogo. Perce e Gay sentaram-se no chão diante de Guido e todos comeram seus ovos.

O manto de escuridão logo deslizou de cima do caminhão vermelho parado alguns metros adiante. Então, atrás dele, apareceu o aviãozinho. Guido Racanelli comeu, tomou seu café, e Gay Langland ficou olhando para ele com um sorriso fraco, sem falar nada. Perce piscou contente para o céu que clareava, ligeiramente separado dos outros dois. Terminou o café, jogou um bocado de tabaco na boca e sugou.

O dia agora estava rosado em todo o céu.

Gay Langland riscou uma linha na areia entre suas coxas e disse: "Você vai subir, Guido?". Olhou diretamente para Guido e ainda estava sorrindo.

Guido pensou um momento. Ele era mais velho, em torno de uns cinquenta anos. Sua pronúncia era inexplicavelmente do Leste, com erres duros. Às vezes, soava culto. Olhou para o pequeno avião. "De vez em quando eu me pergunto para que tudo isso", falou.

"O quê?", Gay perguntou.

Perce olhou no rosto de Guido, completamente atento.

Guido sentiu a atenção deles e falou com calma prazerosa. Ainda olhava o avião atrás deles. "Estou com uma válvula péssima. Eu sei disso, Gay."

"Está assim já faz tempo, Guido", Gay disse, compreensivo.

"Eu sei", Guido disse. Não estavam discutindo, mas procurando. "E a gente não vai conseguir muito mais que vinte dólares para cada um — não tem mais que quatro ou cinco cavalos lá."

"A gente sabe disso, Guido", disse Gay. Os dois se entendiam.

"Posso acabar me matando por vinte dólares."

"Droga, você conhece essas montanhas", disse Gay.

"Não dá para ver o vento, Gay", disse o piloto.

Gay já sabia que Guido ia voar imediatamente. Ele viu que Guido só queria ter todos os perigos na cabeça para poder enxergá-los e avaliá-los; e então iria na direção deles.

"A gente voa para dentro e para fora dessas passagens, aí mergulha em cima dos filhos da puta e justo quando vai subir, um vento desgraçado empurra a gente para baixo e pronto."

"Eu sei", disse Gay.

Fez-se silêncio. Guido tomou seu café, olhando o avião. "Eu penso nisso de vez em quando", disse o piloto.

"Bom, droga", disse Perce Howland, "melhor que ser assalariado."

"Tem razão, Perce", o piloto disse, pensativo.

"Já vi morrer gente que nunca saiu do chão", disse Perce.

Os dois homens mais velhos sabiam que seu pai havia sido morto por um touro muito tempo antes e que ele tinha visto o pai morrer. Ele próprio quebrara os braços em rodeios e um touro *brahma* pisara em seu peito.

"Num rodeio perto de Salinas vi um sujeito perder a cabeça, cortada direitinho do pescoço por um cabo esticado. O cabo era para fazer os cavalos entrarem num caminhão. Vi a cabeça dele rolando feito bola de boliche. Deve ter rolado uns vinte e cinco metros até bater num mourão de cerca e parar." Cuspiu suco de tabaco e virou-se para olhar para Guido. "Ele tinha bigode. Gozado, eu nunca tinha visto que o sujeito tinha bigode. Nunca havia notado. Até ver ele parar de rolar e estava lá, o bigode cheio de poeira."

"Bigode cheio de poeira", disse Gay, sorrindo diante da morbidez profunda.

Todos sorriram. Então o tempo parou um momento, enquanto eles esperavam. E Guido por fim se apoiou numa nádega e disse: "Bom, vamos abastecer".

Guido apoiou-se de lado com a mão aberta no chão, levantou-se num círculo em torno da mão e ficou em pé. Gay e Perce Howland foram para o caminhão: Perce, ajeitando o macacão em cima da barriga cheia com o café da manhã, e Gay, mais velho, mais animado e intenso. Guido ainda ficou parado com uma das mãos abertas em cima do fogo, olhando enquanto eles carregavam os seis pneus enormes na carroceria do caminhão. Cada pneu tinha seis metros de corda amarrados nele e no fim de cada corda havia um laço. Antes de jogarem os pneus no caminhão, Gay inspecionou as cordas para ter certeza de que estavam bem amarradas aos pneus, com os laços abertos e prontos para atirar.

Guido piscou ao sol que esquentava, olhou os outros dois, depois se virou para a direita, onde ficavam as passagens, e seus dedos mentais tatearam além daquelas passagens, as bacias e depressões das montanhas onde, na semana anterior, tinha visto uma pequena manada de cavalos selvagens pastando. Sentia agora a leveza que vinha esperando sentir havia três dias, a urgência incorpórea de voar. Durante três dias ele se mantivera distante do avião porque certo desinteresse vibrava dentro dele, uma sensação que sempre achara que o levaria para a morte. Umas cinco semanas antes, chegara àquele deserto com Gay Langland e espantara sete cavalos bravios para fora das montanhas. Mas dessa vez mergulhara até trinta centímetros da encosta da montanha e, depois, sentados durante o jantar, Guido tivera a sensação de que podia ter morrido naquele mergulho. A lembrança de sua mulher morta lhe voltou, e aquela outra lembrança que sempre lhe vinha com o rosto dela morta. Era um assombro, a pressão calada de uma consciência de que ele nunca mais quisera uma mulher depois que ela foi enterrada com o bebê natimorto a seu lado no cemitério perto de Bowie. Havia sete anos já esperava por algum desejo real por uma mulher, mas nada lhe viera. Sentia gosto em saber que estava livre daquilo, e isso às vezes o deixava descuidado com o avião, como se uma grande batida e um desastre pudessem transformá-lo de novo no que tinha sido. Agora ele podia ir a Bowie por uma semana e só em algum momento perdido lembrar que não tinha nem olhado nenhuma moça passando, e a sensação de indiferença crescia dentro dele, numa espécie de alegria solta, como se tudo fosse cômico. Até ele fazer aquele mergulho e se erguer de volta com o nariz quase raspando a relva, e subir com a boca aberta e o corpo suando. De forma que durante esses últimos três dias ali em cima ele havia se recusado a decolar até o vento parar de uma vez, e se mantivera apático. Queria decolar com pleno domínio de seus pensamentos, sem deixar nada ao acaso. Agora não havia vento nenhum e ele sentiu que havia expulsado da cabeça aquela sinistra alegria. Saiu de perto do fogo que morria, passou por Gay e Perce e desceu a leve encosta até o avião, parecendo um atarracado e sério técnico de futebol pouco antes do pontapé inicial.

Deu uma olhada na fuselagem, nos pneus carecas que pareciam *donuts*, e adorou o avião. Mais uma vez, como sempre, olhou o amortecedor de choques de estibordo que estava enfraquecido, que não se sustentava mais, de forma que o avião ficava inclinado para um lado, e disse a si mesmo que não era nada sério. Ouviu o motor do caminhão dar a partida e soltou os nós das cordas que prendiam o avião às estacas fincadas no chão do deserto. O caminhão parou, o jovem Perce Howland desceu e foi até a manopla da cauda, pegou-a, ergueu a cauda do chão e girou o avião para ficar de frente para o deserto sem fim, de costas para as montanhas. Depois desenrolou a mangueira de borracha do tambor de gasolina do caminhão, enfiou a ponta no tanque de gasolina atrás do motor do avião e girou a manivela da bomba.

Guido então circundou a asa, foi até a cabine, cuja porta direita estava dobrada, deixando o interior aberto ao ar. Procurou lá dentro, pegou a esfarrapada jaqueta de couro para voar e vestiu.

Perce estava encostado no para-lama do caminhão, sorrindo. "Essa jaqueta é bem ventilada mesmo, Guido", disse.

Guido respondeu: "Não consigo mais encontrar o meu tamanho". Uma das mangas da jaqueta estava cortada no cotovelo e o couro ressecado rasgado nas costas, mostrando o forro de pelo de carneiro. Ele havia bombardeado a Alemanha com essa jaqueta, muitos anos antes. Procurou atrás do banco, pegou a caixa de óculos, tirou os óculos, guardou de volta a caixa, pôs os óculos com firmeza no rosto; procurou lá dentro de novo e tirou um revólver e quatro balas de dentro de uma caixa de madeira ao lado do banco. Carregou a arma e a colocou cuidadosamente debaixo do banco. Depois entrou na cabine, sentou no banco, passou o cinto na barriga e afivelou. Enquanto isso, Gay havia assumido seu posto diante da hélice.

Guido gritou pela porta da cabine aberta: "Bota para girar, meu amigo!".

Gay afastou-se da hélice, olhou atrás dos pés para ter certeza de que nenhuma pedra estava à espera de derrubá-lo quando recuasse, empurrou a hélice e saltou para trás, atento.

"Mais uma vez!", Guido gritou, no silêncio.

Gay afastou-se de novo, olhou em torno dos pés outra vez e empurrou a hélice para baixo. O motor inalou e exalou, e ouviram o clangor oleoso das hastes internas girando soltas.

"Ignição ligada, meu amigo!", Guido gritou e ligou a chave.

Dessa vez, Gay inspecionou o chão em torno dele com mais cuidado ainda, e afundou mais o chapéu na cabeça. Perce ficou encostado ao para-lama do caminhão, cuspindo e mascando, os olhos ligeiramente apertados contra o brilho do sol. Gay estendeu as mãos, baixou a hélice e saltou para trás. Uma lufada de fumaça saiu do escapamento do motor.

"Droga de gasolina de automóvel", disse Guido. "Ignição ligada. De novo, meu amigo!" Estavam comprando combustível de baixa octanagem para economizar.

Gay foi até a hélice, deu impulso, o motor disse "chaaahh!" e o escapamento soltou fumaça branca no ar matinal. Gay foi até Perce e parou a seu lado, olhando. A fuselagem estremeceu e a hélice virou um círculo, a poeira subiu, agradável, de trás do avião, na direção das montanhas. Guido acelerou e o avião partiu para a vastidão do deserto, sacudindo nos montes de sálvia, esmigalhando esqueletos brancos de gado morto pelo inverno. O avião de costas retas ficou menor, abrindo caminho pelo chão irregular, de repente o nariz virou para cima e havia espaço entre os *donuts* dos pneus e o deserto, e subiu preguiçoso, voltando para o ponto de onde havia partido. Passou voando por cima das cabeças de Perce e Gay e Guido acenou, um estranho agora, de óculos ferozes e envolto em couro, dava para vê-lo exposto até a cintura, virando-se para olhar através do para-brisa as montanhas à sua frente. O avião voou embora, subindo macio, perdendo-se nas paredes alaranjadas e roxas que se erguiam do deserto para esconder dos olhos dos caubóis os animais selvagens que eles queriam para si mesmos.

Teriam pelo menos duas horas antes de o avião voar para fora das montanhas espantando os cavalos diante dele, de forma que lavaram os três pratos de metal, as xícaras e guardaram na caixa de comida de alumínio. Se Guido encontrasse mesmo os cavalos, eles levantariam acampamento e voltariam para Bowie à noite, então, com capricho de marinheiros, enrolaram os sacos de dormir e os deixaram lado a lado no chão. Os seis grandes pneus de caminhão, cada um com sua corda e laço enrolada dentro, estavam em duas pilhas na carroceria do caminhão. Gay Langland olhou para eles, tocou-os com a mão e se pôs de lado um momento, tentando pensar se havia alguma coisa que estariam deixando para trás. Subiu no caminhão para ver se a tampa estava bem atarraxada no tambor de gasolina, que estava amarrado atrás da cabine, e estava. Depois saltou para o chão, entrou na cabine e deu partida no motor. Perce já estava sentado ali com o chapéu puxado para a frente contra o sol amarelo que se despejava pelo para-brisa. Uma border collie magra e preocupada veio trotando quando Gay começou a fechar a porta, e ele a chamou para dentro da cabine. Ela saltou e ele a acomodou no espaço entre a embreagem e a parede esquerda da cabine. "Droga, quase esqueço a Belle", disse, e partiram.

Gay era dono do caminhão e queria tomar cuidado com a parte dianteira, que ele sabia que podia entortar em chão irregular. Então partiu devagar. Dava para ouvir a gasolina balançando no tambor atrás deles, do lado de fora. O dia estava começando a esquentar. Rodaram em silêncio, olhando a trilha de duas mãos que seguiam no descampado de sálvia, salpicado de ossos. Menos de cinquenta quilômetros à frente ficavam as montanhas de lava que faziam a fronteira norte desse deserto, o fundo de uma bacia a mais de dois mil metros, um lugar que ninguém nunca tinha visto a não ser uns poucos caubóis procurando gado desgarrado a cada poucos meses. O povo de Bowie, a quarenta e cinco quilômetros dali, não conhecia aquele lugar. Ali estavam os dois, o caminhão, o cachorro e agora, em movimento, sentiam entre si o conforto de um objetivo e seu isolamento, e Perce afundou no banco, piscando como se fosse dormir outra vez, Gay fumando um cigarro, o corpo oscilando de um lado para o outro com o balanço do caminhão.

Viram uma nuvem de poeira à distância, à esquerda, e Gay disse: "Antilocapra". Perce afastou o chapéu e olhou. "Devem estar a noventa por hora", disse, e Gay completou: "Mais. Persegui um uma vez e estava a mais de noventa, eu perdi". Perce sacudiu a cabeça, assombrado, e voltaram a olhar para a frente.

Depois de pensar um pouco, Perce disse: "Melhor a gente chegar a Largo amanhã, se for para entrar no rodeio. Vai ter muita gente tentando se inscrever para esse aí".

"A gente vai de manhã", disse Gay.

"Vou precisar arranjar um animal para mim."

"A gente chega lá amanhã cedo; você consegue uma montaria se chegar cedo."

"Gostaria de ganhar um dinheiro", disse Perce. "Só queria conseguir um cavalo bom lá."

"Vão gostar de receber você, Perce. Você é bem conhecido por lá agora. Vão te dar algum cavalo dos bons", disse Gay. Perce era um dos melhores peões de cavalos xucros e os rodeios gostavam de anunciar que ele ia participar.

Fez-se um silêncio então. Gay teve de segurar o câmbio para não escorregar para ponto morto quando chegassem aos buracos. O garfo de transmissão estava gasto, ele sabia, e os pneus da frente se acabando também. Enfiou a mão no bolso da calça e sentiu os cinco dólares de prata que ainda tinha dos dez que Roslyn havia lhe dado quando a deixaram dias antes.

Como se lesse os pensamentos de Gay, Perce disse: "Roslyn ia gostar daqui. Ia gostar de ver aquele antilocapra, aposto". Perce sorriu como os dois sempre sorriam da surpresa de Roslyn, que era do Leste, diante de tudo o que eles faziam, viam, diziam.

"É", disse Gay, "ela gosta de ver coisas." Pelo canto dos olhos, observou o homem mais jovem, que olhava em frente com um pequeno sorriso no rosto. "Ela é muito legal, a minha Roslyn", disse Gay.

"É, sim", Perce Howland disse. E Gay olhou para ele em busca de algum sinal de malícia, mas havia apenas um ar de alegre apreciação. "Primeira mulher desse jeito que eu conheço", disse o homem mais jovem.

"Tem outras", disse Gay. "Algumas dessas mulheres do Leste às vezes enganam. São bem-educadas, mas são legais. E boas pra danar como *mulheres* também, algumas."

Houve um silêncio. E o homem mais novo perguntou: "Você conhece muitas? Mulheres do Leste?".

"Ah, sempre tem alguma, de vez em quando", disse Gay.

"As únicas mulheres bem-educadas que eu conheci foi na minha terra, perto da Teachers College. Estudantes. Sabe", disse ele, aquecendo-se com a lembrança. "Eu pensava assim: 'Pô, estudar é tudo'. Mas quando vi os maridos com quem elas tinham casado — professores e tudo, aí eu não acreditava mais nelas, não. E elas preferiam montar em cima de um homem a dizer bom-dia. Eu ensinei a elas a montar durante um tempo lá na minha terra."

"Só ser educada não quer dizer muita coisa da mulher. Mulher é mulher", disse Gay. Mentalmente, viu a imagem de sua esposa. Durante um momento, se perguntou se ela ainda estaria vivendo com o mesmo homem que ele havia espancado quando descobriu os dois juntos num carro estacionado, seis anos antes.

"Você se divorciou?", Perce perguntou.

"Não. Nunca me dei ao trabalho", disse Gay. Ele sempre se surpreendia de ver como Perce dizia às vezes justamente o que estava em sua cabeça. "Como você sabia que eu estava pensando nisso?", ele perguntou, sorrindo, envergonhado. Mas era curioso demais para ficar quieto.

"Pô, eu não sabia", disse Perce.

"Você sempre faz isso. Eu penso numa coisa e você vai e fala dela."

"Engraçado", disse Perce.

Rodaram em silêncio. Estavam chegando ao meio do deserto, onde iam virar para o leste. Gay dirigia mais depressa agora porque queria chegar ao ponto de encontro e ficar quieto, esperando o avião aparecer. Segurava o câmbio e sentia que estava tentando escapar da marcha e entrar em ponto morto. Ia ter de arrumar aquilo. Estava chegando bem depressa a hora em que ia precisar de uns cinquenta dólares ou vender o caminhão, porque seria inútil sem consertos. Sem caminhão e sem cavalo ele ficaria reduzido ao que tinha no bolso.

Perce falou no silêncio. "Se eu não vencer no sábado, vou precisar fazer alguma coisa para ganhar dinheiro."

"Merda, você sempre fala o que eu estou pensando."

Perce riu. Seu rosto parecia jovem, rosado. "Por quê?"

"Eu estava pensando agora", disse Gay. "Como eu vou fazer para arrumar dinheiro?"

"Bom, Roslyn te dá algum", disse Perce.

Disse com inocência e Gay sabia que era inocente, e, no entanto, sentiu o sangue da raiva subir ao pescoço. Alguma coisa havia acontecido nessas cinco semanas e Gay não sabia exatamente o quê. Roslyn passara a dizer que Perce era bonito e de vez em quando ela se curvava e o beijava na nuca quando ele estava sentado na poltrona da sala, bebendo com eles.

Não que isso em si quisesse dizer alguma coisa, porque ele conhecera antes mulheres do Leste assim e esse era o jeito delas. Principalmente mulheres divorciadas e com diploma da universidade. O que o intrigava era o jeito de Perce quase nem notar o que ela fazia para ele. Às vezes, era como se já a tivesse possuído e pudesse ignorá-la, do jeito que um homem faz quando sabe que ele é quem manda. Mas então Gay pensou que podia ser apenas que ele não estivesse interessado, ou talvez ficasse reservado por deferência a Gay.

Mais uma vez, Gay sentiu um terrível desejo de ganhar dinheiro trabalhando. Sentia que sua vida ia desmoronar se Roslyn realmente estivesse apaixonada por aquele rapaz a seu lado. Tinha lhe acontecido uma vez antes com sua mulher, mas aquilo o assustava ainda mais e ele não sabia exatamente por quê. Não que ele não pudesse viver sem Roslyn. Não havia ninguém nem nada sem o que não pudesse viver. Ela estava mais ou menos com a mesma idade dele, cheia de riso que não era riso e de alegria que não era alegria e de um desejo de aventura que era cansado, e ele sabia disso tudo perfeitamente, mesmo quando ria com ela e se embebedava com ela em bares e rodeios. Ele tinha vivido só uma vez, e isso quando tivera sua casa, sua esposa, seus filhos. Sabia a diferença, mas nunca se guarda nada e ele nunca pensava particularmente em guardar nada, nem perder nada. A vida inteira ele tinha sido como Perce Howland, sentado a seu lado agora, um homem em movimento ou pronto para ir embora. Só quando encontrou sua mulher com um estranho foi que entendeu que existia algo a que estava confortavelmente amarrado. Há anos não via a ex-mulher e os filhos e só de vez em quando pensava em algum deles. Não mais do que seu pai pensara nele depois do dia em que ele montara seu cavalo, quando ele tinha catorze anos, para ir da cidade para o rancho, e acabara indo para Montana, onde ficou por três anos. Morava no campo, como seu pai, e era a mesma pastagem sem fim aonde quer que fosse, o que o ligava suficientemente ao pai, à mulher, aos filhos. Todos podiam acabar aparecendo em alguma cidade ou em algum rodeio, onde ele poderia olhar por cima do ombro e ver sua filha ou um de seus filhos, ou eles podiam não aparecer nunca. Ele não havia abandonado ninguém, nem não abandonado, contanto que eles continuassem todos vivos naquelas pastagens, porque tudo ali estava sempre além do maior alcance da visão e distante, e quase todo o tempo ele havia trabalhado sozinho ou com um ou dois homens, entre as montanhas distantes.

Podia ver ao longe a muralha tremulante de ondas de calor subindo da planície de barro a que queriam chegar. Estavam quase chegando e ela se abria para eles além das ondas de calor, dava para ver de novo como era vasta, um lago pré-histórico com uns cinquenta quilômetros de comprimento por uns trinta de largura, aninhado entre duas cadeias de montanhas. Era uma vastidão plana, bege, sem relva, moitas ou pedras, onde um homem podia dirigir um carro a cento e cinquenta quilômetros por hora sem pegar na direção e nunca bater em nada. Rodaram em silêncio. O caminhão tinha parado de sacudir agora que os pneus rodavam sobre solo mais duro, onde havia menos moitas de sálvia. As ondas de calor eram densas diante deles, quase palpáveis. O caminhão rodava macio, estavam no leito de barro do lago, e depois de rodarem algumas centenas de metros, Gay parou e desligou o motor. O ar estava imóvel, num silêncio mortal, ensolarado. Quando ele abriu a porta, ouviu um guincho na dobradiça que não havia notado antes. Quando caminharam por ali, dava para ouvir as camisas raspando as costas e o roçar de uma manga contra as calças.

Ficaram parados no chão de barro, duro como concreto, e viraram para olhar para o lado de onde tinham vindo. Olharam as montanhas ao pé das quais haviam acampado e dormido, observaram seus picos em busca do avião de Guido. Era cedo demais para ele, e os dois se ocuparam, tirando o tambor de gasolina do caminhão e colocando-o uns metros adiante, no chão, porque queriam a carroceria livre para quando chegasse a hora de derrubar os cavalos. Subiram então e sentaram dentro dos pneus, o pescoço apoiado nas saliências, as pernas penduradas.

Perce disse: "Espero mesmo que tenha cinco lá em cima".

"Guido viu cinco", ele disse.

"Ele disse que não tinha certeza se um deles era só um potro", disse Perce.

Gay deixou-se ficar em silêncio. Sentiu que ia discutir com Perce. Olhou Perce pelo rabo dos olhos, viu as faces lisas, loiras e o pescoço forte, ágil, mas havia agora alguma coisa dissimulada em Perce. "Quanto tempo você acha que vai ficar por aqui, Perce?", perguntou.

Os dois olhavam as cordilheiras distantes à espera de um sinal do avião.

"Não sei", Perce disse e cuspiu pela lateral do caminhão. "Mas estou ficando cansado disso aqui."

"Bom, melhor que assalariado, Perce."

"Merda, é mesmo. Qualquer coisa é melhor que assalariado."

Gay enrugou os olhos. "Você é um desajustado de verdade, rapaz."

"Estou bem assim", disse Perce. Eles sempre tinham essa conversa e gostavam dela. "Melhor que trabalhar para uma porra de uma fazenda de gado, vaquejando para alguém encher o tanque de gasolina do cadillac."

"Tem razão", disse Gay.

"Porra, Gay, acho que você é o sujeito mais desajustado que eu já vi, e se deu bem."

"Não reclamo", disse Gay.

"Não quero nada e não quero não querer nada."

"É isso aí, rapaz."

Gay se sentiu de novo mais próximo dele e ficou contente com isso. Mantinha os olhos nos picos distantes. O sol gostoso nos ombros. "Acho que ele está tendo algum problema com os fiadaputas lá em cima."

Perce olhou as montanhas. "Não faz duas horas ainda." E virou-se para Gay. "Essas montanhas já devem estar limpas agora, não acha?"

"Quase", disse Gay. "Ainda sobram umas manadas. Não dá para fazer muito mais por aqui."

"O que você vai fazer quando limpar esses aí?"

"Pode ser que eu vá para o Norte, acho. Parece que tem umas manadas grandes em volta da montanha Thighbone e a cordilheira lá."

"Onde é isso?"

"Para o norte, uns cento e cinquenta quilômetros. Se eu conseguir fazer o Guido se interessar."

Perce sorriu. "Ele não gosta muito de andar por aí, não é?"

"Ele é desajustado como a gente", disse Gay. "Não quer nada." E acrescentou: "Queriam que ele fosse piloto comercial para fazer ida e volta de Montana. Pagavam bem".

"Ele não quis, né?"

"Guido não", disse Gay, sorrindo. "Podia ser que não gostasse de algum passageiro, ele disse para os homens."

Os dois deram risada e Perce sacudiu a cabeça admirando Guido. Depois, disse: "Queriam que eu cuidasse da academia de montaria na minha terra. Cheguei a pensar. Duzentos por mês, mais casa. E trabalho fácil. Nem precisa montar de fato.

Só ficar do lado e ver os clientes ficarem satisfeitos, se exibindo para as namoradas".

Ele se calou. Gay sabia o resto. Era sempre a mesma história. Isso o aproximava de Perce e era o que ele havia gostado em Perce logo de cara. Perce não gostava de salário também. Tinha conhecido Perce num bar onde o rapaz estava pagando drinques para todo mundo com o que ganhara no rodeio, o cabelo ainda duro de sangue por causa de um coice de cavalo uma hora antes. Roslyn se oferecera para chamar um médico, mas ele havia dito: "Muito obrigado pela gentileza. Mas não machucou muito. Se machuca muito, você morre e o médico não pode fazer nada, e se não machuca muito melhor é se virar sem médico".

De repente, Gay se deu conta de que Perce conhecera Roslyn antes de se conhecerem no bar. Olhou o perfil do rapaz. "Quer ir para o Norte comigo, se eu for?", perguntou.

Perce pensou um momento. "Acho que vou ficar por aqui. Não tem muitos rodeios no Norte."

"Quem sabe eu encontro um piloto lá. E Roslyn leva a gente com o carro dela."

Perce olhou para ele, um tanto surpreso. "Ela iria para lá?"

"Claro. Ela é aventureira", disse Gay. Ele olhou nos olhos de Perce, que tinham ficado interessados e cálidos.

Perce disse: "Bom, talvez; só que para dizer a verdade, Gay, eu nunca gostei muito de pegar esses cavalos por uma ninharia".

"Se a gente não pegar, alguém vai pegar."

"Eu sei", disse Perce. Virou-se para olhar as serras de novo. "Só que eu acho que esse é o lugar deles."

"Eles não fazem nada lá em cima, além de comer capim do bom. Os criadores de gado atiram neles se encontrarem."

"Eu sei", disse Perce.

"Mas eles nem se dão ao trabalho de levar eles pro matadouro. Ficam apodrecendo por lá se os vaqueiros encontram."

"Eu sei", disse Perce.

Fez-se um silêncio. Nenhum inseto, lagarto ou coelho se movia na grande bacia em torno deles e o sol aquecia seus pescoços e coxas. Gay disse: "Eu preferia vender eles para montaria, mas não têm tamanho para isso, a não ser para criança. E o transporte deles é mais caro do que valem. Você viu — são uns cavalos magrelas".

"Só não sei se eu ia querer ver uns cem deles ir a troco de nada. Não ligo se for cinco ou seis, mas cem é muito cavalo. Não sei."

Gay pensou. "Bom, se não for isso, é assalariado. Pelo menos por aqui." Estava falando consigo mesmo e se explicando.

"Eu prefiro montar cavalo xucro e ganhar a vida desse jeito, Gay." Perce voltou-se para ele. "Se bem que pode ser que eu vá para o Norte com você. Não sei."

"No começo, Roslyn não vinha aqui", disse Gay, "mas assim que ela viu como eles eram, parou de reclamar. Você nunca ouviu ela reclamar."

"Não estou reclamando, Gay. Só não sei. O que eu acho é que Deus botou eles lá em cima e aí é o lugar deles. Mas estou fazendo isso aí e acho que vou continuar fazendo. Não sei."

"Para mim parece coisa de jornal. Eles querem seus bifes, o pessoal da cidade, mas não querem castração, nem marcação a ferro, nem acabar com os cavalos selvagens das montanhas."

"Merda, meu amigo, eu castrei mais bois que os cabelos da minha cabeça", disse Perce.

"Melhor pegar o binóculo", disse Gay. Saiu do pneu onde estava deitado e desceu do caminhão. Foi até a cabine, procurou dentro e pegou o binóculo, soprou as lentes, subiu no caminhão e sentou num pneu com os cotovelos apoiados nos joelhos. Levou o binóculo aos olhos e focalizou. As montanhas ficaram próximas com suas encostas azuis pintalgadas. Ele encontrou a passagem por onde acreditava que o avião viria, estudou as encostas e estudou o ar acima. A raiva ainda o aquecia. "Deus botou eles lá em cima!" Nossa, Deus pôs tudo em todo lugar. Isso quer dizer que não se pode comer galinha, por exemplo, ou carne de vaca? Sua antipatia por Perce estava fluindo dentro dele outra vez.

Ouviram um tiro para o ar em algum lugar e se imobilizaram. Gay apertou os olhos e segurou o binóculo absolutamente fixo. "Está vendo alguma coisa?", Perce perguntou.

"Ele ainda está na passagem, acho", disse Gay. Ficaram sentados, quietos, olhando o céu acima da passagem. Os momentos correram. O sol fazia com que transpirasse e Gay enxugou a testa molhada com as costas da mão. Ouviram o tiro de novo no céu aberto. Gay falou sem baixar os binóculos. "Ele deve estar assustando os cavalos para fora de algum canto."

Perce depressa saiu de seu pneu. "Estou vendo", disse depressa. "Estou vendo o brilho, estou vendo o avião."

Gay ficou com raiva de Perce, sem binóculo, enxergar o avião primeiro. Pelo binóculo, Gay podia vê-lo com clareza agora. Estava voando para fora da passagem, fez um círculo e desapareceu na passagem de novo. "Está com eles na passagem agora. Está voltando atrás deles."

"Está vendo os cavalos?", Perce perguntou.

"Ele ainda não empurrou para o aberto. Só voltou atrás deles."

Então, pelas lentes, conseguiu ver manchas em movimento no chão onde a passagem se abria para a mesa do deserto. "Estou vendo", disse. E contou, movendo os lábios. "Um, dois, três, quatro. Quatro e um potro."

"Vamos pegar o potro?", Perce perguntou.

"Droga, não dá para pegar a égua sem o potro."

Perce não disse nada. Então, Gay passou o binóculo para ele. "Dê uma olhada."

Gay desceu da carroceria, foi para a cabine e abriu a porta. A cachorra estava deitada no piso, tremendo debaixo dos pedais. Ele estalou os dedos e ela se levantou temerosa, saltou para o chão e continuou tremendo, como fazia sempre que cavalos selvagens estavam se aproximando. Ele viu quando ela se abaixou e molhou o chão, como se deslocava com tamanho cuidado, preocupação e medo, pousando as patas como se o chão estivesse cheio de explosivos escondidos. Ele a deixou ali, subiu no caminhão e sentou num pneu ao lado de Perce, que estava olhando pelo binóculo.

"Ele está mergulhando em cima deles. Nossa, eles correm mesmo!"

"Deixe eu dar uma olhada", Gay disse e estendeu a mão. Perce entregou o binóculo e disse: "Estão vindo depressa".

Gay viu os cavalos pelo binóculo. O avião estava começando a descer para cima deles do alto do arco em que subira. Eles deram uma guinada quando o avião baixou em cima deles, ergueram as cabeças e galoparam mais depressa. Deviam estar correndo agora havia mais de uma hora e iam ficar mais lentos quando o avião tivesse de subir depois de um mergulho e o barulho do motor ficasse mais baixo. Quando Guido subiu de novo, Gay e Perce ouviram um tiro, distante e inofensivo, e o tiro fez os cavalos se apressarem de novo enquanto o avião aproveitava o tempo para subir e virar. Então, quando diminuíram a marcha, o avião voltou para cima deles, mergulhando sobre suas costas, as cabeças se ergueram de novo e eles galoparam até o rugido do motor diminuir acima deles. O céu estava claro, azul e luminoso, só o pequeno avião subia e descia sobre o deserto como a ponta cintilante de uma varinha mágica e os cavalos vinham pelo vasto leito de barro riscado na direção onde o caminhão estava parado.

Os dois homens no caminhão trocavam o binóculo de quando em quando. Estavam sentados eretos nos pneus, esperando os cavalos chegarem à borda do leito do lago, quando Guido pousaria o avião e eles partiriam com o caminhão. E os cavalos estacaram.

"Estão vendo as ondas de calor", Gay disse, olhando pelo binóculo. Dava para ver os cavalos trotando com as cabeças erguidas, alarmadas, ao longo da borda do lago de barro que temiam porque as ondas de calor subiam dele como líquido no ar, porém suas narinas não sentiam cheiro de água, e eles não ousavam avançar para território desconhecido. O avião mergulhou em cima deles, e eles se espalharam, mas não iam avançar do deserto mais fresco, pontilhado de sálvia atrás deles, para o leito do lago. O avião subiu alto no ar, circulou atrás deles acima do deserto, subiu de novo e desceu a metros do chão, rugindo quase à altura de suas cabeças e, ao passar acima deles, subindo, os homens do caminhão ouviram o tiro. Os cavalos então saltaram para o leito do lago, espalhados, rumando para diferentes direções e estavam apenas trotando, explorando o território debaixo de seus pés, e o ar estranho, superaquecido em suas narinas. Aos poucos, enquanto o avião girava no céu para mergulhar de novo, eles fecharam fileiras e galoparam devagar, ombro a ombro, para dentro do leito sem limites do lago. O potro galopava mais atrás, o focinho quase tocando a longa cauda sedosa da égua.

"É uma égua grande", disse Perce. Seus olhos ainda estavam sonhadores e seu rosto calmo, mas a pele estava vermelha.

"É uma égua maior que o normal por aqui, é, sim", disse Gay.

Os dois ficaram olhando o pequeno rebanho, enquanto se punham em pé no caminhão. Lá estava a égua grande, tão grande como qualquer cavalo inteiramente crescido, e ambos se surpreenderam ao vê-la. Sabiam que rebanhos de cavalos viviam em total isolamento e que o entrecruzamento os reduzira ao tamanho de pôneis grandes. O rebanho desviou então e viram o garanhão. Era menor que a égua, mas ainda maior do que qualquer cavalo que Gay havia pegado antes. Os outros dois eram pequenos, como devem ser os cavalos selvagens.

O avião estava baixando para pousar agora. Gay e Perce

foram para a parte fronteira da carroceria do caminhão, onde havia uma correia branca amarrada à altura do quadril em duas barras verticais encaixadas nos cantos do caminhão. Passaram mais uma correia de uma barra a outra e ficaram dentro das duas. Perce amarrou a correia à sua barra. Depois se viraram dentro desses arreios e cada um pegou atrás de si um pneu e puxou a corda que tinha um laço na ponta. Olharam o leito do lago, viram Guido taxiando na direção deles e ficaram à espera. Ele desligou o motor a uns vinte metros do caminhão, saltou da cabine aberta antes de o avião parar. Prendeu a cauda do avião a uma corda amarrada numa estaca fincada no barro e trotou para o caminhão, removendo os óculos, que guardou no bolso da jaqueta rasgada. Perce e Gay o chamaram, rindo, mas ele pareceu nem notá-los. Seu rosto estava inchado de preocupação. Ele saltou para a cabine do caminhão, a cachorra saltou atrás e sentou-se no chão, tremendo. Ele deu partida no motor e trovejou pela planura de barro mergulhando nas ondas de calor.

 Dava para ver o rebanho parado como um aglomerado de manchas a mais de três quilômetros. O caminhão rodava macio e na cabine Guido olhou o velocímetro e viu que estava a quase cem por hora. Tinha de tomar cuidado para não capotar e baixou para noventa. Gay, na parte fronteira direita da carroceria, e Perce, na esquerda, puxaram os chapéus para a testa e ergueram os laços, que o vento ameaçava enrolar e embaraçar em suas mãos. Guido sabia que Gay Langland era bom de laço e que Perce era inseguro, então foi para a esquerda do rebanho a fim de chegar a eles para o lado de Gay se conseguisse. Todo esse método — o caminhão, os pneus, as cordas e o avião — era invenção de Guido e mais uma vez ele sentiu alegria por ter pensado em tudo aquilo. Dirigia com as duas mãos pesadas no volante e o pé esquerdo alerta sobre o pedal do freio. Tocou o câmbio para sentir se a marcha ia escapar e cair para ponto morto, mas estava firme e, se ele não passasse em nenhuma saliência, podia confiar. O rebanho havia começado a andar, mas parara de novo e os cavalos olhavam o caminhão, as orelhas erguidas, pescoços esticados para a frente. Guido sorriu um pouco. Pareceram-lhe tolos, parados ali, mas ele sabia e tinha pena de sua ignorância.

O vento soprava contra os rostos de Perce e Gay em cima da carroceria. As abas dos chapéus subiam e desciam da posição abaixada e seus rostos estavam vermelhos, escuros. Viram os cavalos observando imóveis sua aproximação. E à medida que iam chegando mais perto, viram que aquele bando era belo.

Perce Howland virou a cabeça para Gay, que olhou para ele ao mesmo tempo. Tinha chovido muito essa primavera e aquele rebanho devia ter encontrado boas pastagens. Estavam todos roliços e brilhantes. A égua era quase preta, e o garanhão e os dois outros, marrom-escuros. O potro tinha o pelame encaracolado e um brilho cinzento. O garanhão de repente baixou a cabeça, virou as costas para o caminhão e saiu galopando. Os outros viraram e foram atrás dele, com o potro correndo ao lado da égua. Guido pisou no acelerador e o caminhão avançou, guinchando. Estavam poucos metros atrás dos animais e podiam ver a parte de baixo dos cascos, cascos novos que nunca tinham sido ferrados. Viam as crinas esvoaçando e as caudas grossas, longas, negras que deviam chegar até quase a quartela da pata quando parados.

O caminhão estava alcançando a égua agora, e ao lado dela os outros galopavam com um ruído surdo no barro. Era um patear abafado porque pisavam leve e não eram ferrados. Tinham as pernas esguias e molhadas depois de correr por quase duas horas com aquele alarme, mas quando o caminhão emparelhou com a égua e Gay começou a girar o laço acima da cabeça, todo o rebanho virou para a direita e Guido pisou no acelerador e virou com eles, mas continuaram a galopar num círculo e ele não tinha velocidade suficiente para acompanhá-los, de forma que reduziu a marcha, ficou alguns metros para trás até eles endireitarem o passo e seguirem em frente de novo. E eles giravam como cavalos de circo, mais devagar agora, porque estavam no limite de suas forças e de repente Guido viu uma brecha entre o garanhão e os dois marrons e correu entre eles, separando a égua à esquerda com seu potro. Os cavalos então se esticaram, o passo acelerou. As patas traseiras voavam para trás e os pescoços se esticavam para baixo e para a frente. Gay girou o laço acima de sua cabeça e o caminhão emparelhou com o garanhão, cujos pulmões estavam guinchando roucos de exaustão. Gay jogou o laço. Caiu na cabeça do garanhão e com um puxão da corda Gay fez com que descesse pelo pescoço. O cavalo virou para a direita e esticou a corda até puxar o pneu para fora da carroceria do caminhão, arrastando-o pelo barro endurecido. Do caminhão que diminuía a marcha, os três homens ficaram olhando o garanhão com olhos assustados. Ele arrastou por alguns metros o pneu gigante, depois empinou as patas dianteiras no ar e baixou de frente para o pneu tentando se afastar dele. Parou então, ofegante, as patas traseiras dançando num arco da direita para a esquerda e de volta, enquanto sacudia a cabeça contra o laço impiedoso.

 Assim que teve certeza de que o garanhão estava laçado, Guido observou o leito do lago e sem parar fez uma curva fechada para a esquerda, na direção da égua e do potro, que estavam trotando sozinhos. Os dois marrons já estavam desaparecendo na direção norte, mas Guido sabia que eles iam parar logo porque estavam cansados, enquanto a égua poderia continuar até a borda do leito do lago e voltar para as montanhas conhecidas onde o caminhão não poderia persegui-la. Endireitou o veículo e pisou no acelerador. Em um minuto, estava bem atrás dela, e seguiu para seu lado esquerdo porque o potro estava correndo à direita. Ela estava bem pesada, ele viu, e se perguntou se seria mesmo um *mustang* afinal. Ao passar ao lado dela, percorreu com os olhos seus flancos, em busca de uma marca, mas parecia não haver nenhuma. Então, pela janela direita, viu o laço voar e passar por sua cabeça, viu a cabeça se erguer e depois baixar de volta. Virou para a direita, freou com a bota esquerda e a viu arrastando o pneu, até parar, o potro solto a observá-la, trotando muito perto dela. Então seguiu direto em frente pela planície na direção das duas manchas que iam aumentando rapidamente à medida que se transformavam nos dois marrons, que estavam parados, observando a chegada do caminhão. Ele entrou entre os dois, e, enquanto galopavam, Perce à esquerda laçou um e Gay laçou o outro quase ao mesmo tempo. Guido pôs a cabeça para fora da janela e gritou para Perce, que estava do seu lado da carroceria. "Muito bom!", berrou, e Perce retribuiu com um sorriso excitado, embora parecesse haver alguma perturbação em seus olhos.

Guido fez um retorno fácil e rodou na direção da égua e do potro; poucos minutos depois, parou a uns vinte metros de distância e desceu da cabine. A cachorra continuou sentada no chão da cabine, o corpo todo tremendo.

Os três homens se aproximaram da égua. Ela nunca tinha visto um homem e estava com os olhos arregalados de medo. Sua caixa torácica se expandia e contraía muito depressa e havia um fio de sangue saindo das narinas. Tinha uma crina pesada, marrom-escura e a cauda quase tocava o chão. O potro de olhos vagos, agitado sobre as pernas bobas e tortas, tentava manter a égua entre ele mesmo e os homens, enquanto ela mudava as ancas para proteger o potro.

Agora queriam subir o laço no pescoço da égua, porque havia caído por trás e estava apertado no meio do pescoço, onde podia sufocá-la se continuasse puxando contra o peso do pneu. Em incursões anteriores, haviam aprendido que não podiam deixar um cavalo amarrado daquele jeito sem risco de sufocação e queriam mantê-los vivos até poderem trazer de Bowie um caminhão maior e carregá-los.

Gay era o melhor com as cordas, então Perce e Guido ficaram olhando enquanto ele girava um laço acima da cabeça, e o deixava cair aberto suavemente, um pouco atrás das patas dianteiras da égua. Esperaram um momento, depois se aproximaram e ela recuou um passo. Gay deu um puxão firme na corda e as patas dianteiras ficaram presas juntas. Com outra corda, Gay laçou as patas de trás, ela oscilou e caiu de lado no chão. Seu corpo inchava e contraía, mas ela parecia resignada. O potro esticou o focinho para sua cauda e ficou parado quando os homens se aproximaram da égua, falando baixinho com ela. Guido se curvou, abriu o laço e passou-o debaixo do queixo dela. Inspecionaram em busca de uma marca, mas ela estava limpa.

"Nunca vi um cavalo desse tamanho por aqui", Gay disse para Guido.

Guido ficou parado olhando a grande égua.

Perce disse: "Vai ver que os cavalos selvagens eram todos grandes um dia", e olhou para Guido em busca de confirmação.

Guido abaixou-se, sentou nos calcanhares, abriu a boca da égua e os outros dois olharam dentro junto com ele. "Deve ter quinze anos", disse Gay, e Perce falou: "De qualquer jeito, não ia durar muito mais por aí".

"É. Ela é velha", Perce concordou e seus olhos se encheram de pensamentos.

Guido se levantou e os três homens foram até o caminhão. Perce subiu e sentou na carroceria com as pernas balançando, enquanto Gay entrou na cabine com Guido. Rodaram pelo leito do lago até o garanhão e pararam. Os três foram até ele.

"Nada mal esse cavalo", disse Perce.

Ficaram inspecionando o cavalo um momento. Ele estava parado, respirando com dificuldade, as narinas sangrando. A cabeça baixa mantinha a corda esticada e olhava para eles com olhos castanhos profundos, como lentes de um binóculo enorme. Gay estava com a corda pronta na mão. "Esse não passa de um desajustado", ele disse, "só serve para criança montar. Não dá para tocar gado com ele e é muito pequeno para montaria."

"É pequeno", Perce concordou. "Mas tem o pescoço bom."

"Ah, eles são bem *bonitos*, alguns desses cavalos", disse Guido. "Mas que diabo você vai fazer com eles? Custa mais caro mandar para algum lugar do que rendem vendendo."

Gay girou o laço acima da cabeça e ele se abriu em torno do garanhão. "São só uns cavalos velhos desajustados, só isso", disse, e jogou o laço atrás das patas dianteiras do garanhão. O cavalo recuou um passo, ele puxou a corda e o laço mordeu a parte inferior das patas, juntando as duas, o cavalo oscilou, mas não caiu.

"Segure aqui", Gay falou para Perce, que correu em torno do cavalo, agarrou a corda e a manteve esticada. Gay foi então para a traseira do caminhão, pegou outra corda, voltou para trás do cavalo e laçou suas patas traseiras. Mas o garanhão não caiu.

Guido se aproximou para empurrá-lo, porém o cavalo sacudiu a cabeça, mostrou os dentes e Guido recuou. "Puxe!", Guido gritou para Gay e Perce, e eles puxaram as cordas para derrubar o garanhão, mas ele se endireitou e ficou ali em pé, com a cabeça presa ao pneu e as patas às cordas que os homens seguravam. Então Guido correu até Perce, pegou a corda da mão dele, foi com ela para trás do cavalo e puxou com força. As patas dianteiras do garanhão escorregaram para trás, ele caiu de joelhos, o focinho bateu no solo de barro e ele bufou com a batida, mas não caiu de lado e ficou ali, de joelhos, como se implorasse alguma coisa, o focinho apoiando a cabeça no chão, os sopros da respiração levantando pequenas nuvens de poeira debaixo das narinas.

Guido, então, devolveu a corda ao jovem Perce Howland, que a segurou com força, foi até o pescoço do garanhão, pôs as mãos na lateral do pescoço, empurrou, o cavalo caiu sobre o flanco e ficou imóvel; e como a égua, quando sentiu o chão contra seu corpo ele pareceu se abandonar, e pela primeira vez piscou, a respiração agora em suspiros e não mais feroz. Guido mudou o laço debaixo do queixo, eles abriram as cordas em torno dos cascos e quando o cavalo sentiu as patas livres, primeiro ergueu a cabeça curioso, depois se pôs de pé e ficou olhando para eles, de um para o outro, sangue pingando das narinas e ambos os joelhos empoeirados manchados de vermelho profundo.

Durante um momento, os três homens ficaram olhando para ele para ter certeza de que o laço do pescoço estava bem firme. Apenas o motor do caminhão soava no imenso piso entre as montanhas e o chiado do cavalo ao inspirar e expirar o ar. Os homens foram então, sem pressa, para o caminhão, Gay guardou as duas cordas extras atrás do banco da cabine e sentou à direção, com Guido a seu lado. Perce subiu para a carroceria e ficou deitado olhando o céu, as mãos debaixo da cabeça.

Gay virou o caminhão para o sul, na direção onde sabia estar o avião, embora ainda estivesse fora do alcance de sua visão. Guido estava lentamente recuperando o fôlego, acendeu um cigarro, tragou e esfregou a cabeça calva com a mão esquerda. Ficou olhando pelo para-brisa e pela janela lateral. "Estou com sono", disse.

"Quanto você calcula?", Gay perguntou.

"E você?", Guido falou. Tinha poeira na garganta e sua voz soava aguda, quase feminina.

"Aquela égua deve pesar uns trezentos quilos."

"Acho que por aí, Gay", Guido concordou.

"Uns duzentos quilos cada um dos marrons e um pouco mais para o garanhão."

"Foi mais ou menos o que eu pensei."

"Quanto dá isso?"

Guido pensou. "Uns novecentos e cinquenta, talvez mil quilos", disse.

Ficaram em silêncio, calculando o dinheiro. Mil quilos a doze centavos por quilo chegava a cento e vinte dólares. O potro podia render mais uns dólares, mas não muito. Calculando o avião e a gasolina, e os doze dólares dos mantimentos, chegaram ao valor de cem dólares para os três. Guido receberia quarenta e cinco dólares, uma vez que havia usado seu avião, Gay trinta e cinco, incluindo o uso do caminhão, e Perce Howland, se ele concordasse, como sem dúvida concordaria, ficava com os vinte que sobravam.

Calaram-se depois de falar os números e Gay dirigiu pensativo. Disse então: "A gente devia ter dado água para eles da última vez. Eles ganham muito peso se a gente deixa beberem".

"É, vamos fazer isso, com certeza", disse Guido.

Sabiam que o mais provável era que esquecessem de dar água aos cavalos antes de descarregá-los no pátio do comerciante em Bowie. Estariam com pressa para descarregar e se livrar dos cavalos e só depois, como estavam fazendo agora, é que iam se lembrar que, se deixassem os cavalos beber o quanto quisessem, podiam ganhar mais uns quinze ou vinte dólares de peso a mais. Não estavam mais pensando no dinheiro, depois de tudo calculado, e, se Perce reclamasse de sua parte muito pequena, os dois dariam a ele uma nota de cinco — ou de dez dólares, ou mais se ele quisesse.

Gay parou o caminhão ao lado do avião na borda do leito do lago. Os cavalos amarrados estavam longe agora, a não ser a égua e o potro, plenamente visíveis a menos de um quilômetro. Guido abriu sua porta e disse a Gay: "Nos vemos na cidade. Vamos pegar o outro caminhão amanhã de manhã".

"Perce quer ir para Largo, se inscrever no rodeio amanhã", disse Gay. "Vou dizer uma coisa — nós vamos, pegamos o caminhão e voltamos aqui hoje à tarde, talvez. Quem sabe levamos os cavalos hoje à noite."

"Tudo bem, se quiserem. Vejo vocês amanhã", disse Guido. Desceu e parou um momento para conversar com Perce.

"Perce?", chamou. Perce apoiou-se num cotovelo e olhou para ele. Parecia muito sonolento. Guido sorriu. "Estava dormindo?"

As pálpebras de Perce pareciam quase inchadas, seu rosto estava introvertido e perturbado. "Estava quase", falou.

Guido deixou passar a reprimenda. "Nós calculamos uns cem dólares livres. Vinte está bom para você?"

"É, vinte está bom", disse Perce piscando duro. Ele parecia mal estar ouvindo.

"A gente se vê na cidade", disse Guido. Virou-se e foi bamboleando para o avião, enquanto Gay já estava com as mãos na hélice. Guido entrou, Gay girou a hélice e o motor funcionou imediatamente. Guido acenou para Gay e Perce, que ergueu ligeiramente a mão na carroceria do caminhão. Guido acelerou o avião, que rodou para a frente e subiu para o céu, e os dois homens no chão ficaram olhando enquanto passava acima das montanhas e ia embora.

Gay voltou para o caminhão e, quando ia subir para a cabine, olhou para Perce ainda apoiado no cotovelo e disse: "Vinte, tudo bem?". Perguntou isso porque achou que Perce parecia magoado.

"Hã? É, vinte está bom", Perce respondeu. Desceu, então, da carroceria, Gay sentou-se à direção. Perce parou ao lado do caminhão e urinou no chão enquanto Gay esperava. Perce subiu para a cabine e partiram.

A égua e o potro estavam entre eles e o deserto de sálvia para o qual se dirigiam. Perce olhou a égua pela janela, viu que estava olhando para eles, apreensiva, mas não alarmada de fato, e o potro deitado ereto no barro, a cabeça pendendo ligeiramente como se logo fosse adormecer. Perce olhou longamente para o potro quando se aproximaram, pensou que ele ia ficar esperando ali ao lado da égua, solto e livre para ir embora, e disse a Gay: "Já ouviu falar de um potro largar a égua?".

"Não assim tão novo", disse Gay. "Ele não vai para lugar nenhum." E deu uma olhada a Perce.

Passaram pela égua e pelo potro e deixaram-nos para trás. Perce encostou a cabeça e fechou os olhos. O tabaco fazia um volume na bochecha esquerda e ele o deixou umedecer ali.

O caminhão saiu do leito de barro do lago e foi sacudindo pelo deserto de sálvia. Iam voltar ao acampamento, buscar os sacos de dormir e os equipamentos de cozinha, depois pegar a estrada, que ficava a menos de trinta quilômetros além do campo, pelo deserto.

"Acho que vou voltar para a casa de Roslyn esta noite", disse Gay.

"Tudo bem", disse Perce sem abrir os olhos.

"Podemos pegar os cavalos amanhã de manhã e depois levar você até Largo."

"Tudo bem", disse Perce.

Gay pensou em Roslyn. Ela provavelmente ia caçoar deles por todo o trabalho que haviam tido em troca de uns poucos dólares, dizendo que eram muito burros para calcular seu tempo de trabalho e outras despesas embutidas. Ouvindo-a falar, às vezes parecia que eles não tinham ganhado nada. "Roslyn vai ficar com pena do potro", disse Gay, "então melhor não falar nada."

Perce abriu os olhos e com a cabeça apoiada no encosto do banco olhou as montanhas pela janela. "Pô, ela alimenta aqueles cachorros dela com comida de cachorro em lata, não é?"

Gay se sentiu próximo de Perce outra vez e sorriu. "Claro."

"Bom, o que ela acha que tem dentro da lata?"

"Ela sabe o que tem na lata."

"É cavalo selvagem que tem dentro da lata", disse Perce, quase para si mesmo.

Rodaram em silêncio algum tempo. Então, Perce falou: "Isso é que eu não entendo".

Depois de alguns momentos, Gay disse: "Você volta comigo para a Roslyn ou vai ficar na cidade?".

"Preferia voltar com você."

"Tudo bem", disse Gay. Ele se sentia bem de ir para a cabana dela agora. Veria os livros dela, na estante que ele havia construído para ela, tomariam uns drinques, Perce ia dormir no sofá e eles entrariam juntos no quarto. Gostava de voltar para casa depois de haver trabalhado, mais do que quando tinha ficado dirigindo para ela para cá e para lá, ou simplesmente ficado em casa. Gostava de ter seu próprio dinheiro no bolso. E tentou com força visualizar como seria com ela, ele que logo teria quarenta e cinco anos, depois quase cinquenta. Ela ia voltar para o Leste um dia, ele sabia, talvez esse ano, talvez no ano que vem. Ele imaginou de novo quando começaria a ficar grisalho e que aparência teria com o cabelo grisalho, e projetou o queixo contra sua imagem grisalha e velha.

Perce falou, endireitando-se no banco. "Quero telefonar para minha mãe. Pô, não liguei para ela o ano inteiro." Olhou as montanhas pela janela. Tinha uma lembrança do aspecto do potro e desejou que ele tivesse ido embora quando voltassem de manhã. Disse, então: "Tenho de ir para Largo amanhã, me inscrever".

"Nós vamos", Gay disse.

"Ia ser bom para mim, ganhar", ele disse. Pensou em quinhentos dólares agora, e em quantas vezes ganhara quinhentos dólares. "Sabe de uma coisa, Gay?", disse ele.

"Hã?"

"Eu nunca vou ser grande coisa." Virou-se e riu. Estava com raiva e riu sem restrição por um momento, depois encostou a cabeça para trás e fechou os olhos.

"Eu falei isso para você da primeira vez que a gente se

conheceu, não falei?", Gay sorriu. Sentiu que estava chegando a vontade de tomar uns drinques com Roslyn.

Então Perce falou: "Aquele potro não vai render nem dois dólares mesmo. O que me diz da gente deixar ele lá?".

"Ora, sabe o que ele ia fazer?", disse Gay. "Ia seguir o caminhão até a cidade."

"Acho que ia, sim", disse Perce. E cuspiu um jato de suco pela janela.

Chegaram ao acampamento em vinte minutos, carregaram no caminhão o tambor de gasolina, os três sacos de dormir, a caixa de mantimentos de alumínio e rodaram para Bowie. Depois de cinco minutos rodando sem falar nada, Gay disse que queria ir para o norte logo para ver as centenas de cavalos que diziam existir lá nas montanhas. Mas Perce Howland adormecera profundamente a seu lado. Gay queria falar sobre essa expedição porque, quando estavam chegando a Bowie, ele começou a visualizar Roslyn gozando deles de novo, e ficou claro que ele havia de alguma forma fracassado em assentar alguma coisa para si; tinha empenhado três dias por trinta e cinco dólares, e não haveria jeito de explicar isso de modo a fazer sentido, seria embaraçoso. E, no entanto, ele sabia que tinha sido tudo como devia ser, mesmo que ele não conseguisse explicar para ela nem para mais ninguém. Estendeu a mão e sacudiu Perce, que abriu os olhos e rolou a cabeça para olhar para ele. "Você vai para Thighbone comigo, não vai?"

"Tudo bem", Perce disse e voltou a dormir.

Gay se sentia mais tranquilo agora que o rapaz não ia deixá-lo. Dirigiu contente.

O dia inteiro, o sol brilhou quente na planície bege. Nenhuma mosca, nem inseto nenhum, nenhuma cobra se aventurou na vastidão para incomodar os quatro cavalos amarrados ali, ou o potro. Tinham corrido quase duas horas a galope, e quando a tarde baixou rasparam o chão em busca de água, mas não havia nenhuma. Ao anoitecer, o vento soprou, eles ficaram de costas contra o vento, olhando as montanhas de onde tinham vindo. De quando em quando, o garanhão captava o cheiro dos pastos de lá, e começava a caminhar na direção dos campos protegidos em que havia pastado; mas o pneu torcia seu pescoço e depois de alguns passos ele se virava para olhar o pneu, empinava as patas dianteiras no ar, golpeando o céu, depois baixava e ficava quieto.

Com a escuridão azul profunda o vento soprou mais depressa, agitando as crinas dos cavalos e batendo as longas caudas entre suas pernas. O frio da noite fez o potro se pôr de pé e ele ficou perto da égua para se aquecer. Olhando a cordilheira sul, cinco cavalos piscavam debaixo do refulgir verde da lua que subiu, então fecharam os olhos e dormiram. O potro se acomodou de novo no chão duro e se enfiou embaixo da égua.

Nas depressões dos montes a grama que eles haviam pastado essa manhã se endireitou no escuro. Nos pastos mais luxuriantes, ainda úmidos com as chuvas da primavera, as marcas de seus cascos tinham começado a desaparecer. Quando o primeiro tom rosado de outra manhã iluminou o céu, o potro se pôs de pé e, como havia feito sempre ao amanhecer, saiu caminhando em busca de água. A égua se mexeu e os cascos ósseos estalaram no barro. O potro virou a cabeça e voltou para perto dela, ficou a seu lado com os olhos vazios, as narinas farejando o ar que se aquecia.

[1957]

# Vislumbre de um jóquei

É como este *saloon*, é o melhor de Nova York, certo? Não dá nem para ir ao banheiro se não tiver uma nota de cem dólares enfiada em cada orelha, olhe só aquele vagabundo grisalho ali com aquela dona, enchendo a cara para tirar a esposa da cabeça e para quê? Pra mandar ver com aquela qualquer que ele pagou, claro. Eu amo todos. Eu me entrego para este mundo, a esta vida, à palhaçada toda.

Estou gostando de estar aqui falando com você. Por que será? Quem sabe por que a gente se conecta com algumas pessoas e com outras não? Estou absolutamente feliz agora. Eles subestimam a própria natureza da lealdade entre homens, é diferente com uma mulher o tipo de desafio. Eu podia vencer às vezes, mas ficava com vergonha porque o desgraçado do cavalo me fazia ir sacudindo até a linha de chegada, em vez de montar estiloso. Eu era capaz de ficar mais grudado no cavalo que qualquer filho da puta consegue, mas às vezes a gente pega um perna de pau de um cavalo e sacode feito um peixe amarrado num caminhão sem amortecedor. A gente monta é para os outros jóqueis, pela admiração deles, pelo estilo. Em minha última corrida, atravessei uma cerca na Argentina, me enrolei no arame, me ferrei, quebrei vinte e dois ossos e, depois de três meses no hospital, a dor passou. Um jóquei é que nem estrela de cinema, aquela confusão toda, noite e dia, as donas babando seu nome gravado na porra da testa. Nada. Só dois caras, principalmente o Virgil, aquele filho da puta é leal, eu morro pelo desgraçado.

Quem é que entende isso hoje? Fui ver esse tal de dr. Hapic, ano passado, um encanto de velho engomado, o melhor pelo que dizem. E deitei lá no sofá velho e quebrado, ele olhou lá nos escaninhos dele e vem com um placê! Acho que eu devo ser chegado em homossexualidade porque é isso que é se você sente muito afeto por homens, e está lá aquele velho me pedindo uma dica para o sexto páreo, me perguntando se eu sabia de algum bookmaker honesto e tal. Passei três horas com ele, ele cancelando uma consulta depois da outra, e quando fui embora me cobrou só meia hora! Mas como é que eu vou saber quem vai vencer? Mesmo quando eu montava eu não sabia. Minha nossa, nem o cavalo sabia! Por que não deixam a coisa correr por si, quer dizer, por que analisar tanto? Todo mundo que eu conheço que foi ao analista saiu mais sério que uma porra de um juiz. Eu concordo, o negócio é pistilo e estame, tudo bem, não nego. Mas, nossa!, me dá uma folga, me deixa morrer rindo se eu tenho de morrer. Eu estou pronto. Se escorrego na neve e vou parar debaixo de um táxi por aí, eu aceito a morte. Eu amo ela, a minha mulher, casado faz dezoito anos, e meus filhos, mas a gente bota um limite em algum lugar, em algum ponto, senão não sobra espaço para o papo na esquina. Os homens têm medo, você viu isso por onde andou? Ficam fazendo umas marquinhas, mas não bota uma linha, um limite. Ninguém sabe mais onde começa ou acaba, é como se tivessem mudado os mapas e botassem Chicago na Letônia. Não deixam mais ninguém morrer por lealdade, não tem nem o que roubar.

Sei lá, eu sou ignorante, cabeça oca, mas eu sei ver estilo nas coisas. O negócio não é ganhar, é montar a porra do cavalo que ninguém mais consegue ficar em cima. Esse é o desgraçado que você quer montar. Quando os outros jóqueis olham e sabem que o cavalo quer te matar. É aí que sobe a bandeira e seu sangue começa a dar risada. Uma vez eu fui ver o meu pai.

Nunca contei isso para ninguém e você sabe o quanto eu falo. Sério mesmo, nunca contei isso. Eu fiz esse negócio na televisão, uma entrevista com uns escritores feios sobre os livros deles, o negócio era se um jóquei sabia ler de verdade e eu me dei bem até que subi no jaguar e me mandei para o México, não aguentava aquilo. Roubar, tudo bem, mas bater a carteira não, aqueles escritores não eram de nada, mas toda semana tinha de aguentar eles como se o cavalo Man O'War corresse uma milha sem parar pra mijar com um jóquei cego em cima. Aí, vai, a estação de televisão recebe uma carta de Duluth perguntando se eu nasci em Frankfurt, Kentucky, se o nome da minha mãe é tal e tal, e se aquilo tudo batesse, o cara provavelmente era o meu pai. Aquela letra toda torta, parecia que ele tinha escrito num trator. Então eu pego um avião e vou bater naquela porta, e na minha frente tem um pintor de parede.

Eu só queria dar uma olhada, sabe? Bater os olhos nele. E lá estava ele, uns setenta anos, ou cem. Se mandou quando eu tinha um ano. Nunca tinha visto ele. Agora eu sempre sonhava com ele, que era da alta malandragem, algum ladrão elegante, quem sabe da família Rousseau de Kentucky, algum cara estiloso com as mulheres, e se mandou atrás da sua sorte. Alguma coisa interessante assim. Mas ali está ele, um pintor de parede. E morando no bairro dos negros. Eu sou dos últimos que resiste, não aguento eles. Mas tem um negro que mora vizinho, um cara legal de verdade, e a mulher dele é legal também. Dava para perceber que gostavam dele. E eu parado ali. Pra que é que eu fui?

Quem é ele? Quem sou eu se ele é meu pai? Mas o mais louco é que eu sabia que era filho dele. Como você disse, eu sou filho do meu pai. Eu sabia disso, mesmo ele sendo totalmente estranho. Eu só queria fazer alguma coisa por ele. Qualquer coisa. Estava pronto a dar a vida por ele. Afinal, quem sabe a situação qual era? Quem sabe minha mãe mandou ele embora. Quando sabe o de dentro vendo de fora? Então perguntei pra ele: "Do que você precisa?".

Faço qualquer coisa que você quiser, falei, que estiver no meu alcance, se bem que eu estava cheio da grana, foi depois do Derby. Ele era pequeno também, não tanto como eu. Eu sou tão pequeno que quase não sou americano, mas ele era pequeno também e falou assim: "A grama dos fundos fica tão alta e grossa que não consigo empurrar o cortador. Então se eu tivesse um daqueles cortadores com motor".

Eu peguei o telefone e eles mandaram um caminhão com todo tipo. E ele ficou a tarde inteira olhando cada um até que afinal escolheu um com um motor maior que uma porra de uma mesa e eu comprei pra ele. Eu tinha de ir embora para pegar o avião de volta porque tinha prometido para o Virgil que ia pra San Pedro pra vigiar uma dona que ele precisava deixar lá uma noite inteira, então entrei no quintal e me despedi. E ele não desligou o motor nem pra gente conversar sossegado. Deixei ele lá se divertindo, andando lá no quintal atrás da porra do cortador.

Nossa, como eu bebi! Aquelas duas donas ali na frente estão olhando para nós faz tempo. O que me diz? O que interessa a cara delas, são todas a mesma coisa, eu gosto de todas.

[1962]

# A profecia

Nem todos, mas alguns invernos naquela região são quase insuportáveis. Baixa uma neblina sobre os velhos vales do Dutch por volta do fim de novembro e não vai mais embora de fato até abril. Aparece algumas noites, de repente, no alto das serras, deixando as terras baixas claras, e ninguém sabe por que se desloca, mas se desloca, às vezes assentando em torno de uma casa específica durante dias seguidos e em nenhum outro lugar. Depois vai embora e reaparece em torno de outra casa. Em alguns invernos em que o sol nunca sai de verdade durante dois meses inteiros. Um cinza como água afoga todas as vistas e as árvores gotejam o dia inteiro quando seus galhos não estão cobertos de gelo quebradiço.

No começo do inverno sempre há esperança, claro, de que venha a ser um inverno decente. Mas quando, dia após dia, semana após semana, o mesmo vento monótono suga o calor da casa e não há nem uma pausa momentânea no céu de chumbo, primeiro os velhos, depois todo mundo vai mudando de temperamento. Ocorrem discussões inexplicáveis nos supermercados e nos postos de gasolina, começam inimizades eternas, pessoas decidem se mudar e se mudam, para sempre, e há sempre uma onda de acidentes desnecessários na rua. Pessoas quebram o braço ao colidirem com árvores cuja localização conhecem de cor; há sempre um ou dois que são atropelados pelos próprios carros que descem até a entrada da casa; e são tomadas decisões por desespero, que mudam permanentemente o curso de muitas vidas.

No final de dezembro de um desses invernos, Stowey Rummel resolveu supervisionar pessoalmente a colocação de seus desenhos arquitetônicos e o arranjo de suas maquetes em uma exposição de seu trabalho numa nova universidade da Flórida, cujo campus ele projetara alguns anos antes. Estava com seus cinquenta e poucos anos na época, tendo havia muito estabelecido seu nome e superado o desejo de ser tratado como celebridade mais uma vez, e fazia mais de uma década jurara parar de dar aulas. Não havia mais nenhuma dúvida de como suas construções seriam recebidas; agora era sempre o mesmo sucesso sem distinção. Ele não podia mais construir nada, fosse uma casa de campo particular na Pensilvânia ou uma igreja no Brasil, sem ficar óbvio que ele a tinha feito e, embora aqui e ali ele se permitisse repetir a mesma técnica inspirada, eram sempre prédios elegantes, às vezes até divertidos, que depois de algum tempo o reconhecimento público superava qualquer questionamento quanto a suas outras funções. Stowey Rummel tinha fama internacional, um genuíno profissional americano aos olhos estrangeiros, um designer original cuja infantilidade inventiva com aço e concreto se tornava ainda mais convincentemente sincera por sua personalidade.

Ele vivera durante quase trinta anos na mesma casa de fazenda de pedra com a mesma esposa, uma coisa notavelmente infantil em si mesma; levantava-se às seis e meia toda manhã, fazia um café francês para si, comia seus flocos de milho e mais café, fumava quatro cigarros enquanto lia o *Herald Tribune* de domingo e o *Pittsburgh Gazette* de ontem, depois calçava as botinas de fazendeiro e caminhava debaixo de um caramanchão com trepadeiras até seu escritório. Era um edifício imensamente comprido com paredes de pedra, algumas delas trazidas de todos os continentes durante os anos em que fora geólogo de petróleo. Os restos de suas outras carreiras estavam empilhados por toda parte; uma pilha de ratoeiras de arame de seu tempo de geneticista e um microscópio deitado de lado no peitoril da janela; colunas verticais de aço cabeadas para sustentação das vigas do teto aberto em balanço projetadas no ar; no chão, construções de alvenaria, da época em que estava inventando sua lareira desastrosa, cuja fumaça podia atravessar uma casa inteira, visível até lá em cima através de grades em cada andar. Seus arquivos, mesa, prancheta de desenho e banco alto formavam a única ilha livre no caos. Por todos os lugares suas ideias estavam jogadas ou penduradas de forma visível — maquetes, desenhos, telas de três metros com pinturas monocromáticas de seus dias de pintor — e no subsolo uma cascata de livros de capas rasgadas, cujas entranhas pareciam ter sido atacadas por um maníaco. Partes de bicicletas de marchas que ele um dia usara como base para um projeto da Fábrica de Bicicletas Camden estavam penduradas por uma corda num canto, e em cima de sua mesa, junto a vários chapéus velhos e empoeirados, havia um par de patins limpo, que ele usava para patinar de um lado para o outro em frente à sua casa. Ele trabalhava de pé, a mão esquerda no bolso, como se estivesse apenas parando de passagem um momento, rascunhando com o olhar surpreso de alguém que observava a mão de outra pessoa. Às vezes, dava um grunhido baixo para algum observador invisível a seu lado; às vezes, parecia severo e moralista quando seu lápis fazia algo que não aprovava. Tudo dava a impressão — se alguém espiasse por uma de suas janelas — de que aquele homem de nariz quebrado com braços musculosos e pescoço de lutador era apenas o zelador experimentando o trabalho do patrão. Esse ar de desligamento vinha de sua atitude aparente sobre as coisas, e as pessoas muitas vezes interpretavam erroneamente como tédio ou entrega a uma rotina repetitiva. Porém, ele não estava nada entediado; havia encontrado seu estilo cedo na carreira e achava bem maravilhoso que o mundo o admirasse, portanto não conseguia imaginar por que deveria mudá-lo. Existem, afinal, almas afortunadas que escutam tudo, mas sabem dar ouvidos apenas ao que é bom para elas, e Stowey era, a propósito, um homem afortunado.

Um dia depois do Ano-Novo, saiu de sua casa, usando um casaco de lã, meias-luvas de pele de carneiro e sem chapéu. Usaria essa roupa na Flórida, apesar das advertências de sua esposa, Cleota, durante os cinco dias anteriores, de que devia levar roupas mais frescas. Mas ele estava ocupado demais para lhe dar ouvidos. Então se despediram quando ela estava impaciente. Curvado sobre a direção da perua, ele apalpava os bolsos da calça em busca da chave da ignição que tinha posto ali momentos antes, quando ela saiu da casa com um enorme xale romeno na cabeça, comprado naquele país durante uma das viagens deles ao exterior, e pela janela lhe entregou um lenço limpo. Ele encontrou a chave debaixo do pé, deu partida e, enquanto o motor esquentava, virou-se para ela ali na neblina gotejante e disse: "Descongele a geladeira".

Ele viu a surpresa no rosto dela e riu como se fosse a expressão mais engraçada que já havia visto. Continuou rindo, até ela começar a rir com ele. Ele tinha a voz profunda, cheia da boa comida que ela cozinhara, e de bom humor; uma risada explosiva que sempre contagiava tudo. Ele sentava em sua poltrona para rir. Quando ria, era tudo o que fazia. E ela acabou apaixonada por ele outra vez, ali na entradinha de terra, parada na neblina fria, furiosa como estava de ele viajar quando na realidade não precisava, furiosa de eles dois terem envelhecido numa vida que parecia ter levado não mais de uma semana para passar. Ela estava com quarenta e nove anos nessa época, uma mulher de trato, muito magra, com rosto austero, estreito, que tinha a distinção de uma torre ou de alguma arquitetura desenhada há muito para alguma espécie teimosa de oração. As sobrancelhas eram definidas, pesadas e formavam duas linhas que subiam para uma testa alta e uma grande cabeleira castanha que caía até os ombros. Havia um ar de cegueira em seus olhos cinzentos, o olhar de um cavalo assustado que acaba ocorrendo em algumas mulheres que nasceram no final de uma linhagem ancestral há muito dissociada de enriquecimento e que, além disso, manteve intactas suas propriedades. Pessoalmente ela era desleixada e quando tinha resfriados assoava o nariz com o mesmo lenço o dia inteiro e o guardava, encharcado, pendurado do cinto, e quando fazia jardinagem sentava para jantar com terra nas panturrilhas. Mas quando parecia ter afundado em alguma depravação de campesinato, ela sumia e descia banhada, escovada e respirando fundo, e mesmo as unhas quebradas de suas mãos repousavam numa mesa ou numa folha de papel com uma delicadeza impensada, uma elegância de história, por assim dizer, e por um instante podia-se ver o quão ferozmente orgulhosa ela era e inflexível em certas questões de valores pessoais. Ela até falava diferente quando estava limpa, e ela estava limpa agora para a partida dele, a voz clara e bastante ríspida.

"Você dirija com cuidado, pelo amor de Deus!", exclamou, tentando manifestar um ressentimento meio bem-humorado com sua partida. Mas ele não notou e já estava manobrando o carro pela saída, dizendo *"fon-fon!"* para um toco de árvore ao passar, o mesmo toco que havia empalado o carro de muitos visitantes nos últimos trinta anos e que ele se recusava a remover. Ela ficou apertando o xale nos ombros até ele virar o carro para a estrada. Depois, quando desceu a encosta, ele parou para olhar pela janela. Ela começara a voltar para a casa, mas o olhar dele a pegou e ela parou esperando ali por algo na expressão dele que indicasse uma palavra séria de despedida. Ele olhou para ela de dentro de si mesmo, ela pensou, como fizera apenas um instante uma vez, o olhar que sempre a surpreendia, mesmo agora, quando o cabelo dele, impossível de pentear, estava amarelando um pouco e seu hálito saía com dificuldade dos pulmões sufocados de nicotina, o olhar de um jovem macilento que ela se vira retribuindo no Louvre numa terça-feira, uma vez. Ela agora estava protetoramente pronta para rir de novo e, como era de esperar, ele apontou o indicador para ela, disse *"fon!"* mais uma vez e saiu roncando para dentro da neblina, seu pé evidentemente o surpreendendo ao apertar tão repentinamente o acelerador, exatamente como fazia sua mão quando trabalhava. Ela voltou para casa, entrou, sentindo-se voltar a si mesma, sentindo algum tipo de oportunidade na casa vazia. Havia uma morte em todas as partidas, ela sabia, e prontamente afastou isso da cabeça.

Ela gostava de festas grandes, nas quais sentava a conversar, dançava e bebia a noite inteira, mas sempre lhe parecia que estar sozinha, principalmente estar sozinha em sua casa, era a parte mais real da vida. Agora ela podia soltar os três periquitos sem medo de que eles fossem pisados ou de que Stowey deixasse que escapassem por uma das portas; ela podia tirar o pó das plantas, depois parar de repente, pegar um velho romance e ler do meio em diante; improvisar *cha-chas* na harpa; e finalmente, a melhor parte, simplesmente sentar à mesa de pranchas da cozinha com uma garrafa de vinho e os jornais, ler os anúncios além das notícias, sem registrar nada na cabeça, mas deixando a alma suspensa acima de todo desejo e anseio. Fez isso então, confortavelmente consciente da névoa escorrendo pelas janelas, do silêncio lá fora, da tarde escura que estava baixando.

Adormeceu deitada na mão, ouvindo a casa estralejar como se tivesse uma vida privada própria esses duzentos anos, ouvindo o rumor dos pássaros nas gaiolas e um ocasional bater de asas quando um deles pousava na mesa e andava pelo jornal para se empoleirar na dobra de seu braço. A cada poucos minutos ela acordava um momento para repassar as coisas: Stowey, sim, estava a caminho do sul, os dois meninos estavam na escola, nada estava queimando no fogão, Lucretia vinha jantar, trazendo três convidados com ela. Então adormeceu de novo, tão empapada como uma pessoa com febre, e quando acordou estava escuro lá fora e a clareza voltara a seus olhos. Levantou-se, alisou o cabelo, endireitou a roupa, sentindo um agradecimento pelo escuro envolvente lá de fora e, acima de tudo, pela ausência da necessidade de responder, reagir, ter consciência até mesmo de Stowey entrando ou saindo, e, no entanto, agora que estava começando a cozinhar, vislumbrou o futuro sem ele, um futuro sozinha assim, e a dor fez sua cabeça retorcer, um momento depois estava achando difícil esperar Lucretia chegar com seus convidados.

Entrou na sala e acendeu os três abajures, depois voltou à cozinha, onde acendeu a luz do teto e o interruptor que acendia os holofotes da cocheira, que iluminavam o caminho de entrada. Ela estava sentindo medo e internamente riu de si mesma. Eles eram ambos jovens, afinal, tão despreparados para qualquer separação final. Como podia fazer já trinta anos?, ela se perguntou. Mas sim, dezenove mais trinta é quarenta e nove e ela estava com quarenta e nove anos, tinha casado aos dezenove. Inclinada sobre o pernil de carneiro, esfregou ervas nele, e de repente tomou consciência de uma náusea no estômago, de uma sensação de raiva, uma sensação de violência que a pôs tremendo.

Ouviu a porta de trás se abrir e imediatamente atravessou a despensa nessa direção, sabendo que devia ser Alice.

A velha já havia entrado e a encontrou, desabotoando a capa amarela com seus rígidos dedos brancos. "Algum problema com meu telefone", ela disse, provando de imediato que tinha vindo por uma razão e não para bisbilhotar.

"O que você quer fazer?", Cleota perguntou, sem se mexer do meio da despensa, sua posição impedindo a entrada pela porta da cozinha. Sua raiva assombrava até a ela mesma; nunca teria ousado impedir a passagem se Stowey estivesse ali e ficou emocionada com sua agressividade para com a irmã mais velha dele.

"Melhor eu ligar para a companhia, não é?", Alice perguntou, já indicando pelo tom que identificava a barreira absurda e não estava preparada para sair de imediato.

"Bom, claro, pode usar o telefone", Cleota disse e virou as costas para a velha, voltando para seu pernil de carneiro em cima da mesa.

Alice, calçando botas de borracha até o meio da canela e um chapéu de pescador com aba caída, pegou o telefone e segurou longe do ouvido, piscando pálpebras que pareciam de papel, examinando avidamente a cozinha enquanto esperava a telefonista atender. Ao lado do aparelho — entre ele e um vidro de farinha — havia uma máscara de Fiji, um rosto esculpido, comprido. Ela virou a máscara, distraída.

"*Por favor*, não, Alice!"

A velha girou num choque tão súbito que o chapéu de abas moles escorregou e ficou de lado em sua cabeça. Cleota, o rosto inchado de raiva, curvou-se sobre o forno e pôs a carne dentro.

"Estava meio virado para a parede", Alice começou a explicar.

Cleota ficou parada, ereta, as faces vermelhas. A casa levou um tapa de vento, um empurrão que a fez estremecer. "Eu *pedi* para você não tocar nas minhas coisas, Alice. Vou receber convidados e tenho muita coisa para fazer. Então, por favor, faça o que tem de fazer e me deixe continuar!"

Ela foi até a geladeira, abriu e ficou meio curva, olhando para dentro, tentando se concentrar no que estava pensando tirar dali.

A velha desligou o telefone. "O seu está quebrado também, acho."

Cleota não respondeu, continuou na frente da geladeira aberta, sem conseguir pensar.

Durante um momento, ficaram as duas esperando, uma pela outra, como haviam esperado ocasionalmente desde que Alice se mudara para uma casa na mesma rua, nove anos antes. A velha abotoou a capa, os olhos úmidos deram uma olhada faminta na cozinha, como se em busca de algum detalhe novo que não tivesse visto antes. Ela não pensava perguntar o que estava acontecendo, não porque não soubesse claramente, mas porque sabia com certeza que era odiada por aquela mulher com um ódio sem razão que nada jamais conseguiria dissolver. Em sua autobiografia, que ela escrevia todos os dias na cozinha e, com tempo bom, debaixo da macieira atrás da casa, estava desenvolvendo o conceito de tipos humanos, personalidades imutáveis criadas por um espírito primevo, cada uma das quais tinha a função de pôr à prova outros igualmente imutáveis. Cleota, em seu livro, era a Eterna Insatisfeita. Ela não culpava Cleota por sua personalidade; de fato, tinha pena dela e sabia que nada que dissesse ou fizesse jamais mitigaria sua necessidade de um oponente, de um inimigo. Cleota, como tantos outros fenômenos perversamente incompreensíveis, era Necessária.

Alice ficou enrolando à porta da despensa. Não ia sair depressa demais. Tinha um direito, sentia, de ter sido convidada essa noite; teria sido, com toda a certeza, se Stowe estivesse em casa. Além disso, estava com fome, uma vez que não almoçara hoje e os poucos bocados que efetivamente comera não interfeririam em nada com o jantar que ia ser servido. E se fosse haver homens ali, eles certamente ficariam — como sempre ficavam — interessados em suas opiniões, como tantos convidados de seu irmão haviam comentado com ele depois de conhecê-la.

Ela foi para a porta dos fundos e virou-se para a cunhada. "Boa noite", disse. Os primeiros tremores de sua mágoa fizeram vibrar as palavras e enrijeceram Cleota, que mal olhou para ela ao responder a despedida. Alice pegou a maçaneta. Sentiu uma pergunta lhe subir à boca e tentou escapar antes de fazê-la, mas era tarde demais. Ela se ouviu perguntando: "Quem vem jantar?".

A concha na mão de Cleota bateu no fogão e escorregou para o chão. "Não posso aceitar isso, Alice. Você sabe exatamente do que eu estou falando, então não resta mais nada a dizer."

A velha sacudiu a cabeça, uma vez apenas, girou a maçaneta e saiu, fechou a porta delicadamente ao passar.

Cleota pegou a concha e ficou ali parada, tremendo. Mais uma vez a casa não era mais dela. A indignidade da visita a fez rilhar os dentes; Alice sabia perfeitamente bem que se o seu telefone estava quebrado, o deles estaria também, uma vez que estavam na mesma linha. Viera simplesmente, exclusivamente, para demonstrar que tinha liberdade de entrar e sair, mas mostrar mais uma vez que, independente do que ele tivesse se tornado e com quem tivesse se casado, Stowey continuava a ser, em primeiro lugar, seu irmão mais novo.

Cleota, que não acreditava em um deus definido, não pôde evitar olhar para o teto, desejando um ouvido que pudesse ouvir, e sussurrou: "Por que ela não morre?". Alice tinha setenta e três anos, afinal, e não era mais nada além de um cheiro, um par de olhos úmidos e, acima de tudo, uma força enrolada escondida naquela casa um pouco adiante na rua, que Stowe tinha comprado para ela quando seu marido morrera. Ela sentia agora, como sempre, que a velha continuava viva para rir dela em segredo. Ela sabia o quanto essa ideia não fazia sentido; a mulher havia sobrevivido a quedas no gelo, quadril fraturado, um resfriado e uma pneumonia no inverno anterior, porque queria viver por viver, mas essa teimosa recusa em sucumbir era de alguma forma obscena para Cleota, como se houvesse alguma coisa ilícita na despudorada vontade daquela mulher de viver uma vida que nunca acabasse.

Cleota foi até a máscara de Fiji e a virou como estava antes, como se isso cancelasse o fato de Alice ter mexido nela. Tocou a madeira marrom e dura, e seu dedo pousou num ponto áspero sob o lábio inferior. Aquilo sempre lhe dera a sensação de uma verruga e fazia a imagem parecer viva, tocar aquele ponto a lembrava das mãos de seu pai na máscara quando a deu para ela. Por mais tolo que tivesse sido, ele sabia como desaparecer da vida daqueles que não podia ajudar. Ela sentiu um orgulho do pai crescendo dentro dela; com sua bizarra dignidade ele havia organizado suas lunáticas expedições, lido os livros errados, aprendido teorias antropológicas superadas, navegado a ilhas insignificantes, passado anos estudando tribos que foram categorizadas muitas vezes antes e só conseguira encher as casas dos filhos com bricabraques dos Mares do Sul. Agora, porém, agora que ele não podia mais voltar, Cleota enxergava em sua carreira certo propósito oculto, que sentia que ele seguira secretamente. Tinha sido sua vontade se declarar mesmo em sua bobagem e continuar se declarando até seu fim idiota, o tornozelo preso numa corda, a cabeça calva na água, encontrado pendurado da lateral de sua chalupa no porto de San Francisco. Como era estranho que aquele tolo tivesse lentamente adquirido — para muitos além dela mesma — um ar de respeito! E não era errado que assim fosse, pensou. Seu pai tivera uma paixão e ela sentia agora que isso era tudo.

Ao voltar para o fogão, viu que estava separada de si mesma como seu pai não estivera dele mesmo. A imagem pálida de Stowey apareceu diante dela, enraivecendo sua mente; como podia não *ter* a ele! Eram como dois planetas girando um em torno do outro, presos em suas órbitas por uma força invisível que proibia que se juntassem, a força que vinha daqueles dois olhos úmidos, daqueles dedos brancos em garra, daquela burrice fingida, daquela arrogância egoísta que vivia na casa adiante na rua, sorrindo, entronizada. Um golpe de vento contra a casa a lembrou que os convidados chegariam. Concentrou-se na comida e procurou mais uma vez a suave suspensão de todo desejo. Um dos periquitos voou do chão e pousou em seu pulso. Ela parou de trabalhar, levou-o aos lábios, beijou sua cabeça brilhante, e como sempre ele se curvou e beliscou sua pele com as garras.

Para Cleota era ligeiramente mal-educado pedir informações biográficas de um convidado. O que as pessoas faziam na vida, se eram casadas ou divorciadas, se tinham amantes, se já estiveram presas ou em Princeton ou em uma das guerras — os pregadores costumeiros com os quais drapear a tapeçaria das conversas de uma noite não existiam na cabeça dela. Até os dezesseis anos ela não conhecera, ou pelo menos não precisara aguentar, ninguém cuja formação e atitudes fossem diferentes das dela. Seus tios, tias e primos tinham, todos, os mesmos modos e origem, mesmo tendo ido viver por toda parte do mundo, e era a mesma coisa — ou parecia ser — com as outras garotas que frequentavam suas escolas. Sua vida a levara, ao lado de Stowe, a muitos países, a *palazzos* de financistas, a choupanas de artistas, aos Harlems do mundo, a apartamentos de *nouveaux riches* e a provedores de universidades, a quartos mobiliados de músicos drogados, mas ricos e pobres, famosos ou infames, gênios ou diletantes, todos eram cumprimentados e ouvidos com seu mesmo olhar vago, sua desatenção a detalhes, sua total ausência de discriminação. Ela parecia não se dar conta de que as pessoas normalmente julgam os outros; não que ela gostasse igualmente de todo mundo, mas contanto que fossem de alguma forma divertidos, sinceros, ou algo ao menos definido, ela se contentava em recebê-los em casa. O que realmente a irritava era que abusassem dela — ou que sequer dissessem o que devia pensar e sentir. Era simplesmente um absurdo que alguém quisesse se impor ao outro. Além dessa proibição, que seus modos tornavam desnecessário impor com muita frequência, as pessoas não a perturbavam. Inesperadamente, porém, ela não aprovava moralistas. Simplesmente porque o moralismo para eles era, ou devia ser com certeza, de alguma forma, necessário, assim como algumas pessoas detestavam o ar livre e outros nunca comiam pratos apimentados. Havia coisas, claro, que ela não aprovava, e com as quais muitas vezes parecia chegar à beira da indignação moral, como pessoas terem passaportes negados pelo governo, ou serem proibidas de entrar num restaurante por serem negras. Entretanto, logo ficava claro que ela não estava falando de nenhuma situação moral; era simplesmente a ideia de que alguma vontade geral, cega, era imposta a um indivíduo. E então não era indignação que ela sentia, mas perplexidade, uma incompreensão semelhante à de seu pai quando deu a volta ao mundo três vezes, às próprias custas, para apresentar petições à Liga das Nações, protestando contra a opressão a várias tribos, uma das quais chegara perto de devorá-lo, sem ter obtido nenhuma resposta.

Lucretia aparecera essa manhã e, entre outras coisas, havia dito que John Trudeau aparecera na casa dela na noite anterior, a caminho de Nova York, e quando as duas mulheres resolveram jantar juntas Trudeau foi inevitavelmente incluído, junto com outra convidada de Lucretia, uma madame alguma coisa que também estava hospedada em sua casa. Cleota convivera com Trudeau e principalmente com sua esposa, Betty, até o ano anterior, quando ele deixou o posto de professor na Pemmerton School em Hanock, a poucos quilômetros de sua casa, e fora viver em Baltimore. Ela ficara menos impressionada com ele do que com a esposa, uma jovem beldade alta, mas sensível. Uns seis anos antes, da festa de casamento deles tinham ido todos para a casa dos Rummel, e Cleota ainda ligava Trudeau àquela noite, quando, com Betty a seu lado, ele parecera um sujeito sério e promissor que ela esperava que viesse a se tornar o poeta que se propunha ser. Parecia haver uma fé tocante entre eles, como a dela e Stowe quando eram jovens. Tiveram quatro filhos e viviam pobremente em uma casa de fazenda sem reformar, perto da escola, e Cleota ia sempre lá na esperança de conseguir arrancá-los de uma profunda reclusão, que lhe dava a sensação de que talvez tivessem vergonha da pobreza. Ela cuidava de garantir que fossem convidados sempre que havia alguma coisa em sua casa e eles quase sempre compareciam, mas no final de seus anos ali, ela não conseguira evitar de perceber que estavam frios um com o outro, que Trudeau ficara grisalho de repente e ela não sabia dizer por que o fracasso dos dois a deixara sentindo uma zangada frustração, principalmente porque eles nunca tinham sido amigos chegados.

De forma que não estava inteiramente surpresa de ver Trudeau essa noite com uma moça que não era sua esposa, mas uma moça como aquela! Ele ainda era um homem bonito de um jeito convencional, alto, de cabelo branco nas têmporas, um rosto bastante longo com um nariz byroniano, mas, ela pensou, um tanto fraco no geral. Viu então que havia encontrado o rosto dele em muitos veleiros, anos antes, o perpétuo esportista que permanece um garoto de Princeton para todo o sempre. Como ela se equivocara tanto com ele? No entanto, ainda tinha algo sério, algo sofredor nos olhos, que ela pensou olharem para ela agora com um toque de vergonha nervosa, cuja causa, ela depressa concluiu, era a aparência física daquela moça, evidentemente sua amante.

Ao longo de todo o jantar, Cleota não conseguiu nem olhar para ela diretamente, nem tirar os olhos de seu perfil. Aquela moça quase não falou, mas olhava acima da cabeça dos outros num aparente juízo da conversa não brilhante, franzindo as sobrancelhas, pintadas quase até a raiz dos cabelos, piscando os enormes olhos castanhos cujas pálpebras estavam enegrecidas como as de uma bailarina num balé de bruxa. Usava um suéter preto e saia preta de feltro, ambos apertados sobre enormes seios e coxas pesadas, mas bem-feitas, e os sapatos de salto agulha também eram pretos. Não havia maquiagem em sua pele olivácea, nem batom. Os braços sacudiam pulseiras e seu nome era Eve Saint Bleu. Trudeau, inacreditavelmente, a chamava de "Saint" e de quando em quando tentava puxá-la para a conversa, mas ela apenas voltava os olhos morosos para ele em vez da cortina ou das paredes. A cada servil tentativa de envolver a garota, Cleota se virava depressa para ouvir o que sairia dos lábios cheios de Saint, para estar alerta quando Saint deixasse escapar o que para Cleota era uma tentativa incrivelmente rude de parecer entediada e avessa a tudo. Ou seria meramente tão burra quanto parecia? Depois de vinte minutos dessa disputa silenciosa, Cleota se recusou a ter qualquer interesse em Saint e fez o que sempre fazia com as pessoas em sua casa — cortava quem não a interessava e atendia a quem interessava.

Ela sempre gostara de Lucretia, sua amiga desde os tempos de escola, e madame... "Acho que não ouvi seu nome, madame", ela disse à mulher sentada à sua frente na mesa, comendo o carneiro em grandes bocados e mastigando com a boca cheia.

"Lhevine. Manisette-Lhevine. Se *eshcrreve* com agá", disse a dama, tentando engolir ao mesmo tempo.

Cleota riu diante de seu esforço e gostou daquela mulher feia que era tão pequena que teve de sentar à mesa com uma almofada. Tinha rosto de homem, pele de mulata, com um nariz de batata que parecia desossado, pendurado e sem forma. Seus olhos eram pretos, assim como o cabelo esquisito, penteado alto, e mostrava as orelhas de homem, espetadas na cabeça. Tinha a boca grande e dentes serrilhados. As mãos tinham juntas grossas e veias, e quando ela ria, coisa que fazia com frequência, rugas profundas cortavam parênteses nas faces firmes. Ela pedira permissão para tirar o paletó de seu terno cinza, expondo os braços magros e musculosos que saíam da blusa sem mangas como ramos tortos de uma velha macieira. Cleota, como se quisesse compensar madame pelas formas sensuais de seus outros convidados, ficava colocando mais fatias de pão e carne só no prato dela enquanto conversavam.

"Quero que madame leia para você", disse Lucretia, e só então Cleota se lembrou de que ela mencionara ao telefone que a mulher lia a sorte. Lucretia tinha um estranho sorriso suspenso no rosto quando Cleota olhou para ela. Lucretia estava ali sentada como se fosse desvendar uma confissão embaraçosa, mas verdadeira, porque sempre tinha sido uma mulher severamente prática, de mente científica, sem nenhuma paciência para qualquer tipo de misticismo. Durante os primeiros anos de seu casamento, havia até voltado à escola para seu mestrado em bacteriologia e trabalhara em laboratórios até nascerem os filhos. Ela sabia exatamente quantas calorias, proteínas e carboidratos havia em cada alimento, costumava pressionar cozinheiros para preservarem as vitaminas, mantinha em sua cozinha instrumentos com os quais podia prever a umidade e o tempo, e lidava com todo mundo, inclusive os próprios filhos, com uma escovada ausência de sentimentalidade e desordem.

Mas ali estava ela, nem um pouco embaraçada como Cleota imaginaria que certamente ficaria ao admitir esse intenso interesse em ler a sorte, e Cleota não conseguia absorver essa violenta contradição na personalidade de sua velha amiga, e por um momento sua boca foi de um sorriso para uma expressão séria, enquanto perguntava a si mesma se era alvo de uma brincadeira.

"Ela é maravilhosa, Cleota", Lucretia insistiu. "Não contei nada de você para ela, mas você vai ver só o que ela descobre."

De repente, Saint falou: "Eu tinha uma tia que fazia isso". Era a primeira coisa que dizia sem ser provocada por uma pergunta de Trudeau e todo mundo olhou para ela, esperando mais. Pareceu momentaneamente tão ansiosa para dizer alguma coisa que seu ar de superioridade havia desaparecido e ela parecia apenas uma moça tímida que se sentira intimidada por se ver na própria casa de Stowe Rummel. Trudeau relaxou e sorriu pela primeira vez, encorajando-a a continuar com olhos mais felizes. Ela abriu a boca para falar.

"Sua tia não fazia *isto*, meu bem", madame Lhevine cortou, sorrindo para a mesa com claro ressentimento e dando um tapinha significativo no tampo.

Saint pareceu magoada, Trudeau pôs a mão em sua coxa por baixo da mesa e disse: "Meu bem...". Mas madame Lhevine continuara com Cleota, à qual estava olhando com olhos brandos, como se compartilhasse um conhecimento secreto apenas com ela. "Não tem por que ler para você", ela disse.

"Por que não?", Cleota ficou vermelha.

"Você já está lá."

Cleota riu alto. "Onde?"

"Onde tudo começa", madame disse e sua calma persistente, de início absurda para Cleota, lhe dava uma autoridade que agora fazia todos observarem cada movimento seu.

O riso alto e predador de Cleota explodiu dela; foi seguido por um gole de vinho tinto e um olhar admirado para Lucretia, porque de repente lhe ocorreu que, para se envolver tão intensamente com aquela mulher, sua velha amiga devia estar com algum grande problema pessoal. Mas ela depressa se voltou para madame Lhevine.

"Não estou rindo de você, madame", disse ela, usando as mãos para varrer as migalhas da mesa. "Só que eu não sei onde *nada* começa. Ou termina." Ela riu de novo, corando. "Nada de nada."

Madame Lhevine não desviou os olhos. "Sei disso, querida", disse.

Cleota parecia ter sido atingida por um golpe de algum lugar; sentiu-se atravessada pelos olhos fanáticos, mas estranhamente bondosos da vidente. Uma nova necessidade de atenção daquela mulher, de seus cuidados mesmo, pressionou Cleota, que de repente se sentiu sozinha. Baixou os olhos para as últimas migalhas, dizendo: "Mas acredito que seja tão real quanto qualquer outra coisa".

"Nem mais, nem menos", madame Lhevine disse com a calada alegria daqueles que acreditavam e eram salvos.

Cleota não conseguia mais ficar sentada ali. "Vou fazer café", disse, e foi para a cozinha.

Não era usual sua mão tremer daquele jeito ao segurar a chaleira debaixo da torneira. Estava com o rosto quente. Os rostos da sala rodavam em torno dela até a expressão de Lucretia se fixar em sua mente, os olhos próximos tão estranhamente ansiosos para que Cleota aceitasse madame Lhevine. De súbito, ficou evidente para ela que Lucretia e seu marido tinham rompido.

Ela olhou a chama, parada, quieta. Bud Trussel ficara em casa apenas os fins de semana esse ano, não porque estivesse viajando a negócios por todo o estado. Eles estavam de fato separados.

Essa noção era algo que deslizava de dentro dela que absolutamente não sabia que tinha dentro de si. Como podia ter sido tão cega para uma coisa tão óbvia! Sentiu-se assustada. A própria cozinha começou a parecer estranha. Perguntou-se o que mais podia haver em sua cabeça de que não fazia ideia? Mais uma vez pensou nos modos novos, quase lascivos de Lucretia essa noite, a mesma Lucretia que sempre sentava com uma perna enrolada na outra, sempre corando antes de sequer ter a ousadia de rir! E agora tão... imoral. Mas o que ela havia feito ou dito que era imoral? Era uma bobagem!

Sentiu um frio se espalhar por seu corpo e olhou na direção da despensa para ver se tinham aberto a porta. Pressentiu a presença de Alice lá fora, ouviu, mas estava tudo quieto lá. Mesmo assim, não era de estranhar se a irmã de Stowe espiasse pelas janelas. Ela foi até a porta dos fundos, abriu-a bruscamente, já enfurecida. Não havia ninguém ali. O vento forte destruía as árvores e através de seus ramos farfalhantes ela percebeu uma luz distante, fora do comum. Parou de se mexer, traçando a geografia das ruas na cabeça até resolver que era a casa de Joseph, uma surpresa uma vez que ele e a mulher raramente apareciam no inverno, embora ele viesse às vezes, sozinho, para escrever. Se soubesse, o teria convidado essa noite.

Havia já um sorriso em seu rosto quando voltou para o fogão, pensando em Joseph confrontando madame Lhevine. "Uma o quê?", ele perguntaria com expressão vazia — ou alguma outra meia piada do tipo que a faria rir de vergonha. Havia sempre alguma coisa no limiar do inadequado em tudo o que ele dizia, no limiar... da verdade. Ela foi até o telefone, segurou-o no ouvido e esperou o tom. No entanto, pensou, visualizando aquele homem, ele também acreditava. Tantos judeus acreditavam, pensou pela primeira vez. E a imagem dele lhe veio forte à cabeça quando olhou a máscara ao lado do telefone — ele era igual a seu pai sob esse aspecto, tinha em si algo da torturante afirmação que parecia sempre querer sair, mas nunca o fazia de fato. Como Stowe também! Ela se deu conta do silêncio do telefone e, ressentida, o desligou, colocando um pouco a culpa em

Alice por ter danificado o aparelho de alguma forma. Quando ela se virou de novo para o fogão, Lucretia entrou e parou, sem falar nada no meio da cozinha, derrubando seu corpo longo, de ombros largos, em cima de um lado do quadril, e Cleota viu o sorriso decidido em seu rosto tímido.

"Está incomodando você?", a voz de Lucretia estava grave; ela sempre parecia imitar um homem quando tinha de cumprir um dever.

"Não!", Cleota riu, surpresa com sua própria rispidez. E instantaneamente lhe veio a sensação de que por algum motivo Lucretia estava pegando no seu pé essa noite — ela trouxera a vidente por alguma razão. Qual? Se ao menos as duas pudessem ir embora! Agora, por que aquela horrível intimidade aumentava? Nunca havia sido assim, nem mesmo em suas camas na escola quando ficavam conversando durante a noite — desde o começo houvera um acordo tácito de deixar intocadas as coisas realmente particulares. Tinha sido uma relação não através de palavras, mas algo como uma silenciosa passagem de luz do sol para a da lua, como quando Lucretia deixara o cabelo crescer depois que Cleota parou de cortar o dela, ou passara a usar anéis quando Cleota voltou com alguns do México. Olhando aquela amizade de vida inteira agora, vendo o sorriso estranhamente partido no rosto dela — seria um sorriso cínico? —, Cleota sentiu o medo de alguém que exercera o poder do exemplo sem saber e tinha de lidar agora com a revolta da oprimida involuntária. Passou por sua cabeça que Lucretia tinha mudado para o campo apenas porque ela mudara, e nunca, nunca arrumava o caos de sua casa porque era apenas uma imitação daquela casa onde estavam, e que suas cadeias de projetos — começar um viveiro de plantas, depois desenhar sapatos, agora criar cavalos — não eram as flores boas e naturais de sua alegre energia, como ela sempre tentara insinuar, mas distrações abortivas de uma vida sem forma, uma vida, Cleota via agora que fora ensombrecida pela dela com Stowe. Cleota olhou os olhos aparentemente culpados e perigosos, sentindo — coisa que sempre soubera! — que uma desgraça andara espalhando raízes na vida de sua amiga durante esses últimos trinta anos e agora explodira.

Lucretia tomou um golinho de sua bebida e disse: "Bud me deixou, Cleota", e sorriu.

Cleota sentiu um arrepio na coluna com a sua profecia se confirmando. Inclinou a cabeça como um cachorro que foi chamado e não sabe se se aproxima ou foge. "Quando?", perguntou, meramente para preencher o silêncio até conseguir pensar no que dizer.

"Não sei quando. Ele já está fora faz bastante tempo, acho." E então ergueu os braços, passou-os em torno do pescoço de Cleota e, muito mais alta, apoiou desajeitadamente a cabeça no ombro da amiga. Um momento depois, Cleota empurrou-a delicadamente e elas olharam uma para a outra, mudadas.

"Vai pedir o divórcio?", perguntou para Lucretia. Como aquele abraço havia sido sonhadoramente sem sentimentos!

"Vou", disse Lucretia, o rosto vermelho, mas sorrindo.

"É uma outra...?"

"Não", Lucretia interrompeu. "Pelo menos eu não acho que haja outra." E olhando o bule, disse: "Esse café vai esfriar, não vai?".

O café? Só então Cleota se lembrou por que tinha entrado na cozinha. Pegou as xícaras e arrumou-as na bandeja.

"De qualquer forma, não vai ser uma grande mudança", Lucretia disse, atrás dela.

"Você não parece muito perturbada. Está?" Cleota virou-se para ela, pegou a bandeja, pensando que nunca antes fizera uma pergunta tão absurdamente pessoal a ninguém. Sentiu que alguma coisa perigosamente obscena invadira sua pessoa e sua casa, e devia ser detida. E no entanto, Lucretia parecia não notar. De repente, parecia que Stowe tinha viajado havia séculos.

"Eu estou arrasada faz muito tempo, Clee", Lucretia respondeu.

"Eu não sabia."

"É."

Estavam paradas no meio da cozinha debaixo da luz pendente, uma na frente da outra.

"Ele mudou mesmo de casa?"

"Mudou."

"O que você vai fazer?"

"Procurar um emprego, acho. Acho que não tenho mais nada a fazer aqui."

"Ah", disse Cleota.

"Fico contente de ter falado com você sozinha. Sem Stowe."

"É mesmo? Por quê?"

"Ele gosta tanto de Bud." Lucretia deu um riso seco. "Eu ficaria com vergonha de contar para ele."

"Ah, Stowe não ia se importar. Quer dizer", corrigiu-se, "ele nunca se surpreende com nada." Ela riu da infantilidade do isolamento mental de Stowe, de sua ignorância de alguma forma irritante sobre as relações das pessoas, e disse: "*Você* sabe...", e calou-se quando Lucretia sorriu como em celebração do charme de Stowe, cego a perturbações.

Cleota pegou a bandeja cheia. "Faz tempo que você conhece a madame?"

"Conheci ontem. Ela veio comprar os cavalos. Tem uma casa perto de Harrisburg, ou algum outro lugar. Ela é fabulosa, Clee. Deixe ela ler para você."

A insistência de Lucretia pressionou Cleota, como algum tipo de necessidade de cumplicidade. Trudeau entrou, um pouco curvado às duas mulheres, desculpando-se por interrompê-las. "Temos de ir, Cleota."

Ele pegou a mão dela, que ela estendeu por baixo da bandeja e ficou segurando com alguma pressão terrível, que só indo embora de sua casa poderia evidentemente aliviar. Ela sentiu que não podia perguntar a ele qual o problema porque evidentemente era a moça que insistia que a levasse embora mesmo sem o café. Cleota ficou vermelha com o embaraço dele, e disse: "Foi um prazer ver você, John. Acho que a luz lá de fora ainda está acesa".

Trudeau acenou com a cabeça, grato pela despedida sem questionamentos, mas sua dignidade parecia proibi-lo de escapar cedo demais do ar abertamente perplexo do rosto dela.

"Diga a Stowe que deixei um abraço", ele falou, soltando sua mão.

"Digo."

Virou-se, uma ligeira mudança nos olhos confessando a ela que sua vida era uma desgraça. Os três entraram na sala juntos.

Saint já estava de casaco de pele preto, com um lenço de gaze preta na cabeça. Estava olhando o caminho de saída pelo vidro da porta e virou-se para Trudeau, que imediatamente pegou seu casaco e juntou-se a ela. Ela deu uma olhada para Cleota, que mal teve tempo de pôr a bandeja sobre a mesa antes de os dois saírem.

"Bom!" Ela riu, corando, mas aliviada. "O que aconteceu?"

"Ela ficou furiosa comigo", disse madame Lhevine.

"Por quê?", Cleota perguntou, ainda vibrando com a raiva que Saint mostrara por ela. Que noite estranha havia sido! Do nada vem uma moça estranha para odiá-la! E, no entanto, tudo parecia estar de alguma forma em ordem como tinha de ser, em torno dela todos os penhascos da vida das pessoas deslizando tão agilmente para o mar.

"A tia dela não *podia* ser cigana. Uma cigana é uma cigana, não alguém que você simplesmente chama de cigana. Eu disse para ela que a tia dela não era cigana."

"Ah", disse Cleota, os olhos arregalados, tentando entender o que era tão sério na opinião de madame Lhevine. "Você é cigana?", perguntou, inocente.

"Eu? Não, sou judia."

Lucretia assentiu, confirmando. Evidentemente ela também achava essas identidades importantes. Cleota sentia que as duas tinham o segredo de algum mundo fechado, que lhes dava alguma garantia, algum senso de pertencimento. Ela engoliu uísque. Madame acendeu um cigarro e apertou os olhos por causa da fumaça. Lucretia olhou a mesa e brincou com um fósforo. Passou-se um momento de total silêncio. Cleota se deu conta de que se esperava dela agora que pedisse à madame para ler sua sorte. Começava a sentir que fazer o pedido era uma questão de dignidade. Recusar-se a pedir seria questionar a autenticidade delas. E dentro de Cleota cresceu outra vez o sentimento de que ela estava sendo forçada, pressionada a um discipulado de algum tipo vago.

"Não consigo entender o John", ela disse a Lucretia. "Você consegue?"

"Aquilo é só sexo", Lucretia disse, insinuando uma experiência de vida que Cleota sabia que ela não tinha. Ou tinha?

"Mas essa moça", disse Cleota, "ela nem é bonita, é?"

Lucretia estava estranhamente excitada e de repente estendeu o braço pelo que parecia metade da sala para puxar para si uma mesinha sobre a qual havia um maço de cigarros. "O que beleza tem a ver com sexo?", perguntou.

"Bom, não entendo isso. Ele deve ter suas razões, mas a esposa dele é muito mais bonita que essa aí."

Cleota estava perfeitamente consciente de que Lucretia estava representando para madame Lhevine, interpretando alguma nova familiaridade com a degradação, mas ainda não conseguia deixar de se sentir externa, olhando para um mundo debaixo da água. O mundo? Ela rezou para Stowe ter esquecido alguma coisa e entrar de repente.

Madame Lhevine falou com certeza, uma pessoa mais velha que estava acostumada a esperar que se tocasse no assunto antes de entrar para resolver a questão do jeito certo: "O espírito nem sempre ama o que a pessoa ama", disse.

Ah, como aquilo era verdadeiro! Cleota sentiu um abalo no fundo de si, um prazer na aceleração de sua própria mente.

"É uma coisa difícil", madame continuou. "Não é muita gente que sabe ouvir a voz interior. Tudo nos distrai. Mesmo a gente sabendo que é a única coisa que pode nos orientar."

Ela fixou o cinzeiro e ouviu de verdade quando Cleota falou. "Mas como se pode ouvir? Ou saber no que acreditar? A pessoa sente tantas coisas."

"Como você conhece seu corpo? Suas mãos tateiam, seus olhos olham no espelho todo dia. É a prática, só isso. Todo dia a gente inspeciona o próprio corpo, não é? Mas quando separamos um tempo para inspecionar a nossa alma? Para ouvir o que ela pode nos dizer? Quase nunca. As pessoas", falou com certo protesto, "zombam dessas coisas, mas aceitam que ninguém possa sentar ao piano e tocar na primeira vez. Mesmo sendo muito mais difícil e exigindo muito mais técnica ouvir a própria voz interior. E entender os seus sinais — isso é ainda mais difícil. Mas é possível de se fazer. Juro para você."

Com enorme alívio, Cleota viu que madame Lhevine era séria e não uma idiota.

"Ela é maravilhosa", disse Lucretia, sem nenhuma reserva agora que via a impressão que ela havia causado em Cleota.

"Eu não leio a sorte", madame continuou, "porque na realidade o futuro no sentido vulgar não existe."

Como ela era boa! Como a sua certeza até lhe emprestava certo encanto agora! Perder o contato consigo mesmas, Cleota pensou, era o que fazia as mulheres parecerem pouco atraentes.

"Não entendo isso", Cleota falou, "essa coisa de futuro."

"Talvez possa me falar mais do que você não entende", disse madame.

Cleota foi tocada por esse convite; sentiu-se entendida de repente, porque realmente queria falar de sua ideia de futuro. Sentou-se mais confortavelmente na poltrona e vasculhou os pensamentos. "Não sei de fato. Acho que nunca pensei a respeito, mas — bom, acho que quando se chega a certo ponto, e se tem mais atrás do que pela frente, de alguma forma... parece não ter valido a pena. Não quero dizer", acrescentou depressa, ao notar que Lucretia pareceu estranhamente gratificada com essa insinuação de fracasso, "que tenha vivido mal, realmente. Não vivi. Só que não tem de fato nada a ver com — é o que eu acho — felicidade ou infelicidade. É mais que você... você se pergunta se não foi um pouco", ela riu, corou, "pequeno demais." E antes que madame pudesse falar, acrescentou com alguma ênfase. "Acho que quando os filhos não estão mais por perto a gente pensa nisso." Ocorreu-lhe que ela nunca manifestaria essas dúvidas se Stowe estivesse a seu lado, e se sentiu livre com a ausência dele.

"É mais que os filhos não estarem em casa", disse Lucretia.

"É isso também", madame relembrou a Lucretia. "Não devemos subestimar o físico, mas", virou-se para Cleota, "é também o clímax interno."

Cleota esperou. Sentiu que estava sendo percebida, mas não mais por uma mente apenas curiosa. Madame, ela sentiu, estava vendo dentro dela uma coisa à qual a palavra clímax estava ligada.

"A gente vê que não vai haver êxtase", disse madame Lhevine. "E é então que chega a crise. Ela vem, pode-se dizer, quando vemos o futuro com muita clareza e vemos que ele é uma planície, uma planície sem fim, e não o que tínhamos pensado — uma montanha com uma glória no alto."

"Ah, eu nunca pensei em nenhuma glória."

"Não estou falando de conquista. Estou falando de unicidade. A glória é só o momento em que a gente é um consigo mesmo."

A morte irrompeu na mente de Cleota, a sensação completa de um morrer; não de qualquer pessoa em particular, não dela, mas de alguma pessoa não identificada a jazer morta. Então a unicidade estaria dentro dela, e uma glória, uma paz benéfica.

Uma rápida alegria a pôs de pé, ela foi até o balcão, pegou uma nova garrafa de uísque e voltou à mesa, sem perguntar nada, serviu. Então olhou para madame Lhevine e seu rosto esquentou.

"O que você faz?", perguntou, evitando dizer "agora". Não queria imputar nenhuma rotina formal a madame, nenhum ritual barato. Alguma verdade estava tomando forma, algum anúncio singular que, ela sentia, não devia ser estragado.

"Se quiser, pode simplesmente pôr as mãos em cima da mesa."

Stowe teria dado risada; o pai dela teria olhado para o teto e saído da sala. Ela ergueu as mãos e, quando as pousou sobre a mesa, sentiu como se estivesse com as mãos num vento frio. Então, as mãos de madame deslizaram e se puseram com os dedos médios tocando os de Cleota. Eram mãos velhas, muito mais velhas que o rosto de madame. As quatro mãos pareciam animais vivos, independentes, se olhando sobre a mesa.

Cleota esperou a próxima instrução, mas não houve nenhuma. Ergueu os olhos para os de madame.

A idade avançada da mulher a tocou de novo. Suas faces pareciam encovadas, ela parecia eslava agora, a pele enrugada como nata de leite, as veias das órbitas emaranhadas como o mapa de rios da selva.

"Olhe nos meus olhos, por favor", madame Lhevine falou.

Cleota estremeceu. "Estou olhando", disse. Será que a mulher tinha ficado cega? Olhando melhor, Cleota viu que de fato madame não estava vendo, que seu olhar tinha morrido, se voltado para dentro. Era muito característico e por um momento pensou em romper aquilo, mas veio-lhe uma sensação de que ela perderia por caçoar; por mais que desconfiasse, sentia que devia continuar olhando naqueles olhos negros se era para esperar algum dia ter de novo uma conexão consigo mesma.

Madame Lhevine ergueu as mãos, deu tapinhas nas mãos de Cleota e respirou fundo. Cleota voltou a pôr as mãos no colo. Madame Lhevine piscou para o nada, parecendo organizar o que tinha ouvido ou visto.

"Tem uma mulher mais velha...?", Madame se interrompeu. "Tem uma mulher velha?", corrigiu-se.

"A irmã de meu marido. Ela mora aqui perto."

"Ah." Madame ergueu o queixo. Parecia estar se afiando. "Ela vai viver mais do que ele."

Cleota sentiu a cabeça estremecer; olhou estupidamente para madame Lhevine, a mente chocada pela imagem de Stowe no caixão e Alice parada ao lado, enquanto ela teria de esperar sozinha num canto, uma estranha outra vez. Pareceu-lhe que sempre tivera essa imagem na cabeça e a única notícia era que agora alguém tinha visto aquilo também.

Cleota ficou agoniada com o alívio que sentiu diante da imagem de Alice sobreviver a Stowe. Simplesmente, aquilo apagava toda a sua vida com ele. Ela o conhecera na galeria com Alice a seu lado, o ar entre eles espessado por uma comunicação muito densa, muito pesada. Ela própria jamais penetrara naquilo, jamais estivera sozinha no centro da visão dele. Trinta anos desaparecidos, nulificados. Ela agora estava onde havia entrado, sem nada para mostrar.

"Desculpe se tive de...", Madame se interrompeu ao tocar na mão de Cleota. O toque trouxe Cleota de volta à sala e a uma consciência de Alice rondando em algum ponto próximo da casa. A raiva inchou suas pálpebras. O que madame e Lucretia viram foi uma expressão furiosa varrendo seu rosto.

Um carro, rodando depressa, guinchou os pneus ao parar na entrada. As três mulheres se voltaram juntas para a porta, ouvindo passos que se aproximavam lá fora. Cleota foi até a porta quando começaram a bater e abriu.

"Joseph!", ela quase gritou.

O rapaz ergueu as mãos em susto fingido. "O que foi que eu fiz?", exclamou.

Cleota riu. "Entre!"

Ele entrou, sorriu para ela e, no tom de brincadeira que sempre foi o melhor entre eles, perguntou: "Cheguei muito tarde?".

"Para quê?", Cleota ouviu o toque juvenil na própria voz.

"Para qualquer coisa", ele disse, tirando a jaqueta de zíper, que jogou em cima de uma poltrona. "Quer dizer, é tarde e eu não queria te acordar."

"É claro que estamos acordadas", ela brincou com ele, sentindo uma nova crueldade se soltar dentro dela.

Ele se sentiu constrangido diante das outras duas mulheres, então gritou: "O que eu quero dizer é: será que vou incomodar se entrar uns minutos, porque ainda não estou pronto para ir dormir e achei que seria bom dizer um alô! É isso que eu quero dizer!".

Lucretia riu também. Havia nele alguma coisa aborígene, em sua opinião, como ela havia dito a Cleota uma vez.

"Então, olá!", ele disse e puxou uma cadeira para a mesa, passou os dedos pela farta cabeleira castanha e acendeu um charuto.

"Já jantou?", Cleota perguntou.

"Comi às cinco e de novo às nove", disse ele. Cleota parecia estranhamente carregada. Ele não sabia se era porque estava interrompendo ou porque era bem-vindo como único homem.

Ele olhou para madame Lhevine, que lhe deu um sorriso de assentimento, e só então Cleota se deu conta e apresentou os dois.

"Quanto tempo vai ficar por aqui?"

"Não sei. Uns dias." Ele bebeu o que ela pôs na sua frente. "Stowey como está?"

"Ah, tudo bem", ela deu uma risada breve, depreciativa. Isso sempre dera a ele uma enfumaçada sensação de entendimento com ela, sobre o que ele sabia precisamente. Mas então ela acrescentou, séria: "Ele tem uma exposição na Flórida".

"Ah, que bom."

Ela riu de novo.

"Bom, é verdade!", ele protestou.

O rosto dela ficou sério instantaneamente. "Eu sei que sim."

Para madame Lhevine e Lucretia ele disse: "Conosco é sempre uma conversa de débeis mentais".

O riso das mulheres o deixou aliviado; ele devia ser uns dez anos mais novo que Cleota e Lucretia, um romancista de passo gingado e mãos nos bolsos, cuja vasta inexperiência com mulheres lhe emprestava uma curiosidade tão intensa sobre elas que beirava a compreensão. Com mulheres, ele geralmente se sentia por trás de qualquer uma de várias máscaras, dependendo da situação; no momento, era a do jovem bagunceiro, o poeta mais novo, talvez, porque nunca era possível chegar — sobretudo na frente de Cleota — como ele mesmo. Ele sempre sentiu que ela era uma mulher infeliz que talvez nem soubesse da própria infelicidade; ela, portanto, buscava alguma coisa, alguma confirmação sensual, da qual ele conseguia distraí-la simulando aquele ar brincalhão de artista despreocupado. Não que sentisse atração por Cleota; o fato de ser uma esposa já bastava para colocá-la numa área vagamente sagrada. A menos que partisse para outro tipo de vida e personalidade para si mesmo, uma vida, como ele antevia, de relações verdadeiras — o que quer dizer, relações pessoais de tipo confessional. Mas em algum lugar em sua cabeça, ele sabia que verdades verdadeiras só surgem de desgraças, e ele faria o possível para evitar desgraças em todos os departamentos de sua vida. Precisava disso, sentia, por honestidade. Porque o verdadeiro terror de viver numa posição falsa era que o amor dos outros ficava ligado a isso e então seria traído se a pessoa fosse verdadeira. E para Joseph Kersh, a traição para outros era a destruição derradeira, pior ainda que a traição em si, de viver com uma esposa que não conseguisse amar.

Ao se sentar à mesa, ele já estava exercendo o papel juvenil que Cleota impusera a ele nesses seis ou sete anos em que se conheciam. Ele assumiu um ar grave e aparentemente até preocupado, e como era o único homem presente, as atenções se concentraram nele no momento e ele teve de falar, de olhar diretamente nos olhos de Lucretia e perguntar: "Como vai seu marido?".

Lucretia baixou o olhar para o cigarro e, batendo impacientemente a cinza, disse: "Está bem".

Ele ouviu a porta fechar. Mulheres descobertas sozinhas, ele achava, deviam estar falando sobre sexo. Acreditava nisso desde a infância, quando as reuniões de bridge de sua mãe sempre iam de aguda hilaridade a silêncio matronal assim que ele aparecia. Ele sabia naquela época, como sabia agora, que havia alguma coisa ilícita ali, alguma coisa proibida no ar. Saber não era problema para ele; era admitir que sabia. Porque as esposas traírem o menor desdém por seus maridos rompia a sua sensação de bem, de direito, de natureza apropriada das coisas. E, no entanto, ele sentia que havia desdém em torno daquela mesa naquele momento. E desanimou ao se dar conta de que isso o lisonjeava e lhe dava uma sensação alegre de adequação. "Só metade", ele disse a Cleota, que estava servindo mais uísque em seu copo. "Tenho de ir dormir logo."

"Ah, não vá!", ela disse, com firmeza, e ele viu que ela estava acalorada com o uísque. "Está escrevendo aqui?"

"Não." Agradecido, ele viu que ela estava esperando notícias sérias a seu respeito. Lucretia também estava curiosa. "Estou só me preocupando."

"Você?"

"Por que não?", ele perguntou, genuinamente surpreso.

"Porque você parece fazer tudo o que quer."

Ele acreditava que a admiração dela era por alguma força que ela parecia achar que ele possuía, e aceitava isso com prazer. Mas um alarme distante soou dentro dele essa noite; algo íntimo estava acontecendo ali e ele não devia ter vindo.

"Não sei", respondeu a Cleota. "Talvez eu faça o que eu quero fazer. O problema é que não sei o que estou fazendo." E ele resolveu, em nome de alguma distante sinceridade, revelar um pouco de sua própria perplexidade. "Eu na verdade vou de momento para momento, apesar das aparências. Não sei o que estou fazendo mais do que qualquer outra pessoa."

"Ah, sabe sim", disse madame Lhevine, estreitando os olhos. Ele olhou surpreso para ela. "Eu li os seus livros. O senhor sabe. Dentro de si, o senhor sabe."

Ele se viu gostando daquela mulher feia. O tom dela lembrava o de sua mãe quando o olhava depois que ele derrubava um vaso e dizia: "Você vai ser um grande homem".

"O senhor segue o seu espírito, sr. Kersh", ela continuou, "então não é necessário saber mais nada."

"Acho que sigo", ele disse, "mas pouparia muito trabalho se eu pudesse acreditar nisso."

"Mas tenho certeza de que entende", madame insistiu, "que a sensação que o senhor tem de não saber é que faz a sua arte. Quando um artista sabe o que está fazendo não consegue mais fazer, não acha?"

Isso combinava tão bem com a licença que Joseph secretamente reclamava para si e com o abençoado estar livre de responsabilidade que desejava, que em sã consciência não podia aceitá-lo. "Bom, eu não chegaria a esse ponto", ele disse. "É romântico pensar que um artista é inconsciente." E expandiu os ombros, a mão direita se fechou num punho. "Uma obra de arte tem de funcionar, como uma boa máquina…"

"Mas uma máquina feita por um cego", disse madame com tom experiente.

"Isso eu nego", ele disse, sacudindo a cabeça, incapaz de conter aquela inundação de certeza. "Tenho de pensar inteiramente uma forma antes de poder escrever. Tenho de arquitetar uma estrutura. Tenho de saber o que estou fazendo."

"Claro", madame interrompeu, "mas a certo ponto o senhor tem de não saber nada e se permitir apenas os seus sentimentos. Na verdade, essa é a minha única… minha única reserva aos seus livros."

"Qual?", ele perguntou. Não gostava dela. Mulheres não deviam criticar. Ela era repulsivamente feia, como uma anã.

"São um pouco construídos demais", ela disse. "Espero que o senhor não ache que é presunção minha, mas tenho, sim, essa sensação, mesmo admirando enormemente o que o senhor diz."

Ele esperava que o calor que sentia subir no rosto fosse devido ao uísque. Ao cruzar as pernas de repente, desequilibrou a mesa na direção de madame e depressa a colocou no lugar, rindo. "Desculpe, não tinha intenção de aleijar a senhora."

Ele viu, quase chocado, que Cleota estava olhando abertamente para ele — com admiração. Era muito perceptível. Por que Stowe tinha viajado, sozinho?

Lucretia estava imersa em pensamentos, olhando para o cinzeiro, batendo o cigarro nele. "Mas sinceramente, Joe…", ela olhou para ele com seu ar superintrigado, "não acha que as pessoas são realmente muito mais desorientadas do que você pinta? Quer dizer…"

"Meus personagens são bem desorientados, Lucretia", ele disse e fez Cleota rir.

"Não, sério mesmo; vocês parecem estar sempre *aprendendo* alguma coisa", ela reclamou.

"Não acha que as pessoas aprendem?", ele perguntou e imaginou o que elas estariam discutindo secretamente. Havia, de fato, alguma coisa pesada em torno de Lucretia, ele sempre achara isso. Quando se conheceram ela acabara de cruzar dois cavalos e estava febril com o sucesso, e parecera tão claro que ela própria sentia um interesse sexual no procedimento, no entanto, não tinha consciência disso, e isso atribuíra uma qualidade vaga a seus olhos — obscura, porém.

"Claro que aprendem", ela disse — e ficou claro que ela estava comparando seu intelecto ao dele, coisa que uma mulher não devia fazer, ele achava —, "mas aprendem geometria e as datas necessárias. Não…", ela procurou a palavra e madame forneceu.

"Não espírito."

"Isso!", Lucretia concordou, mas deixou que madame continuasse.

"Acredito que concorde", disse madame, "que essencialmente o espírito se forma bem cedo. Na verdade, ele sabe tudo o que virá a saber desde o começo."

"Então qual a função de viver?"

"Porque temos de viver. Só isso."

"Não acho que seja uma razão suficiente", Joseph disse.

"Talvez não exista uma razão suficiente", Cleota acrescentou, de repente.

Joseph virou para ela, vencido por sua gravidade. Mas ele se controlou — ela só estava falando e sendo a mulher tolerante que era. Isso é que ele nunca entendera — ela e Stowe podiam ter fortes sentimentos a respeito de alguma coisa e serem perfeitamente simpáticos com pessoas que defendiam tudo a que se opunham. A vida para eles era uma espécie de jogo, enquanto a pessoa tinha de acreditar em alguma coisa a ponto de sofrer por aquilo. Ele gostaria de achar um jeito de ir embora agora, em vez de ficar sentado ali com aquelas três velhas malucas discutindo sobre espíritos!

"Embora eu ache, sim, que nós aprendemos", Cleota continuou, com um olhar de aberto apoio a Joseph. "Não sei se aprendemos apenas o que inconscientemente sabíamos antes, ou se é tudo continuamente novo, mas acho que nós aprendemos."

Como ela era admiravelmente direta! Joseph pegou essa flor que ela surpreendentemente atirara a ele e com ela partiu para cima das outras duas mulheres. "O que sempre me intriga é como as pessoas caçoam da ciência, do conhecimento consciente e de toda a abordagem racional da vida, mas quando vão a lugares mais 'profundos', como o México, ou a Sicília, ou algum outro país de tipo espiritual, nunca se esquecem de levar injeções contra tifo!"

As vozes gozadoras de madame Lhevine e Lucretia estavam no ar e ele ficou vermelho de raiva. Lucretia gritou: "Isso não tem nada a ver com...".

"Tem absolutamente tudo a ver! Se você acredita numa coisa tem de viver de acordo com ela, senão são só palavras! Você não pode dizer que não aprendemos e depois aceitar alegremente os frutos daquilo que aprendemos. Isso é... é..." Ele queria dizer "mentir".

"Ora, Joe", Lucretia resmungou, olhando para ele com tolerância — ele parecia seu marido provando para ela, através de princípios da engenharia, que ela não era infeliz — "isso que estamos falando simplesmente não está nesse *plano*. Você está dez anos atrasado. Ninguém está desprezando a ciência e o conhecimento consciente; simplesmente, essas coisas não fornecem um objetivo interior, uma razão para viver. Ainda deixam o homem essencialmente sozinho."

"Só que as únicas pessoas que eu conheço que se sentem parte de uma comunidade mundial, internacional, são cientistas. Eles são os únicos que não estão sozinhos."

"Ora, Joe, sinceramente... o que *quer dizer* essa frase?"

Ele estava furioso. "Quer dizer que eles não vivem apenas para si mesmos, vivem a serviço de uma coisa maior."

"*O quê*, pelo amor de Deus?"

"O quê? O alívio da dor humana e a eliminação da pobreza humana."

"Não podemos todos eliminar a pobreza, Joe. O que *nós* fazemos? Simplesmente não estamos falando das mesmas coisas." Ela se voltou para Cleota. "Você percebe a diferença, Clee?"

"Claro que existe uma diferença", Cleota disse, evitando os olhos de Lucretia, "mas por que vocês não podem estar certos os dois?" E deu uma olhada a Joseph em busca de confirmação disso que, para ele, era um absurdo total.

"Não me importa estar certo", ele disse, em voz baixa agora. Mas sua esperança em Cleota havia desaparecido outra vez; ela era um mistério total para ele. Nada era uma questão para ela. Surgiu claramente na cabeça dele a ideia de que, cada vez que vinha aqui, era um anticlímax. Por isso ele ia embora sempre sentindo que tinha perdido tempo — eles eram pessoas que simplesmente viviam num marasmo e não se esforçavam por uma apoteose, por um clímax na vida, nem uma grande conquista ou descoberta ou qualquer golpe de luz e som que as jogasse numa nova velocidade, numa outra órbita.

No entanto, inexplicavelmente, quando ele fora despedido da universidade por sua recusa em reprovar um aluno de esquerda, ela ficara meses falando disso, indignada, telefonando para saber como ele estava, e durante algum tempo até falou de viver no exterior como protesto à opressiva atmosfera americana. Madame e Lucretia evidentemente sentiam que ele havia sido derrubado e a mulher feia brindou-lhe com um olhar gentil, dizendo: "Nada disso importa de fato — o senhor é um ótimo escritor".

Esse estender de um dedo em vez da mão inteira fez Joseph e Cleota darem risada, e ele disse: "Não estou desprezando a intuição". Cleota riu mais alto, mas a intenção dele com isso era fazer uma concessão a madame e ele disse a Cleota: "Espere um pouco, estou me desculpando com ela", e Cleota riu ainda mais alto. O jeito abrupto dele sempre a divertia, mas agora se tratava de algo mais; na paixão das ideias dele, ideias que ela entendia mas não considerava insubstituíveis, ela sentia uma conexão carnal com uma força externa, um imperativo invisível dirigindo a vida dele. Ele *tinha* de dizer o que disse, acreditar no que acreditava, era inútil conceder, e isso falava de uma dedicação não diferente de amor nele.

Ela bebeu sete centímetros de uísque puro, observando uma brilhante mancha de luar verde através da janela molhada acima das cabeças de seus convidados. Um silêncio planetário pareceu envolver a continuação da discussão; ela se sentiu flutuando. Seu único alarme era que a conversa estava morrendo e eles logo iriam embora. Ela serviu uísque para Joseph, que estava batendo na mesa com a mão aberta. "Não estou desprezando a intuição", ele repetiu, "eu trabalho com ela, ganho a vida com ela." Do nada, lhe veio uma ideia. "Vou dizer uma coisa, madame Lhevine. Eu venho de uma longa linhagem de idiotas supersticiosos. Eu tinha uma tia, sabe, e ela lia a sorte..."

Cleota explodiu, ergueu os braços no ar e afastou-se da mesa, dobrando-se de rir. Lucretia primeiro sorriu, tentando resistir em função de madame, mas se contaminou, e então a própria madame juntou-se involuntariamente a elas, e Joseph, sorrindo estupidamente, olhou para as três mulheres que riam histericamente em torno dele, e perguntou: "O quê? O quê!", mas ninguém conseguiu responder, até que ele também foi arrebatado. E como sempre acontece nesses casos, bastava um olhar para o outro para começarem a rir loucamente de novo. E quando se aquietaram o suficiente para ele ser ouvido, Joseph explicou a Cleota. "Mas é verdade. De fato, ela era meio cigana."

Diante disso, Cleota soltou um grito, e ela e Lucretia se curvaram em cima da mesa, uma agarrada aos braços da outra, sem fôlego de tanto rir com o rosto escondido nos ombros, e madame ficou batendo na mesa e sacudindo a cabeça enquanto fazia "*ho, ho, ho*".

Sem entender o que era aquilo, Joseph não conseguiu evitar a sensação de que aquela histeria era às custas dele. Ele recuperou a sobriedade antes delas, sentou-se sorrindo pacientemente, à beira de se sentir tolo, acendeu seu charuto, tomou um drinque, esperando que elas voltassem a si.

Por fim, Cleota explicou com toda a gentileza que Saint havia dito exatamente as mesmas coisas e que... Mas agora era difícil reconstruir a situação anterior, principalmente o ressentimento de madame diante da pretensão da moça de ter uma tia capaz de fazer o que madame fazia — Cleota se deu conta de que aquilo não podia ser explicado sem caracterizar madame Lhevine como uma pessoa extremamente ciosa, mesquinha mesmo, quanto a seu talento de vidente; e além disso Cleota tinha consciência de que madame não gostava do título de vidente, mas não sabia de que outro modo chamá-la sem invocar palavras como espiritualista, médium ou fosse o que fosse — palavras que embaraçavam Cleota e podiam também ofender a senhora. A rede de explicação era um emaranhado, uma confissão que confirmava para Joseph sua ideia recorrente de que os Rummel eram de fato triviais e mentalmente desorientados, enquanto para Cleota sua incapacidade de descrever madame com clareza a deixava — por mais risonhamente divertida que ainda parecesse — com a sensação de que madame talvez fosse uma fraude. Não era uma ideia nada desagradável a Cleota; era simplesmente a personalidade de madame. O que a perturbava por baixo do sorriso nervoso e a impedia de reter madame, que agora dizia que estava ficando tarde, era a ideia de ser deixada sozinha. A imagem de Stowe morto em seu caixão lhe veio à mente e a deixou um pouco fria em relação a Lucretia enquanto segurava o casaco para ela vestir, como se Lucretia tivesse, em parte, trazido a ela essa profecia, transportando-a de sua bendita casa em que nada nunca ia bem.

Cleota voltou da entrada, tirou o xale romeno e se serviu de mais um drinque, ainda com a sensação agradável que se segue a um ataque de riso incontrolável, a limpeza física e a força que permanece em pessoas saudáveis, e ao mesmo tempo seus olhos tinham o ar introvertido que a notícia perturbadora deixara ali, e Joseph olhou para ela, intrigado com o duplo aspecto de seu estado.

Sem perguntar, ela entregou a ele um drinque e os dois ficaram frente a frente diante da lareira, que ela acabara de reavivar abanando. "Não vou demorar", ele disse. "Tenho de trabalhar amanhã."

Ele viu que ela estava bêbada, muito mais bêbada do que aparentava com as outras duas mulheres presentes. Num movimento contínuo ela se sentou e deixou os joelhos se separarem, olhando acima da cabeça dele. Depois se inclinou pesadamente, deixou o drinque no chão, entre seus pés, e encostou-se na poltrona de novo, soprando forte o ar e virando o rosto para o fogo. Sua respiração ainda era profunda e as mãos pendiam moles dos braços da poltrona de vime. Seu aparente abandono não era um sinal de sensualidade por ele, a princípio. Ele achou que ela estava até indicando tamanha confiança nele que não precisava parecer comportada.

Mulheres bêbadas deixavam Joseph nervoso. Ele falou, tentando usar seu tom brincalhão de sempre. "Bom, *o que* era isso afinal?", perguntou, rindo.

Ela não respondeu, parecia nem ter ouvido. Seus olhos fixos sugeriam alguma vasta preocupação e finalmente um desespero que ele nunca tinha visto antes nela. Um compromisso, um momento de confronto pessoal, parecia estar se aproximando e, para evitar isso, Joseph disse: "Eu tinha mesmo uma tia assim. Ela leu minha mão na noite da véspera de eu ir para a faculdade e previu que eu ia ser reprovado depois de um semestre".

Mal começara a dizer isso quando a frase lhe soou como uma conversa indigna daquele momento. Então Cleota virou a cabeça, ainda apoiada no encosto da poltrona, e olhou para ele. Com um choque, ele sentiu o desafio em seus olhos. Ela estava olhando para ele como homem, e pela primeira vez. O desafio dela foi crescendo dentro dele, e para evitá-la, ele pôs o braço preguiçosamente no encosto da própria poltrona e virou-se para o fogo, como se também ele estivesse preocupado com outras questões. Seria possível? Cleota Rummel?

"Lembra de John Trudeau?", ela perguntou.

Ele virou para ela, aliviado; haveria fofoca, afinal. "Acho que sim. Aquele cara alto que dava aulas na..."

"Por que... você sabe por que...?" Ela se calou, o rosto contraído, intrigado. Estava olhando além dele e em torno dele, fixamente. "Por que eles todos terminam no sexo?"

Ele ficou aliviado com o tom genuinamente interrogativo; ela não estava sendo pudica. Ele maldisse a má-fé de um momento antes. "O que você quer dizer com isso?", perguntou.

"Ele tinha uma esposa absolutamente linda. Aqueles filhos também. Ele esteve aqui agora à noite. Com uma moça. Uma moça absolutamente horrenda." E mais uma vez ela perguntou, como se ele soubesse com certeza, sendo homem: "Você sabe por que isso está acontecendo? Com todo mundo?".

A urgência por uma resposta contida na pergunta dela o penetrou porque aquela pergunta era a obsessão dele naquele momento. Parecia muito estranho que ela tivesse penetrado dentro dele e captado precisamente o que o intrigava.

"Me parece", ela continuou, "que quase todo mundo que eu conheço está enlouquecendo. Parece que não existe nenhum outro assunto mais. Nenhuma outra *coisa*..." Ela se calou outra vez, respirou fundo, afastou uma mecha de cabelo dos olhos. Depois se virou de novo para o fogo, por um momento incapaz de continuar olhando o rosto resoluto de Joseph. Ela queria chorar, rir, dançar — qualquer coisa em vez de estar sentada ali naquela desvantagem. Por um instante, lembrou-se do olhar cálido de madame Lhevine, da sensação de estar sendo envolta por alguém mais poderoso, e desejou desesperadamente ser abraçada e protegida.

Seu tom de súplica dizia a Joseph que ele estava indo para uma falsa posição, pois não ousava trair os próprios sentimentos de perplexidade. Se estivessem os dois confusos, juntariam suas desgraças e ele não podia, por razões ainda maiores, se declarar confuso com a vida. "Sei o que quer dizer", ele falou, com o cuidado de dirigir seu tom lamentoso a outros não especificados, e não a ele nem a Cleota. "Penso nisso o tempo todo."

Ela olhou do fogo para ele. "Pensa?", ela perguntou, solicitando que continuasse.

"Não sei a resposta", ele disse e deu apenas um olhar de relance a ela. "Acho que o que acontece é que não há mais um objetivo maior na vida. Tudo se transformou em relações pessoais e mais nada."

A sensualidade borrada desapareceu dos olhos de Cleota e ela pareceu alerta para ele outra vez. "Existe alguma coisa mais?"

"Claro. Quer dizer, tem de existir."

"O quê?"

"Bom...", ele se sentiu como um menino de escola, tendo de dizer que o bem-estar da humanidade, a luta pela justiça, a proteção dos oprimidos eram alguma coisa mais. Mas ao começar a evocar esses pensamentos, sua própria irrelevância calou suas palavras, a distância que havia entre elas e o sofrimento daquela mulher recostada ali naquela poltrona de vime com os joelhos separados e o drinque entre os pés. Ela desejava uma verdade maior do que ele possuía e, no entanto, ele tinha de continuar. "É uma lei da história. Quando uma sociedade não sabe mais quais os seus objetivos, quando não é mais dominada pela luta em busca de comida e abrigo, a vida privada é tudo o que resta. E nós somos todos anarquistas do coração quando não existe um objetivo maior. Então pulamos uns nas camas dos outros." Deus, que fraude eram todas as ideias — tudo o que todos queriam era amor!

"Joseph", ela começou a dizer, a voz macia agora, os olhos no fogo, "por que isso está acontecendo?"

Ele sentiu a proposta dela estendendo as asas, experimentando o ar. Terminou o drinque e se pôs de pé. "Tenho de ir, Cleota", disse ele.

Ela olhou para ele, piscando, preguiçosa. "Aquela mulher disse que Stowe vai morrer antes da irmã dele."

Ele ficou sem fala; a credulidade dela à profecia o chocou e convenceu. Ele viu Stowe morto. Estendeu a mão e apertou a dela, desajeitadamente. "Você não acredita nessa bobagem, acredita?"

"Por que você vai embora?", ela perguntou.

Sua simplicidade o aterrorizou. "Tomo mais um drinque", ele disse, pegou a garrafa e pôs no chão ao lado de sua poltrona, sentou-se de novo, demorando o máximo possível com aquilo. E mais uma vez maldisse sua mente desconfiada — ela estava simplesmente assustada por Stowe, pelo amor de Deus! Ele podia ficar até ela adormecer ou sair do susto.

Através da névoa quente que a envolvia, Cleota viu que Joseph de repente voltara à vida. Como ele era jovem! O cabelo não estava nem embranquecendo ainda, a pele era lisa, e não havia julgamento a ela vindo dele, nenhuma ordem, nenhuma impaciência de marido; o corpo dela parecia novo e desconhecido. "Um objetivo maior", ela disse, as palavras abafadas.

"O quê?", ele perguntou.

Ela se levantou, passou os dedos pelo cabelo e respirando profundamente foi até a porta. Ele ficou imóvel, olhando para ela. Ela parou na vidraça, olhou a névoa lá fora, como uma prisioneira, ele pensou. Joseph deu um longo gole no drinque, resolveu ir embora. Ela estava ali parada, a dez metros dele, com as mãos no cabelo, e ele admirou o ângulo para trás que seu corpo formava, escondido no vestido de lã cinza. Ele a viu na cama, mas tudo o que conseguia sentir era o sofrimento dela. E então Stowe voltava em algum momento, os três ali naquela sala? O pântano cheio de ervas daninhas daquela cena o fez estremecer.

Passaram-se alguns momentos e ela não se afastou da porta. Estava esperando por ele, Joseph entendeu. Droga! Por que tinha ficado? Viu que tinha agido com falsidade, representara um papel, o papel do protetor. Por baixo do personagem dele e dela, por baixo de seus meros poderes de discurso, havia a anarquia da necessidade, a lascívia do esquecimento e sua consolação. Ele ficou ali parado, vermelho de vergonha de tê-la iludido, sua virilidade falsa para ele, o próprio pensamento uma mentira.

Ela virou para ele, ainda na porta, baixou os braços. O amadorismo da sedução dela o constrangia por ela, ali parada, olhando abertamente para ele. "Não gosta de mim?"

"Claro que gosto."

Ela franziu as sobrancelhas gravemente quando avançou até ele e parou em cima dele, as mãos pendendo ao lado do corpo, a cabeça um pouco projetada para a frente, e quando falou as mãos abertas se voltaram ligeiramente para ele. "Qual é o problema com você?"

Ele se pôs de pé e a encarou, incapaz de falar diante da fúria animal de seu rosto.

"Qual é o problema com você!", ela gritou.

"Boa noite", ele disse, contornando-a para chegar à porta.

"Por que ficou aqui?", ela gritou às suas costas.

Foi até ele, cambaleante, um sorriso de gozação se espalhando no rosto. Ela podia sentir, quase tocar, o tremor dele, e ela cerrou os dentes com o desejo de dilacerar com eles. Ela sentiu as próprias mãos abrindo e fechando e uma força incrível às suas costas. "Você…! Você…!"

Ela parou perto dele, viu seus olhos se arregalarem de surpresa e medo. O gosto do estômago lhe subiu até a boca; o nojo que sentiu dele e de sua promessa quebrada levou lágrimas aos seus olhos. Mas ele não estendeu a mão para ela; era impiedoso, como Stowe quando olhava para Alice através dela, e como Alice entrando e saindo daquela casa. Ela chorou.

Joseph tocou seu ombro com a mão e instantaneamente viu o rosto de Stowe rindo na sua frente. Ela nem aceitou, nem rejeitou seu toque. Como se ele não tivesse mais importância para ela. Então ele ergueu o enorme peso de seus braços e a abraçou. A escada do segundo andar ficava uns metros à frente; ele teria quase de carregá-la. Ela estaria semiconsciente no travesseiro; perto do amanhecer o campo visto pela janela do quarto estaria cheio de cabelos, de ossos, dos restos de sua busca por uma ordem na vida. Apertando-a contra si, ele temia que o oferecimento dela fosse uma acusação de sua cumplicidade, um indício de sua igual inutilidade. Mas ele apertou os braços em torno dela para espremer qualquer sinal que pudesse ter da recusa dele em partilhar o desarranjo do mundo dela.

Ela o abraçou pela cintura e apertou o corpo contra ele. Ao amor! Conhecer nada além do amor!

Ele pegou a cabeça dela e virou seu rosto para cima, para prever qual seria o próximo momento. Ela estava de olhos fechados e as lágrimas escorriam pelos cantos, a pele quente nas mãos dele. Cleota! Cleota Rummel! Mas sem amor? ele pensou, sem nem desejo? Mais uma vez ele viu Stowe na sala, viu-o brincando com ele, discutindo, sentiu o desajeitado calor humano de Stowe. Como era fácil arruinar um homem! De amanhã em diante, ele podia arruinar Stowe com o aperto de mão e o tapinha nas costas costumeiros. O poder de destruir tomava forma na cabeça dele como um foguete que sobe, assombrando-o com seu horror e sua beleza, uma força automática dada a ele como uma personalidade inteiramente nova, um novo poder que de alguma forma acabaria com a luta contra a ausência de sentido da vida, ligando-o em sua serenidade a toda a legião cega que viaja de trens, dirige carros e enche restaurantes, um poder de soprar o mal no mundo e assim finalmente amar a vida. Ela apertou os lábios no pescoço dele, lábios surpreendentemente macios. Seria um desprezo desastroso se tentasse deixá-la agora, mas levá-la para o andar de cima — sua mente prática viu toda a engenharia que seria necessária. Uma arbitrária concussão de esqueletos. Ele sabia que não era a virtude que relaxava seu abraço, mas uma lascívia mais velha por um alto coração não condenado, uma ambição mesquinha pareceu-lhe agora quando reuniu suas forças para dizer: "Boa noite, Cleota", e num tom que a convencesse de que não lhe era desagradável tê-la entre os braços.

Ela abriu os olhos. Meu Deus, ele pensou, ela era capaz de matar! "Qual é o problema com você?", ela perguntou.

"Nenhum problema comigo", ele disse, baixando as mãos ao lado do corpo e corando.

"O quê?" Ela cambaleou, olhando para ele com olhos intrigados, perguntando genuinamente: "Você ficou para quê?".
Boa pergunta, ele pensou, odiando a própria ingenuidade.
"Achei que você não queria ficar sozinha", ele disse.
"É. Você não gosta de mim. Eu sou velha. Velha e mais velha."
Ele estendeu a mão, temendo que ela fosse cair, e ela deu um tapa na mão dele, que a fez cambalear de lado, batendo contra a parede, onde se segurou, ereta, o cabelo caindo sobre metade do rosto. "Qual é o problema com vocês todos! Vocês todos, vocês todos!" Estava chorando, mas parecia não saber disso. "E se ele morrer antes dela? Alguém não tem de... de ganhar no fim?" Ela se curvou, baixando as mãos num gesto de súplica estranhamente teatral — como havia ficado desajeitada! Como é falsa toda elegância! E erguendo os braços quase do chão, os dedos abertos, ela gritou, chorando, uma careta furiosa distendendo os dois tendões de seu pescoço: "Você não tem de vencer antes que acabe? Antes que... *acaaaabe!*".
Ele não conseguiu impedir as lágrimas nos olhos. "Tem", sussurrou. A tentativa de falar soltou algum músculo em sua barriga e ele fugiu chorando da casa.

O baque ressoou em seu sono sem sonhos. Bum, bum, bum. Ele abriu os olhos. Bum. De novo. Saiu da cama e cambaleou. O uísque, pensou. Estava tonto e se apoiou no peitoril da janela. O baque soou de novo embaixo. Ele puxou a veneziana. O sol! Um dia claro afinal! O sol acabara de surgir no limiar distante do vale. O som trovejante de novo lá embaixo. Abriu a janela e ia se debruçar, mas sua cabeça bateu na tela. Viu então o carro de Cleota na rua diante da casa, estacionado torto como se tivesse sido largado ali numa emergência. O baque continuou, agora violento. Ele gritou "Já vou!" e correu para a cama como se fosse um sonho e pudesse voltar a dormir agora que se dera conta disso.

Porém, era realmente o amanhecer e o barulho eram batidas na porta, batidas horrivelmente urgentes. Ele gritou "Já vou!" outra vez e vestiu a calça, que estava caída no chão, lutou para vestir a camisa e correu descalço escada abaixo, abriu a porta.

Ela estava parada ali, com um frescor matinal, a não ser pela exaustão dos olhos. Mas o cabelo estava escovado e ela ereta, ela mesma outra vez, se a pessoa não soubesse que ela nunca olhara tão assustada, tão suplicante para alguém em toda a sua vida. De repente, ele a achou bonita com o ar cintilante em torno da cabeça. Ele ainda estava atravessando as teias do sono, e ela era parte do sonho parada ali na porta com um casaco de gola de raposa, de um marrom profundo, rico, olhando para ele como se tivesse brotado da grama sem uma história, a não ser a da terra das imensas árvores da rua atrás dela. Ele estendeu a mão e ela a pegou, entrou no hall. Ele estava congelando no vento frio e começou a fechar a porta, mas ela a segurou, olhou desesperadamente para ele, querendo de volta o que lhe tinha dado.

"Peço que me perdoe pela noite passada", ela disse.

Aquilo era totalmente estranho a ela; ele estava parado ali tentando manter os olhos abertos, evidentemente impassível, ela sentiu, ao que ela havia feito. Evidentemente, ela via agora, ele tivera muitas mulheres, e ela vir ali agora era idiotamente ingênuo para ele. Ela sentiu tanta vergonha da própria ingenuidade que se virou abruptamente e abriu a porta parcialmente fechada, mas ele agarrou seu braço e virou-a para ele.

"Cleota..."

Ao puxá-la para si, sentiu um aroma de cerejas em seu cabelo. A simples presença do corpo dela em sua casa o assombrava. Só agora ele estava bêbado. Baixou os lábios para ela, mas foi detido pela surpresa em seus olhos, uma surpresa que tinha algo rígido, uma resistência, um decoro que ele teria de superar, e de repente sentiu que queria isso.

A hesitação dele, como respeito, a comoveu; mas ele era desnecessário para ela agora que ela podia sentir que a queria. Ela ergueu a mão, tocou ternamente seu peito, aliviada de ele desejá-la um pouco. Eram cúmplices agora e ela podia confiar em seu silêncio. Ela endireitou o corpo diante dele e um sorriso abrandou seu rosto quando reconheceu o desejo aberto dele.

Ele viu voltar um pouco de sua antiga postura, de seu autor-respeito, mas não precisava mais obedecer a isso. Beijou o rosto dela. Mas ela estava menos bonita para ele agora que seu desespero estava desaparecendo; era Cleota outra vez, bem escovada, olhar claro, e profundamente inatingível.

"Cuide-se", ele disse, sem nenhum sentido, a não ser pelo tom quebradiço como concha, a voz brincalhona que ambos conheciam tão bem. Mas como sua simulação havia ficado viva, como era tão mais interessante agora, esse decoro, do que costumava ser antes!

"Quer tomar café da manhã?", ela perguntou.

São e salvo, numa praia à qual haviam chegado finalmente, ele disse que tinha de voltar a dormir mais um pouco.

"Venha mais tarde então", ela disse, cálida, profundamente satisfeita.

"Tudo bem."

Ela foi até o carro, entrou e rodou embora com um aceno de mão pela janela, já despindo o casaco com a outra. Ela logo vai cuidar do jardim, ele pensou.

Não foi à casa dela mais tarde. Ficou na cama até o fim da manhã, castigando-se como covarde num momento, no momento seguinte se perguntando se devia ficar orgulhoso por ter sido leal a si mesmo — e, no fim das contas, a ela também.

Mas lá no fundo, não desaparecia a ideia de que qualquer pretensão de virtude é ao menos um pouco falsa, pois era virtude o que ele havia provado, ou apenas medo? Ou ambos! Ele queria muito acreditar que a vida podia ter um centro virtuoso onde a consciência pode se deitar com sensualidade em paz, pois de outra forma tudo, a não ser a vantagem sexual, era uma fraude. Ouviu a voz dela de novo. "Qual é o problema com você!" Ressoou. Mas não havia mesmo nada verdadeiro em sua voz matinal agora há pouco, tão civilizada e reservada, convidando-o para tomar café da manhã? Mais uma vez a boa ordem reinava no campo. Ele sorriu à ideia — ela provavelmente ia receber Stowe muito calorosamente agora que vislumbrara uma conquista. Ficou feliz por ela. Então talvez a noite tenha rendido algum bem. Nossa! Que anel de fogo existe sempre em torno da verdade!

Ficou um longo tempo ouvindo o silêncio em sua casa sem amor.

Alice morreu no final de maio, adormecendo em sua cadeira de balanço enquanto olhava a vista do vale à espera da hora do jantar. Joseph ficou sabendo só por acaso, quando voltou depois de acertar seu divórcio. Tinha posto a casa à venda e descobriu que não tinha chave da porta da frente para dar ao corretor de imóveis. Removeu a fechadura e levou a um chaveiro, para mandar fazer uma chave, e o atendente mencionou o funeral da velha senhora. Ele queria perguntar como estava Stowe, mas se controlou. Voltou com a chave, instalou a fechadura, trancou o lugar, entrou no carro e foi embora. Antes que pudesse pensar, estava na estrada da casa Rummel. Não via Stowe desde antes de sua viagem à Flórida, nem tinha visto Cleota desde a manhã depois da leitura da sorte.

Ao se dar conta de que estava na estrada deles, reduziu a marcha. Naquele tempo agradável podiam estar no jardim, levantariam o rosto e o veriam passar. Mas, afinal, não tinha do que se envergonhar. Resolutamente acelerou, consciente agora de que era Stowe que ele preferia não encontrar. A menos, pensou — seria possível também? —, que Stowe tivesse morrido.

O carro virou numa longa curva que ao endireitar dava para a casa Rummel. Stowe e Cleota estavam caminhando calmamente pela estrada, ele com uma vara arrancando margaridas e espiando as ervas daninhas a cada poucos metros, ela ao lado dele observando, respirando — Joseph conseguia ver já — a respiração saudável, e ela olhando de quando em quando o verde novo do vale além da cabeça de Stowe. Os dois se viraram ao ouvir o carro, reconheceram-no, pararam, eretos. Stowe, ao ver Joseph pela janela, acenou com a cabeça, olhou para ele, como tinha olhado da primeira vez, quando se conheceram muitos anos antes, com olhos frios e perceptivos. Joseph acenou de volta, com raiva da frieza do amigo, mas sorrindo, e disse a ambos: "Como vão?".

"Muito bem", Cleota respondeu.

Só então conseguiu olhar diretamente para ela e, fortalecido pela injusta condenação de Stowe, ousou sustentar o olhar dela. Ela estava com medo dele!

"Vai vender?", Stowe perguntou com perceptível desdém.

Entendeu que Stowe o estava condenando pelo divórcio, sempre admirara a esposa de Joseph. Só então Joseph se deu conta de como sua estimativa estivera correta — por baixo, eles eram uma família conservadora, e Stowe desprezava aqueles que, no último momento, não observavam as leis da decência.

"Estou tentando vender", Joseph disse, relaxando em seu banco. "Mas provavelmente não demoro a voltar. Talvez apareça aí."

Stowe mal assentiu.

"Tchau", Joseph disse. Mas dessa vez Stowe simplesmente olhou para ele.

"Tenham um bom verão", Joseph disse, virando-se para Cleota, e viu, com surpresa, que ela o observava agora como um estranho, como Stowe fazia. Estavam juntos.

Joseph passou por eles, o riso subindo em seu coração, uma alegria ao ver a boa ordem se fechando de volta sobre o caos como um oceano que engole um naufrágio. E ele respirou fundo o ar de maio, pela janela lateral olhou o campo que agora parecia nunca ter sido frio, úmido e insuportavelmente escuro durante tantos meses.

Quando o carro sumiu e fez-se silêncio na rua, Stowe girou a vara e cortou uma margarida. Durante alguns metros nenhum dos dois falou, ele então assoou o nariz e disse: "Ele não é grande coisa".

"Não", disse ela. "Acho que não."

"Ele sempre teve alguma coisa de sorrateiro, algo assim."

"É", ela disse, deu o braço a ele e passaram juntos diante da casa da irmã dele. Ela beijou o ombro dele e ele olhou para ela, sorrindo, surpreso, porque ela não era dada a essas demonstrações. Ele grunhiu, bem satisfeito, ela segurou nele mais apertado, sentindo o sol nas costas como uma bênção, consciente mais uma vez da profunda confiabilidade de Stowe, e da sua. Pensou: Graças a Deus pelo bom senso! Joseph, ela lembrou, a desejara muito aquela manhã no hall. E caminhou em silêncio, enlevada pelo coração daqueles cujas portas resistem aos ventos do mundo.

"Porém", ela sentiu necessidade de dizer, "é uma pena eles dois."

Ele deu de ombros e curvou-se para separar ervas da beira da estrada e tirou ali de dentro um sapinho cujos coaxados o fizeram rir. E de repente atirou o sapinho para ela. Ela soltou um grito, vermelha de raiva, mas depois riu. E como acontecia de vez em quando com ele, ficaram face a face, rindo um do outro com enorme intensidade.

[1961]

# Fama

Setecentos e cinquenta mil dólares — menos a comissão de dez por cento, que lhe deixou seiscentos e setenta e cinco mil, espalhados ao longo de dez anos. Ao sair do prédio de seu agente para a avenida Madison, ele quase sorriu diante do ligeiro ressentimento de ter de pagar a Billy setenta e cinco mil. Uma mulher magra, bonita retribuiu o sorriso ao passar por ele; ele não se voltou temendo que ela parasse e começasse uma conversa que nesse momento lhe seria insuportável. "Só queria dizer a você que é a peça mais inteligente e engraçada que acho que eu..." Ele caminhava perto das vitrines das lojas, resolvendo mais uma vez desenvolver algum tipo de conjunto de respostas elegantes para essas pessoas que, afinal de contas — ao menos algumas delas —, eram sinceras. Mas ele sabia que sempre ficaria ali feito um pateta, por alguma razão envergonhado, mesmo que feliz.

Um colar de pérolas repousava no veludo negro na vitrine de uma joalheria; ele parou. Meu Deus, pensou, eu posso comprar isso aí! Talvez possa comprar a vitrine inteira. Até a loja! As pérolas de repente não tinham valor. No vidro, viu seus olhos de cão, o rosto redondo, triste, a barba estreita, os ombros caídos e as lapelas de veludo amassadas; para o rei da Broadway, pensou, você ainda parece um fracasso. Andou alguns passos e uma mão agarrou seu antebraço com perturbadora força de proprietário, e o virou para um peito imenso, um rosto de velejador bronzeado e por cima um chapéu chique, de aba estreita.

"Você não seria Meyer Berkowitz?"

"Não. Mas pareço com ele."

O homem ficou vermelho por baixo do bronzeado, pareceu ofendido e seguiu em frente.

Meyer Berkowitz chegou à esquina da rua Cinquenta sentindo o medo da retaliação. O que eu quero que eles façam, que me odeiem? Na esquina, parou para estudar o relógio. Era apenas quinze para as seis e o jantar era às sete e quinze. Tentou se lembrar se havia um cinema nas proximidades. Mas não daria tempo de ver um filme inteiro, a menos que chegasse no começo. Mesmo assim, podia pagar por meio filme. Virou para oeste da Cinquenta. Um casal olhou para ele ao passar. Seu olho bateu numa pilha de revistas perto da esquina de uma banca. A ponta da *Look* aparecia debaixo da *Life*, e ele pensou de novo em todos os aviões, mesas de cozinha, sala de dentista e trens dentro dos quais as pessoas estariam olhando para o seu rosto na capa. Tinha pensado em raspar a barba. Mas aí, pensou, não me reconheceriam. Sorriu. Estou fisgado. Pois fique fisgado, murmurou, e, endireitando o corpo, resolveu admitir ao próximo que perguntasse que era de fato Meyer Berkowitz, feliz por encontrar com seu público. Numa onda de franqueza, lembrou-se dos anos na capela funerária Burnside, sentado ao lado do morto mumificado, os cadernos espalhados no chão de cortiça quando construía peça após peça, e o espelho do banheiro masculino onde olhava seus olhos morosos, se perguntando quando, e se, eles jamais pareceriam tão especiais como o seu destino secreto lhe prometia que seriam um dia. Na Quinta Avenida, tão limpa, cinza e rica, ele seguiu para o norte da cidade, as mãos nas costas. A dois quarteirões para oeste, dois quarteirões à direita de seu ombro, os funcionários de dois teatros estavam se preparando para acender as luzes sobre seu nome; os elencos de duas peças estavam em casa, conferindo os relógios; ao todo, talvez trinta e cinco pessoas, incluindo diretores de cena e assistentes, haviam sido reunidas por ele, suas vidas transformadas e em certo sentido comandadas por suas palavras. Em seu coração, num lugar vazio, ficava o ponto de interrogação: seria possível escrever outra peça? Agradecido, pensou de novo em sua fortuna, subtraiu dez por cento da comissão da venda para o cinema de *Vejo você*, dividiu o restante por dez anos, e zangado tirou da cabeça todos os dólares. Um motorista de táxi diminuiu a marcha ao lado dele, acenou e gritou: "Ei, Meyer!", e os dois passageiros estavam debruçados para a frente a fim de olhar para ele. O táxi seguia no seu ritmo, então ele levantou a mão esquerda alguns centímetros, num aceno amarrado — como um lutador, lhe ocorreu. Um inexplicável desprazer o fez apressar-se para uma placa pendurada acima da calçada alguns metros adiante.

Tinha uma vaga lembrança de ter comido no Lee Fong anos atrás, com Billy, que vinha tentando, sem sucesso, conseguir para ele uma encomenda da televisão ("Meyer, se você ao menos seguisse uma trama..."). Provavelmente estaria vazio a essa hora e não era elegante. Empurrou a porta pintada de vermelho brilhante, agradecido viu que o bar estava vazio e sentou num banco alto. Havia duas garotas sozinhas na parte do restaurante, conversando diante de suas xícaras de chá. O barman o atendeu sem dar nenhum sinal de reconhecê-lo. Ele apoiou os dois braços no balcão, relaxando com determinação. O uísque com soda chegou. Ele bebeu, examinando o rosto, segmentado pelas garrafas na frente do espelho. Com clareza, como um toque delicado em seu ombro, ocorreu-lhe que estava ficando mais e mais difícil se lembrar de falar com os outros como falava no ano passado e toda a sua vida antes que as peças estreassem, antes que se tornasse visível. Mesmo agora, naquele restaurante vazio, ele já estava esperando pela voz de um estranho às suas costas, de certa forma desejando isso. Feio. Surgiu dentro dele uma vontade de olhar para alguém com a cabeça em alguma outra coisa; alguém que não revelasse aquela pressão carregada, distorcida nos olhos que, ele sabia, significava que a pessoa estava vendo seu rosto impresso sobreposto ao rosto real. Mais uma vez olhou para si mesmo no espelho atrás do balcão: Meyer Moroso, Sam o Feio, mas milionário com peças em cartaz em cinco países. Ao colocar o drinque sobre o balcão, notou os punhos desfiados de seu paletó de veludo que um dia foi bege e o punho da camisa aparecendo, faltando um botão. Com uma remota sensação de alarma, deu-se conta de que ia encontrar com o diretor, o produtor e suas esposas no Pavillion e que aquela roupa, na qual ele jamais havia pensado, o caracterizaria como um personagem que andava feito mendigo quando tinha dois sucessos em cartaz.

Graças a Deus não ter se casado nunca! Voltar para a velha esposa em casa com essa cara nova impressa — nada bom. Mas agora, como saberia se uma mulher estava olhando para ele ou para "Meyer Berkowitz" colorido na capa da revista? Estranho — nas longas noites na capela funerária ele imaginara salas lotadas de garotas caindo em cima dele quando suas peças fizessem sucesso, e agora era quase inconcebível fazer um contato real com qualquer mulher que conhecesse. Invocou seus rostos e em cada um viu calculismo, aquele olhar de conquista. Estava sendo extenuante para ele, a coisa toda. Meses haviam se passado desde que fizera uma anotação que fosse. O que precisava era de um apartamento em Bensonhurst ou no Bronx, em algum lugar, entre pessoas que... Mas iam reconhecê-lo no Bronx. Bebeu seu segundo drinque. Estava com o estômago vazio e o álcool subiu direto para seus olhos, sentiu-se erguido, pendurado relaxadamente pelo pescoço acima do balcão.

O barman, magro, com um bigode estreito e vagos traços chineses, parou na frente dele. "Com licença. *Pelgunta* uma coisa?"

Meyer Berkowitz ergueu os olhos e, antes que o barman pudesse falar, disse: "Eu sou Meyer Berkowitz".

"Ah!" O barman apontou seu rosto com uma unha comprida. "Eu sei. *Leconhece* você! *Ploglama Today, celto?*"

"Certo."

O barman olhou então acima da cabeça de Meyer, para alguém que estava atrás dele e, apontando Meyer, sacudiu a cabeça loucamente. Então, por alguma razão sussurrando no ouvido de Meyer, disse: "*Patlão* convida *tomá dlinque pol* conta da casa".

Meyer se virou e viu um chinês de óculos escuros parado ao lado do caixa, que se inclinou e fez um gesto generoso na direção do bar. Meyer sorriu, balançou a cabeça com aristocrática elegância, como tinha visto as pessoas fazerem no cinema, virou-se para o barman e pediu mais um uísque, terminando depressa o que tinha na mão. Como as pessoas eram gentis! Como adoravam seus artistas! Merda, meu amigo, este é o melhor país do mundo.

Mexeu o uísque-presente, cujos cubos de gelo pareciam um pouco mais transparentes do que aqueles pelos quais pagara. Como a sua geladeira nunca fazia cubos de gelo tão transparentes? Ouviu vagamente pessoas entrando no restaurante atrás dele. Sem nenhum aviso, de repente se deu conta de três ou quatro casais parados no balcão ao seu lado e que no restaurante parte das mesas com toalhas brancas estava animada com mãos gesticulando, pratos, charutos. Levou o relógio até perto dos olhos. A parte não bêbada de seu cérebro viu as horas. Ia terminar seu drinque e ir devagar até o Pavillon. Se ao menos tivesse um alfinete para o punho da camisa...

"Com licença..."

Ele se virou no banco e deparou com um homem pequeno, de pele muito clara, usando sobretudo xadrez cinza, chapéu cinza e sapatos pretos muito brilhantes. Era um homem baixo, redondo, e Meyer se deu conta de que ele próprio era do mesmo tamanho e da mesma idade, mais ou menos, e de repente não tinha certeza se jamais seria capaz de escrever outra peça.

O homem baixo tinha, claramente, as maneiras e postura de certo dinheiro. Havia dinheiro em sua calma e no corte do casaco, certa inefável condescendência nos olhos azuis, e Meyer imaginou uma mulher, sem dúvida esposa do homem, também baixa, envolta em peles, esperando afastada alguns metros da multidão do bar, com o mesmo ar altivo.

Depois de uma pausa, durante a qual Meyer não disse nada, o homem baixo perguntou: "Você é Meyer Berkowitz?".

"Isso mesmo", Meyer respondeu, e o álcool o fez buscar o ar com esforço.

"Não se lembra de mim?", o homem baixo perguntou, uma minúscula curva de sorriso no canto esquerdo da boca rosada.

Meyer ficou sóbrio. Nada naquele rosto redondo reverberava em nenhuma parte de sua memória e, no entanto, ele sabia que não estava assim tão bêbado. "Creio que não. Quem é o senhor?"

"Não se lembra de mim?", o homem baixo perguntou com genuína surpresa.

"Bom, quem é o senhor?"

O homem olhou de lado, não propriamente embaraçado, mas não acostumado a explicar sua identidade; e engolindo o orgulho, olhou de volta para Meyer e disse: "Não se lembra de Bernie Gelfand?".

Qualquer suspeita que Meyer pudesse sentir se desmanchou. Evidentemente conhecia aquele homem de algum lugar, de algum momento. Sentiu a dívida do esquecido. "Bernie Gelfand. Sinto muitíssimo, mas não consigo me lembrar onde. Onde conheci o senhor?"

"Sentei ao seu lado na aula de inglês durante quatro anos. De Witt Clinton!"

O cérebro de Meyer puxara havia muito tempo uma cortina sobre todos os seus anos de estudante. Mas o nome Gelfand realmente agitava as folhas secas no fundo da memória. "Me lembro de seu nome, sim, acho que sim."

"Ah, o que é isso, meu amigo, não se lembra de Bernie Gelfand, com o cabelo ruivo encaracolado?" E ao dizer isso levantou o chapéu de feltro cinza para revelar uma careca brilhante. Mas não havia ironia em seus olhos, que se transportaram para o famoso cabelo de fogo e para o lugar em que sentava ao lado de Meyer Berkowitz na escola. Pôs o chapéu na cabeça de novo.

"Desculpe", Meyer disse, "tenho péssima memória. Mas me lembro de seu nome."

Gelfand, evidentemente desconcertado, talvez até com raiva, mas ainda tentando sorrir, e certamente cheio de intenso interesse sentimental, disse: "Éramos melhores amigos".

Meyer tocou com mão súplice a manga do casaco cinza de Gelfand. "Não estou duvidando de você, só não consigo localizar no momento. Quer dizer, acredito no que está dizendo." E riu.

Gelfand pareceu amenizar, balançou a cabeça e disse: "Você não está muito diferente, sabe? Bom, a não ser pela barba, mas eu reconheceria você de imediato".

"É, sei...", Meyer disse, mas ainda sentindo que o havia ofendido, obedientemente perguntou: "Você faz o quê?", preparado para uma longa história de sucesso.

Claro que Gelfand gostou da pergunta. Ergueu as sobrancelhas num pico orgulhoso. "Estou no negócio de ombreiras", disse.

Meyer sentiu uma risada começar a borbulhar no estômago; o casaco de Gelfand era de fato rigidamente acolchoado nos ombros. Mas num instante se lembrou de que existia de fato uma indústria de ombreiras e a importância que Gelfand atribuía à sua profissão matou o mais leve sorriso do rosto de Meyer. "É mesmo?", perguntou com a solenidade adequada.

"É, sim. Sou gerente geral, chefio tudo até o Mississippi."

"Não diga. Bom, que ótimo." Meyer sentiu grande alívio. Teria sido horrível se Gelfand fosse um fracassado ou encarregado apenas da Nova Inglaterra. "Fico contente que tenha se dado tão bem."

Gelfand olhou de lado, permitindo que seu progresso calasse fundo na mente de Meyer. Quando olhou de novo para Meyer, não conseguiu evitar inteiramente de notar os punhos desfiados do paletó de veludo e o punho murcho da camisa aparecendo. "E o que *você* faz?", ele perguntou.

Meyer olhou seu drinque. Não lhe ocorreu nada. Tocou com o dedo o balcão de mogno e mesmo assim nada lhe veio em meio ao choque. O ressentimento era clamoroso em sua cabeça; ele o admitiu e saudou. Então olhou diretamente para Gelfand, que na pausa havia adquirido um ar de pena benevolente. "Sou escritor", disse Meyer, e esperou que a fixidez distorcida pela publicidade tomasse conta dos olhos de Gelfand.

"É mesmo?", Gelfand disse, divertido. "Que tipo de coisa você escreve?"

Se tivesse mesmo classe, Meyer pensou, encolheria os ombros e diria escrevo poemas quando volto do emprego no correio, e se despediria de Bernie para ir saborear seu jantar. Por outro lado, eu não trabalho no correio e deve haver algum jeito de me livrar deste macaco e voltar para onde eu possa falar com pessoas de novo, como se eu fosse de verdade. "Eu escrevo peças de teatro", disse a Gelfand.

"É mesmo?" Gelfand sorriu, divertido a ponto de se abrir em condescendência. "Alguma coisa que eu devesse... conhecer?"

"Bom, na verdade uma delas está em cartaz nesta rua mesmo."

"É mesmo? Na *Broadway*?" O rosto de Gelfand se desmembrou; a boca ainda mantinha o sorriso, mas os olhos demonstravam certo alarme perturbado. Sua cabeça, de repente, estava mais ereta, o pescoço inclinado para trás.

"Escrevi *Vejo você*", disse Meyer e sentiu muco na língua.

Gelfand abriu a boca. A pele ficou vermelha.

"E *Sobretudo Florença*."

Os dois sucessos estrondosos pareceram se abrir diante do rosto de Gelfand como bandeiras explosivas. Ele ergueu o dedo até o peito de Meyer. "Você é... *Meyer Berkowitz*?", sussurrou.

"Sou."

Gelfand estendeu a mão, hesitante. "Bom, muito prazer em conhecê-lo", disse com absoluta formalidade.

Meyer viu uma distância se encaixando entre eles e naquele momento desejou poder apertar Gelfand nos braços e apagar o assombro metafísico do pobre homem, extinguir sua derrota e de alguma forma retrair aquele prazer muito odioso, do qual, ele sabia agora, não poderia mais escapar. Sacudiu a mão de Gelfand e depois a cobriu com a mão esquerda.

"Sinceramente", Gelfand continuou, retirando a mão como se já estivesse abusando. "Eu... gostei muito... com licença." As faces pesadas de Meyer se contraíram vagamente num sorriso.

Gelfand fechou o casaco, virou depressa e passou apressado pela pequena multidão que esperava mesas perto da porta vermelha. Pegou o braço de uma mulher baixa com casaco de pele e virou-a para a porta. Ela pareceu surpresa quando ele a empurrou para longe das vistas, para a rua.

[1966]

# A noite do serralheiro

Às quatro da tarde, já estava quase escuro no inverno, e esse janeiro era um dos mais frios já registrados, de forma que o pessoal do turno da noite marchando pelas catracas da entrada do estaleiro da Marinha era sombrio, agasalhado com jaquetas de zíper, protetores de orelha, mudando de um pé para o outro enquanto os guardas da Marinha inspecionavam cada marmita de metal e comparavam as fotografias dos cartões de identidade com os olhos apertados, as caras de nariz azul que passavam. Os antigos quitandeiros, vendedores, desempregados, estudantes e jovens misteriosamente incapacitados que o Exército e a Marinha não queriam; os velhos maquinistas capacitados saídos da aposentadora, os ex-motoristas de caminhão, os ascensoristas, pedreiros, advogados sem banca, e uns poucos pretensos poetas saíam dos ônibus à luz azulada do fim da tarde e ficavam esperando a vez no fim das filas que levavam aos marinheiros de cara limpa nas cabines, que se recusavam a responder a suas brincadeiras e empenhadamente procuravam bombas ou um lápis incendiário debaixo dos sanduíches de alface e tomate vazando do papel encerado, abrindo sem nenhum motivo as garrafas térmicas para espiar o café. Com dez mil homens chegando a cada um dos três períodos, a lei da média naturalmente entrava em vigor, e era inevitável que de poucos em poucos minutos alguém guardasse a garrafa térmica dentro da lancheira e dissesse: "O que Roosevelt tem contra café quente?", e os marinheiros piscavam e mandavam o brincalhão para o estaleiro.

Para os arquitetos navais, engenheiros, chefe de manobras e sua equipe, o Estaleiro Naval de Nova York não era difícil de definir; de fato, não tinha mudado quase nada desde que começara a funcionar no início dos anos 1800. As vastas docas secas de frente para a baía tinham atrás um labirinto de ruas tortas e curvas ladeadas por oficinas e depósitos de um único andar com paredes de tijolo. Nos escuros escritórios vitorianos, papéis ainda eram espetados em afiados ponteiros de aço e os arquivos eram de carvalho escuro. Navios de guerra não eram sempre iguais, dissessem o que dissessem, e o ferreiro ainda estava numa porta martelando guarnições de ferro únicas, as faíscas caindo contra o avental que ia até o chão; o olho ainda percebia as placas de aço da proa apesar das curvas cuidadosamente mapeadas do desenho, e quando um homem era ferido, um carrinho de mão de duas rodas era mandado para levá-lo rodando sobre o calçamento para a enfermaria, como se fosse um pedaço de carne.

Com certeza, *Alguém* sabia onde estava tudo, e essa convicção era adotada por todos os novatos. O ajudante de serralheiro, o operador de maçarico, o polidor, o soldador; pintores, carpinteiros, armadores, perfuradores, eletricistas — centenas deles podiam passar a primeira hora de cada turno perguntando a um estranho depois do outro onde devia se apresentar, ou em qual doca estava o destróier ou cargueiro em que trabalhara na noite anterior; e não eram poucos os que passavam o turno inteiro de doze horas procurando sua turma específica, mas a convicção nunca fraquejava. Alguém devia saber o que estava acontecendo, quando mais não fosse porque navios avariados efetivamente eram rebocados de vários oceanos e depois de dias, semanas, às vezes meses saíam navegando por baixo da ponte do Brooklyn, outra vez prontos para lutar contra o inimigo. Havia naturalmente uns poucos sensíveis que, ao verem essas galantes partidas, sacudiam a cabeça maravilhados com o mistério de como aqueles navios tinham sido consertados, mas a vasta maioria aceitava isso e até sentia que eles próprios eram de alguma forma responsáveis. Era como um jogo de beisebol com quinhentos jogadores em campo ao mesmo tempo, mobilizando uma multidão com a bola descrevendo um alto arco, e que era pega em algum lugar no meio da multidão, ninguém nunca sabia por quem, só que o jogo ia lenta e inconcebivelmente sendo vencido.

Tony Calabrese, serralheiro de primeira classe, era um desse núcleo de homens que sabia efetivamente onde se apresentar assim que passava pela catraca às quatro da tarde. Na "vida real", como diz a expressão, ele havia sido encanador no Brooklyn e não se deixava confundir por multidões, por marinheiros examinando seus sanduíches, ou pela espera sem fim que era normal em um estaleiro. Uma vez passada a catraca, a lancheira debaixo do braço outra vez, o boné de lado, ele inclinava contra o vento o nariz quebrado, avisando os homens que vinham em sua direção para abrirem caminho, agasalhado em sua jaqueta de pele com zíper e camisa de lã, pisando com o lado externo dos pés como um urso, as pernas em arco, os fundilhos baixos, um perito em construção de arranha-céus, reparo de cervejaria, e durante oito meses no Departamento de Suprimento de Água da cidade, até descobrirem que ele vinha mandando um substituto às terças, quartas e sextas, enquanto ia à corrida de cavalos para ganhar algum dinheiro.

Até um ano e meio antes, Tony nunca vira um navio de perto e não tinha nenhum interesse em navios, não mais do que tivera no suprimento de água, em cervejarias ou arranha-céus. Trabalho era uma praga, uma infelicidade que um homem casado tinha de suportar, como o dente da frente que faltava, arrancado a socos num desentendimento com um bookmaker. Não havia nenhum mistério quanto a qual era a boa vida e ele não vivia um dia sem pensar nisso, e mais e mais sem esperança agora que passara dos quarenta; era ser como Sinatra, ou Luciano, ou mesmo como um daqueles políticos do bairro que usavam ternos bons e nunca se curvavam, tinham dois apartamentos, um para a família, o outro para a vagabunda do momento. Ele havia empenhado sua juventude em tentar esse tipo de vida e fracassara. Dirigir caminhões de contrabandistas de bebida pela fronteira do Canadá, até uma temporada como capanga de Johnny Peaches, e dois meses recolhendo taxas para o estivador local o tinham colocado ao alcance de uma posição de poder a partir da qual podia se recolher para um escritório ou apartamento e trabalhar pelo telefone ou em mesas de restaurante. Mas na última hora, alguma coisa nele sempre o derrotava, o jogava rolando na rua, num emprego, num salário, onde o futuro era sempre a mesma rotina de nunca enriquecer. Ele sabia que simplesmente não era inteligente o bastante. Se fosse, não estaria trabalhando no estaleiro da Marinha.

Seu rosto era redondo como uma frigideira com um buraco no meio, uma cara cômica agora que o nariz estava achatado e perdera o dente da frente, e sem pescoço. Fora promovido a primeiro serralheiro naval em um ano e meio, em parte porque o supervisor, o velho Charley Mudd, gostava de um número de telefone bom, que Tony podia passar a ele, e também porque Tony sabia ler as plantas depressa, soldar, cinzelar, queimar e escavar até o fim quando, conforme acontecia de vez em quando,

Charley Mudd tinha de pôr um navio de volta na guerra. Como primeiro serralheiro naval, sempre lhe davam trabalhos difíceis e complicados e podiam chamar qualquer um para vir e queimar ou soldar sob suas ordens. Mas essa posição não lhe dizia nada, uma vez que Sinatra apenas abria a boca e ganhava uma nota. Mais importante era que sua aliança com Charley Mudd lhe dava trabalhos dentro do convés no tempo frio e no exterior do convés quando o céu estava claro. Quando indisposto, podia comunicar a Charley Mudd e desaparecer a noite inteira em algum canto escuro para um bom sono. Mas o tempo quase todo ele gostava do trabalho, principalmente quando solicitavam que fizesse uma operação ou outra de "serralheiros navais" que não eram capazes de computar um ângulo reto ou medir unidades menores que metade. Seu jeito normal de começar as instruções era sempre o mesmo e quem pedisse sua ajuda já esperava por isso. Ele desenrolava a planta, apontava uma linha ou uma figura e dizia: *"Pres' tenção*, seu bosta", com a voz pastosa por causa do fundo das garrafas de vinho e dos charutos italianos que fumava. Quem não era capaz de aguentar essa indignidade não pedia ajuda a ele, e os que pediam sabiam de antemão que certamente perderiam qualquer pretensão que achassem ter.

Mas existia um outro lado em Tony, que aparecia durante as esperas. Antes de Pearl Harbor havia seis mil homens empregados no estaleiro, e agora perto de sessenta mil. Naturalmente, acontecia de se juntarem em números inimagináveis em um único compartimento, e os reparos, que tinham de ser feitos em estágios específicos, tornavam impossível para a maior parte deles trabalhar e para qualquer um sair. Então começavam as esperas; talvez o soldador não pudesse começar a soldar porque o polidor não terminara de quebrar a solda velha, então ele esperava, com seu ajudante ou parceiro. O queimador não podia cortar o aço enquanto a mangueira de exaustão não fosse trazida pelo ajudante, que não podia pegar nenhuma delas enquanto outro queimador ao longo do corredor não tivesse terminado com ela, então ele esperava; um perfurador não podia furar enquanto seu ponto não fosse marcado no aço pelo serralheiro, que estava proibido de bater até os eletricistas removerem os cabos elétricos do outro lado do volume em que o buraco tivesse de ser feito, então eles esperavam; a única saída era um jogo de dados, ou Tony "divertindo" todo mundo fazendo imitações ou escolhendo alguém para insultar e abrindo seu sorriso que, com o espaço entre os dentes, jogava todo o grupo na histeria. Depois desses rompantes de divertimento, Tony sempre ficava deprimido, lembrando-se mais uma vez de sua verdadeira falha, uma ausência de severa dignidade, liderança, força. Luciano dificilmente faria palhaçadas em um compartimento de cruzador, mostrando o quanto podia parecer idiota com um dente faltando.

Nessa tarde de janeiro, já muito escura e com o vento picando os olhos, Tony Calabrese, seguindo pelas velhas ruas do Pátio, decidira que, definitivamente, ia trabalhar no convés inferior essa noite. Mesmo ali, abrigado pelas ruas do Pátio, o vento era miserável — como haveria de ser num convés aberto para a baía? Além disso, ele não queria se cansar nesse turno específico, porque tinha um encontro às quatro e meia da manhã. Repassou sua lista mentalmente: Dora ia encontrar com ele no Baldy para o café da manhã; às seis, teria de estar em casa para trocar de roupa e tomar uma chuveirada, café com os meninos às sete, antes de irem para a escola, depois talvez um cochilo até as nove, nove e meia, depois pegar Dora e chegar para a primeira sessão no Fox, às dez; ao meio-dia no quarto de Dora, bangue-bangue e um bom sono até duas e meia ou três, quando daria uma passada em casa, poria a roupa de trabalho, talvez visse os meninos se tivessem voltado para casa cedo, e metrô até o Pátio. Tinha um bom dia sem complicações pela frente.

Saindo pelo fim da rua, viu as estrelas frias acima do porto, um vasto céu sobre a baía e além, na direção do mar. Grupos de faróis rodavam pela ponte de Brooklyn, o tráfego denso dos que voltavam para casa e não sabiam que estavam passando por cima do Pátio ou dos navios de guerra quebrados. Ele contornou as pilhas de placas de aço e de equipamento cobertas com lona por toda parte e durante um momento se viu iluminado pelo facho branco brilhante da luz de arco voltaico focalizada para baixo no alto de um guindaste em movimento; lentamente, passo a passo, ele deslizava pelos trilhos, da altura de um prédio de quatro andares sobre duas pernas abertas, o único braço esticado para as estrelas, balançando uma placa de aço de brilho fosco da largura de um ônibus e orientado por um serralheiro pouco mais alto que suas rodas, que caminhava de ré entre os trilhos à frente do guindaste, apontando à direita na brancura incandescente de seu único olho. Como se fosse inteligente, o guindaste obedientemente girou seu grande braço, baixando a oscilante placa para um local apontado pelo serralheiro, cujo rosto Tony não conseguia distinguir, sombreado como estava pela aba do boné contra a cascata de luz do alto olho branco. Tony circundou de longe a placa que descia, não confiava em nenhum cabo, em nenhum operador de guindaste, e entrou de novo no escuro na direção do cruzador adiante, elevado na doca seca, a proa curva alta sobre o caminho que ele percorria com os lábios apertados para não sentir o vento nos dentes. Virou, caminhou ao longo do comprimento do barco, de cabeça baixa contra o ar frio e rápido do rio, satisfeito com o ruído de passos dos homens que avançavam e subiam pela prancha — a nova equipe embarcando, um ou outro cumprimento ainda vivo no começo da noite. Subiu a prancha oscilante até o convés principal, com um ligeiro aceno de cabeça ao jovem tenente de gola erguida, batendo as mãos enluvadas, parado na minúscula cabine de guarda temporária no alto da prancha. Havia um cheiro alegre de aço queimado e café, a acritude pura da Marinha, e a sensação de colmeia ao descer a íngreme escada ocupada em toda a sua extensão por negros cabos de solda e mangueiras de exaustão de dez centímetros, o intestino temporário que sempre acompanhava as equipes de reparo aos navios pacientes.

Seu ajudante, Luey Baldu — Tony não conseguia entender onde um italiano podia arrumar um nome como Baldu, a menos que algum iugoslavo tivesse interferido ou o tivessem abreviado —, Luey já estava esperando por ele na galeria, vinte e três anos, digno e superior com sua formação de ensino médio, com os sapatos de ponta metálica do regulamento — que Tony se recusava terminantemente a usar —, com sua resoluta, mas defensiva saudação.

"Cadê o Charley Mudd?"

"Ainda não vi."

"Está cego? Olhe ele ali."

Tony contornou o surpreso Baldu e entrou num compartimento onde Charley Mudd, sessenta anos, meio dormindo, estava sentado em cima de três rolos de cabo elétrico, os olhos fechados, a prancheta começando a escorregar das mãos abertas. Tony tocou as costas do homem mais velho e se curvou para falar baixinho e ajeitar a prancheta. Charley acenou com a cabeça, rolou os olhos. Tony deu-lhe um tapinha agradecido e saiu para o corredor, que estava se enchendo de homens que tentavam passar um pelo outro em direções opostas, arrastando infindáveis extensões de mangueiras, cabos, escadas e volumosas caixas de ferramentas, todo mundo procurando alguém, de forma que Tony teve de erguer a voz para encontrar Baldu. Ele sempre falava com cuidado com o formado no ensino médio, que nunca entendia da primeira vez, mas era um bom rapaz, embora sua mulher, como ele disse, fosse judia. Baldu era contra o preconceito racial, fosse lá o que isso quisesse dizer, e franzia a testa como um juiz quando falavam com ele, como se houvesse um véu diante de seu rosto e nada passasse por ele com clareza e nitidez.

"Vamos para as escotilhas à prova d'água do convés C", Tony disse, virou-se, as mãos ainda fechadas dentro dos bolsos, e seguiu.

Baldu nem teve tempo de assentir com a cabeça e já se sentiu ofendido, mas foi com as sobrancelhas erguidas atrás de seu serralheiro, bem próximo para não enfrentar a humilhação de se perder de novo e ter de encarar as ironias ofensivas de Tony, insinuando incessante masturbação.

Desceram ao convés C, uma área grande, aberta, com catres enfileirados nos quais havia alguns marinheiros deitados, alguns dormindo, outros lendo ou escrevendo cartas. Tony ficou satisfeito com a proximidade do cheiro de café porque, racionado a pouco mais de meio quilo por semana, era quase impossível para civis conseguirem encontrar, a não ser a preços de mercado negro. Sem olhar de novo para seu ajudante, ele abriu o zíper da jaqueta, guardou a marmita no convés debaixo de um catre vazio, tirou um lenço azul, assoou o nariz e enxugou os olhos lacrimejantes; removeu o boné, coçou a cabeça e finalmente agachou-se e passou os dedos pela borda ligeiramente levantada de uma escotilha que se abria para o convés, através da qual dava para ver uma escada descendo para o escuro.

"Traga aquela tampa ali pra mim, Luey."

Baldu, com o saco de papel pardo do almoço ainda na mão, saltou para perto de uma pesada tampa deitada no convés e com a mão tentou levantá-la pelas dobradiças. Não querendo admitir que não tinha força suficiente ou que cometera um erro, esforçou-se com uma só mão, e enquanto Tony observava com irritação e pálpebras abaixadas, apoiou a tampa da escotilha num joelho e só então pôs o saco de almoço no convés e com as duas mãos finalmente ergueu a tampa na direção de Tony, que tinha as duas mãos colocadas de forma a impedir que se fechasse.

"Segure, segure aí mesmo."

"Mantém aberta?"

"Bom, que porra, vai segurar fechada? Claro que é aberta. Onde tá com a cabeça?"

Tony sentiu com os dedos a vedação de borracha que corria pela borda da tampa. Depois, pegou-a e deixou que fechasse sobre a escotilha. Curvando-se até apertar o rosto contra o piso frio, entrecerrou os olhos para ver até que ponto a vedação encontrava o metal. Então se levantou, e Luey Baldu se levantou na frente dele.

"Vou te dar um trabalho bom, Luey. Pegue um pedaço de giz, esfregue na vedação, depois veja a marca que faz na abertura. Onde o giz não aparecer, aplique solda para aumentar, depois chame um limador e mande limar direitinho até ela ficar bem uniforme a volta toda. Entendeu?"

"Claro, deixe que eu faço."

"Só não se machuque. É isso para esta noite, então vá com calma."

A expressão de Baldu era quase feroz, patrioticamente concentrado nas instruções, então sacudiu a cabeça, severo, e deu um passo para trás. Tony o agarrou antes que ele tropeçasse na tampa da escotilha atrás dele, depois o soltou sem dizer nada e fugiu na direção do cheiro de café.

A noite prometia. Dora, que ele havia conseguido através de Hindu, era um pouco mais baixa do que gostaria, mas tinha uma linda pele branca, especialmente os seios, e vivia sozinha num quarto com um bom aquecimento — não tinha irmãs, tias, mãe, nada. E nas duas vezes ela havia trazido pão fresco da Macy's, onde trabalhava empacotando durante a noite. Agora tudo o que ele precisava fazer era ficar tranquilo durante seu turno, de modo que depois não ficasse sonolento no encontro com Dora para o café da manhã, no Baldy's. Escolhendo caminhar por uma passagem rumo ao cheiro de café cada vez mais intenso, ele estava contente, e ao ver um marinheiro bêbado tentando descer de uma escada, ele pôs o ombro sob o traseiro do rapaz e gentilmente o baixou para o deck, depois o ajudou por alguns metros pela passagem, até que o desabou num beliche. Então ele pôs as pernas do rapaz sobre a cama, virou-o, abriu sua jaqueta e desamarrou seus sapatos, para então continuar no rastro do cheiro de café.

Ele devia saber. Lá estava Hindu, parado sobre uma cafeteira elétrica manipulada por dois marinheiros de camiseta. Hindu era grande, mas ao lado dele estava um trabalhador que era uma cabeça mais alto, um gigante. Tony chegou perto, oscilando o corpo, e Hindu disse aos marinheiros: "Esse aqui é amigo, que tal?".

Havia uma dúzia de armários encostados a uma divisória próxima, de um deles um marinheiro tirou uma xícara limpa e um saco de dois quilos e meio de açúcar. Tony agradeceu ao pegar a xícara cheia e depois se afastou um pouco quando Hindu se aproximou.

"Você onde?", Hindu perguntou.

"Convés C, tampa de escotilha à prova d'água. Você?"

"Eu sumi. Ainda estão arrumando o quebra-vento do convés principal."

"Que porra."

"Sabe o que Washington disse quando atravessou o Delaware?"

E os dois juntos: "Tá frio pra caralho".

Tomaram café. A pele de Hindu era tão escura que ele às vezes era tomado por um índio; fazia jus a isso mantendo o cabelo grosso e ondulado muito bem penteado, a barba azul bem raspada e as mãos grandes limpas.

"Preciso fazer um telefonema", disse baixo, inclinando-se para Tony. "Deixei ela gritando. Credo, passei por ele subindo a escada."

"Pra que você fica até tão tarde?"

"Não guento." Os olhos dele se amaciaram, a boca mexeu-se em prazerosa agonia. "Ela tá me deixando louco. A gente até saiu pra dar uma volta."

"Tá maluco?"

"Não guento. Se você ver ela, cai duro. Linda. Mesmo. Tô ficando maluco. Passei por ele na escada. Juro!"

"Você vai acabar morto e enterrado, Hindu."

"Ela encosta em mim, eu morro. Eu morro, Tony." Hindu fechou os olhos e sacudiu a cabeça, lembrando.

A atividade atrás deles fez com que se virassem. Terminado o café, o operário grande estava puxando uma corrente que passava por um conjunto de roldanas lá no alto, e um gigantesco motor elétrico subia do convés. Tony, Hindu e os dois marinheiros olharam o armador imenso subir o motor pendurado até chegar às roldanas e não poder subir mais, faltando ainda quase dez centímetros para poder ser empurrado para uma plataforma suspensa no convés acima. O armador ajustou as luvas, se pôs debaixo do motor com as mãos nele e, joelhos flexionados, empurrou. Inacreditavelmente, o motor subiu até os pés ficarem um pouco acima da plataforma; o armador empurrou e conseguiu apoiá-lo. Depois saiu de baixo, ficou atrás dele e o empurrou totalmente para a plataforma onde devia ficar. Com o rosto afogueado, ampliado pelo esforço, ele parecia maior do que nunca. Tirou as luvas de trabalho, olhou de cima os marinheiros que ainda estavam no convés.

"Alguém aí já leu *Oliver Wiswell*?"

"Não."

"Pois deviam. Dá uma visão completamente nova da revolução americana. Sabe, tem gente que não acha que a revolução era necessária."

Tony já estava andando e Hindu foi ligeiramente atrás, perguntando em seu ouvido: "Quem sabe posso ficar com você hoje, Tony. Tudo bem? Pergunto pro Cholly, tá?".

"Manda ver."

Hindu deu um tapinha agradecido nas costas de Tony e subiu depressa uma escada.

Tony olhou seu relógio de bolso. Cinco horas. Havia limado uma hora. Era cedo demais para tirar um cochilo. Uma sensação de perigo o atingiu, ele olhou adiante na passagem, mas havia apenas um operário negro que ele não conhecia mexendo com uma britadeira que não aceitava a talhadeira. Virou para o outro lado e viu um capitão e um homem com chapéu de feltro e sobretudo se aproximando com plantas meio desenroladas nas mãos. Viu a mangueira de ar da britadeira e acompanhou-a de quatro para dentro de um compartimento. Os dois oficiais passaram, ele se levantou e saiu do compartimento.

Estava ameaçando ser uma daquelas noites lentas em que o relógio não se mexe. O café o deixara ainda mais aceso, então um cochilo estava fora de cogitação. Seguiu pelas galerias com passo decidido, subiu e desceu escadas, procurando operários que conhecesse, mas não havia muito trabalho no navio essa noite; por quê, ele não sabia, nem se importava. Talvez houvesse pressa nos dois destróieres que tinham chegado na noite anterior. Um estava com a proa estourada e o outro havia entrado da baía pendendo muito para um lado. Coitados dos babacas dos destróieres, sem lugar nem para se mexer e alguns moleques vomitando no tempo ruim. O pior era quando vinham navios britânicos. Ainda bem que ele não estava numa dessas merdas, com tanta barata que não dava nem para sentar, quanto mais se esticar, e os marinheiros deles um bando de veados. Aquilo foi difícil de acreditar a primeira vez que ele viu — assim, no verão passado com aquele cruzador britânico, o capitão andando pelo convés dia e noite e o navio na doca seca. Um inglês bem fodido com monóculo, bigode e quepe amassado, e um chicotinho nas mãos cruzadas atrás das costas, ralhando com todo mundo e se recusando a folgar mesmo na doca seca. E os assobios soando a cada poucas horas para os marinheiros se apresentarem no convés, exercícios com os rifles, aquele bando de veados berrando pelos corredores, beliscando a bunda um do outro, as caras cheias de espinhas. Nossa, ele detestava os ingleses, o jeito como eles chutavam a Itália, caçoando. E aqueles oficiais cretinos, em julho; rodando por ali com fardas grossas azuis, de lã, suando feito porcos por baixo dos óculos. Dava para identificar um navio dos Estados Unidos de olho fechado, o cheiro de café e a limpeza, e água gelada para onde quer que se olhasse. Claro que diziam que os canhoneiros britânicos eram melhores, mas quem estava ganhando a guerra, minha nossa? Sem nós eles iam ter de fazer as malas e bater continência para as porras dos alemães. Os franceses tinham um navio bom, eles capturaram o *Richelieu*, cada painel na sala dos oficiais, parecia uma porra de um palácio, mas tinha alguma coisa errada com as armas, disseram, e não conseguiram atingir nada.

  Ele se viu na sala de máquinas e olhou para cima na escuridão fechada, lá, lá em cima, através da barriga do navio. Sabia que havia uma passagem de cabo em que podia se deitar. Alguém que ele mal distinguia lá no escuro do alto estava chovendo fagulhas de um arco de solda operado longe demais do aço, mas ele ergueu o colarinho e subiu escadas, seguiu passarelas até chegar a uma porta baixa que abriu, entrou por um buraco cheio de cabos elétricos e deitou com as mãos cruzadas debaixo da cabeça. O zunido da solda era tudo o que ouvia agora. Na passarela de metal qualquer passo ressoaria e seria um bom alerta.

  Não estava cansado, mas fechou os olhos para foder com o governo. Mesmo ali no escuro, estava ganhando dinheiro a cada minuto — cada segundo. Com o cheque dessa semana teria provavelmente quase dois mil dólares na conta e cento e vinte e pouco na conta de que Margaret sabia. Nossa, que mulher burra! Burra, burra, burra. Mas boa mãe, com certeza. Também, como não? Com dois filhos só, o que mais ela tem para fazer? Ele nunca mais iria para a cama com ela e mal podia se lembrar do corpo dela. De fato, pela milésima vez na vida, se deu conta de que nunca tinha visto sua mulher nua, e era assim que devia ser. Dava para encher um lago com as lágrimas que ela havia chorado nesses quinze anos — um oceano. Bom.

Ele atiçou a raiva pela esposa, o ressentimento que mantinha sua vida coesa. Era sua causa, sua agonia e seu prazer deixar a mente voar e imaginar o que ela devia sentir não sendo tocada durante onze — não, doze, é, doze anos na primavera passada. Nesta primavera seriam treze, depois catorze, depois vinte e até o túmulo sem tocar a mão nela. Nunca, nunca que ele ia ceder. Na cama, quando dormia em casa, de costas para ela, ele se esticava num bom sono e às vezes os soluços sem palavras dela às suas costas eram como uma chuva mansa no telhado, soando confortável. Ela havia pedido por isso. Ele a alertara na época. Ele podia parecer engraçado, mas Tony Calabrese não era engraçado de fato. Para se permitir quebrar a promessa, tocar a mão nela de novo, teria de perdoar o que ela havia feito para ele. E agora, deitado ali no corredor de cabos com os olhos fechados, ele repassou o que ela havia feito, e como sempre acontecia quando tocava essas lembranças, o rosto querido da gostosa se formava em seu escuro, Patty Moran, com cabelo ruivo de verdade, peitos que não formavam dobra por baixo e lábios vermelhos como batom. Ah, meu Deus! Ele sacudiu a cabeça no escuro. E onde estava ela agora? Ele não ousava odiar seu avô; o velho era como uma tempestade ou um animal que só fazia o que tinha de fazer. Lembrou-se do que havia lhe acontecido, como um filme cujo final conhecesse e odiasse ver mais uma vez, mas mesmo assim querendo ver. Foi a única vez que sua vida não tinha sido um acaso, quando cada dia daqueles poucos meses havia alterado sua posição e finalmente o lacrado para sempre.

 Desde o dia em que nascera, parecia, sua mãe o alertava para pensar no avô. Se ele roubasse, batesse, mentisse, rasgasse uma calça boa, arrumasse problemas com a polícia, sempre a mesma promessa era feita — se vovô um dia viesse aos Estados Unidos, acertaria as contas de cada um e todos os crimes de Tony numa surra de dia inteiro, talvez semana inteira, combinada à autoridade espiritual tonitruante que endireitaria Tony para o resto da vida. Porque vovô era um gigante, um ás na família diminuta, um remanescente dos gigantes de antigamente cuja esperteza e ferocidade fizeram com que dominassem a Calábria, chefes entre as rochas, comandantes de barcos de pesca, chefe de minas. Mesmo o pai covarde de Tony confiava na autoridade do velho ausente, nunca visto, e passava cada hora livre do trabalho nos trilhos da BMT jogando damas com seus companheiros, em vez de castigar seus filhos. Vovô viria um dia e acertaria tudo com todos, endireitaria todos, e além disso, se viesse, traria seu dinheiro. Era dono de barcos de pesca, a estrela daquela família, um homem rico, que chegara lá, incrivelmente, sem nunca deixar a Calábria, o que significava mais uma vez que ele era astuto e impiedoso, valente e justo.

 A parte geralmente desagradável de lembrar foi desagradável de lembrar outra vez, e Tony abriu os olhos na passagem de cabos até, sim, lembrar. Como ele havia se envolvido com Margaret, para começar, uma garota chorosa, de olhos grandes, mas no mais desinteressante corporalmente, sem corpo, tímida e assustada. Foi porque ele acabara de sair das Catacumbas e dessa vez mamãe não deixou passar. Estava uma fúria quando ele entrou no apartamento, não quis ouvir as velhas promessas, nem acreditou em todas as suas juras de inocência, de armação dos outros. E dessa vez o destino começou a avançar, aquela presença invisível entrou na vida de Tony, a História; chegou a sua hora difícil, quando nada mais era fortuito e cada dia mudava o que ele era e o que ele tinha de fazer.

Chegou uma carta que ninguém conseguia ler. Sentaram-se em torno da mesa mamãe, papai e tia Célia, que morava perto, Frank e Salvatore, seus primos casados. Tony decifrou devagar a caligrafia italiana, em voz alta para papai poder pronunciar as palavras e penetrar a ideia subjacente, que era inacreditável, uma maravilha que eletrizou a todos. Vovô tinha vendido suas propriedades, agora que vovó morrera, e estava vindo de navio aos Estados Unidos para uma visita, ou, se fosse aprovado, para passar o resto da vida.

A passagem de cabos pareceu se iluminar com os lampejos dos preparativos para a chegada — a casa lavada, as paredes pintadas, a mobília lustrada, cadeiras arrumadas e começou a chantagem. Mamãe, ao ver o rosto do filho, a esperança e avidez em seus olhos, o fez sentar na cozinha. Eu vou contar a vovô tudo o que você fez, Tony. Tudo. A menos que você faça o que eu mando. Case com Margaret.

Margaret era um ano mais velha que Tony. De alguma forma, não conseguia imaginar como, quando a conhecera, passara a descansar no degrau de entrada da casa dela de quando em quando, sobretudo logo depois que saiu da prisão, quando momentaneamente o esforço de batalhar pela vida e por um lugar era demasiado, aqueles momentos em que, como uma loucura, a visão de respeitabilidade tomava conta dele com um rápido desejo de uma existência limpa e sem problemas. Ela ficava como um pônei nervoso quando ele se aproximava, difícil de tranquilizar. Era na época em que ele estava dirigindo caminhões de bebida pela fronteira do Canadá para Harry Ox, nos últimos anos 1920, e fora da cadeia era gostoso passar uma meia hora olhando a rua com Margaret, como um mexilhão jogado para o alto pelo mar agitado durante um momento. Ele estivera em seu primeiro tiroteio perto de Albany e estava com medo. Pela primeira vez disse que gostaria de levá-la ao cinema. Em todos os anos que a conhecia, nunca lhe havia passado pela cabeça sair com ela. Essa noite, em casa, ele já ouviu sua mãe falando sobre a família de Margaret. A trama se fechava em torno dele e ele não resistiu. Nem decidiu. Deixou que viesse sem tocar nela, que o envolvesse como uma rede. Ficaram noivos e ninguém havia usado a palavra, mas sempre que via Margaret ela agia como se estivesse esperando por ele, como se ele fizesse falta, e ele deixou isso acontecer, caminhando com ela de certa forma pela rua, tocando o cotovelo dela com a ponta dos dedos, sem nunca levá-la aos bares e policiando a linguagem. Benignos eram os sorrisos em casa dela nas poucas vezes em que ele aparecia lá, mas não conseguia nunca ficar muito por causa do tédio, da densidade da trama para enforcar sua vida.

Nessa época, sua vida era Patty Moran. Assim que entrava por sua porta acima do bar Ox, tudo o que via quase o cegava. Ele havia começado com ela às três da manhã no banco de trás do buick emprestado por Ox, o tornozelo dela rompendo a corda da parte de trás do banco da frente, e sua coxa estendida no espaço entre os bancos da frente e de trás ficou para sempre pintada de creme em sua cabeça. Ele andou pelo bairro tonto, um fio saindo de sua nuca até a barriga dela, firme e macia. Ela nem era a garota de Harry Ox, mas uma descartável entre tantas, e Tony começou sabendo disso e a cada dia subia uma escada torturante para uma visão de sua lindeza, imaginando quase, mas de fato, que ela fosse desposável. A ideia de outros homens com ela bastava para que ele esmurrasse a mesa mesmo que estivesse sozinho. Seu nariz ainda não tinha sido quebrado; ele era baixo, mas ágil, vigoroso, de olhos negros. Ela finalmente o convenceu de que não havia mais ninguém, ela adorava seu rosto, seu corpo, suas piadas roubadas. E nesses mesmos dois ou três meses ele levava Margaret ao cinema. Ele até a beijava de vez em quando. Por quê? Por quê! Vovô ia chegar assim que conseguisse resolver seus negócios e o que havia começado com Margaret como um passatempo inconsequente, embora agradável, ganhara força na medida em que mantinha mamãe satisfeita, sossegada e podia garantir sua respeitabilidade aos olhos de vovô — o tempo suficiente, ao menos, para receber sua herança.

Nenhuma palavra sobre herança vinha escrita nas cartas do velho, mas foi primeiro imaginado, depois, de alguma forma confirmado, que Tony a receberia. E quando recebesse iria direto para Buffalo, ele e a gostosa, talvez até se casar em algum lugar onde ninguém a conhecesse e viverem juntos a sério. E o melhor de tudo, mamãe não sabia nada da gostosona. Ultimamente ela o tratava como o chefe da casa. Ele arrumara um trabalho de estivador, era bom como ouro e ficava em casa muitas noites, ouvindo o tique-taque.

Chegou a carta final. Tony a leu sozinho no banheiro antes e anunciou que vovô ia chegar no dia 10, embora a carta dissesse 9. Na manhã do dia 9, Tony disse que tinha de se vestir bem porque, em vez de ir trabalhar, ia procurar um bom presente para a chegada de vovô amanhã. Congratulado, beijado e com acenos de despedida, ele contornou o quarteirão até o Ox, pegou emprestados trezentos dólares e tomou um táxi até o píer de Manhattan.

O homem era de fato gigantesco. O primeiro vislumbre de Tony foi de um velho estranhamente jovem, de terno verde, grossa gravata preta, chapéu de feltro preto levado por um atendente a seu lado, enquanto descia a prancha carregando ele mesmo às costas um baú pequeno, mas pesado. Tony entendeu de imediato

— o dinheiro estava no baú. No píer, Tony deu uma gorjeta ao atendente por transportar o chapéu felpudo e beijou o avô de um metro e oitenta assim que ele pôs o baú no chão. Tony apertou a mão dele e sentiu sua força dura como madeira. O velho pegou uma alça do baú, Tony a outra, e no táxi, Tony fez a proposta. Antes de correr para casa, por que não lhe mostrava Nova York?

Ótimo. Mas primeiro Tony queria americanizar as roupas; as pessoas ficariam com a impressão errada diante daquele terno verde de imigrante e das botinas pesadas. Vovô concordou, parado ali fascinado pelas notas que Tony ia tirando para o terno novo, os sapatos novos e a gravata americana. Então, rodaram pela cidade, mergulhando cada vez mais fundo nela, à medida que Tony graduava os bares desde os de classe média nos bairros até os que frequentava perto do canal Street, até o velho estar beijando o neto duas, três vezes por hora, e se pôr de pé saudando as garotas do Minsky que se curvavam no palco em direção a seu rosto. Às quatro da manhã, Tony carregou o baú nas próprias costas até o apartamento, sentindo o peso morto ali dentro; depois voltou e carregou vovô nas costas, deitou-o em sua própria cama e acomodou-se no chão. Teve de fazer um esforço para não ir correndo até Patty Moran, contar a ela que estava com tudo, que o velho o amava como a um filho, e que podiam começar abrindo juntos um boteco em algum lugar como Queens. Mas foi disciplinado e dormiu depressa, o rosto debaixo da mão do velho pendurada da beira do colchão.

Na passagem de cabos, olhando o escuro, ele não conseguia se lembrar direito de seu casamento, não mais do que seria capaz uma hora depois da cerimônia. Era uma coisa que estava fazendo e não estava. Vovô saiu do quarto com Tony debaixo do braço; e ao ver seu pai, mamãe ficou com o rosto comprido como se Deus ou os mortos tivessem entrado, principalmente porque ela acabara de se aprontar para ir esperar o navio. Os gritos, choro e beijos avançaram pela tarde, a satisfação de vovô com seu neto macho ganhando a força complicada de uma nova missão em sua vida, uma prova de sua própria grandeza por ser capaz de entregar um patrimônio a um bom homem de seu sangue, e um homem estiloso além do mais.

Papai balançou a cabeça concordando, incerto, um olho no baú, mas quando chegou a noite, Tony viu que mamãe hesitava por trás dos olhinhos castanhos e depois da terceira refeição do dia, com a mesa tirada e o velho piscando sonolento, ela estendeu as mãos abertas sobre a mesa, sorriu cheia de deferência e contou que Tony entrava e saía da cadeia desde os doze anos.

Vovô acordou.

Tony andava com contrabandistas de bebidas, até dois meses antes se recusava a ter um emprego regular e agora estava frequentando uma prostituta irlandesa sendo noivo de Margaret, filha de uma boa família calabresa do mesmo quarteirão, uma garota pura como uma pomba, bonita, sincera, cuja reputação ficava comprometida a cada dia que Tony evitava marcar uma data para o casamento. Os irmãos da moça estavam ficando inquietos, o pai tinha um laivo de sangue nos olhos. Só Margaret podia salvar Tony da cadeira elétrica, que era o que estava à espera dele tão certo como Deus mandou Jesus, porque ele era um rapaz que mentia com a facilidade com que cuspia, prova disso era a evidente tentativa de enrolar vovô com uma noite na cidade antes de qualquer um da família poder revelar a ele os fatos verdadeiros.

Levou vinte minutos para convencer vovô; ele teve de ficar olhando para Tony um longo tempo, como se fosse através de um telescópio que não queria focar. Tony afogou sua fúria, defendeu sua vida, negou tudo, prometeu tudo, mostrou o despertador novo que havia comprado para a casa com seu próprio dinheiro e por fim sentou na frente de vovô, morrendo na cadeira enquanto o velho passava seu julgamento. "Tony, você vai casar com essa boa moça, senão nenhum dinheiro meu irá para você. O fruto do meu trabalho não vai para um gângster, não, não para um criminoso que vai morrer moço na cadeira elétrica. Case com a moça e sim, definitivamente, dou para você o que eu tenho."

Primeiro dias, e semanas — e meses? — se passaram depois do casamento, mas o dinheiro não foi mais mencionado. Tony trabalhava direitinho nos píeres agora, e quando via de fato Patty Moran era só nas horas vagas, a caminho da seleção de operários diaristas ou nos dias em que chovia e o trabalho no convés era cancelado. Ele se escondia na porta ao lado do bar do Ox, subia correndo a escada e vivia durante meia hora, depois de voltar para casa para esperar; não ousava simplesmente confrontar o velho com a questão de sua recompensa, sabendo que estava sendo observado em busca de deficiências. Aos domingos, passeava como marido ao lado de Margaret, passava tardes com a família e fingia felicidade. O velho nunca mais foi tão próximo, tão confiante, tão camarada como naquela primeira noite ao desembarcar, mas também não era hostil. Tony via que estava observando para ter certeza.

E Tony lhe daria certeza. O único problema era o que fazer em seu apartamento quando estava sozinho com Margaret. Ele nunca a odiara de fato, nem jamais gostara dela. Era como estar sozinho com um acidente, só isso. Raramente falava com ela e calado ouvia ela contar os acontecimentos do dia, e se concentrava no jornal. Ele não esperava que ela fosse, de repente, levantar no cinema e sair correndo, chorando, uns dois meses depois do casamento, nem esperava voltar do trabalho numa noite de primavera e encontrar vovô sentado na sala com Margaret, olhando em silêncio enquanto ele entrava.

Você não toca em sua mulher?

De repente, Tony não conseguia passar pela porta, nem mentir. O velho tinha cabelo curto, espetado, em pé como arame, e voltara a usar as botinas italianas, um chute das quais faria uma mula ficar sem fôlego. Margaret só ousava olhar de relance para Tony, mas ele viu então que a pomba tinha o bico espetado em sua barriga e não ia soltar.

Acha que sou ruim da cabeça, Tony? Um homem que baba pelo canto da boca? Vesgo? O que acha que eu sou?

As próximas demonstrações foram, outra vez, no cinema. Vovô sentou atrás deles. Depois de alguns minutos, Margaret virou a cabeça para ele e disse: "Ele não põe o braço nos meus ombros, está vendo?".

Ponha o braço nos ombros dela.

Tony pôs o braço nos ombros dela.

Depois de alguns minutos, ela virou para vovô. "Ele está com o braço no encosto da poltrona, está vendo?"

Vovô pegou a mão de Tony e pôs no ombro de Margaret.

Uma noite, novamente, vovô estava esperando por ele com Margaret. "O.k.", nessa altura, ele estava arriscando inglês de vez em quando, "O.k., eu vou dormir no sofá."

Tony jamais havia dormido na cama com ela. Tinha medo de vovô porque sabia que jamais conseguiria erguer a mão para ele, sabia que vovô acabaria com ele; mas não era o dano físico, era o pecado que ele cometia insistentemente tentando enganar o velho, cuja opinião a seu respeito era cada dia mais baixa, até que um dia, ele pensava, vovô ia fazer as malas, levar o baú de volta para a Calábria e adeus. Vovô não estava mais deslumbrado com Nova York, ainda tinha sua casa na Itália, Tony visualizava essa casa, pronta para ocupação a todos os momentos, e teve medo.

Entrou no quarto com Margaret. Ela choramingava no travesseiro ao lado. Ainda estava claro lá fora, o azul precoce de um anoitecer de primavera. Tony ouviu ruído de vovô através da porta fechada, mas nada mais. Estendeu a mão e encontrou o quadril dela, ergueu a camisola. Ela era macia, macia demais, mas estava prendendo a respiração. Ele esticou o pescoço e pousou a boca em seu ombro. Ela respirava no alto do peito, perto do pescoço, sem ousar tocar nele, o rosto virado para cima como se rezasse. Ele alisou seu quadril, esperando a própria tensão, mas não estava acontecendo nada com ele até — até que ela começou a chorar, sem conseguir se conter, mas apertada contra ele, chorando. O ódio dele cresceu com o som decepcionante, revelador, que ela estava enviando à outra sala e de repente sentiu que estava endurecendo, se pôs de joelhos na frente dela, empurrou-a sobre as costas e viu o rosto dela na penumbra que vinha da janela, os olhos fechados, pingando lágrimas cinzentas. Ela abriu os olhos e pareceu aterrorizada, como se quisesse desistir e pedir-lhe perdão, mas ele a cobriu com dentes à mostra, afundando o rosto no colchão como se caíssem pedras do céu sobre ele.

"Tony?"

Ele sentou no escuro, ouvindo.

"Ei, Tony."

Alguém estava meio sussurrando, meio chamando do outro lado do buraco dos cabos. Tony esperou, sem entender. As lágrimas de Margaret ainda estavam em seus olhos. Vovô estava sentado na sala. De repente, ele localizou a voz. Baldu.

Engatinhou para a passarela. Seu ajudante estava fracamente iluminado por uma lâmpada amarela, metros adiante. "Luey?"

Baldu, assustado, virou-se e correu até ele na passarela, com emergência no olhar. "Charley Mudd está procurando você."

"Para quê?"

"Não sei. Está olhando para cima e para baixo. Melhor você ir."

Era estranho. Charley nunca se incomodava com ele depois de ter passado as tarefas do turno. Tony desceu correndo a escada circular de ferro, imaginando alguma invasão de oficiais, um enxame de homens de farda e galões do escritório da chefia. No verão passado tinham suspendido o trabalho de repente para pedir voluntários para abrir um buraco no casco de um cruzador que encalhara no Pacífico; o compartimento da frente tinha vedado a água que um torpedo despejara dentro dele, prendendo nove marinheiros lá dentro. Tony se recusara a enfrentar aqueles corpos flutuantes ou a água com sangue que certamente jorraria para fora.

De manhã, ele viu o sangue nos lençóis e vovô foi embora.

No convés B, coçando as costas por baixo da jaqueta de lã e do suéter preto, Charley Mudd, alarmantemente acordado e alerta, estava falando com um protestante de sobretudo e sem chapéu, parecia um engenheiro loiro, de algum departamento. Charley estendeu a mão para Tony quando ele entrou e o segurou, e antes mesmo de Charley começar a falar, Tony entendeu que não tinha saída, porque o protestante estava olhando para Tony com certo alívio nos olhos.

"Está aqui ele. Olhe, Tony, teve um acidente no rio North, um destróier. Então pegue uma turma aí, leve gás e marretas e veja o que dá para fazer, certo?"

"Que tipo de acidente, Charley?"

"Não sei. Os trilhos para carga de profundidade entortaram. Não é muita coisa, mas eles têm de partir às quatro para encontrar um comboio. Este homem vai levar você até a picape. Embarque, leve uma turma."

"Como vai fazer para esquentar o ferro? Deve estar fazendo zero grau lá fora."

"Tem um comboio esperando no rio. Faça o melhor possível, só isso. Leve uma marreta e bastante gás. Vá."

Tony viu que Charley estava representando para o engenheiro e não podia estragar a relação dele. Encontrou Hindu, mandou Baldu pegar seu almoço debaixo do catre do marinheiro e xingando a Marinha, Margaret, o inverno e sua vida, saiu para o convés principal e sentiu o chicote de um vento feito de gelo. Seguido por Hindu, que batalhava com um cilindro de acetileno que Baldu segurava na parte de trás, Tony desceu a prancha até a picape aberta ali ao pé. Havia um marinheiro na direção, acelerando o motor para manter o aquecedor ligado. Ele mandou Hindu e Baldu buscarem mais dois cilindros para prevenir, pontas extras para o queimador, mais uma marreta e um pé de cabra, e sentou-se na cabine, estendendo as mãos, que ainda não estavam frias, para o jato do aquecedor.

"O que aconteceu?", perguntou ao marujo.

"Não me pergunte, só estou dirigindo. Estou destacado aqui para o Pátio."

Sempre cobrindo as próprias pegadas, Tony perguntou quanto tempo fazia que o motorista estava esperando, mas fazia apenas quinze minutos, de forma que Charley não tivera de procurar muito por ele. Hindu entrou ao lado de Tony, que mandou Luey Baldu subir para a carroceria aberta, e rodaram pelos trilhos dos guindastes, pelas ruas escuras e finalmente passaram o portão para o Brooklyn.

Baldu se encolheu encostado à cabine, sentindo o vento penetrar no gorro tricotado de esqui, a pele endurecendo. Não suportava sentar na carroceria gelada da caminhonete e estava com câimbras nos joelhos por ficar agachado. Mas o orgulho que sentia era suficiente para enfrentar o frio, a constatação de que agora afinal estava sofrendo, dando o seu golpe na garganta de Mussolini, participando do frio congelante da corrida de Murmansk, onde nossos navios estavam levando suprimentos para os russos através de cardumes de submarinos. Ele havia sido motorista de um caminhão de carne até irromper a guerra. Seu casamento, que aconteceu de cair no dia seguinte ao ataque a Pearl Harbor, continuava a doer como um pecado mortal, mesmo ele relembrando a si mesmo que tinha sido planejado antes de saber que os Estados Unidos iam entrar na guerra, e, no entanto, o protegera da convocação durante algum tempo, e um tímpano perfurado havia, no exame, o deixado totalmente afastado da ação.

Tinha ido para o Pátio com um ligeiro corte no pagamento, se calculado a taxas horárias; porém, com turnos de doze horas e horas extras, ganhava mais que antes. Isso o incomodava, mas muito menos do que a atmosfera de confusão do Pátio, porque, quando repensava os cinco meses que passara ali, podia contar nos dedos de uma só mão os turnos em que tivera de se esforçar. Tudo era começar e parar, trabalhar e esperar, até que ele se viu desejando ter coragem para ir ao mestre de obras e contar que alguma coisa estava terrivelmente errada. As infindáveis horas paradas e, pior ainda, ter de acobertar as sonecas de Tony haviam transformado suas horas de trabalho em uma frustração contínua que parecia ter um efeito estranho em sua mente. Ele nunca tivera tanto tempo sem fazer nada, os turnos pareciam intermináveis e, em última análise, ilícitos quando, ao lado dos outros, devia ficar vigiando se vinha a supervisão. Era muito diferente de correr de loja para loja descarregando carne, mas conseguindo terminar a lista no fim do dia.

Nunca lhe parecera possível que fosse pensar tanto sobre sexo. Ele respeitava e quase venerava a esposa, Hilda, e no entanto, agora que ela estava passando duas semanas na Flórida com a mãe, ele estranhamente incorria em um estímulo atrás do outro. De repente, a sra. Curry, vizinha, sabendo a hora em que ele tomava café da manhã, estava levando a lata de lixo para fora às seis da manhã, com um sobretudo e nada por baixo, e mesmo em manhãs muito frias ficava curvada com o casaco aberto durante minutos no fim do caminho de entrada, olhando para a janela da cozinha da casa dele; e todos os dias, absolutamente todos agora, quando ele saía para trabalhar, ela por acaso estava saindo da casa dela, até que ele começou a se perguntar se... Mas era impossível, uma boa mulher casada como ela muito provavelmente não tinha consciência do que estava fazendo, principalmente com o marido no exército, combatendo o nazismo. Soprando as mãos com pesadas luvas de lã, ele foi tomado pela visão dela curvada e afastou a imagem furiosamente, só para cair de novo, lembrando outra vez de um sonho que tivera, no qual entrava em seu quarto e ali na cama estava sua prima Lucy, toda nua, e de repente ele caía em cima dela, tropeçava no tapete, e acordou. Por que Lucy iria para a cama em seu quarto?

Mas agora a ponte de Brooklyn estava se desenrolando da traseira da caminhonete e como era bonita, que gostoso correr por ela numa missão por seu país, e todo o mundo, até Tony, entrando em ação pelo esforço da guerra. Baldu teve de tirar o gorro e esfregar o couro cabeludo para restaurar a circulação e, por fim, sentindo o peito sacudido por arrepios, olhou em torno, encontrou uma lona dobrada num canto e cobriu-se com ela. Ficou sentado no escuro, soprando nas luvas.

Tony comeu três sanduíches de espinafre de sua marmita, engolindo metade de cada vez, como biscoitos verdes úmidos. Hindu ficara silencioso, alertado pelo ar impaciente de Tony. O serralheiro estava combativo, enfiado nos próprios ombros. Quando atravessaram a rua Chambers, os altos arranha-céus de escritórios e bancos estavam escuros, as pessoas que trabalhavam neles permaneciam em casa, aquecidas, tranquilas, confortáveis. Na rua nessa noite só policiais ou idiotas; o descongelador não dava conta do frio e o para-brisa estava coberto por uma película de gelo a não ser numa faixa de poucos centímetros perto do exaustor de ar. Todos os palavrões que Tony sabia estavam se acumulando em sua boca. No convés nessa noite! E provavelmente sem nenhum lugar para se esconder, num navio cujo capitão e tripulação estavam a bordo. *Margaret!* Seu nome, odiado, enfurecedor, seu rosto sorrateiro, a boca denunciadora giraram no ar à frente dele, a boca de sua desgraça. Pois ela deixara vovô tão desconfiado dele que ele se recusara a abrir o baú até ter prova de que Margaret estava grávida, e mesmo quando ela estava cada dia maior e maior, e mal conseguia cambalear de um canto da sala pequena para outro, vovô recusara, até o bebê nascer de fato. Não havia conquistado aquela fama a troco de nada: homens idiotas não enriquecem na Calábria ou homens que se sentiam acima da vingança.

Quando foram chegando os últimos dias e o apartamento de três quartos estava preparado para o bebê, o velho começou a agir de modo estranho, chegando depois do jantar para sentar ostensivamente e conversar com Margaret, mas na realidade para ver, como os três bem sabiam, se Tony ficava em casa. Fazia agora um mês e tanto que certas noites ele ia atrás de Tony de bar em bar, arrancando copos da mão dele e, no Ox, derrubando uma dúzia de garrafas de trás do balcão para ensinar Ox a nunca mais servir a seu neto, até Tony ter de se esgueirar a lugares que nunca havia frequentado antes. Mas mesmo assim a fama do velho chegara antes dele, até que Tony passou a ser um pária em todos os bares entre a rua Catorze e Houston. Ele acabou desistindo, resolvendo se submeter ao furacão em vez de lutar contra ele, voltando ao píer noite após noite, para sentar em silêncio enquanto sua esposa inchava. Faltando oito ou nove dias para o parto, vovô, uma noite, não apareceu. Na noite seguinte, também não veio, nem na outra.

Uma noite, Tony passou para ver se acontecera alguma nova desgraça, se o velho tinha caído doente ou morrido antes de entregar o dinheiro, mas vovô estava muito bem. Só sua expressão dura e o olhar suspeito é que haviam desaparecido. Agora, ele só olhava de relance para Tony e parecia mesmo ter abrandado em relação a ele, como um homem que sente remorso. Pressentindo certo tipo de vitória, Tony percebeu a volta de seu calor filial original, porque o velho parecia estar se preparando para a chegada de alguma espécie de sacralidade, Tony pensou, de alguma hora sobrenatural e santificada em que não só seu primeiro bisneto nasceria, como a realização de sua vida seria passada adiante e se entreveria a primeira sombra de sua própria morte. O novo clima atraía Tony de volta noite após noite, e agora, quando se levantava para sair, o velho pousava a mão no braço de Tony, como se sua força estivesse a ponto de passar dele para um descendente difícil, mas orgulhoso. Até mesmo mamãe e papai participavam do silêncio e da profunda cerimônia dessas despedidas.

A caminhonete estava virando à margem do rio para a West Side Highway; o marujo silencioso bem inclinado para enxergar pelo espaço transparente de um palmo na parte de baixo do para-brisa. Ele diminuiu a marcha, baixou o vidro da janela para olhar o número do píer pelo qual estavam passando e depressa o fechou de novo. A cabina ficou instantaneamente refrigerada, uma queda de temperatura que fez Hindu gemer "*Mamma mia*" e puxar os protetores de orelha ainda mais para baixo. A noite do nascimento havia sido assim, em janeiro também, e ele tentara dar uma volta em torno do quarteirão do hospital para passar o tempo e só conseguira chegar até a esquina no frio congelante. Quando voltou e entrou no saguão, mamãe veio correndo até ele, agarrou-o como um pequeno lutador, engasgada com a dupla novidade. Eram gêmeos, dois meninos, ambos saudáveis e grandes; não era de admirar que ela estivesse tão enorme, coitada da moça. Tony saiu nadando do hospital sem tocar o chão, lutou contra o vento gelado pela Sétima avenida, flutuou escada acima, encontrou vovô e com um olhar ele entendeu, entendeu então, ele sempre soubera, porque a cabeça do velho parecia estar rodando em cima de um pescoço quebrado, tão assustado estava, tão desesperado. Mas Tony estendeu a mão pedindo a chave mesmo assim e ficou pedindo até vovô se pôr de joelhos e agarrar suas pernas, tossindo, roncando e gemendo por seu perdão.

Aberta a tampa do baú, Tony viu o pacote de papel pardo amarrado com corda, um pacote do tamanho de metade de um colchão e da altura mesma do baú. A corda voou longe, o papel pardo estalou como madeira lascada e ele viu as fileiras de pacotes — liras italianas, claro, as notas cobertas de asas, de retratos de Mussolini, aviões, e zeros, cincos, dez, coloridos e despencando de suas mãos ávidas. Ele sabia, sempre soubera, soubera desde o dia em que nascera, mas correu de volta à sala e perguntou. Tinha sido um erro honesto. Na Calábria, pergunte lá para quem quiser, dava para comprar ou teria dado, um dia, um dia teria dado para comprar, quer dizer, alguns anos atrás, até acontecer essa coisa com o dinheiro no mundo inteiro, até mesmo nos Estados Unidos, pergunte a Roosevelt por que ele está falando em fechar os bancos. Há uma espécie de doença no dinheiro e por que a Itália haveria de ser uma exceção, um país pobre a não ser por Roma. Guarde esse dinheiro, quem sabe vai valer de novo. Eu próprio não sabia até duas semanas atrás, quando fui ao banco para trocar, pergunte a sua mãe. Levei tudo até o National City em boa-fé, com alegria no meu coração, entendendo que todos os seus pecados eram pecados de juventude, a exuberância de um homem jovem que cresce com a bênção dos pais e avós, tornando todos os seus ancestrais famosos com sua coragem e virilidade. Dá mil setecentos e trinta e nove dólares. Em dólares, é isso que dá.

Eu ganhava trezentos dirigindo um caminhão de Toronto a Nova York, quatro dias de trabalho, vovô. Mil e setecentos — o senhor sabe quanto é mil e setecentos? Mil e setecentos é o que dá para comprar um terno bom e um buick, e não sobra para comprar a gasolina, isso é que é mil e setecentos. Mil e setecentos é como se eu comprar um mercadinho, eu perdia tudo na primeira semana ruim. Mil e setecentos não dá o direito de o senhor chegar para um homem e dizer vá, amarre aquela garota no pescoço e pule no rio que você volta para cima rico. Não chega nem perto de dinheiro para isso, e o senhor ainda me deu gêmeos nessa barganha. *Eu tenho gêmeos, vovô!*

O vermelho do sangue limpou-se de sua visão quando a caminhonete virou à esquerda e entrou no píer, passando por uma lâmpada solitária e pelo vigia noturno debaixo dela acenando com a mão, indiferente, e voltando ao seu aquecedor na cabine. Na metade do comprimento do barracão do píer, havia uma grande porta aberta, o marujo estacionou o carro diante dela e freou, as molas guinchando no frio como um nariz que pinga.

Tony desceu depois de Hindu e passou à frente dele na prancha, que ia desde o píer até o convés do destróier, e seguiu, olhando à direita e à esquerda para o tamanho total do navio. Luzes quentes ardiam nos compartimentos intermediários, e quando ele pisou no convés de aço, concluiu que podiam ser idiotas o bastante para estar na Marinha, mas não totalmente idiotas — estavam todos aconchegados lá dentro e ninguém de vigia no convés. Mas então viu o seu erro; um marinheiro com rifle ao ombro, gorro tricotado azul puxado sobre as orelhas e um protetor cobrindo a boca e o queixo, a gola alta do casaco de tempestade erguida atrás da cabeça, marchava para lá e para cá, de peitoril a peitoril, de vigia.

Tony foi até ele, mas o marinheiro, que olhou diretamente para ele em seu giro a estibordo, continuou pelo convés na direção do porto como num transe automático. Tony esperou o marujo virar de novo, foi até ele e se pôs diretamente em seu caminho até o marinheiro se chocar com seu zíper e dar um pulo, assustado.

"Eu sou do Pátio. Quem é o oficial encarregado?"

O rifle do marinheiro começou a escorregar de seu ombro e Tony estendeu a mão e o ajeitou no lugar.

"É para falar de mim?"

"Hã?"

O marujo baixou a máscara de lã. Seu rosto era jovem e pálido, com olhos saltados, atentos. "Eu tenho de deixar o serviço no mar. Fico enjoado. Este navio é terrível, não consigo reter a comida. Mas agora estão me dizendo que não posso sair enquanto a gente não voltar. Você tem ligação com..."

"Eu sou do Pátio da Marinha. Aconteceu um acidente, certo?"

O marinheiro olhou para Hindu, parado um pouco atrás de Tony, e depois para a roupa dos dois e pareceu envergonhado, preocupado ao se virar, pedindo que esperassem um minuto, e desapareceu por uma porta.

"Quer dar uma olhada nos trilhos?", Hindu brincou, com uma gozação bem calculada de suas ordens, mudando de um pé para outro e se inclinando de sua altura até o ouvido de Tony.

"Os trilhos que se fodam. Não dá pra fazer nada com esse tempo. Eles estão malucos? Sinta esse vento. Pelamordedeus, sobe direto pelo cu e bota gelo na garganta. Mas você cale a boca, eu falo com esse macaco. Que cara de pau, porra!"

Luey Baldu apareceu do escuro do píer, carregando duas marretas. "Onde você quer estas aqui, Tony?"

"No seu cu, Luey. Leve de volta para a caminhonete."

Baldu, pasmo, ficou parado ali.

"Tá esperando um táxi? Vá!"

Sem entender nada, Baldu virou e desceu com as duas marretas batendo os pés pela prancha.

A porta por onde o marujo havia desaparecido se abriu, derramando uma tentação de luz amarela no convés até os pés de Tony e um homem alto saiu, abaixando a cabeça e abotoando o casaco comprido ao passar. O suboficial encarregado, muito provavelmente, ou talvez mesmo um dos tenentes mais velhos, embora seu andar gingado, como o dos universitários, e a calça curta nos tornozelos baixassem a estimativa de insígnia. Aproximando-se, ele ergueu a gola e afundou o quepe na cabeça, depois se curvou para cumprimentar Tony.

"Ah, ótimo. Fico muito agradecido. Vou mostrar onde é."

"Espere, espere aí um minuto, chefe."

O oficial voltou os dois passos que tinha dado na direção da popa, uma expressão de polida curiosidade do rosto rosado. Uma nova rajada levou a mão dele ao visor, e ele inclinou a cabeça na direção de Nova Jersey, de onde o vento vinha a eles através do rio negro.

"Sabe a temperatura que está neste deque aqui?"

"O quê? Ah. Não saio faz algum tempo. Ficou muito frio, sim."

Hindu havia recuado um meio metro, instintivamente atribuindo a Tony o ar de autoridade fornecido por um espaço aberto, e então Baldu voltou da caminhonete e parou ao lado de Hindu.

"Posso pedir um favorzinho?", Tony falou, os punhos cerrados dentro dos bolsos, ombros curvados, olhos entrecerrados contra o vento. "Pode fazer o favor de entrar e contar para o capitão a temperatura que está fazendo aqui?"

"Eu sou o capitão. Stillwater."

"O senhor, o capitão." Tony empacou enquanto todas as suas estimativas anteriores giravam em torno de sua cabeça.

Olhou para o deque, momentaneamente desamparado. Nunca se dirigira a um oficial comandante antes; o mais próximo que chegara disso no Pátio era um aceno de cabeça severo a um ou dois num corredor de quando em quando. O fato de aquele ali ter saído ao convés para falar com ele devia significar que o reparo era vital, e Tony se viu perdendo a truculência normal de sua voz.

"Posso dar um conselho, capitão?"

"Com toda a certeza. O que é?"

"Não dá pra fazer nada com esse tempo. O senhor não quer um serviço malfeito, quer? Por que não leva o navio para o Pátio, e a gente bota um par de trilhos novinho e ele fica com tudo em ordem para entrar em ação?"

O capitão deu uma pequena risada de surpresa diante do mal-entendido. "Ah, não dá para fazermos isso. Vamos encontrar o comboio às quatro. Quatro da manhã, agora. Não posso atrasar um comboio."

A facilidade da firmeza provocou uma pontada de medo na barriga de Tony. Ele olhou além do rosto do capitão, tateando para um novo ataque, mas o capitão tinha saído andando de novo.

"Venha, vou mostrar. Me dê uma luz, Farrow."

O sentinela doentio entregou-lhe uma lanterna e o capitão trotou para a popa. Tony seguiu atrás. Estava encurralado. Da próxima vez que visse Charley Mudd...

O facho da lanterna acendeu e iluminou dois trilhos de aço paralelos, estendendo-se do deque acima da água por vários metros. A sessenta centímetros do fim, o trilho de bombordo estava entortado.

"Nossa! O que aconteceu?"

"Nós estávamos lá", o capitão apontou com a lanterna o rio adiante da borda, "e um navio britânico chegou um pouco perto demais tentando se alinhar."

"Esses britânicos são foda!", Tony explodiu, lançando sua voz ao rio, onde os ingleses deviam estar. Pego de surpresa, o capitão riu, mas Tony tirou as mãos dos bolsos e fez um gesto de súplica, o rosto parecendo sério. "Por que não dizem para eles pararem de fazer besteira e saírem da guerra!"

O capitão, desacostumado com aquele tipo, olhou Tony com grande expectativa e divertimento.

"Estou falando sério! Eles são os únicos que levam baratas para o Pátio da Marinha!"

"Baratas? Como é…"

"Pergunte pra qualquer um! Tem francês, norueguês, brasilês, mas não tem barata nenhuma nos navios deles. Só britânico é que traz barata."

O capitão sacudiu a cabeça com comiseração, apertando o sorriso até desaparecer. "Alguns navios deles ficaram no mar durante muito, muito tempo, sabe?"

Tony sentiu uma pequena cutucada de esperança em seu coração. "Hã-hã", murmurou, franzindo a testa com solicitude aos ingleses. Um entendimento imprevisto com o capitão parecia pairar no ar; o homem o levava tão a sério, dando-se ao trabalho de explicar por que havia baratas, permitindo ser desviado do problema do trilho por dez segundos, e, mais promissor que qualquer outra coisa, parecia mostrar deferência com a opinião de Tony sobre a possibilidade de fazer qualquer trabalho nessa noite. E melhor ainda, estava até indo mais longe.

"Alguns desses navios ingleses estiveram combatendo sem parar durante dez, doze meses no oceano Índico. Um navio pode ficar muito mal depois de tanto tempo no mar sem uma inspeção. Não acha?"

Tony pôs gravidade no rosto, uma horrível determinação, depois falou com generosidade. "Ah, é, claro. Eu só estava falando. Não acho culpa deles, mas não dá pra sentar nos navios deles."

Outro oficial e mais dois marinheiros tinham saído para o convés e estavam olhando de longe enquanto Tony conversava com o capitão, e ele logo se deu conta de que deviam estar todos esperando por ele havia horas e agora se perguntavam qual seria sua opinião.

Com um aceno de cabeça para o trilho torto, o capitão perguntou: "O que você acha? Consegue endireitar?".

Tony virou para olhar o trilho danificado, mas seus olhos não viam com clareza. O prazer e o orgulho dessa familiaridade com o capitão, o simples fato de ser insubstituível naquele deque, estavam abalando seu ponto de vista. Batalhando para não perder a cabeça, ele perguntou ao capitão se podia emprestar a lanterna um minuto.

"Ah, claro", disse o capitão, entregando-lhe a lanterna.

Debruçando um pouco na beirada do convés, ele dirigiu a luz para a curva do trilho. Aquele desgraçado, filho da puta do Charley Mudd! Olhe só os blocos de gelo na água — cair aí é adeus para sempre. Nos arranha-céus às suas costas, os homens triplicavam seu dinheiro a cada dia da guerra, açougueiros estavam se acabando com a carne tão escassa, qualquer um que tivesse um caminhão em bom estado podia pedir o preço que quisesse e ali estava ele, o otário de Deus, Zé Otário, sem um tostão que não tivesse ganhado por hora com as duas mãos.

Mais de um minuto se passara, mas ele se recusava a desistir até lhe vir uma ideia, e continuou iluminando o trilho torto como se estudasse de que forma consertá-lo. Devia haver um jeito. Era a mesma merda de sempre — a ideia certa no momento certo nunca lhe vinha porque ele era um idiota filho da puta e não havia nem haveria nunca nenhum jeito de escapar disso.

"O que você acha?"

O que ele achava? Ele achava que Charley Mudd devia ser pendurado pelo saco. Voltando-se para o capitão, ele se confrontou com o rosto do homem, próximo ao seu para ouvir melhor no vento. Será que estava ficando ainda mais frio?

"Deixe eu mostrar uma coisa pro senhor, capitão. Estou fazendo o melhor que eu posso para ajudar, mas isso aqui é uma complicação filha da puta. Desculpe. Olhe."

Apontou o entortado do trilho. "Tem de bater nesse trilho — entende?"

"Sei."

"Mas onde que eu vou ficar? Está espetado para cima da água. Precisa de gancho de suspensão para isso. E isso nem é tudo. Precisa deixar o aço bom, quente. O que, com esse vento soprando aqui, eu nem sei se consigo deixar no ponto de quente."

"Hum."

"Está me entendendo? Não estou querendo enrolar nem nada, mas o fato é esse."

Ficou olhando o capitão que estava piscando para o trilho torto, as sobrancelhas contraídas. Ele era como um menino, inocente. Lá no escuro, as sirenes de neblina soavam, comprovando o mau tempo. Tony viu o peso da decepção no rosto do capitão, a tristeza tomando conta dele. Qual era o problema dele? Tinha uma desculpa perfeita para não ir ao mar e talvez ser afundado. Os submarinos alemães estavam por toda a costa de Jersey, esperando esses comboios e aquele homem ali tinha uma chance perfeita de ficar deitado num hotel um par de dias. Tony viu que o jovem necessitava de uma ajuda precisa, passo a passo.

"Capitão, me escute. Por favor. Deixe eu dar um conselho para o senhor."

Sem expressão, o capitão virou para Tony.

"Eu tô do seu lado. Mas qual é o crime se o senhor disser que não pode partir esta noite? Não é culpa sua."

"Eu tenho uma posição no comboio. Tenho de ir."

"Eu sei disso, capitão, mas deixe eu explicar pro senhor. Parta agora daqui, vá para o Pátio; a gente arma um esquema e bota um trilho novo até amanhã ao meio-dia, quem sabe até dez da manhã. E o senhor se dá bem."

"Não, não, é tarde demais. Agora, veja aqui", o capitão apontou um dedo enluvado para o trilho torto, "não precisa endireitar tudo. Se endireitar só o suficiente para deixar as latas rolarem já basta."

"Escute, capitão, eu faria qualquer coisa para o senhor, mas..." Uma rajada inacreditável de vento gelado atingiu o rosto de Tony. O capitão endireitou o corpo, inclinou a cabeça para o rio de novo, agarrando a viseira com uma mão e segurando a gola apertada com a outra. Tony ouvira seu suspiro com a nova profundidade do frio. Qual era o problema dessa gente? A Marinha tinha um milhão de destróieres — por que diabos iam precisar daquele ali, bem aquele, nessa noite especificamente? "Estou certo, não estou? Ninguém pode dizer nada contra o senhor, pode? Se não está capacitado pra entrar em ação, não está capacitado, certo? Quem pode culpar o senhor se foi outro navio que abalroou o seu no escuro? O senhor estava na sua posição, não estava? Foi culpa deles, não sua!"

O capitão olhou para ele e naquele olhar Tony viu a decepção do homem, seu julgamento dele. Não pôde evitar de estender a mão defensivamente e tocar o braço do capitão. "Escute um pouco. Por favor. Olhe para mim, minha situação. Conheço meu regulamento, capitão; ninguém pode botar a culpa em mim também não. Não tenho de trabalhar em condição de insegurança. Eu podia ter dado uma olhada aqui, chamado o Pátio e já estaria de volta lá em algum lugar num convés porque se não dá para fazer com segurança a gente não deve fazer. O único jeito de eu fazer isto aqui, se eu conseguisse fazer, era me amarrar numa corda e me pendurar do lado de fora para bater nesse trilho. Ninguém ia protestar nem um minuto se eu disser que não dá para fazer uma coisa dessas. Está me entendendo?"

O capitão, olhos lacrimejando ao vento, o rosto contraído contra a corrente de ar, esperou o fim do argumento.

"O que estou querendo dizer, o que eu quero dizer..." O que ele queria dizer? Parado a poucos centímetros do rosto infantil do capitão, ele viu pela primeira vez que não havia culpa ali. Nenhuma culpa e nenhum comando também. O homem estava simplesmente perdido, carente. E viu que não havia nenhuma questão de culpa oficial para o capitão também. De repente, ficou claro e frio como o ar gelado no qual estavam parados — os dois estavam quites, estavam livres.

"Eu ficaria muito grato se você pudesse fazer isso. Entendo o quanto vai ser duro, mas ficaria muito grato se fizesse."

Tony despiu a luva com a boca e soprou dentro dela para espalhar calor em seu rosto. O capitão se transformara em um pequeno ponto em sua visão. Pela primeira vez na vida ele tinha uma espécie de espaço em torno de si no qual se movimentar livremente, parecia que, pela primeira vez, dependia inteiramente dele, sem nenhum castigo se dissesse não, nem recompensa se dissesse sim. Ganhar e perder de repente tinham caído por terra, e o que restara era um pedido de favor que não ia favorecer ninguém. O capitão estava olhando para ele, esperando sua resposta. Ele sentiu vergonha, não por hesitar tentar, mas por uma sensação de nudez. E ao falar, de novo sentiu medo de efetivamente o reparo se revelar impossível e ele terminar empacotando as ferramentas e, desacompanhado, voltar ao Pátio.

"De homem para homem, capitão, posso perguntar uma coisa?"

"O que é?"

"Só vou falar...", ele estava procurando seu tom truculento, que voltava aos poucos ao normal outra vez com a lembrança chegando, "... por que muitas vezes chegam correndo pra mim? 'Tony, depressa, o navio tem de partir esta noite', e eu me arrebento. Aí volto no dia seguinte e o navio ainda está lá e mais duas semanas depois ainda está parado lá, está me entendendo?"

"No minuto em que terminar, eu parto para o rio, com isso você não se preocupe."

"E o café?", Tony perguntou, lutando para atribuir àquela loucura algum aspecto de uma transação.

"Quanto quiser. Vou mandar os homens coarem café fresco. É só falar para o sentinela a hora que quiser." O capitão estendeu a mão. "Muito obrigado."

Tony mal conseguia levar a mão ao gesto. Sentiu a mão do outro em torno da sua. "Preciso de corda."

"Certo."

Ele queria dizer alguma coisa, alguma coisa para ficar à altura do discurso de agradecimento do capitão. Mas era impossível admitir que alguma coisa mudara dentro dele. Disse: "Não garanto nada", e o mau humor costumeiro de sua voz o tranquilizou.

O capitão fez que sim com a cabeça e foi para o setor intermediário do navio, seguido pelo outro oficial e pelos dois marinheiros que tinham ficado olhando. Devia dizer a eles... o quê? Que tinha passado a perna no serralheiro?

Hindu e Luey Baldu estavam chegando até ele. Com o que havia concordado!

"Qual é o placar?", Hindu riu, esperando pelos detalhes deliciosos de como Tony havia enganado o babaca do capitão.

"A gente endireita", Tony disse passando por Hindu, que agarrou seu braço.

"Endireita o quê?"

"Eu disse que a gente endireita." Ele viu a incredulidade nos olhos de Hindu, a expressão determinada de recusa total e sentiu a raiva crescer nas veias. "Peça um serrote de madeira para alguém, um martelo e se eles têm um pé de cabra."

"Como, porra, a gente vai endireitar..."

"Não encha o saco, Hindu. Faça o que estou dizendo ou se manda desta bosta de navio!" Ficou perplexo com sua fúria. Por que diabos estava tão zangado? Ouviu a voz de Baldu atrás dele: "Eu vejo isso!", e foi para a prancha, desceu ao píer, sem entender mais nada a não ser a grave sensação que o encontrara e o dominava, como a sensação de insulto, a sensação de que ele podia depressa se ver brigando com alguém, a liberação da violência. Era melhor Hindu não fazer com que ele parecesse um idiota.

Levou minutos para enxergar de novo no píer, onde circulou pelo vazio, girando a luz da lanterna a esmo, encontrando apenas as paredes nuas, corrugadas. Baldu desceu depressa pela prancha com ruído cavo e chegou a ele com as ferramentas. Outro idiota. Filho da puta, o que esses caras fazem consigo próprios, batendo punheta em vez de aprender alguma coisa, coisa que ele pelo menos havia feito entre um trabalho e outro, não que isso quisesse dizer alguma coisa.

A lanterna encontrou uma pilha de *pallets* alta contra uma parede do píer. Tony escalou três metros até o *pallet* do topo. "Pra que isso?", Baldu perguntou, estendendo as mãos para recebê-la quando Tony a inclinou pela borda da pilha. Ele desceu sem responder e apontou o pé de cabra. Baldu lhe entregou o serrote do lado da lâmina, Tony afastou-o com um tapa, pegou o martelo e o pé de cabra, e começou a desmontar as tábuas até que dois dos caibros de dez por dez estavam soltos. "Pegue um", disse, e subiram a prancha para o convés.

Ele mediu a distância entre os dois trilhos e serrou os caibros para caberem. Devia ser onze da noite, talvez mais tarde, e o frio estava ficando cada vez pior. Cortou dois pedaços de corda, mandou Baldu amarrar uma ponta em torno de seu peito, amarrou a outra em torno de si mesmo; depois desfez o nó maluco de Baldu e fez outro, apertado; amarrou as duas cordas a uma moldura na base dos trilhos de carga de profundidade, deixando folga suficiente para ele e Baldu poderem engatinhar pelos trilhos. Pegou uma ponta do caibro de madeira, Baldu pegou a outra, deitaram-se nos trilhos, em seguida se deslocaram juntos, com o caibro seguro entre eles, por cima da água. Ele mandou Baldu apoiar sua ponta dentro do L de seu trilho e segurar firme para que não se soltasse e caísse na água, e encaixou a sua ponta no trilho um pouquinho antes de onde começava a curva. Mandou Baldu voltar pouco a pouco para o convés e pegar uma das marretas com Hindu. Mas as marretas ainda estavam na picape. Mandou os dois descerem até a picape e trazerem as marretas, dois tanques de gás, o maçarico e as pontas, e não se machucarem.

Baldu saiu correndo. Hindu foi andando, firme. Tony acocorou-se, estudando os trilhos. O sentinela enjoado ia de um lado para outro atrás dele, como num sonho. Aquele porra do Charley Mudd, pendurado do teto pelo saco.

"Ô vomitão", disse por cima do ombro quando o sentinela se aproximou. "Veja se me arruma um encerado, tá?"

"Encerado?"

"Uma lona, uma lona. E depressa."

Nossa, um mais idiota que o outro, ninguém sabia nada, bando de cagões com o queixo caído. O que o capitão estava falando agora, o que estava fazendo? Tinha sido enganado mesmo? Só que, o que o capitão podia ganhar botando a vida dele em perigo com todos aqueles submarinos na costa de Jersey? Se tinha sido enganado, foda-se, ia mostrar para aquele filho da puta. Mostrar o quê?

De repente, olhando o nada, ele não sabia mais por que estava fazendo aquilo, se é que tinha sabido em algum momento.

E alguém podia cair na água ainda por cima quando começassem a bater com a marreta.

"Café?"

Ele virou e olhou. O capitão estava lhe entregando uma xícara fumegante e tinha outras duas na mão.

"Obrigado."

Baldu e Hindu vinham batendo os cilindros de gás atrás do corpo. Tony bebeu o café, inalando o vapor bom. O capitão entregou as duas xícaras aos outros.

"Por que não vai descansar, capitão? Vai lá, vai pro aquecimento."

O capitão assentiu com a cabeça e foi embora.

Tony pousou a xícara. O sentinela chegou, trazendo uma lona dobrada cujos ilhoses eram costurados com cordão. Tony mandou que deixasse no convés. Deixou Baldu tomar café mais um minuto, depois o mandou engatinhar pelo seu trilho e firmar o caibro enquanto Tony batia na outra ponta com a marreta para prendê-lo firme entre os dois trilhos. Empurrando a marreta à sua frente, ele rastejou sobre a água. À sua esquerda, Baldu, amarrado de novo, rastejou de olhos arregalados. Tony viu que ele estava com medo da água lá embaixo.

Baldu avançou devagar até chegar ao caibro e o segurou no ângulo do L com força, com ambas as mãos. Com todo cuidado, Tony ficou em pé sobre seu trilho, curvou-se, pegou a marreta, depois avançou pelo trilho até uma posição para um giro da marreta. A água, iluminada pela lanterna de Hindu, era negra e cheia de papéis flutuando. Tony girou cuidadosamente a marreta e bateu no caibro, de novo e de novo e ele ficou firme entre os dois trilhos. Mandou Baldu voltar, pegaram o segundo caibro e avançaram com ele, fixaram-no firme junto ao primeiro. Agora havia onde pisar entre os dois trilhos em balanço, embora não desse para saber se um homem poderia martelar o trilho torto com força suficiente sobre um apoio tão estreito.

Ele desdobrou a lona, estendeu uma ponta para Baldu, pegou a outra ponta, os dois deslizaram pelos trilhos de novo e amarraram a lona nos dois caibros para ficar pendurada contra o vento no ponto entortado e impedir que a corrente de ar esfriasse o aço. Não podia esfriar. Voltou até a metade e pediu a Hindu, no convés, que lhe entregasse o maçarico, pegasse uma marreta e fosse para a pequena ponte que ele havia feito, pronto para martelar o aço.

"Eu não, neném."

"Você, sim, você."

"Qual é o problema com o almirante aqui?", Hindu perguntou a Baldu.

"Preciso de você."

"Eu não, neném. Não gosto de altura."

Tony voltou pelo trilho e parou no convés, olhando para Hindu.

"Não fode, Tony. Ninguém tá me pagando pra sair lá fora. Nem sei nadar direito."

Ele viu certa noção de regulamentos nos olhos caçoístas de Hindu. Sentiu as sobrancelhas erguidas, o olho semicerrado, na expressão clássica de confronto em seu rosto, e nunca antes teria admitido que um homem escarnecesse assim dele sem aceitar o desafio, mas agora, por estranho que fosse para ele, sentiu apenas desprezo por Hindu, que tinha a capacidade de bater no trilho muito mais forte que o pequeno Baldu e estava recusando. Fazia muito, muito tempo que ele havia tido aquela sensação de alguém lhe negar alguma coisa. Virou as costas para Hindu, chamou Baldu e, no momento que Baldu levou para chegar até ele, Tony sentiu agudamente a estranheza de forçar aquele trabalho, o qual, como comprovava a atitude de Hindu, era para imbecis, e, além do mais, talvez fosse impossível de realizar com o vento esfriando o aço tão depressa quanto era aquecido. Ele se curvou e pegou o maçarico fino.

"Já trabalhou com maçarico?"

"Bom, não exatamente, mas…"

Tony virou para Hindu, a mão estendida. "Me dá o acendedor." Do bolso do paletó, Hindu tirou um acendedor de mola e entregou para Tony, que, ao pegá-lo, notou o minúsculo sorriso na boca de Hindu e disse: "Vá se foder".

"De montão", Hindu respondeu.

Tony apertou o acendedor ao abrir as duas válvulas do maçarico. A chama apareceu e apagou com o vento. Ele a protegeu com o corpo, acendeu de novo e a chama se fixou. Pegou a mão de Baldu e lhe deu o maçarico. "Agora venha comigo e eu mostro o que tem de fazer."

Empenhado, Baldu fez que sim com a cabeça, os grandes olhos negros febris de disponibilidade. "Certo, tudo bem."

Irritado com a animação de Baldu, Tony disse: "Faça tudo devagar. Não mexa sem ver". E seguiu pelo trilho torto, deslizando a marreta cuidadosamente à frente, esticado devagar sobre o trilho, e avançou sobre a água. Chegou aos dois caibros, dos quais a lona pendia, batendo ao vento, puxou as pernas, sentou neles e mandou Baldu vir até ele.

Com o maçarico na mão esquerda, a chama curva pelo vento virada para baixo, Baldu deitou no trilho e avançou cuidadosamente até Tony. A cada avanço a chama balançava perto de seu rosto. "Deixe o maçarico pendurado, Baldu, solte", Tony falou.

Baldu parou, puxou uns trinta centímetros de tubo e deixou o maçarico pendurado para baixo. Avançou de novo e, quando estava chegando perto, Tony ergueu a mão e apertou a cabeça de Baldu. "Pare."

Baldu parou.

"Pegue o maçarico com a outra mão."

Baldu ergueu o maçarico e segurou. Tony apontou o entortado com o dedo. "Aponte o fogo pra cá." Baldu virou o maçarico, cuja chama se abriu contra o aço. Tony afastou a mão de Baldu a mais alguns centímetros do aço e mexeu num movimento circular. Soltou e Baldu continuou a mover a chama. "Muito bom."

Deviam ser onze e meia, talvez mais. Tony observou o aço. A tinta estava pretejando, pequenas lascas se soltando. Nada mau. Ergueu a lona para proteger melhor a chama. Um brilho amarelo-claro estava começando a aparecer no aço. Nada mau. As rajadas de vento batiam em seus ombros. Ele viu lágrimas rolando dos olhos de Baldu, e a chama começou a se afastar do trilho. Tirou uma luva, estendeu a mão, apertou as pálpebras de Baldu, enxugando as lágrimas, e a chama voltou à posição correta. Viu que o sentinela estava de novo andando de um lado para o outro no convés atrás de Hindu, parado ali com a lanterna, rindo.

O brilho amarelo estava ficando mais intenso. Nada mau. Um tom alaranjado começou a aparecer no aço. Ele pegou a mão de Baldu e girou em círculos maiores, para expandir a área aquecida. Tirou a luva outra vez e enxugou as lágrimas dos olhos de Baldu, depois tirou a outra luva e estendeu as mãos perto do fogo, para aquecê-las.

O aço estava avermelhando. Enfiou as luvas no bolso, estendeu uma perna e apoiou o pé no aço. Inclinou-se sobre a ponte de madeira que havia construído, puxou o outro pé para debaixo do corpo e lentamente ficou em pé. Curvou-se devagar, pegou a marreta de cima do trilho e se ergueu de novo. Abriu as pernas, um pé apoiado nos caibros de madeira, o outro no trilho e, ajustando a posição centímetro a centímetro, preparou-se para bater. Ergueu a marreta e girou, não muito forte, para ver que efeito tinha sobre sua estabilidade, e o trilho estremeceu, mas seu pé permaneceu firme no lugar. Levantou a marreta, mais alto agora, e bateu no trilho, um olho na ponte, que podia se soltar e mandá-lo para a água, mas ainda estava presa entre os trilhos, pousada na borda do L. Baldu passou o braço livre em torno do trilho e trançou os tornozelos em torno dele também.

Tony ergueu a marreta e bateu. O aço ressoou e ele ouviu Baldu gemer com o impacto em seu corpo. Ergueu a marreta e pôs todo seu peso nela, o aço soou e Baldu tossiu como se tivesse sido atingido no peito. Tony sentiu o vento correndo por baixo do colarinho, gelando seu suor. Pneumonia, filho da puta. Bateu a marreta no trilho e deixou-a repousar junto ao pé. A curva havia endireitado um pouco, talvez um centímetro, talvez dois. Sentiu o sangue pulsando nos braços, as coxas doloridas por causa da posição estranha, assustada. Olhou para Hindu no convés.

"Eu não, neném."

Sentiu-se sozinho. Baldu não contava, não passava de um pateta, um idiota apenas, acreditava em tudo que diziam e todo mundo caçoava dele, um palhaço que nem sabia que o era, não se podia contar com Baldu para nada, só que ele era legal, ali ao seu lado, e com tanto medo.

Estava recuperando o fôlego, tossindo o resíduo de cigarro do alto do peito. Olhou para baixo, o aço um pouco atrás de seu pé. Estava vermelho intenso. Bateu no trilho de aço, sozinho — e descansou de novo. Havia endireitado talvez mais um centímetro. Estava mais difícil de respirar, as costas travadas naquele poleiro impossível, a tensão de distribuir seu peso parte na marreta, parte nos pés, que não ousava mexer. Estava absolutamente sozinho sobre a água, o facho da lanterna morrendo no ar negro à sua volta.

Repousou pela terceira vez, cuspindo o catarro. O filho da puta ia endireitar. Se conseguisse continuar martelando, ia endireitar. Não ousava deixar Baldu bater. Baldu com certeza acabaria na água — tinha dois pés esquerdos, não fazia nada direito. Só que não era nada mau com o maçarico, e o aço contra sua roupa devia estar gelando seu corpo. Olhou para Baldu e viu o medo em seu rosto, com a água olhando para ele lá de baixo.

Ergueu de novo a marreta. Uma fraqueza estava se espalhando na parte superior dos braços. Tinha de aspirar conscientemente e prender a respiração a cada golpe. Charley Mudd parecia estar a um milhão de quilômetros. Ele mal podia se lembrar do rosto de Dora. Se resolvesse mesmo ir ao encontro dela, ia dormir no quarto dela. Não importava. Deixou a marreta descansar ao lado do pé. A questão agora já era ser capaz de levantá-la. Hindu, a quem havia dado dezenas de números de telefone, estava longe.

Tony lambeu os lábios, e sua língua pareceu tocar um ferro. A mão em torno do cabo da marreta parecia fixada para sempre num gesto circular. O vento que entrava pelo nariz amortecia a cabeça e a garganta. Ele ergueu a marreta, sentiu o joelho direito travar e tremer e se endireitou depressa. Aquela porra daquele ferro, aquele ferro idiota, teimoso, ali torto se recusando a obedecer a seus mandos. Voltar para o convés, pensou, deitar um minuto. Mas com o aço quente agora, ia ter de esquentar tudo de novo, uma vez que não podia passar por Baldu, que também teria de voltar para o convés; e assim que parasse, seus músculos iam enrijecer e ficaria mais difícil começar de novo. Girou a marreta, furiosamente agora, jogando todo seu peso em cima dela e fodam-se os seus pés — se caísse, a corda o seguraria e haveria muita gente para pescá-lo de volta.

O trilho estava endireitando, embora ainda houvesse uma pequena curva nele; mas contanto que conseguisse afastá-lo o suficiente do outro para deixar passarem as latas para o mar, algum alemão fodido ia receber a lata por aquele trilho e, bum, ia ver as placas do submarino se abrindo para o mar e o capitão observando a água em busca de algum sinal de óleo emergindo. Apoiou a marreta outra vez. Estava a ponto de chorar, chorar como um bebê, contra sua fraqueza, mas seria um filho da puta se desistisse, se rastejasse de volta para o convés e deixasse Hindu olhar para ele de cima para baixo, ambos sabendo que a coisa toda havia sido inútil.

Sentiu-se absolutamente sozinho; que importância tinha o Hindu para ele? Outro cara com quem trocar garotas e camaradagem nos bares, sabendo o tempo todo que, quando chegasse a hora, ele lhe passaria a perna se lhe conviesse, como todos os homens que Tony conhecera na vida, e todas as mulheres, até mamãe, o jeito como ela contou sobre ele para vovô, coisa que se não houvesse feito ele não precisaria ter casado com Margaret, só para começar. Desceu de novo a marreta sobre o aço, sem dó nem piedade, deixando o tronco rodar livremente e dane-se se caísse.

"Parece que está bom!"

Por um momento, a marreta quase à altura do ombro, ele não conseguiu distinguir de onde vinha a voz, como num sonho, uma voz no ar.

"Tenho certeza de que já está bom assim, amigo!"

Girando cuidadosamente a parte superior do corpo, olhou para o convés. O capitão e dois outros homens estavam parados, olhando para ele.

"Acho que conseguiu. Volte para cá, por favor."

Ele tentou falar, mas a garganta fechou. Baldu, deitado, olhou para ele e Tony balançou a cabeça. Baldu fechou as válvulas e a chama apagou com um *pop*. Baldu recuou pouco a pouco pelo trilho. Um marinheiro estendeu o braço da borda do convés e agarrou as costas de seu paletó, segurando-o até ele estar em segurança no convés, e ajudou-o a se levantar.

No trilho, sem sentir a marreta pendurada na mão, Tony estava imóvel, tentando educar os joelhos a se dobrarem para poder descer para o trilho e rastejar de volta para o convés. Devagar, deu-se conta de que não podia mesmo deitar, senão teria de deslizar o corpo pela parte do trilho que provavelmente ainda estava quente o bastante para queimá-lo. Experimentou avançar um pouco um pé pelo trilho, mas cambaleou, desequilibrado pelo peso da marreta que o puxava para o lado direito. Baixou os olhos para a mão que a segurava e mandou que abrisse. A marreta deslizou imediatamente para baixo e desapareceu com ruído na água negra. O capitão, os marujos e Baldu parados, impotentes, num grupo fechado, olhando aquele homem pequeno empoleirado com os braços ligeiramente abertos na espinha de aço projetada para fora, a corda pendendo do peito até onde estava amarrada na moldura do convés. Tony olhou os pés e deslizou, centímetro a centímetro, na direção do convés. Seus joelhos cederam quando chegou, ele foi amparado e se pôs de pé. O capitão estava indo embora. Os dois marinheiros o sustentaram por baixo dos braços e o levaram durante alguns passos como um bêbado, mas o movimento o despertou, e Tony se livrou deles. Poucos metros adiante, o capitão foi mais devagar, olhou para trás, fez um pequeno gesto de convite na direção do setor intermediário do navio, e empurrado pelo vento entrou por uma porta.

 Ele, Baldu e Hindu tomaram café e comeram pãezinhos. Tony viu os sorrisos sérios de respeito no rosto dos marinheiros, viu o charme fácil com que Hindu trocava piadas com eles, viu o capitão, agora sem quepe, o cabelo loiro, olhando para ele com expressão amorosa, sem dizer quase nada, mas enchendo pessoalmente a xícara de Tony, parado a seu lado, ouvindo Hindu sem prestar atenção, apenas por educação. Tony então se levantou, os lábios aquecidos de novo, o suor não mais gelado, e todos se despediram. Quando Tony estava passando pela porta para sair ao convés, o capitão tocou seu ombro com a mão.

 Quando Hindu e Baldu acabaram de carregar os tanques de gás e marretas na picape, Tony indicou que Baldu entrasse na cabine, e o ajudante subiu ao lado do marujo que estava esquentando o motor. Tony entrou, bateu a porta e pelo canto dos olhos viu Hindu ali parado, sem sorrir, as sobrancelhas levantadas, ofendido. "É só meia-noite ainda, neném", Tony disse, quase sem olhar para Hindu. "Temos mais quatro horas. Suba aí atrás."

Hindu ficou ali parado vinte segundos, tempo suficiente para registrar sua afronta com os olhos entrecerrados, e subiu na carroceria aberta do caminhão.

Fora do píer, o marinheiro freou por um momento, olhou se havia tráfego à direita e à esquerda, e quando virou para o centro da cidade, Tony viu pela janela marinheiros descendo pela prancha do destróier. Já estavam partindo. O caminhão rodou depressa pelas ruas frias e vazias na direção de Chambers e da ponte de Brooklyn, deixando aquilo tudo para trás. Dentro de meia hora, o destróier estaria em sua posição ao lado dos navios de carga alinhados no rio. O capitão estaria em seu lugar. Stillwater. Capitão Stillwater. Ele o conhecia. Nesse momento, parecia que o capitão era o único homem no mundo que ele conhecia.

No Pátio, Tony fez o motorista levá-los até a doca seca onde o cruzador em que estavam trabalhando estava atracado. Ele subiu a bordo com Baldu, sem esperar que Hindu descesse da carroceria, encontrou Charley Mudd, acordou-o, maldizendo o trabalho que ele lhe havia dado, recusando-se a escutar os agradecimentos e explicações de Charley e sem esperar permissão seguiu pelo navio até a casa de máquinas. Lá em cima, alguém ainda estava soldando com o arco longe demais do aço, ele ergueu a gola para se proteger das fagulhas, subiu a passarela escura, encontrou a passagem de cabos, engatinhou para dentro e esticou-se no deque de aço. Seu corpo parecia um nó, reumático. Seu cheiro era muito forte. Repassou a solução que havia encontrado para o trabalho e se sentiu satisfeito de ter tirado os caibros das *pallets* de armazenamento. Tinha sido uma ideia danada de boa. E Baldu era bacana. Visualizou o desvio que restara no trilho e lamentou, desejando que tivesse sido possível deixá-lo perfeitamente reto, mas ia funcionar. Então, o rosto do capitão surgiu atrás de suas pálpebras fechadas, o rosto sem quepe como estava quando tomaram café, o cabelo loiro brilhando, a gola erguida, e a expressão de seus olhos ao servir café para Tony, sua proximidade e ótima incapacidade de falar. Aquele rosto iluminado pairou sozinho num escuro sem fim.

[1966]

# A busca por um futuro

Li que Faulkner, pouco antes de morrer, estava jantando num restaurante e disse: "Tudo tem o mesmo gosto". Talvez eu esteja morrendo. Mas me sinto bem.

Eu estava colando minha barba. No espelho, eu me lembrava de todas as outras barbas e contei esta como a número nove em minha vida. Eu costumava gostar de papéis com barba quando era mais novo, porque me faziam parecer mais maduro e seguro de mim. Porém, já não gosto tanto agora que estou mais velho. Mesmo que tente, com uma barba eu não consigo deixar de parecer filosófico no palco, e nesse papel sou um fazendeiro ruidoso.

Nessa noite, olhei meus potes de maquiagem, a esponja, a toalha, o lápis de olho e tive uma forte sensação, de repente: de que tinham sido sempre os mesmos potes, a mesma esponja, a mesma toalha manchada de *pancake* rosado, exatamente como aquela; que eu não me levantava dessa bancada de maquiagem havia trinta e cinco anos; e que passara toda a minha vida imóvel, vinte minutos antes de a cortina se erguer. Que tudo tinha o mesmo gosto. Na verdade, sinto que sou um otimista. Mas durante um minuto bem longo ali, senti que nunca havia feito nada além de me maquiar para um papel que nunca consegui fazer. Uma parte, acredito, é porque todos os camarins são o mesmo. A outra parte é porque estou à espera de saber que meu pai morreu. Não que eu fique pensando nele o tempo todo, mas muitas vezes, quando escuto o telefone tocar, eu penso: pronto, vão me dar a notícia.

O diretor de palco entrou. Achei que ele ia anunciar que faltavam dez minutos (dez minutos para o pano se abrir), mas em vez disso ele falou que tinha alguém querendo falar comigo. Fiquei surpreso. Ninguém nunca me visita antes de uma apresentação. Achei que podia ser alguém do asilo. Fiquei assustado. Mas queria saber imediatamente e o diretor de palco saiu depressa para trazer o visitante.

Eu nunca me casei, embora tenha ficado noivo algumas vezes — mas sempre de moças gentias, e não quis entristecer minha mãe. Acabei me dando conta de que era ligado demais a ela, mas não tenho tanta certeza disso. Eu adoro crianças, a vida em família. Mas no último minuto, me vinha certa ideia e ficava grudada no meu cérebro. A ideia de que aquele casamento não era absolutamente necessário. Me dava uma falsa coragem e eu nunca ia em frente. Havia momentos em que eu desejava ter nascido na Europa, na aldeia de meu pai, onde arranjavam os casamentos e você nunca via o rosto da noiva debaixo do véu até depois da cerimônia. Eu teria sido um marido fiel e bom pai, acho. É um mistério. Sinto falta da esposa e dos filhos que nunca tive.

Fiquei surpreso de ver entrar um rapaz, embora ele pudesse ter vinte e dois ou vinte e três anos. Mas era baixo, com cabelo encaracolado e compleição rosada que parecia nunca ter se barbeado. Talvez, pensei, fosse filho do dono do asilo. Tinha uma expressão suave, um brilho no olhar.

"Só queria lembrar o senhor de hoje à meia-noite", ele disse.

À meia-noite? O que ia haver à meia-noite? Eu estava completamente perdido. Durante um minuto cheguei a pensar: meu pai morreu e eu esqueci, e vai haver algum procedimento ou cerimônia à meia-noite.

"A reunião", ele disse.

Então me lembrei. Eu havia concordado em participar de uma reunião: "Broadway pela Paz". Tinha concordado no Sardi, porque Donald Frost me desafiou. O sobrinho de meu camareiro, um músico de vinte e um anos, acabara de perder os olhos num tiroteio em algum lugar do Vietnã, e eu havia ficado muito, muito enojado com isso. Ainda não vi meu camareiro, Roy Delcampo. Ele nem aparece mais desde que aconteceu. Sei que vai aparecer uma noite dessas, mas até agora nem sinal dele. Para falar a verdade, não sei quem tem razão acerca dessa guerra, mas sei que daqui a dez anos ninguém vai lembrar por que guerreavam. Assim como eu tantas vezes me sento aqui à minha bancada, onde estou escrevendo isto, e às vezes parece que nunca levantei para representar, e já fiz quarenta e três espetáculos, quarenta e três estreias, e quem consegue sequer se lembrar dos elencos, do tipo exato de batalhas que tivemos em produção, quanto mais das críticas ou até mesmo dos títulos? Sei que isso tudo me manteve vivo, apenas isso. Mas é ainda mais difícil lembrar o tipo de ator que eu queria ser. Não era este, disso eu sei.

Porém, de repente fiquei um pouco nervoso com essa reunião. Sempre respeitei atores com convicções, o pessoal de antigamente que era esquerdista e tal. Digam o que disserem, aqueles rapazes e moças tinham ótimas amizades entre eles. Mas eu nunca senti que fosse realmente necessário emprestar meu nome a qualquer coisa política. Nunca senti que fizesse alguma diferença eu assinar meu nome ou não.

Além disso, fico nervoso com aparições públicas. Mas olhei aquele menino, ele olhou para mim, e pude ver mais uma vez como a minha geração devia ser lá atrás, que essa reunião era mais do que uma reunião, era para impedir que o mundo acabasse. Coisa em que eu não acreditava, mas para ele não era indiferente, para ele — e dava para perceber que era um ator — cada novo espetáculo era uma espécie de novo começo. Dava para perceber que ele ainda se lembrava de cada coisinha que lhe havia acontecido, que ele estava ascendendo, ascendendo. Na verdade, eu estava bem temeroso da reunião, mas não suportava dizer a ele que não faria a menor diferença eu estar lá ou não. Então apertei a mão dele e até segurei em seu braço como se tivéssemos um pacto entre nós, ou mesmo para indicar que era especialmente bom um homem mais velho juntar-se a eles. Algo por aí.

Quando ele se virou e saiu, vi que o assento de seu sobretudo estava gasto — era de uma cor muito mais clara que o resto do casaco. Um ator observa esse tipo de coisa. Queria dizer que ele se sentava muito com o casaco, e em lugares ásperos, como a base de concreto das colunas em frente à biblioteca da rua Quarenta e Dois, ou mesmo em bancos de jardim, ou em cadeiras quebradas das salas de espera de produtores. E ali está ele perdendo tempo com reuniões. Pensei comigo, não consigo imaginar nada que me fizesse sentar e esperar, e gostaria de ter algo assim. Acabei ficando um pouco satisfeito de ir a essa reunião. Não sei exatamente por quê.

Acho que atuei melhor essa noite, não que ninguém tenha notado, mas me vi realmente olhando meus companheiros de cena como se nunca os tivesse visto antes. De repente, era notável para mim, toda a ideia de uma peça, de ser capaz de esquecer de todo o resto para estarmos realmente raivosos ali em cima, ou rindo de verdade, ou realmente bebendo a cidra que deveríamos estar bebendo, que na verdade era chá, e tossindo como se fosse amarga. Perto do final do segundo ato, um homem se levantou na terceira fila e saiu. Eu geralmente fico incomodado com quem sai, mas essa noite me passou pela cabeça que o papel dele era sair, que todo o público também estava atuando; afinal, a simples ideia de tanta gente sentar junta, olhando na mesma direção, sem falar, era uma espécie de atuação. Só que alguns de nós muito em breve efetivamente morrerão.

Essa ideia também me ocorreu — era igual ao homem saindo —, que realmente a única diferença fora do palco é que você não se levanta depois de uma cena de morte. Até mesmo o presidente agora se maquia para falar na televisão. Todo mundo, toda manhã, veste seu figurino. Só que eu, em vez de efetivamente me casar, paro no último momento todas as vezes.

Quando estávamos fazendo os agradecimentos, pensei: talvez eu nunca tenha me casado porque tornaria minha vida real, iria de alguma forma me arrancar do palco.

Na manhã seguinte, fui visitar meu pai no asilo. Tinha estado lá apenas quatro ou cinco dias antes, mas acordei, tentei ler os textos que me haviam mandado, fiz alguns telefonemas e me senti atraído. Então fui.

Era um dia de outubro com muito vento, um céu azul sobre Nova York. Meu pai sempre gostou de vento forte e tempo frio. Ele erguia a gola do casaco e dizia "Ahhh". Quando menino ainda pequeno, eu imitava o jeito de ele exalar e gostar de sentir o vento frio. Ele olhava para mim e ria. "O dia não está quente, menino."

O velho está numa jaula. Entretanto, as barras estão tão próximas de seu rosto que ele não as vê, então fica se deslocando um passo para cá, um passo para lá. E finalmente entende, pela centésima vez todos os dias, que não é livre. Mas não sabe por quê. Sente que alguém sabe e que seja quem for deseja o seu mal. Algo vai acontecer quando chegar a hora. Alguém o estava mantendo ali por algum tempo, temporariamente, pode-se dizer.

O quarto está recém-pintado e tem cheiro de tinta — uma cor clara de azul em cima de tantas camadas de tinta que a superfície brilhante é irregular. Do meio do teto, pende um fio com uma borla de plástico fluorescente na ponta. Ele bate a cabeça nela cada vez que se desloca pelo quarto. No escuro, à noite, ele fica deitado na cama e dorme com o refulgir azulado dessa borla na retina. À tarde, ele pode puxar a cordinha e acender a luz do teto. Ele nunca teve facilidade com máquinas, então quando puxa a cordinha ele olha o lustre do teto, um pouco surpreso de a luz se acender. Às vezes, depois que sua cabeça bateu na borla, ele a coça de leve, como se uma mosca tivesse pousado em sua pele. A palavra *derrame* é muito certa, como uma lavada do cérebro, de leve.

O asilo é um prédio de apartamentos adaptado, mas extremamente estreito. Os corredores de cada andar mal têm largura para passar um homem. Entra-se e à direita há um escritório onde uma mulher gorda está sempre examinando um grosso livro de registro. À esquerda, existe um elevador lento. O andar de meu pai é o primeiro. Há sempre um colchão ou um estrado de molas encostado na vertical no corredor; alguém mudou de apartamento ou morreu. Os quartos dão para o corredor, a maioria ocupada por velhas. Elas ficam sentadas imóveis olhando suas camas, algumas dormindo em suas poltronas. Não há som nesse lugar; estão todos cochilando, como passarinhos magros, de cabelos brancos, que não vicejam em cativeiro. Todos os olhos parecem azuis.

Assim que se entra no prédio, há sempre no ar um cheiro de zoológico que fica mais forte nos andares de cima. Mas não é um cheiro de sujeira. É como terra, úmido, mas não doente. Em minha primeira visita, senti repulsa pelo cheiro, como de serragem. Mas depois de algum tempo, você se permite respirar mais fundo, normalmente, se dá conta de que é o cheiro da terra e respeita.

O quarto do velho é o último do corredor. À frente de sua porta, há um espaço mais largo, onde as enfermeiras têm uma mesa. Elas não olham quando abro a porta. Ninguém vai roubar ninguém ali ou fazer qualquer mal. Todo mundo é tão velho que não pode haver uma emergência.

Ele está sempre dormindo em sua cama, a qualquer hora que eu chegue. Sou vinte anos mais velho do que ele era quando eu nasci. Sou um homem mais velho do que aquele que eu admirava nos passeios ao vento. Meu cabelo é grisalho nas têmporas. Minha mãe morreu há muitos, muitos anos. Todos os irmãos e irmãs dele estão mortos, todo mundo que ele conhecia e com quem jogava cartas. Eu também perdi muitos amigos. No fim das contas, ele não é realmente muito mais velho do que eu, do que estou ficando.

Ao lado da cama, olhei para ele e me lembrei da reunião da noite anterior. Umas quinze pessoas além de mim sentadas numa fileira de cadeiras no palco. Donald Frost era o moderador e nos apresentou um por um. Por alguma razão, quando me levantei, o aplauso pareceu ficar mais forte, talvez porque fosse a primeira vez que eu ia a uma coisa dessas, e também porque fiz bastante sucesso nessa peça em cartaz e conheciam meu rosto. Mas quando me levantei e o aplauso continuou, Donald acenou para que fosse até o microfone. Fiquei com medo de que os jornais pudessem pegar o que eu dissesse e não fazia ideia do que dizer. Então fui até o microfone. Fez-se um silêncio bem bom realmente. O teatro estava lotado. Disseram que havia gente aglomerada lá fora tentando entrar. Eu me inclinei para o microfone e ouvi minha própria voz dizendo: "Alguém que eu conheço ficou cego". Então me dei conta de que eu não conhecia de fato o rapaz que havia ficado cego, e me calei. Percebi que aquilo soava maluco. Percebi que estava assustado, que algum dia poderia haver uma investigação e eu poderia ser culpado de ter comparecido a essa reunião. Eu disse: "Gostaria que a guerra acabasse. Não entendo essa guerra". E voltei para minha cadeira. O aplauso foi tremendo. Não entendi por quê. Me perguntava o que eu tinha dito de fato que os deixou tão entusiasmados. Era como uma noite de estreia em que uma fala à qual você nunca deu muita importância de repente desperta uma grande reação. Mas fiquei feliz e não sabia por quê. Talvez fosse apenas o aplauso, que eu também não entendia, mas senti uma felicidade e pensei de repente que havia sido um erro terrível, terrível, não ter me casado.

"Pai?", falei baixinho, para não assustá-lo. Ele abriu os olhos e levantou a cabeça, piscando para mim.

Ele sempre sorri agora, quando é acordado, e a parte inferior de seu rosto comprido repuxa os olhos que ficam mais abertos. Não é claro se ele sabe ou não quem você é quando lhe dá um sorriso. Eu sempre mostro minha identificação antes de dizer qualquer coisa. "Sou eu, Harry", digo, mas faço soar casual, como se estivesse dizendo isso só porque ele não está com os óculos. Os dedos dele dançam, nervosos, pelo lábio inferior. Ele está tocando o próprio rosto, acho, porque não tem mais certeza do que é real e do que é sonho, quando pessoas que não tem certeza de conhecer aparecem e desaparecem de repente, todos os dias. Imediatamente, ele insiste em sair da cama. Está completamente vestido debaixo dos cobertores, às vezes de sapatos. Hoje, porém, está só de meias. "Meu chinelo."

Peguei seus chinelos do armário de metal e ajudei a calçá-los. Ele ficou parado, em pé, arrumando a camisa, dizendo: "Sei, sei", como se a conversa estivesse continuando.

Não havia nenhuma emoção imensa ali, mas profundas correntes sem luz. Ele é um pouco curvado, joelhos dobrados, e ajeita a roupa para ter certeza de que está vestindo tudo. Está muito interessado de haver alguém ali, mas sabe que nada, absolutamente nada, acontecerá por isso. Mas ele quer prolongar o momento de qualquer forma, só para o caso de acontecer alguma coisa que o liberte. Ele teme que o fim da visita seja anunciado de repente, então tenta ser rápido em tudo. Diz: "Sente, sente", não só para pôr a pessoa à vontade, mas para prolongar o fim. Então ele se senta numa poltrona, a saída de incêndio atrás dele e uma nesga de céu da cidade. Eu sento na beira da cama, na sua frente.

"Soube que deu um passeio com a enfermeira hoje."

"É. Té o rio. Os *dis undan trist*, mas hoje foi um dia bonito. Lindo dia."

"É. Está um lindo dia." Repito para ele saber que entendi do que está falando, embora pareça não fazer muita diferença para ele. Porém, fica muito ansioso para que algumas coisas que diz sejam entendidas e aí fica tudo terrível. Mas não tenho certeza de que ele saiba que é quase totalmente incompreensível.

Ele faz um gesto vago na direção da mesa de cabeceira. "Meus óculos." Abro a gaveta e entrego a ele um dos dois pares de óculos que ele guarda ali.

"Este aqui?"

Ele coloca a armação instável, que suas mãos incapazes deformaram. As lentes estão cobertas de impressões digitais. "Esse mesmo", ele diz, piscando. Depois fala: "Não", e revira dentro da gaveta. Eu lhe dou o outro par, ele tira o primeiro, abre o segundo, põe o primeiro de novo e olha para mim.

Eu me dou conta, quando ele olha para mim, de que ele sente amizade entre nós, está contente de me ver, mas que não tem certeza de quem sou eu. "Sou eu, Harry", digo.

Ele sorri. Ainda é um homem grande, embora esteja muito magro agora; mas a cabeça é grande, os dentes são bons, fortes e há algum tipo de força aos pedaços dentro dele, a força de um homem que ao menos não se conformou nem um pouco com esse tipo de quarto e esse tipo de vida. Para ele, como para mim e para todo mundo, trata-se de algum erro. Ele tem um futuro. Acho que ainda vou visitá-lo por essa razão.

Nunca havia percebido antes que as orelhas dele são de abano, que são voltadas para a frente. Acho que estava sempre tão ocupado olhando seus olhos que nunca olhei de fato suas orelhas. Porque não há mais nada a ouvir dele ou a temer, tenho tempo de olhar seu corpo agora.

A perna esquerda é bem curva para fora, mais do que eu jamais notara. As mãos são muito finas, artísticas mesmo. Os pés, compridos e estreitos. Ele tem malares altos, quase eslavos, que nunca notei quando seu rosto era mais cheio. O alto da cabeça é mais plano, e a nuca também. Faz menos de cinco anos que me dei conta de que ele era um homem velho, idoso. Encontrei-o por acaso andando na Broadway uma tarde e tive de seguir muito devagar a seu lado. Uma pequena brisa em seu rosto fez seus olhos lacrimejarem. Mas senti, naquele momento, que não era uma coisa muito triste; senti que afinal de contas ele tinha vivido um longo tempo.

Mas senti que esse dia era diferente, porque ele não havia desistido de seu futuro. Na realidade, ele estava esperando o futuro com mais energia do que eu esperava o meu. Ele realmente queria algo.

"*Cute*, tem *d'azê ma cois*. Muito importante."

"Quer alguma coisa?"

"Não, não. Eu *tem d'azê ma cois*."

Ele esperou que eu respondesse. "Não entendo o que está dizendo, mas continue falando, talvez eu entenda."

Ele foi até a porta e experimentou para ver se estava fechada. Ao falar, ficava olhando com olhos arregalados o corredor lá fora, como se ali houvesse intrusos com más intenções em relação a ele. Firmou o queixo com raiva e sacudiu a cabeça. "Nunca na minha vida. Nunca."

"O que foi?"

"Não me *de saí*."

"Não deixam o senhor sair?"

Ele sacudiu a cabeça escandalizado, zangado. "Não me *de saí*."

"Mas o senhor saiu com a enfermeira, não foi?"

"*Cut. Tá cutan?*" Ele estava impaciente.

"Estou, pai, estou escutando. O que o senhor quer?"

Alguma política surgiu nele enquanto se preparava para falar de novo, algo calculado. Estava se colocando para um acordo. Os lábios, sem som, se esticavam e encolhiam, como os de um chimpanzé enquanto ele treinava a importante mensagem. Ele então cruzou as pernas e se inclinou sobre o braço da poltrona em minha direção.

"*Negô* meu *dier*."

"Seu dinheiro?"

"*Negô. Ontela dis* que *doben*. Hoje *negô*."

"A mulher lá de baixo?"

"É."

"Ela pediu dinheiro ao senhor?"

"*Negô* meu *dier*."

"Ela não quis dar seu dinheiro?"

Ele balançou a cabeça. "*Negô*. Cinquenta mil dólares."

"O senhor pediu cinquenta mil dólares a ela?"

"O meu *dier negô*."

Estava inclinado na minha direção, as pernas cruzadas, como eu o tinha visto fazer com empresários, o mesmo jeito de falar em um saguão de hotel ou num carro *pullman*, uma postura bem bonita, cheia de graça. Claro que ele não tinha cinquenta mil dólares, não tinha mais nada, mas eu não me dei conta do que realmente tinha em mente, mesmo ele me dizendo com toda a clareza.

"Bom, não precisa de dinheiro aqui, pai."

Ele me deu um olhar desconfiado com um sorrisinho esperto. Eu não estava do lado dele.

"*Cut.*"

"Estou ouvindo."

"Eu podia voltar para casa", ele disse com súbita clareza. Não tinha casa também; sua mulher morrera havia oito anos e mesmo o quarto de hotel ele havia abandonado. "Eu nem falaria", ele disse.

"Melhor para o senhor aqui, pai."

"Melhor!" Olhou para mim sem disfarçar a raiva.

"O senhor precisa de atendimento", expliquei.

Ele ouviu sem prestar atenção enquanto eu explicava por que era muito melhor para ele estar num asilo, seus olhos fixos na porta. Mas a raiva passou. Ele disse então: "Eu podia viver".

Concordei com a cabeça.

"Podia viver", ele repetiu.

Então veio o silêncio, que é sempre a pior parte. Eu não conseguia encontrar mais nada para dizer, e ele não tinha mais como recorrer ao meu socorro. Ou talvez ele estivesse esperando que eu começasse a fazer suas malas para levá-lo embora. Tudo o que havia no quarto era seu brando prazer de ter alguém ali com ele, mesmo ele não sabendo direito quem era, só que era alguém familiar; e para mim havia apenas a noção de que ele sentia esse prazer.

De vez em quando, ele olhava para mim com várias expressões. Uma vez, com os olhos semicerrados, um olhar avaliador, como se estivesse para dizer alguma frase investigativa. Depois, piscou de novo e testou os lábios. Após alguns momentos, olhou para mim, dessa vez com a promessa de seu sorriso aberto, cálido, e mais uma vez ficou me encarando.

Por fim, ele ergueu o dedo como para chamar minha atenção, a atenção de um estranho, e, inclinando a cabeça para trás como se estivesse lembrando, disse: "Você St. Louis?".

"Fui, mas já estou de volta. Estive lá e voltei." Eu tinha ido a St. Louis com um espetáculo uns nove ou dez anos antes. Uma das fábricas dele ficava em St. Louis, quarenta anos atrás.

Ele abriu um sorriso satisfeito. Adorava cidades; gostava de chegar a elas e partir delas, de ser bem servido em hotéis; adorava relembrar edifícios que tinham sido demolidos, o maravilhoso subir e descer de empresas e carreiras nos negócios. Eu sabia do que ele estava sorrindo. Uma vez, me trouxe de St. Louis um ônibus de brinquedo, com uma banda inteira em cima que mexia os braços quando o ônibus rodava e dentro havia um disco de fonógrafo que tocava "Stars and Stripes Forever". Ele chegou em casa bem no momento em que eu acordara do sono da tarde. Tinha caixas de presentes nos braços. Esse ônibus e, eu me lembro, um par de luvas compridas de pelica bege para minha mãe. Ele sempre trazia consigo o ar fresco para dentro de casa, o vento, seu rosto rosado e o riso agudo.

"Bom, tenho de ir agora, pai."

"Certo, certo."

Ele se levantou depressa, ajustando a calça onde antes ficava a barriga, puxando o suéter marrom para ficar bem no lugar sobre os ombros. Ele gostava até da despedida, achando que eu tinha trabalho importante a fazer, compromissos, os negócios do mundo com os quais ninguém tem o direito de interferir. Apertamos as mãos. Abri a porta e ele insistiu em me acompanhar até o elevador. "Por aqui, por aqui", disse com um jeito de proprietário, como se não conseguisse evitar de assumir o comando. Andava à minha frente pelo corredor estreito, curvado, apoiando mais na perna esquerda arqueada, o rosto evitando totalmente as portas abertas pelas quais passávamos, onde as velhas senhoras estavam sentadas, imóveis. Ele jamais gostara de velhas.

Lá fora o vento soprava ainda mais forte que antes, mas o céu estava ficando cinzento. Eu tinha algum tempo, então caminhei um pouco, pensando nele a voltar e entrar de novo em seu quarto, deitando na cama, provavelmente exausto, e aquela coisa de plástico no fio de luz balançando no alto.

Era bom andar sem mancar. Resolvi de novo parar de fumar. Tenho mãos e pés grandes. Não sou nada parecido com ele. Atravessei o Riverside Drive para o Park e peguei um ônibus para o Harlem, onde nasci. Mas assim que desci entendi que tinha perdido a sensação com a qual começara, e era impossível sentir o que eu havia sentido ali em minha juventude, quarenta anos atrás.

Houve apenas um minuto que me pegou; me vi diante de uma lavanderia a seco, que tinha sido um dia um dos melhores restaurantes de Nova York. Aos domingos, o velho levava minha mãe e eu para jantar. Havia um balcão onde um padeiro com chapéu alto, branco, preparava pães frescos e, sempre que entrava um cliente, ele punha para assar uma nova leva. Dava para sentir o cheiro dos pães através do cheiro de gasolina da avenida Lenox. Vi o gerente, que sempre sentava conosco enquanto comíamos. Ele devia ter alguma doença, acho, porque o lado direito do rosto era inchado como um balão, mas estava sempre com colarinho duro, gravata branca e nunca parecia doente.

Um negro de bigode estava olhando para mim pela vitrine da lavanderia. Por um momento, senti o impulso de entrar e contar a ele o que eu lembrava, de descrever essa avenida quando não havia latas de lixo na rua, quando os Daimler, os Minerva, os Locomobile passavam devagar e o guarda da esquina devolvia a bola quando saía do campo da rua Cento e Catorze. Não entrei na lavanderia, nem fui até nossa casa. Qualquer pretensão a qualquer coisa desaparecera. Em vez disso fui para a cidade e sentei em meu camarim, tentando ler.

Estava abrindo a lata de *pancake* quando pensei em uma coisa que ainda não entendo completamente: o velho é o único que não é ator. Eu sou, o presidente é, Donald Frost é, muito embora suas convicções sejam muito sinceras; mas na reunião ontem à noite dava para perceber, talvez por eu ser ator, que ele estava ouvindo as próprias modulações, que estava fazendo o que estava fazendo porque impusera a si mesmo fazer aquilo. Mas não estava suficientemente desesperado, não como o velho estava desesperado. O velho não sabe o suficiente para ouvir a própria voz ou para perguntar a si mesmo o que deveria fazer; ele fala diretamente do coração, e até perdeu o domínio da linguagem de forma que tudo o que resta, pode-se dizer, é o som de suas entranhas, o que não é representar. Eu me perguntei a respeito do rapazinho jovem, de cara cor-de-rosa que veio me lembrar da reunião — se ele também estava representando. Talvez no caso dele, com a ameaça da convocação militar, fosse real.

 Comecei a grudar a barba e pensei de novo no fato de não ser casado. Era igual a essa agitação de agora, igual a tudo que eu via e sabia, era uma ausência de alguma necessidade. Ninguém parece ter de fazer nada, e os que dizem que têm de fazer, que dizem que alguma coisa é absolutamente necessária a eles, só podem ser os melhores atores. Porque é isso o que um ator bom de verdade faz; ele consegue tornar seus sentimentos necessários, de forma que, de repente, não existe mais a menor escolha para ele. Ele tem de gritar ou morrer, rir ou morrer, chorar lágrimas de verdade ou morrer. E ao mesmo tempo ele sabe que não vai morrer, e essa ideia o deixa feliz quando está gritando ou chorando, e pode ser o que deixa uma plateia contente de chorar também.

 Estava começando a tirar a roupa em meu quarto essa noite quando o telefone tocou. E me assustou, como sempre assusta hoje em dia. Dessa vez, era de fato a mulher gorda do asilo; o velho tinha fugido. Escapou não muito depois de eu ir embora, e agora, quase duas da manhã, a polícia já com alerta de pessoa desaparecida, ainda nem sinal dele. O pior é que ele tinha saído sem sobretudo e estava chovendo e ventando que era um inferno.

Não havia mais nada a fazer de momento, uma vez que a polícia estava em busca dele, mas não consegui dormir. Não conseguia evitar de sentir orgulho por ele e de esperar que nunca o encontrassem, que ele simplesmente desaparecesse. Sempre admirei sua determinação, seu impulso cego na direção daquilo que precisava. Acho que admirava o fato de ele não ser ator e de não estar representando essa noite, não lá fora, na chuva e no vento. Não consegui dormir, mas não havia nada que eu pudesse fazer. O relógio estava chegando perto das três a essa altura. Me vesti e saí.

Tinha andado apenas um quarteirão quando senti as meias molhadas e me abriguei numa porta, pensando no que fazer. Era uma coisa estranha nós dois estarmos andando na mesma chuva. Mas quem ele estava procurando? Ou o quê? Eu meio que não queria encontrá-lo. De fato, por momentos eu o via atravessando o rio para oeste, simplesmente indo embora daqui, deste mundo. Mas como ele podia falar com alguém? Será que saberia tomar um ônibus? Teria algum dinheiro? Naturalmente acabei me preocupando com ele e depois de um momento vi um táxi, entrei.

Brinco com motoristas de táxi, mas nunca converso com eles, só que dessa vez tinha de explicar por que queria ficar rodando e contei ao motorista que estava procurando meu pai. Motoristas parecem nunca acreditar em nada, mas ele acreditou — pareceu-lhe completamente natural. Talvez isso aconteça muitas vezes. Não me lembro nem da aparência dele, nem se era branco ou negro. Me lembro da chuva caindo no para-brisa e nas janelas laterais porque eu tentava enxergar através delas. Já era quase quatro e meia quando voltei para casa e a chuva continuava caindo firme. Entrei no quarto, tirei a roupa, deitei e olhei a janela, a água escorrendo. Sentia como se a cidade inteira estivesse chorando.

Ele foi encontrado na manhã seguinte, por volta das dez horas, e a polícia me telefonou. Já o tinham levado de volta para o asilo, então fui correndo para lá. A chuva passara e mais uma vez o céu estava limpo, um dia firme e ensolarado de outubro. Ele estava dormindo em sua cama, enrolado no roupão de flanela. Havia um curativo no nariz e um olho parecia estar ficando roxo. Os nós dos dedos estavam arranhados e pintados com mercurocromo. Ele precisava muito fazer a barba.

    Desci e conversei com a gorda do escritório. Ela estava apreensiva, cautelosa, porque provavelmente podiam ser processados, mas acabei arrancando dela a história. Ele fora encontrado no Harlem. Tinha entrado numa lanchonete, pedido comida, mas o balconista devia ter percebido que não era muito certo e pedira o dinheiro adiantado. O velho tinha um dólar, mas não quis pagar adiantado e foram procurar um policial para se encarregar dele. Quando ele se deu conta de que estavam procurando a polícia, levantou-se, tentou sair, tropeçou e caiu de cara no chão.

    Voltei a subir e sentei numa poltrona esperando que acordasse. Mas depois de algum tempo uma das enfermeiras entrou e disse que tinham lhe dado um sedativo que o manteria dormindo durante várias horas. Fui embora e voltei pouco antes da minha apresentação. Ele estava sentado na poltrona, comendo frango. Olhou para mim, muito surpreso, e tocou os lábios com dedos rápidos.

    Sorri para ele. "Sou eu, Harry", disse.

    Ele olhou sem reconhecer, só que, como antes, sabendo apenas que havia algo como um passado entre nós. Sentei na cama e fiquei olhando ele comer. Acabei comentando como o dia estava bonito e como havia chovido muito a noite passada. Eu ficava desejando e desejando que, por um segundo que fosse, ele olhasse para mim com clareza e desse uma risada — só uma risada esperta entre nós para comemorar sua fuga. Mas ele ficou ali sentado, comendo, olhando para mim um pouco caloroso, um pouco desconfiado, e por fim eu sorri e disse: "Ouvi dizer que o senhor saiu para dar um passeio ontem à noite".

Ele parou de comer e olhou para mim, surpreso. Sacudiu a cabeça: "Não. Ah, não".

"Não se lembra da chuva?"

"Chuva?"

"O senhor foi ao Harlem, pai. Queria voltar para casa?"

Uma nova atenção passou por seus olhos e um interesse aguçado. "*Vô pa cas man.*" Ele pronunciou os sons numa tentativa de me convencer. Tinha erguido um dedo.

"Vai voltar para casa amanhã?"

"É." Então olhou a porta fechada e voltou para o frango.

Toda noite, sentado ali colando minha barba, espero um telefonema ou uma visita, um estranho, e sinto que estou a ponto de sentir medo.

Ele estava tentando voltar para casa, onde séculos antes havia entrado muitas vezes, levando presentes. Ele tem um futuro que jamais conseguirão arrancar dele. Vai fechar os olhos pela última vez pensando nisso. Não tem de ensinar isso a si mesmo ou lembrar isso a si mesmo. Enquanto ele conseguir andar, vão ter problemas com ele, para impedi-lo de ir aonde quer ir e precisa ir.

Não sei bem como me conduzir a respeito, mas tenho uma vontade terrível de viver de outro jeito. Talvez seja até possível encontrar alguma coisa honrosa em representar, algum jeito de pôr minha alma de volta no meu corpo. Acho que meu pai é como um homem apaixonado, ou ao menos o organismo dentro dele o é. Por momentos, apenas por momentos, isso me faz sentir como me sentia quando comecei, quando pensei que ser um grande ator era como dar algum tipo de presente às pessoas.

[1966]

MOÇA DO LAR, UMA VIDA

# Moça do lar, uma vida

1

Um vento frio pareceu soprar sobre ela quando emergiu de um sono profundo. O dia anterior tinha sido quente no Central Park e estavam em junho. Ao abrir os olhos na direção dele, como sempre, viu como seu rosto estava estranhamente vazio. Embora aquilo que chamava de seu sorriso adormecido ainda estivesse ali, e costumeira sugestão de felicidade nos cantos curvos da boca, ele parecia mais pesado no colchão. E ela entendeu de imediato, com horror ergueu a mão e tocou seu rosto — o fim de uma longa história. Seu primeiro pensamento, como um apelo contra um erro: mas ele tinha só sessenta e oito anos!

Susto, não lágrimas, não para fora. Apenas a pancada na nuca. Como um soco.

"Ah!", ela fez com pena, em voz alta, e juntando as mãos tocou os dedos nos lábios. "Ah!" Curvou-se sobre ele, o cabelo sedoso tocando seu rosto. Mas ele não estava ali. "Ah, Charles!" Uma breve raiva, logo dispersa pela razão. E assombro.

O assombro permaneceu — porque afinal de contas sua vida havia servido para alguma coisa, tinha lhe dado aquele homem, aquele homem que nunca a vira. Ele era assustador agora, ali deitado.

Ah, se pudesse uma vez mais falar com ele, perguntar ou dizer a ele... o quê? O que havia em seu coração, o assombro. Que ele a amara e nunca a vira nos catorze anos de vida em comum. Apesar de tudo, havia nela, sempre, algo que tentava se colocar em seu campo de visão, como se com um relance dela de uma fração de segundo seus olhos tremulantes pudessem despertar do sono eterno.

Agora o que eu faço? Ah, Charles querido, o que eu faço com o resto?

Alguma coisa não estava terminada. Mas suponho, ela disse a si mesma, que nada termina, a não ser em filmes, quando as luzes se acendem, deixando você com os olhos semicerrados na calçada.

Mais uma vez, ela se mexeu para tocar nele, porém ele já não estava ali, nem era dela, nem de nada; ela retirou a mão e sentou-se com uma perna pendurada do colchão.

Quando mocinha, ela odiava o próprio rosto, mas sabia que tinha estilo e ao menos uma vez por dia se contentava com isso e com o corpo bom, bem compacto, com o pescoço incrivelmente comprido. E sim, sua ironia. Ela era e queria ser uma esnobe. Sabia como produzir uma ligeira, esperta rotação nos quadris quando caminhava, embora não tivesse ilusões de que isso compensasse uma expressão retesada das faces, como se a pele estivesse esticada com alume, e um lábio superior alongado. Um pouco como Disraeli, ela pensou uma vez ao deparar com a foto dele num texto do ensino médio. E a testa alta demais (ela se recusava a deixar passar qualquer coisa negativa). Perguntava-se se teria sido tirada do útero e alongada ou sua mãe havia se assustado com uma girafa. Em festas, muitas vezes ela notava que homens que chegavam por trás eram tomados de surpresa quando ela se virava de frente para eles. Mas ela aprendera a sacudir o cabelo liso e sedoso, castanho-claro, e faiscar o sorriso irônico defensivo, perdão silencioso à inevitável desistência deles. Ela possuía um charme tônico e isso quase bastava, embora não totalmente, claro, não desde a infância, quando a mãe levantara um anúncio de Ivory da *Cosmopolitan* diante de seu rosto e tão calorosa e amorosa exclamara: "Ora, isto é que é beleza!", como se, olhando bem firme para aquilo, ela pudesse vir a se parecer com uma daquelas garotas. Ela se sentira culpada, então. Mesmo assim, aos quinze anos, acreditava que entre os tornozelos e os seios era tão gostosa quanto Betty Grable. E tinha um leve e provocante ciciar que homens que gostavam de bocas pareciam apreciar. Aos dezesseis anos, ouvira de tia Ida, que viera do Egito em visita: "Você tem um ar egípcio; as mulheres egípcias são fogosas". Lembrar essa estranheza a fazia rir e a animava mesmo aos sessenta anos, depois da morte de Charles.

Uma porção de memórias se associava a ficarem na cama domingo de manhã, ouvindo agradecidos a Nova York abafada lá de fora. "Estive pensando, sem nenhum motivo", ela sussurrou uma vez no ouvido de Charles, "que, pelo menos durante um ano depois que Sam e eu nos separamos, eu tinha muita vergonha de contar da separação. E mesmo depois que você e eu casamos, sempre que eu me referia a 'meu primeiro marido' alguma coisa azedava dentro de mim. Como uma desgraça, uma derrota. Como era simplória a nossa geração!"

Sam era inferior a ela em algum sentido de classe indefinido, mas isso era parte do que o tornava atraente nos anos 1930, quando ter nascido numa família com dinheiro era vergonhoso, uma garantia de futilidade. As pessoas da idade dela, vinte e poucos anos, na época, queriam adquirir sentido na vida fazendo o bem, comparecendo a reuniões de emergência duas vezes por semana em lofts do centro da cidade ou nas salas de estar de simpatizantes na avenida West End, para levantar dinheiro para o novo Sindicato Nacional da Marinha ou para comprar ambulâncias para os republicanos espanhóis, e comoviam-se, genuinamente indignados com o fascismo, que era de alguma forma um sistema dos pais e um estupro da mente; a esperança socialista era para os jovens, para ela, e nenhum pai ou mãe conseguia deixar de ter o medo de sua beleza subversiva. Então a política era cuidadosamente evitada nas conversas em casa. De qualquer forma, os pais dela eram pessoas irremediavelmente tolas, judeus que faziam farol com um novo nome absurdo, atribuído pelos inspetores da imigração no século anterior porque o nome russo original do bisavô era impronunciável para suas línguas irlandesas. Então, eles eram os Sessions.

Entretanto, Sam era Fink, de que ela gostava bastante como provocação a seu pai, há muito viúvo e muito doente agora, mas ainda consultado por telefone como uma autoridade em utilidades na época do casamento dela, já morrendo ao ler que Hitler havia entrado em Viena. "Mas ele não vai durar muito", sussurrou com desprezo através do câncer de garganta. "Os alemães são inteligentes demais para esse idiota." Mas claro que agora ela sabia das coisas, sabia que um mundo estava se acabando e não se surpreenderia de ver os soldados da tropa de choque americana com capacetes na Broadway uma noite. Já era apavorante andar em Yorkville no Upper East Side, onde os alemães se juntavam nas esquinas para pescar judeus e elogiar Hitler nas noites de sábado no verão. Ela não tinha aspecto especialmente judeu, mas sentia o temor da presa ao passar por homens de pescoço grosso na rua Oitenta e Seis.

Na adolescência, ela se questionava: nunca vou ser nem bonita nem um gênio. O que devo esperar então? Sentia-se cercada de espaço demais e desejava um muro que precisasse transpor.

Um homem estiloso, seu pai, com uma cabeça alongada, nobre e uma mente ultrapassada, ou pelo menos era o que ela pensava no fluxo de sua independência revolucionária recém-descoberta. Acariciando a mão fria dele na penumbra do apartamento na avenida West End, ela agradeceu à própria sorte, ou melhor, à sua própria inteligência perceptiva, que ajudara a desviá-la daquela pesada prataria europeia, poltronas estofadas e a imensa extensão do tapete oriental, o simples peso maldito do serviço de chá deles e a risível segurança que expressara um dia. Se não bonita, ela era ao menos forte, livre das ilusões poderosas de papai. Mas agora que ele estava fraco e de olhos fechados quase todo o tempo, ela podia permitir-se admitir que tinha o mesmo estilo arrogante dele, preocupando-se muito e fingindo que não, ao contrário da mãe, que gritava sua preocupação e não se preocupava nada. Mas claro que papai aceitava a injustiça do mundo como tão natural quanto as árvores. Externamente convencional, ele se entediava depressa com pessoas previsíveis, e isso conspirara para mantê-la ligada a ele. Ela se deliciava com sua zombaria encoberta a toda uniformidade, que alimentava sua rebelião contra a mãe. Na véspera de sua morte, ele sorrira para ela e dissera: "Não se preocupe, Janice, você não é nada feia, vai se dar bem, tem muita coragem". Como se "dar-se bem" bastasse.

A breve cerimônia do rabino devia ter sido criada para épocas de pobreza; as pessoas estavam economizando até despedidas funerárias de rotina para voltar a suas massacrantes preocupações com ganhar a vida. Depois da oração, o homem da capela funerária, parecido com H. L. Mencken, cabelo repartido ao meio, brandiu os punhos engomados, pegou a caixinha de papelão com as cinzas, entregou ao gordo irmão dela, Herman, que em sua surpresa olhou para a caixa como se fosse uma bomba-relógio. Então saíram para a rua ensolarada e caminharam juntos para o centro da cidade. Edna, a esposa de Herman, que parecia uma perua, ficava sempre para trás a fim de olhar alguma vitrine de loja de sapatos, uma das poucas lojas ainda ocupadas em muitos quarteirões de lojas vazias ao longo da Broadway. Metade de Nova York parecia estar para alugar, com placas de "Aluga-se" permanentes aparafusadas na entrada de quase todos os prédios de apartamentos. Agora, oito anos depois do *Crash*, as cabeças dos parafusos estavam começando a enferrujar. Herman caminhava batendo os pés como uma foca e respirava com ruído. "Olhe só, o quarteirão inteiro", disse com um gesto de mão.

"Neste momento, não estou interessada em imóveis", Janice disse.

"Ah, não está? Talvez esteja interessada em comer, porque foi em imóveis que papai empregou a maior parte do seu dinheiro, querida." Entraram num bar irlandês escuro da rua Oitenta e Quatro, na frente da Broadway, e sentaram-se com o ventilador elétrico soprando em seus rostos. "Você já soube? Dizem que Roosevelt está com sífilis."

"Por favor, estou bebendo isto." Desafiando o ritual e a superstição capitalista, ela estava usando saia bege, uma blusa de seda branca brilhante e sapatos marrons de salto alto. Sam tinha de ir a Syracuse para dar um lance numa importante biblioteca que estava sendo leiloada. "Você deve ser o último judeu republicano de Nova York", ela disse.

Herman chiou, mexendo distraído a caixinha em cima do bar como se fosse a última peça acuada de um jogo de xadrez perdido, inúteis dez centímetros para um lado, e para outro. Bebeu sua cerveja e falou sobre Hitler, sobre o calor impiedoso daquele verão, sobre imóveis.

"Esses refugiados estão chegando e comprando toda a avenida Amsterdam."

"Que diferença faz isso?"

"Bom, eles deviam estar quebrados."

"Você queria que estivessem ainda mais quebrados? Será que não entende nada? Agora que Franco venceu, Hitler vai atacar a Rússia, vai haver uma guerra tremenda. E você só consegue pensar em imóveis."

"E daí se ele atacar a Rússia?"

"Ah, meu Deus, vou para casa." Ela sentiu uma repulsa subindo pelas costas e olhando a caixinha tomou depressa um segundo martíni; que coisa mais esquisita, um homem inteiro caber dentro de uma caixa de papelão de dez por quinze centímetros, onde não caberiam nem uns bolinhos.

"Se você juntar a sua parte com a minha, podemos comprar prédios por quase nada. Essa Depressão não vai durar para sempre e a gente pode ter um bom lucro algum dia."

"Você realmente sabe escolher a hora para falar de negócios."

"Você leu? Nada de chuva em Oklahoma; está começando a ventar de novo lá."

Ele tinha toda a ganância de papai, mas nada de seu charme, com a cara de bebê e as mãos rechonchudas. Ela desceu do banquinho sorrindo, furiosa, deu um toque de advertência na cabeça dele com a bolsa, beijou o rosto gorducho de Edna e batendo os saltos altos saiu para a rua, Herman atrás dela, defendendo seu direito de estar interessado em imóveis.

No meio do caminho para casa, no táxi, ela se lembrou de que em algum momento o irmão havia entregado as cinzas a ela. Será que tinha se lembrado da caixa no balcão? Telefonou para ele. Escandalizado, ele esganiçou: "Está dizendo que perdeu as cinzas?". Ela desligou, cortando a conversa, apavorada. Tinha deixado papai no bar. Sentiu as coxas fracas com algum medo supersticioso que precisou fazer força para expulsar da mente. Afinal de contas, pensou, o que é um corpo? Só a *ideia* da pessoa é que importa e papai está no meu coração. Preparou um banho de banheira e deslizando de novo para a transcendência, no que restava da névoa amarela de seus martínis, olhou seu rosto imutável no espelho embaçado e o corpo passou a ter importância de novo. Mas ao mesmo tempo não tinha. Tentou lembrar-se de um filósofo clássico que pudesse ter fundido essas duas verdades, mas cansou-se com o esforço. Então, deu-se conta de que havia tomado banho poucas horas antes, fechou a torneira e começou a se vestir de novo.

Descobriu que estava com pressa e sabia que precisava pegar as cinzas de volta; fizera uma coisa horrível, deixar as cinzas lá, algo como um pecado. Por um momento seu pai viveu, a censurá-la com um olhar triste. Mas por que, apesar de tudo, havia algo engraçado na história toda? Que mau gosto dela!

O barman, um homem magro, de braços compridos, não se lembrava de nenhuma caixa. Perguntou se havia alguma coisa de valor dentro dela. "Bom, não." E então, com a culpa lhe dando cabeçadas como um bode: "Meu pai. As cinzas dele".

"Meu Deus do céu!" O homem arregalou os olhos diante desse augúrio de má sorte. A explosiva emoção dele a assustou e fez chorar. Era a primeira vez e ela ficou agradecida, envergonhada de ele sentir mais por seu pai do que ela mesma. Ele tocou as costas dela com a mão e a conduziu para o deprimente banheiro feminino nos fundos, mas, olhando em torno, ela não encontrou nada. O homem não tinha cheiro, como vaselina, e durante uma fração de segundo ela se perguntou se aquilo tudo não era um sonho. Olhou a privada. Ah, meu Deus, e se alguém tivesse despejado papai ali! Voltou ao bar, tocou o braço grosso e tatuado do homem. "Não tem importância", ela garantiu a ele. Ele insistiu em lhe dar um drinque, ela tomou um martíni e conversaram sobre diferentes tipos de morte, súbita e demorada, as mortes dos muito jovens e dos velhos. Os olhos dela estavam vermelhos. Dois operários da companhia de gás ouviam com sua brutal solenidade, a distância respeitosa. Sempre fora mais tranquilo para ela estar entre homens estranhos do que entre mulheres que não conhecia. O barman contornou o balcão para acompanhá-la até a porta e, antes que ela pudesse pensar, deu-lhe um beijo no rosto. "Obrigada", ela disse. Sam nunca tivera de ir atrás dela, pensou então; ela se mantinha mais ou menos garantida para ele. Seguiu pela Broadway, zangada com seu casamento, e quando chegou à esquina amava-o ou pelo menos sentia pena dele outra vez.

Então papai tinha ido embora. Depois de alguns quarteirões, ela se sentiu aliviada ao perceber o dom do luto em si mesma, aquela ilusão de conexão com um passado; mas que estranho a emoção lhe ser dada por um irlandês católico, provavelmente de direita, que sem dúvida era partidário de Franco e não suportava judeus. Tudo era sentimento, nada era claro. Mas ela rejeitou a ideia de imediato. "Se o sentimento é tudo, eu poderia me contentar em ser minha mãe." Horrível demais. De alguma forma, naquela colisão súbita e inesperada com o sentimento direto do barman, ela viu que precisava realmente parar de esperar ser outra pessoa: era Janice para sempre. Que ideia excitante se pudesse ao menos adotá-la; talvez a levasse a terreno sólido. Era como a própria Depressão, esse infindável esperar para vir a ser — todo o mundo ficava esperando que terminasse e enquanto isso esquecia como viver. Mas supondo que continuasse para sempre? Ela precisava começar a viver! E Sam tinha de começar a pensar em alguma outra coisa que não o fascismo, a organização de sindicatos e o resto das atividades radicais e repetitivas. Mas ela não devia pensar assim, corrigiu-se, culpada.

Sorriu, lembrou perversamente de sua nova liberação. Nem pai, nem mãe! Sou uma órfã. Alguns minutos depois, seguindo a

Broadway, enxergou alguma graça em um homem tão formal e minucioso como Dave Sessions ser largado num bar dentro de uma caixa: podia vê-lo preso ali dentro, minúsculo, indignado, cara vermelha, batendo na tampa para ser libertado. Uma estranha ideia lhe ocorreu — que o corpo era ainda mais uma abstração do que a alma, que nunca desaparecia.

Sam Fink tinha um sorriso cálido, o nariz ossudo arqueado, que, segundo ele, levara anos para aprender a amar. Media quase os mesmos metro e sessenta e oito de Janice e ao parar cara a cara com ele às vezes lhe vinha à mente o insistente alerta de sua mãe: "Não case nunca com um homem bonito", um golpe mal disfarçado na vaidade do belo papai, como também na aparência da filha. Mas o não bonito Sam, absolutamente dedicado a ela, tinha uma beleza diferente, a excitação dos possuídos. O compromisso comunista a voltara para o futuro, para longe do que via como sua nêmesis, a trivialidade, a obsessão burguesa com as coisas.

No entanto, era doloroso olhar quadros nos museus ao lado dele — ela havia se formado em história da arte na Hunter — e ouvir sobre Picasso nada além de sua conversão ao Partido, ou os códigos antimonárquicos embutidos na pintura de Ticiano, ou a metáfora da luta de classes em Rembrandt. "Claro que eles não tinham necessariamente consciência disso, mas os grandes estavam sempre em choque com a classe dominante."

"Mas, meu bem, tudo isso não tem nada a ver com a pintura."

E ele dizia, com o sorriso suavemente superior de um professor para uma criança — e uma violência incipiente no fundo dos olhos: "Tem tudo a ver com a pintura; eram as suas convicções que colocavam esses artistas acima dos outros, os 'pintores'. Você tem de aprender, Janice: a convicção é importante".

Ela sentia amor na voz dele, então ficava de alguma forma assegurada por uma coisa em que não acreditava de fato. Passando o braço no braço dele ao caminharem, ela achava que a maioria das pessoas não se casava por um amor irresistível, mas para se justificarem um ao outro, e por que não? Ao olhar aquele nariz poderoso e a cabeça de boa forma, quase careca, ela se sentia elevada por sua natureza moral, e segura em sua militância. Mas nem sempre era possível expulsar a visão de um espaço vazio em torno deles, um refulgir sem luz do qual algo horrível podia dar um bote algum dia. Inconscientemente, ela começou a esperar que isso aparecesse, uma lacerante explosão de baixo para cima.

O incrível conhecimento que ele tinha de livros era o que ajudava a aplacar as suas dúvidas. Sam, raro entre livreiros, lia ou ao menos folheava o que vendia, e era capaz de pegar no ar os nomes de autoridades em centenas de assuntos, de China a xadrez, como ele rapidamente colocava aos seus clientes assombrados, que perdoavam sua arrogância pela pesquisa que lhes poupava. Ele conhecia a localização de dezenas de velhas mansões em todo o estado de Nova York, Connecticut, Massachusetts e Nova Jersey, nas quais famílias antigas e moribundas ainda possuíam bibliotecas de bom tamanho de que tinham de se livrar com a morte de alguma última tia, tio, ou credor herdeiro. Duas vezes por mês, ele passava um dia ou dois no campo com seu carro nash de molas duras e voltava com o porta-malas e o banco de trás cheios de coleções de Twain, Fenimore Cooper, Emerson, Dickens, Poe, Thackeray, Melville, Hawthorne e Shakespeare, e braçadas de uma miscelânea arcaica, mordiscada por ratos — *John Keats' Secret*, uma *Survey of Literature of the Womb* de 1868, um *Manual of Chinese Enamelware* de 1905, *Lasting Irish Melodies* de 1884, *Annals of Ophthalmology* ou *A Speculation on Ancient Egyptian Surgery*.\*

---

\* Respectivamente: *O segredo de John Keats, Levantamento da literatura sobre o útero, Manual de esmalte chinês, Melodias eternas da Irlanda, Anais de oftalmologia, Uma especulação sobre a cirurgia no antigo Egito.* (N. T.)

Janice sentava-se com Sam no chão de sua escura sala na rua Trinta e Dois Leste, ela imaginando a vida tranquila, fechada, da família em alguma casa no condado de Monroe, de cuja privacidade aqueles livros haviam sido arrancados, livros que um dia deviam ter levado notícias de um grande mundo distante, remoto, de seus portais lilases. Vendo-o folhear seus achados, ela pensava que ele tinha o ar etéreo de um monge atraente, inclusive a inocente tonsura redonda. Era a sua simples bondade o que a incomodava? Havia algo monástico nele quando fingia não notar — quando ela se inclinava para trás apoiada nos cotovelos, uma perna dobrada debaixo do corpo e a saia no meio da coxa — que estava pedindo para ser possuída ali no chão. Quando viu que ele corou e se empenhou em alguma explicação das notícias do dia, uma fúria relampejou e morreu dentro dela, e ela se desesperou. Mesmo assim, com a Grã-Bretanha e a França flertando secretamente com o fascismo, ela dificilmente podia pedir a ele que colocasse seu desejo imperioso à frente de coisas sérias.

Mas seu amor simples pelos livros e por seu trabalho acendiam o amor dela por ele. Com a autocongratulação de proprietário de um autor, ele lia passagens escolhidas para ela, principalmente de Trollope, ou Henry James, Virginia Woolf, ou do comunista Louis Aragon e do jovem Richard Wright. Ele era esnobe como ela, mas, ao contrário dela, negava isso.

Sozinha ao menos duas noites por semana, quando Sam ia às reuniões do Partido, ela atravessava o East Side até as favelas da Sexta Avenida com seus pardieiros e bares irlandeses empoeirados debaixo do elevado e voltava para casa cansada para ouvir discos de Benny Goodman e fumar chesterfields demais até ficar tensa e furiosa com as paredes. Quando Sam voltava, explicando os últimos pronunciamentos de Stálin sobre como o futuro socialismo, produzindo a bondade afinal, estava avançando inexoravelmente para eles como uma onda do mar, ela quase se afogava na própria ingratidão e só se recuperava momentaneamente com a visão de justiça pela qual ele estava zelando, ao lado do exército sem nome de camaradas civilizados, espalhado por todos os países do mundo.

Em outra manhã de domingo, na cama com Charles, sempre tentando visualizar a si mesma, ela disse: "Não consigo entender o que aconteceu comigo; foi uns quatro anos depois de estar casada; nós sempre voltávamos para casa depois de um filme francês ou russo em Irving Place e íamos para a cama, e pronto. Daquela vez, resolvi preparar um martíni para mim e sentei no sofá para ouvir uns discos, sabe, A Train de Benny Goodman, ou as coisas de Billie Holiday, ou Ledbetter ou quem sabe Woody Guthrie, que estava sendo lançado naquela época, e depois de vinte minutos Sam saiu do quarto de pijama. Ele era muito tímido, mas não era covarde e ficou parado lá, coitado, com um sorriso tenso, apoiado na maçaneta do quarto como Humphrey Bogart, e disse: 'Hora de dormir'".

"Foi quando saiu de minha boca: 'Foda-se o futuro'."

Os olhos de Charles tremularam e ele riu com ela, apertou a mão na parte interna de sua coxa.

"Ele riu, mas ficou vermelho, sabe, de eu ter dito aquela palavra. E disse: 'O que quer dizer isso?'."

"Só 'foda-se o futuro'." Ela ouviu a própria risada tilintante e jamais esqueceria a sensação de queda livre em seu peito.

"Deve ter um sentido."

"Quer dizer que deve haver alguma coisa acontecendo agora que seja interessante e valha a pena se pensar a respeito. E agora quer dizer agora."

"Agora sempre quer dizer agora." Ele sorriu contra a apreensão.

"Não, significa principalmente logo ou algum dia. Mas agora significa esta noite."

Zangado, ele ficou mais vermelho, até a testa alta, até os cabelos. Ela abriu o armário de carvalho escuro, fez outro martíni e, rindo de alguma piada secreta, deitou na cama e bebeu até o fim. Sentindo-se isolado, ele só podia sorrir idealisticamente, homem valente, cotovelo no travesseiro, tentando intensamente entender a agitada cabeça dela.

"Papai e eu moramos uma vez numa casa de praia portuguesa durante um mês depois que mamãe morreu, e eu ficava olhando a cozinheira camponesa que tínhamos na época, quando ela vinha pela areia trazendo vegetais frescos e um peixe numa cesta para eu inspecionar antes de ela cozinhar para nós. Ela levava uma eternidade para atravessar a areia e chegar até mim e era só um peixe, ainda úmido do mar."

"E daí?"

"Bom, é só isso — você espera e espera, fica olhando chegar, é só um peixe úmido." Ela riu e riu, incontrolável, quase histérica, depois deu um beijo de dispensa no pulso de Sam e caiu num sono isolado, sorrindo com um ar incerto de vitória.

Agora ela deslizou um dedo de leve ao longo do nariz de Charles. "Aquilo tudo significava alguma coisa para você — a Esquerda?"

"Eu estava estudando música nos anos 1930."

"Que maravilha. Só estudando música."

"Já era muita ocupação organizar meus dias. Mas eu era sempre considerado. Só que o que podia fazer a respeito de qualquer coisa? Alguns amigos me levaram para ver um piquete em Columbia uma vez. Não me lembro por que era, mas eu dei mais trabalho a eles do que qualquer outra coisa; meu cachorro odiava ficar andando, andando." Ele se virou e beijou o nariz dela. "Você faz tudo parecer um desperdício. Foi? Você acha?"

"Não sei ainda. Quando penso nos escritores que nós todos achávamos tão importantes, e ninguém mais sabe o nome deles.

Quero dizer, militantes. Toda aquela literatura simplesmente se desmanchou. Sumiu."

"Era um estilo, não era? A maior parte dos estilos se esgota e desaparece."

"E por que é assim, você acha?"

"Depende. Quando a ocasião predomina, o trabalho tende a desaparecer com a ocasião."

"O que deve dominar então?"

"O sentimento que a ocasião despertou no artista. Eu acredito que o que dura é o que a arte em si faz existir no artista — os sons que criam outros sons, ou as frases que geram outras frases. Bach escreveu maravilhosas obras para piano que na verdade eram para ser lições de piano, mas ouvimos hoje por suas qualidades espirituais, agora que a ocasião está esquecida. A obra cria sua própria espiritualidade, em certo sentido, e isso dura."

"O que está tentando me dizer?", ela perguntou, beijando o lóbulo da orelha dele.

"Você parece ter necessidade de caçoar do jeito que era nessa época. Acho que não devia. Muita coisa do passado é sempre embaraçosa — se você tem alguma sensibilidade."

"Mas com você não."

"Ah, tive muitos momentos."

"De que se envergonha?"

Ele hesitou. "Durante algum tempo, eu tentei agir como se tivesse visão. Durante um longo tempo, me recusei a ceder. Fiz algumas coisas grosseiras. Com mulheres principalmente. Foi terrível."

Ela sentiu que estava ficando vermelha por ele e não podia pressioná-lo. Não queria comprometer a nobreza dele. Algum dia, ele contaria. O que ela imaginava era que ele podia, de fato, ter chantageado moças com sua linda cegueira, insistindo com elas como se tivessem um débito com ele. Isso com certeza o deixaria embaraçado agora. De fato, tinha consciência de como sabia pouco da vida dele — tão pouco quanto ele conhecia o rosto dela. "Os radicais", ela dizia, "acham que querem a verdade, mas o que eles realmente desejam é personagens de mente elevada que possam ter como modelos."

"Não só os radicais, Janice. As pessoas precisam acreditar na bondade." As pálpebras dele tremulavam mais depressa quando estava animado e foi assim agora, como asas de pássaro. "Eles se decepcionam quase todo o tempo, mas em algum lugar de suas crenças todo mundo é ingênuo. Até mesmo o mais cínico. E as lembranças da própria ingenuidade são sempre dolorosas. Mas e daí? Você preferiria não ter nenhuma convicção?"

Ela enterrou o rosto na carne dele. Pensou que a aceitação que ele lhe dedicava era como uma maré. Ela passara a vida esperando, pensou agora, e a espera terminara, a sede por um futuro não estava mais nela, ela estava ali. Com um homem que nunca a tinha visto. Era maravilhosamente estranho.

Com Charles, ela muitas vezes pensava com assombro no que agora parecia trinta anos de espera. Ou será que a guerra tinha empacado a vida para todo o mundo? Hoje em dia, parecia não haver mais nenhum futuro, mas antigamente era só o que havia. Uma de suas lembranças perturbadoras permanentes era do dia em que estava na rua Trinta e Quatro para comprar sapatos e voltara para casa com saltos altos novos, satisfeita com a maneira como eles sensualizavam a forma de suas pernas, quando seu olhar bateu numa banca de jornal e doceria numa esquina com uma imensa manchete tomando a primeira página do *Times*: STÁLIN E HITLER FECHAM PACTO. Fink geralmente trazia o jornal à noite e, quando ela entregou as moedas ao vendedor, ele disse: "Sam já comprou hoje de manhã".

"Eu sei. Quero um."

O homem tinha a mesma posição política de Fink. "Achei que ele ia desmaiar", confidenciou. "Ficou branco."

Com os sapatos velhos dentro de uma caixa debaixo do braço, ela seguiu a Madison até a rua Trinta e Um, parando no meio da calçada para ler e reler o inacreditável. Simplesmente impensável. Stálin simplesmente pronunciar o nome de Hitler sem rosnar era como um deus ser descoberto trepando no chão, ou peidando. No entanto, ela sentia que precisava encontrar um jeito de continuar acreditando nos soviéticos, que afinal de contas eram a única oposição imaginável na avenida West End, de tapetes, prataria, coisas.

"Como pode ter acontecido?", ela perguntou a Fink durante o jantar num lugar chamado Barclay, na rua Oito, onde a refeição custava noventa centavos em vez dos sessenta e cinco do University Inn vizinho. O Village estava assombrado. Dava para sentir pelo restaurante. Bud Goff, o proprietário, normalmente cutucava Fink em busca de informações políticas privilegiadas; ele acreditava que o Partido tinha alguma chave secreta para os acontecimentos futuros. Contudo, nessa noite, ele apenas acenara com a cabeça quando eles entraram, como num velório.

Com uma piscada e um sorriso maroto, Fink bateu no lado do nariz, mas ela sabia como seu espírito estava devastado. "Não se preocupe, Stálin sabe o que está fazendo; e ele não está ajudando Hitler — ele nunca vai suprir a Alemanha."

"Mas acho que vai, não vai?"

"Não vai. Está apenas se recusando a facilitar as coisas para os franceses e os britânicos. Há cinco anos ele vem implorando a eles um pacto contra Hitler e eles empacaram, esperando que Hitler atacasse a Rússia. Bom, ele virou a mesa agora."

Ela concordou depressa; em algum compartimento arejado de sua mente, sentia que sua ligação com Sam dependia de alguma forma de conservar sua fé nos soviéticos — eles haviam alfabetizado a Rússia e acendido as luzes. Descartar a revolução significava viver sem futuro, significava meramente viver agora, uma sensação assustadoramente desolada. Naquele ano e meio ressecado, tinha visto Sam Fink se esforçando para justificar o pacto para ela e seus amigos. E quando não era mais possível negar que o trigo e o óleo russo estavam efetivamente sendo enviados à Alemanha, que agora invadia a França, alguma coisa dentro dela estacou e ficou imóvel no fundo de seus olhos.

Logo depois, por acaso ela estava na Times Square no dia em que a França se rendeu aos nazistas. Uma multidão imensa havia parado na Broadway e lia a manchete em movimento na fachada do Times Building. Ela sentiu a vergonha apertar seu coração. Fink havia explicado que era uma guerra imperialista e que a Alemanha, agora aliada soviética, não era pior que a França, e ela tentara aceitar aquilo, mas um homem parado a seu lado, um sujeito rotundo de meia-idade, com seus sessenta anos, tinha começado a chorar no lenço. Era estranho como ela havia se afastado dele para a esquina da Quarenta e Dois com a Broadway, onde uma foto de primeira página olhava para ela na banca de jornal, o rosto redondo de um homem de meia-idade parado na Champs-Élysées, olhando uma parada da cavalaria nazista entrando em Paris depois da derrota da França, os olhos dele cheios de lágrimas, como uma criança que apanhou.

Treinada para raciocinar ou pensar o seu caminho para a esperança, ela pôs as coisas de lado, nem negou, nem afirmou. Vivia em espera como por algum veredito ainda não anunciado.

De repente, ela não conseguia mais esperar. "Francamente, às vezes fico quase com vergonha de dizer que não sou antissoviética", ela ousou declarar uma noite ao jantar.

"Minha querida, você não faz ideia do que está falando", ele sorriu, paternal.

"Mas, Sam, eles estão ajudando Hitler."

"A história ainda não acabou."

Vinte e cinco anos depois, ela se lembraria disso, uma de suas conversas emblemáticas, consciente de que sabia na época que estava perdendo o respeito pela liderança de Sam; e como era estranho isso ter ocorrido por causa de um pacto feito a dezesseis mil quilômetros de distância!

"Mas não devíamos nos opor? Você não devia?", ela perguntou.

A boca dele formou um sorriso que a ela pareceu artificial e ele sacudiu a cabeça com inabalável pena. Foi quando aconteceu o primeiro corte de ódio por ele, a primeira sensação de insulto pessoal. Mas é claro que ela continuou, como se fazia naquele tempo, e mesmo fingiu — não só para ele, mas para si mesma — que tinha absorvido mais uma de suas lições visionárias.

Ela se sentiu paralisada. Foram para a cama frios, com os ventos do mundo soprando em seus rostos. Eles sabiam que não gostavam um do outro essa noite. Mas como ela podia amá-lo se ele ao menos fosse capaz de admitir o quanto estava ferido! Mesmo assim, talvez um casamento pudesse sustentar-se com mais facilidade com as duas partes mentindo em vez de apenas uma. Este deve ser um capítulo para nós, ela pensou. Talvez agora tudo venha a mudar. Ela tocou seu ombro, mas ele parecia dormir alegremente. Fechando os olhos, ela convidou Cary Grant a se inclinar sobre ela e falar ironicamente enquanto desamarrava a incrível gravata e despia sua roupa.

Mas um ano e meio depois, quando Hitler finalmente rompeu o pacto e atacou a Rússia, o Village relaxou de novo, com o fascismo novamente inimigo. Os russos foram heroicos e Janice se sentiu de novo parte dos Estados Unidos, não mais tão horrivelmente envergonhada da associação com Hitler.

Sam Fink se apresentou à divisão de recrutamento da Marinha na rua Church, 90, uma semana depois de Pearl Harbor, mas, com seu nome e nariz, não era material para um oficial naval — o sorriso no rosto divertido do examinador loiro, um tenente de alta patente, não passou desapercebido a Sam, nem a sua ironia naquela guerra antifascista — e então ele se alistou no exército, mais democrático. A recusa foi embaraçosa, mas não inesperada no capitalismo, quando havia anos já muitos estudantes judeus tinham de ir para escolas de medicina escocesas e britânicas, recusados por *numerus clausus* nas instituições americanas. Sam treinou primeiro em Kentucky, depois na escola para oficiais em Fort Sill, Oklahoma, enquanto Janice esperava nos alojamentos de madeira quentes como um forno fora da base. A guerra podia durar oito ou dez anos, estavam dizendo. Mas é claro que ela não devia reclamar, considerando o bombardeio de Londres e a crucifixão da Iugoslávia. Lutando desesperadamente contra a solidão, ela aprendeu taquigrafia e datilografia sozinha para o caso de não conseguir nunca o emprego editorial que começara a procurar em redações de revistas e empresas editoras, que estavam perdendo homens para a guerra.

Mas agora ela estava com vinte e oito anos, e em noites ruins seu rosto entediado — rosto de um cavalo pequeno, em boa forma, ela havia decidido — podia levá-la às lágrimas. Ela então pegava um caderno e tentava escrever seus sentimentos. "Não que eu me sinta definitivamente pouco atraente — sou mais consciente que isso. Mas sim que, de alguma forma, estou sendo mantida à parte de que algo miraculoso me aconteça, para sempre."

Com o apagar de seu amor por Sam, o tempo avançava em retalhos soltos, e ela não conseguia mais encontrar razões para fazer ou não fazer qualquer coisa. Um milagre salvador estava se tornando uma ideia ainda menos que tola. "De alguma forma, quando olho para mim mesma, o miraculoso parece ser mais e mais impossível. Ou este quarto quente está me enlouquecendo?" Ali em Oklahoma, no coração dos Estados Unidos, ela entendeu que secretamente não era parte de nada maior que ela mesma, uma pessoa ridícula. À noite, acordada por uma fileira de tanques que passavam rugindo, ela saía para a varanda do chalé e acenava aos oficiais, cuja parte superior do corpo saía pelas escotilhas superiores, como centauros. A ideia dos rostos familiares daqueles que conhecia sendo explodidos a deixava outra vez perplexa. Ela nunca entendera a vida e agora era a morte que a confundia. Tinha uma única certeza: de que os Estados Unidos eram lindos no combate ao erro! Quando os tanques iam embora, deixando para trás uma chuva de poeira cintilando aos raios de luar, ela ficava ali pensando: "Será que nós nos juntamos porque os dois nos sentimos indesejados?". Essa detestável autoafronta a levava cada vez mais agradecida e com maior frequência à garrafa e com dois drinques ela forçava o pior através dos lábios: "Ele faz amor como quem manda uma carta". E então jogava mais uma do que chamava de suas "notas prostitutas" pela sempre pronta descarga da privada.

Sua raiva, como tudo o mais nesse tempo de guerra, estava em suspenso enquanto durasse. Bêbada, ela enxergava mais amplo; via a si mesma numa espécie de consenso norte-americano secreto para esconder a vilania de suas verdadeiras necessidades. Todo o país de faces rosadas era uma gigantesca fraude? Ou eram apenas os domésticos que, quando estava tudo dito e feito, ficavam — tinham de ficar — infelizes e cheios de ódio? De volta ao chalé, ela se sentava no colchão encaroçado e pensava culpadamente no pobre Sam em seu bivaque, dormindo no chão molhado lá nos pinheirais gotejantes, seu ser forasteiro num pântano de sotaques do Sul. "Que vaca ingrata eu sou", ela disse em voz alta. E caindo de costas no travesseiro úmido: "Esse filho da puta desse Hitler!", e voltou-se para o sono em sua raiva. Algum dia ela teria direito a tempo para algo que não a bondade?

2

Relembrando tudo isso mais tarde, sua colisão com Lionel Mayer, em toda a sua dolorosa mediocridade, a lançara voando para fora dos trilhos de sua antiga vida. Ele e a esposa, Sylvia, uma organizadora de esquerda para o Sindicato dos Jornais, tinham sido seus amigos já havia anos, e por algum milagre ele acabara designado assessor de imprensa da divisão de Sam. Nesse outono, destacado para um bivaque de cinco dias, Sam, desistindo de qualquer pretensão de que sua esposa estava feliz vivendo em torno de acampamentos do exército, pediu a Lionel que a convidasse para jantar em Loveock. Janice ficou vagamente irritada com o encontro; Lionel, com seu cabelo preto, grosso e encaracolado, mãos poderosas e saboroso senso de excesso — tinha a ambição de ser ator —, sempre lhe parecera convidativo à sua curiosidade; ela notara como ele se perdia olhando para mulheres e era fácil fazê-lo representar para ela suas histórias e piadas indecentes. Aos poucos, ela se deu conta, um tanto divertida, de que tinha algum tipo de controle sobre ele. Com Sam ausente, ele a convidou para jantar e ela percebeu de imediato que queria fazer amor com ela. A ideia emitiu uma carga de força poderosa dentro dela, ao lado de uma profunda curiosidade de saber como ele combinava sua natureza cheia de princípios e a timidez com sua esposa a esse ardente interesse por ela — até que ela pensou em seu próprio comportamento.

Nunca estivera sozinha com ele num lugar estranho, e ele se mostrou um homem diferente durante o jantar, segurando a mão dela sobre a mesa, só faltando se oferecer a ela com o olhar.

Calculando o risco, ela achou que era baixo: ele certamente não queria desmanchar seu casamento, assim como ela não queria desmanchar o dela.

"Você tem olhos cinzentos", ele disse, com certa fome que ela achou absurda e necessária.

"Dois deles, é verdade."

Ele caiu na gargalhada, aliviado de não precisar mais de manobras. Ao voltarem do restaurante para o ponto de ônibus, viram a placa do Loveock Rice Hotel acima deles, ele simplesmente pegou a mão dela e levou-a para o saguão. A porteira, uma mulher atarracada que ouvia o rádio e comia ovos cozidos tirados de um embrulho de papel encerado, pareceu reconhecer Lionel, ou pelo menos ficou menos que surpresa por vê-lo, e, distraída, entregou-lhe a chave sem falarem quase nada. Janice sentia as entranhas cedendo como areia diante da ideia dessa experiência. Estava deliciada. Se fosse reconhecida subindo a larga escada de mogno com ele, que fosse; resolveu, surdamente, não deter a força que a levava em frente, para fora de uma vida morta. Lionel baixou sobre ela como uma onda do mar, agitando, invadindo, partindo em pedaços seu passado. Ela havia esquecido as flechas de prazer que existiam adormecidas em sua virilha, as vagas de sentimento que podiam inundar seu cérebro. Enquanto descansavam, uma frase se abriu em sua cabeça: "A chave para o presente é sempre o prazer". Depois, no bangalô, deslizando de volta para o fundo de seu poço, ela estudou o rosto saciado no espelho do banheiro e viu como era de fato dissimuladamente feminina, como era sombria e insincera, e piscou feliz e triste. Passou por sua cabeça que se sentia de novo livre, como se sentiu quando seu pai morrera.

Ao dar o beijo de despedida em Sam Fink no dia em que ele partiu para a Inglaterra, ela pensou que ele nunca estivera tão bonito com a farda, dragonas e linda capa de abotoamento duplo. Mas com a causa sagrada rebrilhando tão nobre em seu rosto, seus olhos, seu sorriso másculo, ela entendeu tristemente que não podia continuar com ele pelo resto da vida; mesmo em seu melhor, ele não seria suficiente. Ela era horrenda, uma fraude total. Ele insistiu que ela ficasse no apartamento e não o acompanhasse ao navio. Havia nele agora uma nova seriedade: "Sei que não sou o homem certo para você, mas...".

A culpa deu-lhe um soco na cara. "Ah, mas é, sim, você é!" Dizer uma coisa dessas quando ele podia estar indo para a morte!

"Bom, talvez a gente se acerte quando eu voltar."

"Ah, meu querido..." Ela o abraçou mais apertado do que jamais quisera antes, e ele a beijou com tanta força na boca de um jeito que nunca havia beijado.

Ainda era difícil para ele falar, muito embora pudesse ser o último momento deles juntos. "Não quero que pense que não sei o que está acontecendo." Ele olhou a parede para escapar dos olhos dela. "Eu simplesmente não levei nós dois a sério o suficiente — quer dizer, em certo sentido — e lamento..."

"Eu entendo."

"Talvez não inteiramente." Ele olhou diretamente para ela agora com seu valoroso sorriso cálido. "Acho que pensei em você como parceira na Revolução, ou algo assim. E deixei de lado todo o resto, ou quase tudo. Como minha única obsessão tem sido o fascismo, isso dominou todo o meu pensamento." Não, meu caro, foi o medo sexual que fez isso. "Mas os Estados Unidos estão em ação agora, não apenas as pessoas como eu, e Hitler está acabado. Então se eu voltar de fato quero que a gente recomece como um casal. Quer dizer, quero começar a ouvir você." Ele sorriu, ficou vermelho. "Essa simples ideia me deixa excitado." Horrorizada consigo mesma, ela sabia que não havia esperança para eles — ele era um encanto, querido, mas nada o impediria de ir a reuniões pelo resto da vida e ela não suportaria mais ser boazinha; ela queria a glória. Puxou a cabeça dele para seus lábios, beijou a testa dele como numa bênção. À sombra da morte, ela pensou, nos despedimos amorosamente. Ele deixou a mão dela deslizar para fora da sua e foi para a porta, onde se virou para olhar para ela uma última vez; romântico! Ela ficou parada à porta olhando enquanto ele esperava o elevador no corredor. Quando a porta se abriu, ela ergueu a mão e mexeu os dedos, sorrindo para ele com ironia. "Orgulhosa de você, soldado!" Ele atirou um beijo e entrou no elevador. Será que ia morrer? Ela se atirou na cama deles, de olhos secos, perguntando-se quem era ela, enquanto se enchia de amor por aquele nobre homem.

Ele podia ficar longe um ano. Talvez dois. Ninguém sabia. Ela se matriculou na Hunter como estudante de história da arte. Era perfeito; seu bom marido na guerra pela melhor causa imaginável e ela em Nova York, não em algum campo do exército esquecido por Deus, fazendo cursos com o professor Oscar Kalkofsky.

A guerra manteve sua garra inexorável no tempo. A "duração" calcificava a maioria das decisões; nada a longo prazo podia ser começado até vir a paz, dentro de talvez cinco ou seis anos, pensava-se então. O que mitigava a frustração era o consolo de ter uma desculpa pronta para tudo que não era feito ou era protelado — como confrontar Sam Fink com um divórcio quando ele estava lutando na Alemanha e podia muito bem ser mandado ao Pacífico para o ataque ao Japão.

Entretanto, de repente a Bomba resolveu tudo e todo o mundo estava voltando para casa. Onde ela ia encontrar forças para dizer a Sam Fink que não podia mais ficar com ele? Tinha de encontrar um emprego, uma independência a partir da qual se dirigir a ele. Caminhou sem parar por Manhattan, tensa, meio zangada, meio temerosa, tentando conjurar uma carreira para si mesma e finalmente foi um dia procurar o professor Kalkofsky para falar não de arte, mas de sua vida.

Meses antes, cansada de andar, ela havia parado na loja Argosy na Quinta Avenida, para descansar e procurar alguma coisa para ler, e estava conversando com Peter Berger, filho do dono e patrão imediato de Sam, quando o professor entrou. Quase imediatamente, seu sorriso tranquilo, autoirônico e seu seco fatalismo a atraíram, uma afetação de tédio tão patentemente sedutora que a divertiu. E o olhar dele ficava baixando para suas pernas, a melhor parte dela.

Um gigante delicado, de cabelo platinado, sentado com acadêmico decoro em seu escritório uma tarde, os dois sapatos enormes pisando o chão, o cachimbo fumegando na mão direita, com dois dedos tortos, quebrados pelo torturador nazista, que falavam de uma realidade que o oceano Atlântico havia esterilizado antes de ele chegar à América. Tinha certeza de que ele não só se interessara por ela, como não tinha a menor intenção de um futuro relacionamento; seus olhos espertos e boca severa, alguma determinação em sua inexpressa solicitação a ela e o discurso tranquilo daquele dia — tudo parecia estar solenemente tomando conta do corpo dela. Apesar da constituição musculosa, havia algo feminino nele; talvez, ela pensou, porque, diferentemente da maioria dos homens, ele com certeza não temia o sexo.

"Não é muito complicado, sra. Fink." Ela gostou de ele ainda não usar seu primeiro nome e esperava, se fizessem amor, que ele continuasse a chamá-la de sra. Fink na cama. "Depois de uma guerra assim, será preciso combinar duas tendências contraditórias. Primeira, glamorizar, como vocês dizem, os modos cooperativos na nova sociedade; ao mesmo tempo, incorporar ética de prazer que com certeza vai varrer o mundo depois de tanta privação. Isso quer dizer o seguinte: fazer o que é oferecido, pedir por isso se não for oferecido, não se arrepender de nada. O elemento arrependimento é o principal; quando a pessoa aceita que escolheu ser o que é, por incrível que pareça, então arrependimento é impossível. Fomos escravos dessa guerra e do fascismo. Se comunismo chega à Polônia e à Europa, não vai durar muito em países do renascimento. Então agora estamos livres, a escravidão terminou, ou terminará logo. Vamos ter de aprender como selecionar personalidade e assim ser livre."

Ela havia lido filosofia existencialista, que nunca a seduzira antes, armada como estava pela década de marxismo puritano que se seguiu à malfadada era do jazz de seu pai. Mas havia outra fascinação: europeus gostavam de falar de temas com ligações subjacentes em vez de meros acontecimentos desconexos, e ela adorava isso, achando que talvez pudesse se entender se conseguisse apenas generalizar com precisão. Mas jamais aconteceu de fato. Como se soubesse disso há muito tempo — o que de certa forma era verdade —, ela começou a falar de sua vida. "Eu me dou conta de que não tenho nenhum estilo padrão, mas…" Ele não interrompeu com nenhum falso elogio tranquilizador, o que queria dizer que a aceitava exatamente como era. Isso a animou com súbitas possibilidades. "Mas eu… esqueci o que ia dizer." Ela riu, a cabeça cheia de luzes, admitindo a fome por algo que pudesse acontecer entre eles, além da fala.

"Acho que o que está dizendo é que sente que nunca fez realmente uma escolha na vida."

Claro! Como ele podia saber daquilo? Ela estava à deriva, sem nenhum objetivo real… Ela sentiu o cabelo, achando, de repente, que podia estar embaraçado.

E ele disse: "Sei disso porque vejo quanta expectativa existe em você". Claro, era isso! "Quase todo sofrimento é tolerável se foi você que escolheu. Eu estava em Londres quando atacaram a Polônia, mas eu sabia que tinha de voltar, e sabia também o quanto isso era perigoso. Quando ele quebrou meus dedos, entendi por que a Igreja é tão forte — ela foi construída por homens que escolheram sofrer por ela. Minha dor também era escolhida, e essa dimensão de escolha, sabe?, tornou a dor significativa: não era desperdício, não era um nada."

Então ele simplesmente estendeu o braço por cima do braço da cadeira, pegou a mão dela, puxou-a para si e meditativamente beijou seus lábios, fechando os olhos como se ela simbolizasse alguma coisa para ele e para seu sábio sofrimento europeu. Ela entendeu imediatamente o que a ânsia de anos dentro dela era realmente — apenas que ela nunca havia escolhido de fato Sam, ele meio que acontecera a ela porque — sim, porque ela nunca havia pensado em si mesma dessa forma, como uma mulher de valor escolhendo admitir a si mesma. Ele deslizou a mão por baixo da roupa dela e até mesmo o cinismo de sua fria perícia a satisfez com insolente consciência.

Ela olhou para ele ajoelhado no chão, com o rosto enterrado entre suas coxas. "Adoro saber o que estou fazendo, você não gosta?", ela disse, e riu.

O rosto dele era largo e muito branco, os ossos grandes e fortes. Ele olhou para ela, fez uma boca irônica, bem próximo do riso. Que delícia saber, como ela sabia agora, que não significava nada para ele!

3

Depois da volta de Sam em setembro, passaram-se longos meses culpados em que ela não ousava lhe dizer que não podia mais suportar a vida com ele. Isso ocorreu por acaso.

Puxar o assunto havia sido difícil porque ele se comportava de novo como se nunca tivesse um problema; e não ajudava nada que, em algum lugar dentro dele, Sam assumisse boa dose de crédito pela destruição do fascismo. Seu marxismo profético havia se comprovado no poder da Rússia no pós-guerra e na extinção do fascismo, e o colocara conscientemente como participante da história, e nobremente ainda por cima. Um novo tom, algo próximo da arrogância, uma qualidade que ela antigamente desejara para ele, a irritava agora que seus espíritos haviam se separado. Mas o que a fez falar foi a insinuação que ele fez uma tarde de ter possuído à força uma fazendeira alemã que lhe dera abrigo numa tempestade uma noite.

Ela sorriu, fascinada. "Me conte. Ela era casada?"

"Ah, claro. O marido estava na guerra; ela achava que ele havia sido capturado ou morto em Stalingrado."

"Quantos anos — moça?"

"Uns trinta, trinta e dois."

"Bonita?"

"Bom, meio pesada." Em seu riso áspero ela viu que ele provavelmente decidira não ser mais obsequioso com ela. O ato sexual, desde sua volta, havia sido nitidamente dominador, mas não menos inapto que antes; ele manejava melhor o corpo dela, mas seus sentimentos pareciam não ter espaço na cabeça dele.

"E o que aconteceu? Me conte."

"Bom, na Baváría... Estávamos retidos numa prefeitura semibombardeada com o vento soprando pelas janelas e eu com um resfriado de matar. Chegando à cidade, notei essa casa, a uns quinhentos metros adiante na rua, que parecia firme e tinha fumaça saindo pela chaminé. Então fui até lá. Ela me deu sopa. Era burra demais para esconder a bandeira nazista pendurada em cima do retrato do marido. Ficou tarde e eu..." Ele apertou os lábios de um jeito bonito, esticou as pernas, cruzou as mãos atrás da cabeça. "Você quer mesmo saber?"

"Claro, meu bem, você sabe que eu quero que conte."

"Tudo bem. Eu disse que queria passar a noite ali e ela me mostrou um quartinho minúsculo perto da cozinha. E eu disse: 'Olhe, sua vaca nazista, eu vou dormir na melhor cama desta casa...'."

Ela riu, excitada. "Que maravilha. E o que ela fez?"

"Bom, ela deixou eu ficar com a cama dela e do marido." Ele parou aí.

Ela sentiu a pausa e abriu um sorriso. "Então? Conte, o que aconteceu?" Ele estava vermelho, mas orgulhoso. "Ela era gostosa ou não? Vamos! Ela te agarrou?"

"Nada disso. Era uma nazista de verdade."

"Quer dizer que você estuprou a mulher?"

"Não sei se eu chamaria de estupro", ele disse, claramente esperando que sim.

"Bom, ela queria ou não?"

"Que diferença faz? Não foi nada mau."

"E quanto tempo você ficou com ela?"

"Só duas noites, até nós seguirmos em frente."

"E ela já tinha ficado antinazista?" Ela sorriu para ele.

"Eu não perguntei."

O orgulho dele a enchia de surpresa e alívio. "E tinha tranças loiras e corpete?"

"Corpete não."

"Mas tranças loiras?"

"Para falar a verdade, tinha."

"E peitos grandes?"

"Bom, foi na Bavária", ele disse antes que pudesse se conter, e os dois caíram na gargalhada. No momento, ela não sabia por quê, mas de repente estava livre, livre dele, livre de seu passado, da Revolução, até da última obrigação involuntária. Ela sentiu uma felicidade ao se levantar, ir até a poltrona dele, curvar-se e beijar sua tonsura. Ele ergueu para ela um olhar de amor e orgulho por ter superado uma inibição, e ela sentiu dor pela falta de jeito dele, que percebeu que nunca o deixaria. Ele estava completo agora, não iria além de seus limites atuais.

"Vou deixar você, Sam", ela disse, um toque de humor ainda na voz. De repente, não precisava mais estender a mão para apoiá-lo. Ele ficaria bem.

Depois da descrença dele, do choque e da raiva, ela disse: "Você vai ficar bem, querido". Preparou um martíni e cruzou as pernas debaixo do corpo no sofá como para uma boa conversa. Que excelente não precisar mais de ninguém, não se sentir nem puxada nem recusada; de repente, havia tempo para simplesmente se interessar por ele.

"Mas para onde você vai?" De fato, era como se, com um rosto como o dela, ele fosse seu único porto no mundo.

O insulto era ainda pior porque ele não se dava conta do insulto, e ela instantaneamente sentiu raiva do tempo que perdera com ele. Tinha desenvolvido um jeito de rir baixo quando magoada, de encolher o queixo e olhar para seu oponente com as sobrancelhas erguidas, depois desenrolar suas ironias como um carretel de arame. "Bom, agora que você tocou no assunto, não interessa a mínima para onde eu vou, uma vez que para todos os propósitos e finalidades não estou em lugar nenhum agora." Ela esperou um instante. "Não acha, Sam?"

4

Com sua surrada ornamentação parisiense, o Crosby Hotel, da Setenta e Um com a Broadway, continuava bem decente na época, no final da guerra, e era maravilhoso ter um quarto em que não havia nada dela mesma. Que fantástico não ter futuro! Livre outra vez. Lembrava um pouco o Voltaire no *quay* em 1936, com seu pai no quarto ao lado, batendo na parede para acordá-la para o café da manhã. Ela tivera a audácia de ligar para Lionel Mayer — "Pensei se precisaria de alguém para datilografar" — e brincou com ele ao telefone como uma adolescente, exibindo-se para ele e recolhendo tudo quando pressionada; era claro que, sem guerra para dirigir sua vida, ele estava tão perdido como ela, um jovem profundamente infeliz posando de *pater familias*, e logo ele estava parado com os genitais apertados contra sua nuca enquanto ela datilografava um artigo que ele escrevera para a *Collier's* sobre sua experiência filipina. Mas ela não tinha ilusões, ou apenas as meramente inevitáveis que duravam apenas enquanto ele estava dentro dela, e quando estava sozinha o seu vazio doía e ela sentia medo por si mesma, passando dos trinta já, e sem ninguém.

Herman veio uma vez ver como ela vivia. Tinha perdido algum peso. "Basta de trens; agora vou de avião. Estou comprando em Chicago — dá para pegar metade da cidade em troca de feijões." Ele sentou olhando reprovadoramente a Broadway próxima aos bairros. "Isto aqui é um lixo, minha irmã; você escolheu um verdadeiro depósito de lixo para desperdiçar sua vida. Qual o problema de Sam? Intelectual demais? Achei que você gostava de intelectuais. Por que não vem comigo? Fundamos uma companhia, as cidades estão cheias de grandes vendas, podemos empregar dez, quinze por cento e ser donos de um prédio, fazer hipotecas para reformar, elevar os aluguéis o quanto quisermos e ir embora com cinquenta por cento em cima de seu dinheiro."

"E o que acontece com as pessoas que moram nesses prédios?"

"Elas começam a pagar um aluguel decente ou vão para um lugar de acordo com suas posses. É economia, Janice. O país não depende mais da previdência, estamos chegando ao maior boom que já houve, os anos 1920 de novo. Suba para bordo e saia deste lixo." Ele agora usava óculos, quando se lembrava de colocá-los. Ele os pôs para mostrar a ela. "Estou fazendo trinta e seis anos, baby, me sentindo incrível. E você?"

"Eu espero ficar feliz, mas ainda não estou incrível. Só que não vai pegar meu dinheiro para jogar as pessoas na rua. Desculpe, meu bem." Ela queria trocar de meias, ainda usava seda apesar do náilon, que sentia pegajoso no corpo. Ao abrir uma gaveta da velha cômoda, sentiu o puxador sair em sua mão.

"Como pode viver neste lixo, com tudo caindo aos pedaços?"

"Gosto de tudo caindo aos pedaços; é menos competição para quando eu começar a cair aos pedaços."

"A propósito, você nunca achou as cinzas dele, achou?"

"O que nos levou a isso?"

"Não sei. Estava lembrando apenas, porque foi aniversário dele no mês de agosto." Ele coçou a perna pesada e olhou pela janela outra vez. "Ele daria o mesmo conselho. Quem tem cabeça vai ficar milionário dentro dos próximos cinco anos. Os imóveis em Nova York estão com preços abaixo do normal e são milhares de pessoas rodando em busca de apartamentos decentes. Eu preciso ter ao meu lado alguém em quem eu possa confiar. A propósito, o que você faz o dia inteiro? Estou falando sério, você está me parecendo estranha, Janice. Parece que não está mais com a cabeça concentrada. Estou errado?"

Ela desenrolou a meia ao longo da perna, tomando cuidado para manter a costura reta. "Não quero a mente concentrada, quero que esteja receptiva para o que existe à minha volta. Acha isso estranho, desonroso? Estou tentando descobrir o que fazer para viver como uma pessoa. Leio livros, leio romances filosóficos de Camus e Sartre, leio poetas mortos como Emily Dickinson e Edna St. Vincent Millay e também…"

"A mim me parece que você não tem amigo nenhum. Tem?"

"Por quê? Amigos deixam rastro? Talvez eu não esteja pronta para ter amigos. Talvez não tenha nascido inteiramente ainda. Os hindus acreditam, sabe?, eles acham que a gente continua nascendo e renascendo a vida inteira, algo assim. A vida é muito dolorosa para mim, Herman."

Lágrimas surgiram em seus olhos. Aquela pessoa ridícula era seu irmão, a última pessoa do mundo em quem ela pensaria confiar, no entanto confiava nele mais que em qualquer outra pessoa que conhecia, por mais ridículo e acima do peso que fosse. Sentou-se na cama e o viu numa oblíqua luz cinzenta que vinha da janela suja, uma jovem bolha cheia de planos e da alegria da ambição.

"Adoro esta cidade", ela disse, sem nenhum objetivo especial em mente. "Sei que existem maneiras de ser feliz nela, mas não encontrei nenhuma. Mas sei que estão por aí." Foi até a outra janela fronteira e abriu a cortina de renda suja, olhou a Broadway lá embaixo. Dava para sentir o cheiro da fuligem na janela. Uma garoa leve começara a cair.

"Vou comprar um cadillac novo."

"Eles não são imensos? Como consegue dirigir aquilo?"

"Como seda. Você flutua. É fantástico. Estamos tentando ter filho de novo; não quero um carro que sacuda a barriga dela."

"Você está mesmo tão seguro como parece?"

"Totalmente. Venha comigo."

"Acho que não quero ficar tão rica."

"Acho que você ainda é comunista."

"Acho que sim. Tem alguma coisa errada em viver para o dinheiro. Não quero começar."

"Pelo menos saia desses títulos e entre no mercado de ações. Você está perdendo dinheiro literalmente a toda hora."

"Estou? Bom, não estou sentindo isso, então que se dane."

Ele gemeu para levantar e abotoou o paletó azul, puxou a gravata, pegou o sobretudo das costas de uma cadeira. "Não vou te entender nunca, Janice."

"Somos dois, Herman."

"O que você vai fazer o resto do dia? Assim, só como exemplo."

"Exemplo de quê?"

"Do que você faz com seus dias."

"Passam filmes antigos na rua Setenta e Dois; talvez eu vá lá. Acho que tem Garbo."

"No meio de um dia de semana."

"Adoro ir ao cinema quando está garoando."

"Quer ir jantar em casa comigo?"

"Não, meu bem. Posso sacudir a barriga dela." Ela riu e logo o beijou para apagar o veneno da observação, tão inesperada para ela como para ele. Mas na verdade não queria filhos, nunca.

"O que você quer da vida, você sabe?"

"Claro que sei."

"O quê?"

"Diversão."

Ele sacudiu a cabeça, aturdido. "Não arranje problemas", disse ao sair.

5

Ela adorava Garbo, qualquer coisa em que ela estivesse, era capaz de assistir a duas sessões até do mais maçante dos filmes dela, o que aliviava sua ironia. Ela adorava ser lançada ao mar por aquelas histórias fantasiosas e suas hilárias banheiras em forma de cisne e torneiras de cabeça de águia, as escorridas portas, janelas e cortinas barrocas. Hoje em dia esse glorioso mau gosto a alegrava a ponto de levitar, de histeria, a liberava de toda sua educação, a religava a seu país. Dava-lhe vontade de subir a uma cobertura e gritar alegremente às estrelas quando a atriz emergia de um nobre rolls branco sem jamais enganchar um salto num vestido longo e colante. E como era indizivelmente glorioso Garbo "relaxando" langorosa numa *chaise*, o tédio mundano de suas pausas quilométricas enquanto disputava caprichosamente com seu galã — Janice às vezes tinha de cobrir o rosto para não olhar quando Garbo dava às suas pálpebras de cerâmica permissão para prazerosamente se fecharem ao beijo há muito protelado de Barrymore. E claro que os malares de Garbo e a luminosidade fabulosa de sua pele perfeitamente branca, os planos encovados de suas faces — aquela mulher era uma prova de Deus. Janice podia ficar durante uma hora em sua cama de hotel, olhando o teto, quase sem piscar com o rosto de Garbo pairando diante de seus olhos. Podia ficar parada diante dos espelhos de sua penteadeira, que cortavam a imagem na altura do pescoço, e descobrir seu corpo surpreendentemente pronto e vivo, com um certo fluxo, especialmente de lado, o que enfatizava suas coxas bonitas.

6

A rangente porta do elevador se abriu uma tarde e ela viu parado diante dela um homem bonito de seus quarenta anos, ou talvez começo dos cinquenta, com bengala em uma mão e pasta na outra. Com um andar estranho de costas retas ele entrou no elevador, e Janice só se deu conta de que era cego quando ele parou a menos de quinze centímetros dela e se virou para ficar de frente para a porta erguendo ligeiramente os pés em vez de simplesmente girar sobre eles. Havia um corte de barbeador em seu queixo.

"Está descendo, está?"

"Está, sim, descendo." Ela sentiu o peito contrair. Uma liberdade tão próxima, uma liberação tomou conta dela quando, por um instante, ele a encarou sem ver.

No saguão, ele saiu em linha reta pelo piso de ladrilhos até as portas de vidro para a rua. Ela seguiu atrás dele e depressa o circundou para abrir a porta para ele. "Posso ajudar?"

"Não precisa. Mas muito obrigado."

Ele saiu para a rua, virou diretamente à direita na direção da Broadway e ela correu para ficar ao lado dele. "Vai para o metrô? Quer dizer, estou indo para lá, se quiser que fique com você."

"Ah, seria ótimo, sim. Obrigado, se bem que eu posso ir sozinho."

"Mas como eu estou indo também…"

Ela caminhou ao lado dele, surpresa com seu bom ritmo. Que vida naquelas pálpebras tremulantes! Era como caminhar com um homem que enxergava, mas a liberdade que ela sentiu ao lado dele trouxe-lhe lágrimas de felicidade aos olhos. Ela se viu pondo todo o sentimento na voz, que de repente saía de sua boca com a inocência aberta de uma menina.

A voz dele tinha um tom seco e uniforme como se pouco usada. "Faz tempo que mora no hotel?"

"Desde março." E acrescentou sem hesitar. "Desde meu divórcio." Ele fez que sim com a cabeça. "E você?"

"Ah, eu moro aqui há cinco anos já. As paredes do décimo segundo andar são quase à prova de som, sabe?"

"Você toca algum instrumento?"

"Piano. Sou da Decca, divisão de música clássica; escuto muitos discos em casa."

"Interessante." Ela sentiu o prazer dele com essa conversa gostosa, sem tensão, dava para sentir sua gratidão pela companhia ao caminharem. Ele devia ser solitário. As pessoas provavelmente o evitavam ou eram formais ou atenciosas demais. Mas ela nunca se sentira tão segura de si, tão livre para lidar com uma pessoa estranha e por um momento celebrou esse instinto.

No alto da escada do metrô, ela pegou em seu braço com um toque leve, como se ele fosse um pássaro que ela podia espantar. Ele não resistiu e na catraca insistiu em pagar a passagem dela com um punhado de moedas que tinha prontas. Ela não fazia ideia de para onde ele ia, nem para onde podia fingir estar indo.

"Como sabe onde descer?"

"Eu conto as paradas."

"Ah, claro. Que bobagem."

"Vou à rua Cinquenta e Sete."

"É para lá que estou indo."

"Trabalha por lá?"

"Na verdade, eu ainda estou me instalando. Mas à procura de alguma coisa."

"Bom, não vai ter problema nenhum; você parece muito jovem."

"Para falar a verdade, eu não estava indo para lugar nenhum. Só queria ajudar você."

"É mesmo?"

"É."

"Como é seu nome?"

"Janice Sessions. E o seu?"

"Charles Buckman."

Ela queria perguntar se ele era casado, mas claramente não devia ser, não podia ser; alguma coisa nele era profundamente auto-organizada e não refém de nada nem de ninguém.

Na rua, ele parou na calçada, de frente para os bairros. "Vou ao Athletic Club na Cinquenta e Nove."

"Posso caminhar com você?"

"Claro. Faço exercícios durante uma hora antes do escritório."

"Parece estar em muito boa forma."

"Devia fazer. Se bem que acho que você deve estar em boa forma também."

"Como sabe?"

"Por seu jeito de pisar."

"É mesmo?"

"Ah, é, isso revela muita coisa. Me dê a mão."

Depressa ela pôs a mão esquerda na mão direita dele. Ele apertou a palma dela com o indicador e o dedo médio, depois apertou a saliência abaixo do polegar dela e soltou sua mão. "Você está bem em forma, mas seria uma boa coisa nadar; seu fôlego não é muito grande."

Ela ficou embaraçada com a rapidez de seu estranho conhecimento dela. "Talvez eu nade." Ela odiava fazer exercícios, mas prometeu a si mesma começar assim que pudesse. Debaixo da marquise cinzenta do Athletic Club, ele diminuiu o passo até parar e virou-se para ela. Pela primeira vez ela pôde olhar por mais de um instante, além das pálpebras tremulantes, diretamente dentro de seus olhos castanhos. Sentiu que ia sufocar de surpresa gratidão, porque ele estava sorrindo ligeiramente, como se satisfeito de ser visto olhando para ela com tanta intimidade naquele lugar muito público. Ela se sentiu mais ereta do que jamais esteve desde que nascera.

"Estou no 1214 se quiser subir para um drinque."

"Eu adoraria." Ela riu diante da própria aceitação instantânea. "Preciso lhe dizer", ela falou e ouviu a si mesma com um terror de constrangimento, mas resolveu não recuar diante da necessidade de explodir em si mesma. "Você me deixou incrivelmente feliz."

"Feliz? Por quê?"

Ele estava começando a corar. Ela se surpreendeu de o constrangimento conseguir penetrar seu rosto quase imóvel.

"Não sei por quê. Simplesmente fez. Sinto que você me conhece melhor que qualquer outra pessoa. Desculpe por ser tão tola."

"Não, não. Por favor, não deixe de vir hoje à noite."

"Ah, eu vou."

Ela sentiu que podia se esticar e beijar os lábios dele que ele não se importaria, porque ela era bonita. Ou sua mão era.

"Pode apagar a luz, se quiser."
"Não sei. Talvez eu prefira a luz acesa."
Ele tirou a cueca, tateou a beira da cama com a canela e deitou a seu lado enquanto ela olhava o seu rosto cego. A mão dele descobriu o corpo dela, bom, contente. Era toque puro, verdade pura além das palavras, tudo o que ela era movimentava-se através da mão dele como água descongelada. Ela estava livre de toda a sua vida e o beijou com intensidade e ternura, rezando para que existisse um Deus que a impedisse de errar com ele, e movimentou as mãos dele para onde queria que estivessem, dominando-o e se escravizando ao mais leve dos movimentos dele.

Numa pausa, ele passou os dedos por seu rosto e ela prendeu a respiração, ouvindo a respiração dele suspensa enquanto sentia a curva de seu nariz, o lábio superior longo e a testa, pressionando de leve os malares — descobrindo, ela tinha certeza, que não eram nada especiais, enterrados num rosto redondo, mas firme.

"Não sou bonita", ela mais perguntou que afirmou.
"É, sim, onde é importante para mim."
"Consegue saber como eu sou?"
"Muito bem, sim."
"Tudo bem mesmo?"
"Que diferença pode fazer para mim?" Ele rolou para cima dela, colando a boca à dela, depois se deslocando por seu rosto, lendo-o com os lábios. Seu prazer despejou-se nela outra vez.

"Vou morrer aqui, meu coração vai parar bem aqui debaixo de você, porque não preciso de nada além disto e não consigo suportar."

"Gosto de você ciciar."

"Gosta? Não parece infantil?"

"Parece. Por isso é que eu gosto. De que cor é o seu cabelo?"

"Pode imaginar cores?"

"Acho que posso imaginar preto; é preto?"

"Não, é meio castanho, castanho ligeiramente avermelhado, e muito liso. Vai até quase o ombro. Tenho a cabeça grande e a boca mais para o grande também, sou ligeiramente prognata. Mas ando bem, talvez de um jeito bonito segundo algumas pessoas. Adoro andar de um jeito sexy."

"Sua bunda tem uma forma maravilhosa."

"É, esqueci de contar isso."

"Me excitou passar a mão nela."

"Fico contente." E ela acrescentou: "Estou estupendamente contente".

"E como eu sou para você?"

"Acho que você é um homem esplendidamente bonito. Tem a pele escura, o cabelo castanho repartido do lado esquerdo, o queixo forte, bem formado. Seu rosto é meio retangular, acho, tem um jeito tranquilo, silencioso. Você deve ser entre oito e dez centímetros mais alto que eu, seu corpo é esguio, mas não magro. Acho que você é espetacular."

Ele riu e rolou de cima dela. Ela segurou seu pênis. "E isto é a perfeição." Ele riu e beijou-a de leve. Depois adormeceu silenciosamente. Ela ficou deitada ao lado dele sem ousar se mexer e acordá-lo para a vida e seus perigos.

No final dos anos 1970, morando no Village, ela leu no jornal que o Crosby Hotel seria demolido para dar lugar a um prédio de apartamentos. Ela agora trabalhava como voluntária numa organização de direitos civis, monitorando violações entre Leste e Oeste, e resolveu tirar uma hora a mais depois do almoço, para ir até os bairros e ver o velho hotel mais uma vez, antes que desaparecesse. Estava com seus sessenta anos agora, e Charles morrera no sono pouco mais de um ano antes. Ela saiu do metrô, seguiu a rua lateral e descobriu que o décimo segundo andar já havia desaparecido. Comicamente desaparecido, na verdade; o cubo onde Charles havia avaliado cuidadosamente gravações de Mozart, Schubert e Beethoven era agora o céu azul aberto. Ela se encostou num prédio mais adiante na rua e ficou olhando os homens desmantelando as paredes de tijolos com surpreendente facilidade. Então era mais ou menos apenas a gravidade que mantinha o prédio em pé! Dava para ver dentro dos quartos, as diferentes cores que as pessoas escolheram com tanto cuidado para pintar as paredes, o cuidado que havia sido posto em escolher o tom correto! A cada pedaço de alvenaria que ia para o chão, nuvens revoltas de poeira subiam no ar. Cada geração participa da cidade de um jeito, como formigas levando raminhos. Logo estariam chegando ao seu antigo quarto. Uma perplexidade vazia tomou conta dela. De sessenta e um anos de vida, ela havia tido vinte bons. Nada mau.

Pensou nas dezenas de recitais e concertos, jantares em restaurantes, no absoluto do amor de Charles, em sua confiança nela, que se tornara seus olhos. De certa forma, ele a virara pelo avesso, de forma que ela passou a olhar para o mundo em vez de prender a respiração para o mundo olhar para ela e reprovar. Ela foi até mais perto das portas de entrada do hotel e ficou ali, do outro lado da rua, sentindo o odor assombrado, fresco de terra, do edifício moribundo, tentando recapturar aquela primeira vez em que caminhara com ele para a rua, até o metrô, o último dia de sua domesticidade. Tinha comprado um perfume novo e ele flutuou no ar até ela no ar empoeirado e a satisfez.

Voltou para a Broadway, passou pelas bancas de frutas, pelos restos de colisões nas sarjetas, os pedaços de borda de pizza dos comensais de rua da cidade, cascas e bagaços de frutas, uma bota perdida e uma gravata rasgada, uma mulher sentada na calçada penteando o cabelo, meninos negros gritando em torno de uma bola de basquete, a implosão de causas, emergências, propósitos que havia passado por ela e que não tinha mais a força de evocar do passado que desaparecia depressa. E Charles, de braço dado com ela, caminhando imperturbavelmente por aquilo tudo com seu chapéu enfiado na cabeça, o cachecol roxo bem enrolado no pescoço, assobiando baixo mas com tanta força o poderoso tema principal de *Harold in Italy*. "Oh, Morte, oh, Morte", ela disse em voz alta, esperando na esquina o sinal mudar enquanto um traficante de drogas adolescente passava devagar com sua BMW nova, a música de rap explodindo desafiadoramente no rosto dela. Ela atravessou com o sinal verde, cheia de deslumbramento pela sorte de ter vivido na beleza.

PRESENÇA

# Buldogue

Ele viu aquele minúsculo anúncio no jornal: "Filhotes de *black brindle bull*, três dólares cada". Tinha uns dez dólares do trabalho de pintura que ainda não depositara, mas nunca haviam tido um cachorro em casa. O pai estava tirando uma longa soneca quando a ideia lhe veio à mente, e a mãe, no meio de uma partida de bridge quando ele perguntou a ela se podia, encolheu os ombros, distraída, e descartou uma carta. Ele ficou andando pela casa tentando resolver e foi sendo dominado pela sensação de que era melhor correr antes que alguém comprasse o cachorrinho primeiro. Em sua cabeça, um dos cachorrinhos já pertencia a ele — era o seu cachorro e o cachorro sabia disso. Não fazia ideia de que cara tinha um *brindle bull*, mas parecia forte e maravilhoso. E tinha os três dólares, embora se amargurasse de pensar em gastá-los quando estavam passando por problemas tão sérios de dinheiro com o pai na bancarrota de novo. O pequeno anúncio não falava quantos filhotes eram. Talvez houvesse apenas dois ou três, que podiam já ter sido comprados.

O endereço era na rua Schermerhorn, de que nunca ouvira falar. Telefonou e uma mulher de voz rouca explicou como chegar lá, que linha tomar. Ele ia sair do bairro de Midwood pela linha elevada Culver, de forma que teria de fazer baldeação na avenida Church. Anotou tudo e repetiu para a mulher. Ela ainda estava com os cachorrinhos, graças a Deus. Levava mais de uma hora, mas, como era domingo, o trem estava quase vazio e com a brisa que entrava pelas molduras de madeira das janelas abertas era mais fresco ali dentro que na rua. Lá embaixo, em terrenos baldios, viu velhas italianas, cabeças cobertas com lenços vermelhos, curvadas recolhendo dentes-de-leão nos aventais. Seus colegas de escola italianos diziam que era para o vinho e para a salada. Ele se lembrava de ter experimentado um pouco uma vez, quando estava jogando beisebol no terreno perto de casa, mas era amargo e salgado como lágrimas. O velho trem de madeira, praticamente vazio, sacudia e estralejava ligeiramente na tarde quente. Passou por cima de um quarteirão onde havia homens parados na entrada de suas casas lavando os carros como se fossem elefantes com calor. Uma poeira agradável flutuava no ar.

O bairro da rua Schermerhorn era uma surpresa, completamente diferente do dele, Midwood. As casas eram de pedra marrom e não tinham nada a ver com as casas de madeira de seu bairro, construídas apenas poucos anos antes ou, nos casos mais antigos, nos anos 1920. Até as calçadas pareciam velhas, com grandes quadrados de pedra em lugar de cimento, e tufos de grama crescendo no espaço entre eles. Dava para perceber que ali não viviam judeus, talvez porque fosse tão silencioso e desanimado e não houvesse ninguém sentado ao ar livre, tomando sol. Muitas janelas estavam abertas, com gente sem expressão apoiada nos cotovelos olhando para fora e gatos deitados em alguns parapeitos; havia mulheres de sutiã e homens de cueca e camiseta tentando se refrescar na brisa. Sentia o suor escorrendo pelas costas, não só pelo calor, mas também porque agora se dava conta de que era o único a querer o cachorro, uma vez que seus pais não tinham realmente dado uma opinião e o irmão, que era mais velho, dissera: "O quê? Está maluco, gastar seus poucos dólares com um cachorro? Quem sabe se vai prestar? E o que vai dar para ele comer?". Tinha pensado em osso, mas o irmão, que sabia sempre o que estava certo ou errado, berrou: "Osso! Eles ainda não têm dentes!". Bom, talvez sopa, resmungara. "Sopa! Vai dar *sopa* para um cachorrinho?" De repente, viu que tinha chegado ao endereço. Parado ali, sentiu o chão sumir e entendeu que estava tudo errado, como se fosse um de seus sonhos ou uma mentira que burramente tentasse defender como verdade. Sentiu o coração bater mais rápido e o rosto ficar vermelho e seguiu em frente mais meio quarteirão. Era a única pessoa na rua vazia e de algumas janelas olhavam para ele. Mas como voltar para casa depois de ter ido tão longe? Parecia estar viajando há semanas, um ano. E agora voltar para o metrô sem nada? Talvez devesse ao menos dar uma olhada no cachorrinho, se a mulher deixasse. Tinha procurado no *Livro do conhecimento*, em que há duas páginas inteiras com imagens de cachorros, e lá estava um buldogue inglês branco com as pernas da frente tortas e dentes saindo do maxilar inferior, e um pequeno *bull boston* branco e preto, e um pit bull de focinho comprido, mas nenhuma imagem de um *brindle bull*. No fim das contas, a única coisa que sabia de verdade sobre *brindle bulls* é que custavam três dólares. Mas tinha de, ao menos, dar uma olhada nele, no seu cachorrinho, de forma que voltou pelo quarteirão e tocou a campainha do subsolo, como a mulher havia orientado. O toque era tão alto que ele se assustou, mas sentiu que se saísse correndo e ela aparecesse a tempo de vê-lo seria ainda mais embaraçoso, de forma que ficou ali, com o suor escorrendo pelo lábio.

Uma porta interna debaixo da escada se abriu, apareceu uma mulher que olhou para ele por entre as barras de ferro empoeiradas do portão. Usava uma espécie de penhoar, de seda rosa-clara, que segurava fechado com a mão, e tinha cabelo preto e comprido até os ombros. Não ousou olhar direto para o rosto dela, então não sabia que cara tinha exatamente, mas dava para sentir como estava tensa ali atrás do portão fechado. Sentiu que ela não fazia ideia do porquê de ele tocar a campainha e depressa perguntou se ela era a pessoa que havia colocado o anúncio. Ah! Ela mudou na mesma hora, destrancou o portão e abriu. Era mais baixa que ele e tinha um cheiro peculiar, como uma mistura de leite e ar viciado. Entrou atrás dela no apartamento, tão escuro que ele mal conseguia enxergar em torno, mas dava para ouvir o ganido alto dos filhotinhos. Ela precisou gritar para perguntar onde ele morava e quantos anos tinha, e quando ele contou que tinha treze, ela bateu a mão na boca e disse que era muito alto para a idade, só que não entendia por que isso parecia embaraçá-la, a não ser talvez que ela tivesse pensado que tinha quinze, como pensavam às vezes. Mas mesmo assim. Foi atrás dela até a cozinha, nos fundos do apartamento, onde finalmente conseguiu enxergar em torno, agora que estava longe do sol havia alguns minutos. Dentro de uma caixa de papelão recortada de qualquer jeito para ficar mais rasa, viu três filhotinhos e a mãe, que olhava para ele, sentada com a cauda mexendo devagar para um lado e outro. Pensou que ela não parecia um buldogue, mas não teve coragem de dizer isso. Era só uma cadela marrom com umas manchas pretas e umas listas aqui e ali, e os cachorrinhos eram iguais. Ele gostou muito do jeito que as orelhinhas deles ficavam penduradas, mas disse à mulher que queria ver os filhotes e que ainda não tinha se decidido. Realmente não sabia o que fazer em seguida, então, para não parecer que não havia gostado dos cachorros, perguntou se ela deixava que carregasse um deles.

Ela disse que tudo bem, pegou dois filhotes de dentro da caixa e largou-os no chão de linóleo azul. Não pareciam com nenhum buldogue que ele já tivesse visto, mas ficou com vergonha de dizer a ela que não queria um de fato. Ela levantou um filhote e disse: "Pegue", e o colocou no colo dele.

Nunca havia carregado um cachorro antes e ficou com medo de que fosse escorregar, de forma que o aninhou entre os braços. Era quente ao toque, muito macio e meio nojento de um jeito estranho. Tinha olhos cinzentos como dois botõezinhos. Estava incomodado de o *Livro do conhecimento* não ter a imagem desse tipo de cachorro. Um buldogue de verdade era sólido e perigoso, mas esses eram apenas cachorros marrons. Ficou ali sentado no braço da cadeira estofada de verde com o cachorrinho no colo, sem saber o que fazer em seguida. A mulher, enquanto isso, havia se sentado ao lado dele e ele teve a sensação de que ela fez um carinho em seu cabelo, mas não tinha certeza porque seu cabelo era muito grosso. Quanto mais passavam os segundos, menos seguro do que fazer ele ficava. Ela então perguntou se queria água, ele disse que sim e ela foi abrir a torneira, o que lhe deu a chance de se levantar e colocar o cachorrinho outra vez na caixa. A mulher voltou com o copo na mão e, quando ele pegou o copo, ela deixou a camisola se abrir, mostrando os seios como balões meio vazios, e disse que não podia acreditar que tivesse só treze anos. Ele engoliu a água e ia devolver o copo quando ela de repente puxou a cabeça dele para ela e deu-lhe um beijo. Durante esse tempo todo, por alguma razão, ele não conseguira olhar para a cara dela e, agora, quando tentou, não conseguiu ver nada além de um borrão de cabelos. Ela o tocou e a parte de trás de suas pernas começou a tremer. Aquilo foi ficando mais forte, até ficar quase igual àquela vez em que tocara a borda energizada de um soquete quando estava tentando remover uma lâmpada queimada. Jamais se lembraria de como foi parar no tapete

— sentia que uma cachoeira estava caindo em cima de sua cabeça. Lembrava-se de ter penetrado na quentura dela e de sua cabeça batendo, batendo na perna do sofá. Já estava quase na avenida Church, onde teria de fazer baldeação para a linha elevada Culver, quando se deu conta de que ela não pegara seus três dólares e de que não se lembrava de ter concordado com nada, mas que estava com aquela caixinha de papelão no colo, com o filhotinho ganindo dentro. O raspar das unhas no papelão lhe dava arrepios nas costas. A mulher, lembrava agora, havia cortado dois buracos na tampa da caixa e o cachorrinho ficava enfiando o focinho por eles.

Sua mãe deu um pulo para trás quando desamarrou o cordão, o cachorrinho empurrou a tampa e se espremeu para fora, latindo. "O que ele está fazendo?", ela perguntou, as mãos erguidas no ar como se fosse ser atacada. Ele, então, já perdera o medo do cachorrinho, segurava-o no colo, deixava que lambesse seu rosto, e vendo isso a mãe se acalmou um pouco. "Ele está com fome?", ela perguntou e ficou ali parada com a boca meio aberta, pronta para qualquer coisa, enquanto ele colocava o cachorrinho no chão de novo. Respondeu que talvez estivesse com fome, sim, mas que achava que ele só podia comer coisas moles, embora seus dentes fossem afiados como alfinetes. Ela pegou um pouco de queijo cremoso e colocou um pedacinho no chão, mas o cachorrinho só farejou e fez xixi em cima. "Meu Deus do céu!", ela gritou, e foi depressa pegar um pedaço de jornal para enxugar. Quando ela se abaixou daquele jeito, ele pensou na quentura da mulher, sentiu vergonha e sacudiu a cabeça. De repente, o nome dela voltou à sua memória — Lucille — ela lhe contara quando estavam no chão; no momento em que ele estava entrando nela, ela abrira os olhos e dissera: "Meu nome é Lucille". A mãe trouxe uma tigela de sopa de macarrão da noite anterior e pôs no chão. O filhote levantou a patinha, desequilibrou a tigela e derramou um pouco do caldo de galinha no chão. Isso ele começou a lamber vorazmente no linóleo. "Ele gosta de caldo de galinha!", a mãe gritou, alegre, e imediatamente resolveu que muito provavelmente ia gostar de um ovo e colocou água para ferver. De alguma forma, o cachorrinho entendeu que ela era a pessoa a seguir e ia atrás dela para cá e para lá, do fogão para a geladeira. "Ele me segue!", a mãe disse, rindo, alegre.

Na volta da escola no dia seguinte, parou na loja de ferragens e comprou uma coleira de filhote por setenta e cinco centavos, e o sr. Schweckert lhe deu um pedaço de fio de varal para usar como guia. Toda noite, ao adormecer, ele evocava Lucille como algo que se tira de uma caixa do tesouro e imaginava se poderia telefonar e talvez estar com ela outra vez. O cachorrinho, que chamara de Rover, parecia crescer dia a dia, embora ainda não desse sinais de parecer com buldogue nenhum. O pai do menino achou que Rover devia morar no porão, mas era muito solitário lá embaixo e ele não parava de ganir. "Sente falta da mãe", sua mãe falou, de forma que toda noite o menino o ajeitava com uns trapos dentro de um velho cesto de roupa lá embaixo e, quando ele já havia ganido o suficiente, deixavam que o trouxesse para cima para dormir nuns trapos na cozinha e ficava todo mundo agradecido pelo silêncio. Sua mãe tentou passear com o cachorrinho na rua sossegada em que moravam, porém ele ficava enrolando a corda em suas pernas e, como ela temia machucá-lo, cansava-se correndo atrás dele em todos os seus zigue-zagues. Não acontecia sempre, mas muitas vezes, quando o rapaz olhava para Rover, pensava em Lucille e quase conseguia sentir aquela quentura outra vez. Ficava sentado nos degraus da varanda, acariciando o cachorrinho e pensando nela, na parte interna de suas coxas. Não conseguia imaginar seu rosto, apenas o cabelo preto comprido e o pescoço forte.

Um dia, sua mãe fez um bolo de chocolate e pôs em cima da mesa da cozinha para esfriar. Tinha no mínimo doze centímetros de altura e com toda a certeza estava delicioso. Andava desenhando muito, naqueles dias, imagens de colheres, garfos ou maços de cigarro e, de vez em quando, o vaso com um dragão chinês de sua mãe, qualquer coisa que tivesse uma forma interessante. Ele então pôs o bolo numa cadeira ao lado da mesa, desenhou um pouco, depois levantou e foi lá fora por alguma razão, interessou-se pelas tulipas que plantara no outono anterior e que começavam agora a brotar. Resolveu então procurar um taco de beisebol praticamente novo que perdera no verão anterior e que, tinha certeza, ou quase certeza, devia estar dentro de uma caixa no porão. Nunca chegou realmente ao fundo daquela caixa porque se distraía ao encontrar coisas que esquecera haver guardado ali. Desceu para o porão pela entrada de fora, debaixo da varanda de trás, quando notou que a pereira que plantara dois anos antes parecia estar florindo em um de seus galhos finos. Ficou deslumbrado, sentiu-se orgulhoso e bem-sucedido. Pagara trinta e cinco centavos pela árvore na rua Court e trinta centavos por uma macieira, que plantou uns dois metros adiante para, algum dia, poder pendurar uma rede entre elas. Ainda eram muito finas e novas, mas talvez no ano que vem. Adorava olhar para as duas árvores porque ele mesmo as tinha plantado e sentia que elas de alguma forma sabiam que estava olhando para elas, e até que retribuíam seu olhar. O quintal dos fundos terminava numa cerca de madeira de três metros de altura que circundava o Campo Erasmus, onde os times infantil e semiprofissional jogavam nos fins de semana, times como o Casa de Davi e os Black Yankees, e aquele que tinha Satchel Paige, famoso como um dos melhores lançadores do país, só que ele era negro e não podia jogar nas grandes ligas, claro. Os jogadores do Casa de Davi tinham barbas compridas — ele nunca entendeu por quê, mas talvez fossem judeus ortodoxos, embora não parecessem. Uma jogada *foul* extremamente longa podia lançar uma bola no quintal, e foi essa bola que lhe ocorreu procurar, agora que a primavera havia chegado e o tempo estava esquentando. No porão, encontrou a caixa e ficou imediatamente surpreso de ver como seus patins de gelo estavam afiados, e lembrou-se de que uma vez tivera uma morsa para prender os patins lado a lado e poder afiar as lâminas com uma pedra. Pôs de lado uma luva de *fielder* rasgada, uma luva de goleiro de hóquei cujo par tinha perdido, uns tocos de lápis, um pacote de creions e um homenzinho de madeira, cujos braços subiam e desciam quando se puxava uma cordinha. Então, ouviu o cachorrinho ganindo acima de sua cabeça, mas não era o som de sempre — era contínuo, muito agudo e alto. Correu para cima e viu a mãe descendo do segundo andar para a sala com o penhoar esvoaçando, um ar de medo no rosto. Ouviu as unhas do cachorrinho raspando o linóleo e entrou correndo na cozinha. O filhotinho corria em círculos sem parar, soltando uma espécie de grito, e o menino viu na hora que estava com a barriga inchada. O bolo estava no chão e a maior parte tinha desaparecido. "Meu bolo!", a mãe gritou, pegou do chão o prato com o que restava dele e levantou bem alto como se quisesse afastá-lo do cachorrinho, embora não restasse praticamente nada. O menino tentou pegar Rover, mas ele escapou para a sala. A mãe foi atrás dele e gritava: "O tapete!". Rover continuava correndo, em círculos maiores agora que tinha mais espaço, e seu focinho estava espumando. "Chame a polícia!", a mãe gritou. De repente, o cachorrinho caiu e deitou de lado, ofegante, soltando pequenos guinchos a cada respirada. Como nunca tiveram cachorro e não sabiam nada de veterinários, ele procurou no catálogo, encontrou o número da Associação Protetora dos Animais e ligou. Agora estava com medo de tocar em Rover, porque o cachorrinho avançou em sua mão quando chegou perto e espumava pela boca. Quando o furgão estacionou na frente da casa, o menino saiu e viu um jovem tirando uma gaiola pequena da parte de trás. Contou a ele que o cachorro tinha comido praticamente um bolo inteiro, mas o homem não estava interessado, entrou na casa e ficou um momento olhando para Rover, que agora soltava pequenos ganidos, mas ainda estava deitado de lado. O homem pôs uma rede em cima dele e, quando o puxou para dentro da gaiola, o cachorrinho tentou levantar e correr. "O que você acha que ele tem?", a mãe perguntou, a boca virada para baixo de nojo, que o menino agora também sentia. "O que ele tem é que comeu um bolo", disse o homem. Então levou a gaiola e enfiou pela porta de trás para o escuro de dentro do furgão. "O que vai fazer com ele?", o menino perguntou. "Você quer o cachorro?", o homem fuzilou. A mãe estava parada na entrada da casa agora e ouviu a pergunta. "Não podemos ficar com ele aqui", disse ela, com horror e um tom definitivo na voz, e aproximou-se do rapaz. "Nós não sabemos cuidar de cachorro. Talvez alguém que saiba queira ficar com ele." O rapaz balançou a cabeça sem nenhum interesse, entrou no veículo e foi-se embora.

 O menino e a mãe ficaram olhando até o furgão desaparecer na esquina. Lá dentro, a casa estava sossegada outra vez. Ele não precisava mais se preocupar se Rover ia fazer alguma coisa nos tapetes ou roer a mobília, ou se tinha água ou se precisava comer. Rover era a primeira coisa que ele olhava ao voltar da escola todo dia e ao acordar de manhã, e sempre se preocupava se o cachorro tinha feito alguma coisa que fosse desagradar sua mãe ou seu pai. Agora toda essa ansiedade terminara e junto com ela o prazer, e havia silêncio na casa.

Voltou à mesa da cozinha e tentou pensar em alguma coisa para desenhar. Havia um jornal sobre uma das cadeiras, ele abriu e dentro viu um anúncio de meias *saks* com uma mulher abrindo o penhoar para mostrar a perna. Começou a copiar aquilo e pensou em Lucille de novo. Será que podia telefonar para ela, pensou, e fazer de novo o que fizeram? Só que ela, evidentemente, ia perguntar de Rover e ele não poderia fazer nada senão mentir. Lembrou como ela havia aninhado Rover nos braços e até beijado seu focinho. Ela realmente amava aquele filhotinho. Como poderia contar que o cachorrinho tinha ido embora? Só de pensar nela, sentado ali, sentiu que uma ereção consistente como um cabo de vassoura tomava conta dele e de repente pensou se podia telefonar para ela e dizer que sua família estava pensando em um segundo cachorrinho para fazer companhia a Rover. Mas então teria de fingir que ainda estava com Rover, o que já seriam duas mentiras, e isso era um pouco assustador. Não tanto as mentiras, mas, primeiro, tentar lembrar que ainda estava com Rover, segundo, que estava falando sério sobre um segundo cachorrinho, e, terceiro, e pior de tudo, que, quando se levantasse de cima de Lucille, teria de dizer que infelizmente não poderia ficar com outro filhotinho porque... Por quê? A ideia de toda aquela mentira o exauriu. Então visualizou estar de novo na quentura dela, pensou que sua cabeça ia explodir, e veio-lhe a ideia de que quando acabassem ela podia insistir com ele para levar outro filhote. Forçá-lo a isso. Afinal, não aceitara seus três dólares e Rover tinha sido uma espécie de presente, pensou. Seria embaraçoso recusar outro filhote, sobretudo porque ele fora procurá-la exatamente por essa razão. Não tinha coragem de enfrentar aquilo tudo e desistiu da ideia. Mas então a lembrança de Lucille se abrindo no chão do jeito que havia se aberto se esgueirou de novo em sua cabeça e ele voltou a procurar alguma razão que pudesse dar para não pegar outro filhotinho depois de ir do Brooklyn até lá para isso. Chegava até a ver a expressão do rosto dela quando recusasse o filhote, a perplexidade, ou, pior, a raiva. É, ela poderia, muito possivelmente, ficar zangada, enxergar dentro dele e se dar conta de que ele só tinha ido lá era para entrar dentro dela e o resto era bobagem, e aí podia sentir-se insultada. Podia até lhe dar uma bofetada. O que ele faria então? Não podia brigar com uma mulher adulta. Mas, por outro lado, ocorreu-lhe em seguida que a essa altura ela poderia já ter vendido os outros dois filhotes, já que três dólares era bem barato. E aí? Começou a pensar, e se simplesmente telefonasse para ela e dissesse que gostaria de voltar a vê-la, sem falar nada de filhotinho nenhum? Teria de contar só uma mentira, que ainda tinha o Rover e que a família inteira gostava dele e tal. Isso ele podia lembrar com facilidade. Foi até o piano e tocou uns acordes, principalmente em tons graves, para se acalmar. Não sabia tocar de verdade, mas adorava inventar acordes e deixar as vibrações lhe subirem pelos braços. Tocou, sentindo que alguma coisa dentro dele tinha de certa forma se soltado ou desabado de uma vez. Estava diferente do que sempre fora, não mais vazio e transparente, mas cheio de segredos e mentiras, algumas ditas e algumas não ditas, mas tudo suficientemente nojento para colocá-lo ligeiramente fora da família, num lugar de onde podia olhar para eles agora e olhar para si mesmo com eles. Tentou inventar uma melodia com a mão direita e encontrar os acordes adequados com a esquerda. Por mera sorte, estava produzindo algumas belezas. Era realmente incrível como seus acordes ficavam só um pouco deslocados, com um toque dissonante, mas ainda, de alguma forma, conversando com a melodia da mão direita. A mãe entrou na sala cheia de surpresa e prazer. "O que está acontecendo?", gritou, deliciada. Ela sabia tocar e ler música, havia tentado lhe ensinar e fracassara, porque, acreditava, ele era muito bom de ouvido e preferia tocar o que ouvia a se esforçar na leitura das notas. Ela foi até o piano e sentou ao lado dele, olhou suas mãos. Surpresa, desejando, como sempre, que ele pudesse ser um gênio. Ela riu. "Está inventando isso?", quase berrou, como se estivessem lado a lado numa montanha-russa. Ele só conseguiu fazer que sim com a cabeça, sem ousar falar e talvez perder o que tinha de alguma forma fisgado no ar, e riu com ela porque estava tão completamente feliz de ter mudado em segredo, e ao mesmo tempo inseguro de jamais vir a tocar desse jeito outra vez.

# A apresentação

Harold May devia ter cerca de trinta e cinco anos quando o conheci. Com o cabelo aloirado repartido exatamente ao meio, óculos de aro de chifre e olhos notavelmente redondos de menino, parecia-se com Harold Lloyd, o famoso cômico de óculos do cinema com seu ar surpreso. Quando penso em May, vejo um homem de faces rosadas, com terno cinza risca de giz e gravata-borboleta listada de vermelho e azul — um dançarino, esguio, envolto (mumificado, podia-se dizer) em sua arte. Assim parecia à primeira vista, ao menos. Nos vejo em uma lanchonete da cidade, do tipo que, naquela época, os anos 1940, tinha mesas às quais as pessoas podiam sentar numa hora vaga com seus milk-shakes e refrigerantes. May queria contar uma história longa e enrolada e eu não entendia bem por que se dava ao trabalho, mas aos poucos entendi que era para me interessar a fazer uma matéria jornalística a seu respeito. Meu velho amigo Ralph Barton (*né* Berkowitz) o trouxera até mim pensando que eu podia fazer uso de sua história estranha, mesmo sabendo que eu havia abandonado o jornalismo na época e não ficava mais sentado em lanchonetes e bares, tendo me tornado um escritor suficientemente conhecido para me envergonhar de ter estranhos me acossando em restaurantes ou na rua. Muito provavelmente era primavera, dois anos apenas depois do fim da guerra.

 Conforme me contou Harold May aquela tarde, ele só encontrara emprego esporadicamente em meados dos anos 1930, e criara um número de sapateado que apresentou no Palace duas vezes. Embora quase sempre recebesse citações animadas na *Variety*, não conseguia jamais escapar de fato das devotas, porém pequenas plateias de lugares como Queens, Toledo, Ohio e Erie ou Tonawanda, Nova York. "Se são capazes de encaixar coisas, tendem a gostar de assistir sapateado", ele disse, e ficava satisfeito de metalúrgicos, sobretudo, gostarem de seu número, assim como maquinistas, sopradores de vidro — quase todo mundo que apreciava habilidades. Em 1936, porém, Harold, convencido de que sua cabeça estava batendo no teto da carreira, ficou tão deprimido que, quando veio uma oferta para trabalhar na Hungria, ele a agarrou, embora incerto sobre a localização do país. Logo aprendeu que havia uma chamada roda de vaudeville em Budapeste, Bucareste, Atenas e meia dúzia de outras cidades da Europa oriental, com Viena como o grande centro de prestígio que lhe renderia muita publicidade. Uma vez estabelecido, um número podia durar quase o ano inteiro, voltando repetidas vezes às mesmas casas noturnas. "Eles gostam que as coisas não mudem muito", disse. Sapateado, no entanto, era uma novidade real, uma dança puramente americana desconhecida na Europa, inventado pelos negros do Sul, e uma porção de europeus se encantou com o que tomou por uma atmosfera americana divertida e otimista.

 Harold trabalhou na roda, me explicou em torno da mesa de tampo de mármore branco, durante uns seis ou oito meses. "O trabalho era constante, o dinheiro bom e em alguns lugares, como na Bulgária, éramos praticamente estrelas. Cheguei a ir a jantares em castelos, com mulheres se apaixonando por nós e ótimos vinhos. Foi a época mais feliz da minha vida", ele disse.

Com sua pequena trupe de dois homens, uma mulher, ele mesmo, mais um pianista casual e, em alguns lugares, uma pequena banda, ele tinha um negócio flexível e eficiente. Ainda jovem e solteiro, com toda sua breve vida concentrada nas pernas, nos sapatos e nos persistentes sonhos de glória, ele se surpreendeu de gostar dos passeios nas cidades da roda, captando informações esparsas sobre a história e a arte europeias. Tinha apenas o diploma de ensino médio da Evander Childs e nunca tivera tempo de pensar muito além do próximo espetáculo, de forma que a Europa abriu seus olhos para um passado que ele nem sequer imaginava.

Em Budapeste, uma noite, removendo alegremente a maquiagem no decrépito camarim do La Babalu Club, foi surpreendido por um cavalheiro alto, bem vestido, que apareceu na porta, curvou-se ligeiramente da cintura para cima e com sotaque alemão no inglês apresentou-se e perguntou, em tom deferente, se podia ter alguns minutos do precioso tempo de May. Harold convidou o alemão a se sentar numa poltrona de cetim rosa esfarrapado.

O alemão, de seus quarenta e cinco anos, tinha cabelo grisalho brilhante e lindamente penteado e usava um terno fino, esverdeado, peso pesado, com sapatos de cano alto. Seu nome era Damian Fugler, ele disse, e viera na posição oficial de adido cultural da embaixada alemã em Budapeste. Seu inglês, embora com sotaque, era minuciosamente exato.

"Tive o prazer de assistir a três de suas apresentações até agora", Fugler começou a dizer com voz de barítono, "e em primeiro lugar gostaria de apresentar meus respeitos ao belo artista que o senhor é." Ninguém jamais havia chamado Harold de artista.

"Bom, obrigado", ele conseguiu dizer. "Agradeço o elogio." Eu podia imaginar o quanto aquele jovem sujeito de cara vermelha, saído de Berea, Ohio, deve ter se orgulhado com o elogio daquele europeu elegante com seus sapatos de cano alto.

"Eu próprio representei com a ópera de Stuttgart, embora não como cantor, claro, mas como 'porta-lança', como chamamos. Faz muito tempo, quando eu era muito mais jovem." Fugler se permitiu um sorriso de perdão às suas brincadeiras juvenis. "Mas vamos aos negócios — fui autorizado a convidar o senhor, sr. May, para se apresentar em Berlim. Meu departamento está disposto a pagar o custo do transporte, assim como as despesas de hospedagem."

A ideia impressionante de um governo — qualquer governo — se interessar por sapateado era, claro, completamente inimaginável para Harold e ele levou um momento para digerir ou mesmo acreditar.

"Bom, realmente não sei o que dizer. Então, onde vou me apresentar? Numa casa noturna, onde?"

"Seria no Kick Club. Deve ter ouvido falar?"

Harold ouvira dizer que o Kick Club era um dos mais elegantes de Berlim. Seu coração batia forte. Mas a experiência em temporadas alertou-o a circundar a proposta. "E seria um compromisso de quanto tempo?", perguntou.

"Muito provavelmente, uma apresentação."

"Uma?"

"Nós precisaríamos de apenas uma, mas o senhor tem a liberdade de negociar outras com a gerência, uma vez, claro, que eles queiram continuar. Estamos dispostos a pagar dois mil dólares pela noite, se isso for satisfatório."

Dois mil dólares por uma noite! Era praticamente a renda de um ano normal. Harold sentiu a cabeça rodando. Sabia que tinha de fazer perguntas, mas quais? "E o senhor? Desculpe, mas o senhor é quem mesmo?"

Fugler pegou do bolso do peito um bonito estojo de couro preto e entregou um cartão de visitas a Harold, que ele tentou sem sucesso focalizar assim que viu a águia em relevo com a suástica nas patas, voando como um dardo em seu cérebro.

"Posso lhe dar uma resposta amanhã?", começou a dizer, mas a voz branda de barítono de Fugler depressa o interrompeu.

"Creio que terá de partir daqui amanhã em algum horário. Negociei com a gerência daqui a liberação de seu contrato, se estiver a seu gosto."

Livrá-lo do contrato! "Eu senti", ele me disse por cima do copo de refresco de chocolate pela metade, "que sem meu conhecimento, havia gente discutindo a minha pessoa em algum alto escalão em algum lugar. Era assustador, mas não há como não se sentir importante", disse, e riu como um adolescente perverso.

"Posso perguntar por que tão depressa?", perguntou a Fugler.

"Temo não ter a liberdade de dizer mais que o seguinte: meus superiores talvez não tenham tempo de ver sua apresentação depois de quinta-feira, ao menos por várias semanas, talvez meses." De repente, o homem estava inclinado na direção dos joelhos de Harold, o rosto quase tocando sua mão, a voz reduzida a um sussurro. "Pode ser a chance da sua vida, sr. May. Não deve hesitar."

Com dois mil dólares flutuando em sua frente, Harold se ouviu dizer: "Tudo bem". O encontro todo era tão estranho que ele imediatamente começou a recuar e pedir mais tempo para decidir, mas o alemão já tinha ido embora. Em sua mão, viu uma nota de quinhentos dólares e vagamente relembrou a voz de barítono com sotaque dizendo: "Como depósito. Até Berlim, então! *Auf Wiedersehen*".

"Ele nem me ofereceu um contrato", Harold nos disse, "apenas deixou o dinheiro."

Mal dormiu essa noite, punindo-se. "Você acha que tem domínio sobre si mesmo, mas esse Fugler foi como um furacão."

O que o incomodava particularmente, disse, era ter concordado com uma apresentação única. O que significava isso? "Ao longo dos meses, eu havia me acostumado a não me incomodar com o que estava acontecendo à minha volta — quer dizer, eu não sabia nem uma palavra de húngaro, de romeno, búlgaro ou alemão — mas uma apresentação única? Não conseguia entender o que significava aquilo."

E por que tanta pressa? "Eu estava perplexo", disse ele. "Queria por tudo no mundo não ter aceitado o dinheiro. Ao mesmo tempo, não podia deixar de sentir curiosidade."

Sua mente se tranquilizou um pouco com o prazer da trupe em deixar os Bálcãs e com parte do adiantamento que repartiu com eles. No trem para o norte iam animados com a vida e com aquela aventura estranha. A perspectiva de se apresentar em Berlim — a capital da Europa, atrás apenas de Paris — era como ir a uma festa. Harold pediu champanhe e filés e tentou relaxar entre seus dançarinos, serenando as ansiedades. Enquanto o trem sacudia para o norte, comparou sua sorte com a provável situação que deixara em Nova York, as filas de desempregados e a garra inabalável da depressão americana.

Quando o trem parou na fronteira alemã, um oficial abriu a porta de seu compartimento, que ele repartia com Benny Worth, que estava com ele havia mais tempo, e dois romenos, que dormiam quase continuamente, mas efetivamente acordavam de vez em quando, sorriam brevemente e voltavam a seus sonhos. O oficial, Harold pensou, falou áspero com ele ao abrir seu passaporte. Ouvira esse tom de censura de guardas de fronteira muitas vezes durante a turnê, mas a aspereza daquele alemão tocou alguma coisa muito profunda em seu corpo. Era mais que lembrar de repente que era judeu; ele nunca tivera nenhum problema de ser judeu, principalmente porque o cabelo loiro, os olhos azuis e a natureza no geral feliz jamais provocaram as reações costumeiras dessa época. Até agora, ele conseguira apagar quase totalmente as histórias que lera um ano e tanto antes a respeito de o jovem governo alemão ter realizado batidas contra os judeus, expulsando-os de suas empresas e profissões, fechando sinagogas e obrigando muitos a emigrarem. Por outro lado, Benny Worth, que se dizia comunista e tinha todo tipo de informação que jamais aparecia em jornais normais como *The New York Times*, lhe dissera que os nazistas estavam abafando essa história de antijudeus esse ano, para não ficarem mal com os turistas da Olimpíada. De qualquer forma, nada disso se aplicava a ele pessoalmente. "Eu tinha ouvido umas histórias terríveis sobre incidentes na Romênia também, mas nunca tinha visto nada, de forma que não conseguia guardar na memória", explicou. Eu podia entender isso; afinal de contas, ele não tinha contato verbal com seu público e não conseguia ler os jornais locais, de forma que certo isolamento envolvia qualquer coisa real que acontecesse nas cidades onde se apresentara.

De fato, disse ele, sua única impressão nítida de Hitler viera de um noticiário cinematográfico que o mostrava alguns meses antes deixando o estádio olímpico quando Jesse Owens, o corredor negro, subiu ao pódio para receber sua quarta medalha de ouro. "O que não era nada esportivo", disse ele, "mas vamos e venhamos, uma coisa assim podia acontecer em muitos lugares." A verdade era que Harold achava muito difícil se concentrar em política. Sua vida era sapatear, conseguir o próximo show, manter comida boa sobre a mesa e impedir que sua trupe se separasse, forçando-o a ensaiar novos artistas em seus números. E, é claro, com o passaporte americano no bolso, ele sempre podia simplesmente ir embora, voltar para os Bálcãs, ou mesmo para casa se o pior acontecesse.

Chegaram a Berlim na noite de terça-feira e assim que desceram do trem foram recebidos por dois homens, um de terno parecido com o de Fugler, mas azul em vez de verde, e o outro, com farda preta com debrum branco nas lapelas. "O sr. Fugler está esperando o senhor", disse o homem fardado, e Harold percebeu a própria importância na situação e mal conseguiu controlar a emoção que sentiu; normalmente, ele e sua trupe saíam de trens arrastando a própria pesada bagagem de couro enquanto lutavam com alguma idiota língua estrangeira para orientar carregadores e chamar táxis, geralmente na chuva. Ali, foram levados a uma mercedes, que seguiu gravemente até o Adlon Hotel, o melhor de Berlim, talvez da Europa. Quando estava terminando seu jantar de ostras, ossobuco, panquecas de batata e riesling, sozinho em seu quarto, Harold havia enterrado sua apreensão, imaginando o que podia fazer com o dinheiro recém-adquirido, e estava pronto para ir trabalhar.

Fugler apareceu durante o café da manhã no dia seguinte e sentou-se em seu quarto durante alguns minutos. Iam se apresentar à meia-noite, disse ele, e teriam o clube disponível para ensaios até as oito da noite, quando o show normal começava. Aquele era um Fugler ligeiramente mais animado. "Parecia que ele ia me abraçar a qualquer momento", disse Harold.

"Eu estava me dando tão bem com Fugler", disse Harold, "que entendi que estava na hora de perguntar para quem íamos dançar. Mas ele apenas sorriu e disse que as considerações de segurança impediam esse tipo de informação e esperava que eu entendesse. Francamente, Benny Worth havia mencionado que o duque de Windsor estava na cidade, então pensamos que poderia ser para ele, uma vez que era bem próximo de Hitler."

Terminado o café da manhã, foram levados ao clube onde toparam com uma banda de seis componentes, cujo único membro abaixo de cinquenta anos era Mohammed, o pianista sírio, um esperto e aberto jovem com dedos marrons fantasticamente compridos, cobertos de anéis, que sabia um pouco de inglês e traduziu as observações de Harold para o resto da banda. Adorando sua nova autoridade, Mohammed passou a se vingar dos outros músicos, todos alemães, que ele vinha tentando, havia meses, sem sucesso, colocar no ritmo. Eles conheciam "Swanee River", de forma que Harold fez com que tentassem isso como acompanhamento, mas eram desesperadoramente frouxos, então ele conseguiu dispensar o violinista e o acordeonista o mais diplomaticamente possível, trabalhou com o piano e a bateria, e ficou tolerável. Garçons e ajudantes de cozinha começaram a chegar ao meio-dia e ele teve uma plateia surpresa parada em torno, polindo a prataria enquanto a trupe ensaiava. Dançar para o aplauso de garçons era uma experiência nova, e a trupe começou a se sentir premiada. No almoço, serviram-lhes truta grelhada numa sala isolada, outra primeira vez, com vinho, pãezinhos frescos e bolo de chocolate com um café maravilhoso, e por volta das duas e meia estavam de pé, mas sonolentos. Um carro os levou de volta ao Adlon para tirar uma soneca. Jantariam no clube, de graça, claro.

Harold ficou um longo tempo imóvel em uma banheira de mármore de um metro e oitenta em seu habitual banho quente pré-apresentação. "As torneiras eram folheadas a ouro, as toalhas mediam metros." Foi a reverência sem precedentes dos garçons em relação a ele e à trupe que o levou a desconfiar que o público dessa noite tinha de ser de políticos nazistas de nível muito alto. Hitler? Ele rezava que não. Sua própria idiotice em não insistir para saber o horrorizou. Devia ter deduzido esse problema no momento em que Fugler disse que seria uma apresentação única. Mais uma vez, o que eu imaginei devesse ser a maldição de vida inteira de timidez amargurou a mente de Harold. Deslizando na banheira até submergir a cabeça, contou ele, tentou se afogar, mas acabou resolvendo que não. E se descobrissem que era judeu? As imagens de perseguição que tinha visto nos jornais no começo do ano saíram do armário trancado e se esconderam nos recessos de sua cabeça. Mas provavelmente não poderiam fazer nada com um *americano*. Abençoando seu passaporte, saiu do banheiro e, pingando água, com medo na barriga, conferiu se ainda estava no bolso do paletó. A toalha felpuda na pele tornou de alguma forma ainda mais absurdo o fato de ele estar sentindo ansiedade em vez de alegre expectativa à medida que se aproximava a apresentação encomendada. Parado diante de uma alta janela de cortinas de cetim, amarrando a gravata-borboleta, olhou a rua movimentada lá embaixo, naquela cidade muito moderna, com gente bem vestida parando diante de vitrines de lojas, se cumprimentando, tocando chapéus, esperando mudar o sinal da rua, ele sentiu a loucura de sua posição — era como um gato assustado caçado no alto de uma árvore por algum espectro de perigo que vislumbrara e que podia ser apenas um toldo batendo na brisa. "Então me lembrei de Benny Worth dizendo que os dias dos nazistas estavam contados, porque os trabalhadores logo iriam derrubá-los do posto — então nem toda esperança estava perdida."

Decidiu reunir a trupe em seu camarim. Paul Garner e Benny Worth com seus smokings, Carol Conway em seu vestido vermelho-vivo colante, todos eles um pouco nervosos, uma vez que não havia precedentes de Harold chamá-los antes do show. "Não estou garantindo nada, mas tenho a impressão de que vamos dançar para o sr. Hitler esta noite." Elas incharam de prazer com o sucesso. Benny Worth, um jogador de equipe nato, a voz grave brotando da fumaça de charuto, fechou o pesado punho direito, fazendo reluzir o anel de brilhante que mais de uma vez ferira intrusos, e disse: "Não se preocupe com esse filho da puta".

Carol, que sempre chorava fácil, olhou para Harold com as águas ameaçando seus olhos. "Mas eles sabem que você é..."

"Não", ele interrompeu. "Mas amanhã vamos embora daqui e voltamos para Budapeste. Simplesmente não queria que vocês ficassem incomodados se o vissem sentado lá. Dancem como sempre e amanhã estamos de volta ao trem."

Acima do palco circular do clube noturno brilhava um maciço lustre de luzes cintilantes que irritaram Harold, porque não confiava em nada pendurado acima de sua cabeça enquanto dançava. As paredes rosadas tinham motivos mouriscos, as mesas eram verde-folha. Viram pelos buraquinhos atrás da orquestra quando, exatamente à meia-noite, Herr Bix, o diretor, interrompeu a banda, parou no centro do palco, desculpou-se com a sala cheia por ter interrompido a dança, garantiu aos clientes a sua gratidão por terem comparecido essa noite e anunciou que era seu "dever" pedir que todos se retirassem. Como o horário de fechar era por volta das duas, todo mundo imaginou uma emergência de algum tipo, e o uso da palavra *dever* sugeriu que essa emergência tinha a ver com o regime, de forma que com apenas um murmúrio de surpresa algumas centenas de clientes recolheram seus pertences e saíram para a rua.

Alguns seguiram a pé, outros entraram em táxis e os ociosos pararam na calçada para olhar, assombrados, quando a famosa mercedes longa apareceu e virou na alameda junto ao clube, antecedida e seguida por três ou quatro carros pretos cheios de homens. Pelos buraquinhos, Harold e a trupe olhavam, assombrados, enquanto uns vinte e poucos oficiais fardados se espalhavam em torno do Líder, cuja mesa havia sido colocada a dez passos do palco. Com ele, sentou-se o imensamente gordo e facilmente reconhecível Göring, outro oficial e Fugler. "De fato, eram quase todos homens enormes; ao menos pareciam enormes com suas fardas", disse Harold. Garçons enchiam seus copos com água, lembrando-se Harold, também praticamente abstêmio, do conhecido vegetarianismo de Hitler. Bix, o gerente do Kick, que correra para trás do palco, agora tocava o ombro de Harold. Mohammed, não mais debruçado sobre o teclado como se não tivesse coluna vertebral, mas bem ereto, percebeu o sinal de Bix e, com os dedos cheios de anéis e o baterista acompanhando com a escovinha, atacou "Tea for Two" e Harold estava em cena. A forma do número não podia ser mais simples; Harold fez um solo de *soft-shoe*, depois o deslizado, então, no terceiro refrão, Worth e Garner entraram da esquerda e da direita fazendo *cakewalk* e por fim Carol, como uma alegre tentadora, girou flexível em torno das formações que eram feitas, desfeitas e feitas de novo. Dentro de um minuto, ficou óbvio para o perplexo Harold, ao olhar para o rosto odioso de Hitler, que o homem estava vivendo algum tipo profundo de intensa surpresa. A trupe passou a sapatear, as solas martelando o chão do palco, e Hitler então pareceu hipnotizado, arrebatado pelo ritmo trovejante, ambos os punhos cerrados em cima da mesa, o pescoço esticado e tenso, a boca ligeiramente aberta. "Achei que estávamos assistindo a um orgasmo", disse Harold. Göring, que "começou a ficar parecido com um bebê grande e gordo", batia a palma da mão de leve na mesa e de vez em quando dava uma risadinha deliciada, à sua maneira condescendente. E, claro, seu séquito, estimulado pela clara aprovação aos artistas da parte dos superiores, soltou-se, competindo nas risadas para ver quem demonstrava mais irrestrito prazer. Harold, incapaz de não gozar seu triunfo, voava da ponta dos sapatos. Depois de tanta trepidação, aquela onda surpreendente de brutal apreciação varreu suas últimas reservas e o poder da arte assumiu o comando absoluto de sua alma.

"Impossível não se sentir fantástico", Harold disse, e uma expressão de curiosa mistura de vergonha e prazer vitorioso iluminava seu rosto. "Quer dizer, vendo Hitler ali tendo espasmos, era como se ele fosse... sei lá... uma garota. Sei que é uma loucura, mas ele parecia quase delicado, de um jeito monstruoso." Achei que ele não estava satisfeito com essa explicação, mas ele se interrompeu e disse: "De qualquer forma, nós tínhamos todos eles na palma da mão e a sensação era incrivelmente poderosa, depois de termos morrido de medo". Ele deu uma risada oca que não consegui interpretar.

Os números, repetidos três vezes por ordem do Líder mais e mais envolvido, levaram quase duas horas para terminar. Quando a trupe estava agradecendo, Hitler, de olhos brilhantes, levantou-se da cadeira e fez uma reverência de alguns centímetros, sua sagração, e sentou-se, a casta autoridade baixando sobre ele de novo. Ninguém sabia o que fazer. O séquito beliscava as toalhas da mesa e bebia água, sem saber para onde olhar. No palco, a trupe, parada, mudava o peso de um pé para o outro. Depois de vários minutos, Worth começou a sair de cena numa manifestação silenciosa de desafio, mas Bix se apressou a levá-lo de volta para junto dos outros. Hitler estava claramente entusiasmado com Fugler, apontando vez por outra a Harold, que esperava com a trupe alguns metros adiante. Os dançarinos estavam com as mãos cruzadas atrás das costas. Carol Conway, aterrorizada, ficava balançando a cabeça defensivamente, erguendo e baixando coquetemente as sobrancelhas para os homens fardados, que retribuíam com sorrisos galantes.

Mais de dez minutos se passaram quando Fugler gesticulou para Harold se juntar a eles na mesa. A mão de Fugler estava tremendo, os lábios ressecados rachando, os olhos como de um sonâmbulo; Harold viu no tremendo sucesso do homem essa noite o poder vulcânico que Hitler exerca e mais uma vez se sentiu tocado por medo e orgulho por ter domado aquilo. "Dava para rir dele de longe", Harold disse a respeito de Hitler, "mas de perto, vou lhe contar, você ia se sentir bem melhor se ele gostasse de você." Em seu rosto adolescente comecei a ver algo como angústia quando ele sorriu a essa observação.

Fugler pigarreou e encarou Harold, as maneiras nitidamente formais. "Vamos conversar mais de manhã, porém Herr Hitler quer propor ao senhor que...", Fugler fez uma pausa, disse Harold, para compor mentalmente com todo o cuidado a mensagem do Líder. Calçando macias luvas de couro marrom, Hitler o observava com certa intensidade nervosa. "Em princípio, ele quer que o senhor crie aqui em Berlim uma escola para ensinar sapateado ao povo alemão. Essa escola, como ele imagina, seria fundada por um novo departamento do governo do qual ele espera que o senhor se encarregue até ter treinado alguém para assumir seu lugar. Sua dança o impressionou profundamente. Ele acredita que a combinação que oferece de vigoroso exercício físico, estrita disciplina e simplicidade seria excelente para o bem-estar da população. Ele prevê centenas, talvez milhares de alemães dançando juntos ao mesmo tempo, em salões ou estádios, por todo o país. Isso seria inspirador. Fortaleceria as correntes de ferro que unificam o povo alemão atingindo seu padrão de saúde. Existem outros detalhes, mas na essência é essa a mensagem do Líder."

Diante disso, com severidade militar, Fugler indicou a Hitler que havia terminado e Hitler se levantou e ofereceu a mão enluvada a Harold, que se pôs de pé, nervoso demais para dizer qualquer coisa. Hitler afastou-se um passo da mesa, e com um giro repentino de cabeça, como um pássaro, virou-se para Harold, com lábios apertados sorriu para ele e saiu, seu pequeno exército seguindo atrás, as botas batendo no piso de madeira.

Ao contar isso, Harold May, evidentemente, ria às vezes, mas em outros momentos era perceptível que ainda não havia se livrado da assustadora distinção implícita na história. Na época em que contou isso, Hitler havia morrido apenas dois anos antes e sua ameaça, que pairara sobre nós todos durante mais de dez anos, não desaparecera inteiramente. Os túmulos de suas vítimas, por assim dizer, ainda eram recentes. Por repulsivo que fosse, agradecidos como estávamos todos por sua morte, sua presença era como uma doença que tivéramos de focalizar durante tempo demais para que sarasse e desaparecesse tão depressa. A ideia de que fosse humano o suficiente para se animar com a apresentação de Harold, e mesmo ter tido aspirações artísticas, não era confortável, e ouvi com certa inquietação quando Harold prosseguiu com a história. Ele parecia agora diferente do começo, quase como se tivesse envelhecido durante a narração.

"Quando Fugler apareceu para o café da manhã no dia seguinte", disse Harold, "era um homem totalmente transformado. A porra do Führer havia me oferecido um *departamento*! Em *pessoa*! E meu sucesso havia também levado Fugler alguns passos adiante na hierarquia, porque toda a audição havia sido ideia dele. Então nós dois éramos super *hoch*, figurões. Ele mal conseguia ficar sentado ao informar quais seriam os próximos passos. Eu teria a escolha dos melhores lugares de Berlim para a escola, uma vez que minha autoridade vinha diretamente do alto, e alguém de algum outro departamento logo viria discutir meu salário, mas ele achava que era possível pelo menos quinze mil anuais. Eu quase caí no chão. Um cadillac custava por volta de mil dólares naquela época. Quinze mil era um dinheiro imenso. Eu tinha chutado direto para o gol."

Com a oferta de uma escola e de um montante imenso, ele se viu diante de um dilema, prosseguiu. Podia, claro, simplesmente deixar o país. Mas isso significaria jogar fora dinheiro suficiente para comprar uma casa, um carro e talvez pensar seriamente em encontrar uma moça e casar. Começou, então, a tentar se explicar mais profundamente. "Sempre tive muita dificuldade com decisões importantes", ele me disse, "e claro que com Hitler no posto há poucos anos, a verdade dos campos e tudo ainda não havia chegado a nós, embora o que já era sabido fosse suficiente. Não que eu esteja me desculpando, mas eu simplesmente não podia responder com honestidade sim ou não. Quer dizer, voltar para os Bálcãs não era exatamente Hollywood, e ficar rodando pelos Estados Unidos outra vez era uma coisa em que eu não queria nem pensar."

"Quer dizer que aceitou a oferta?", perguntei, sorrindo, embaraçado.

"Não fiz nada durante dois dias, a não ser andar muito pela cidade. E ninguém me incomodava. Meu grupo estava gostando de Berlim e, não sei, acho que eu estava ocupado o tempo todo tentando me entender. Quer dizer, se você andava por Berlim naquela época, não estava acontecendo nada. Não era diferente de Londres ou Paris, a não ser porque era mais limpa. E talvez se notassem alguns homens fardados aqui e ali." Ele olhou diretamente para mim. "Quer dizer, era assim que era", disse.

"Entendo", falei. Mas Hitler era uma figura horrível demais; eu não era capaz de avaliar nem a mais perversa atração por ele ou sua Berlim. E talvez essa ideia tenha me feito perguntar a mim mesmo, pela primeira vez, se Harold havia feito alguma coisa absolutamente ultrajante como... se apaixonar pelo monstro?

Harold olhou a rua pela vitrine da lanchonete. Eu tinha a sensação de que ele não sabia bem como a história soaria para outros. Era em parte o caráter particular do final dos anos 1940; para alguns, mas absolutamente não para todos, havia ainda um eco de heroísmo guerreiro antifascista no ar; nas esquinas de Paris, placas de pedras ainda eram cimentadas a edifícios, comemorando o heroísmo de algum francês, homem ou mulher, antifascista, que tinha sido fuzilado ali por alemães. Mas evidentemente a maior parte das pessoas, talvez Harold entre elas, não registrava essas cerimônias e sua significação moral e política.

"Continue", eu disse. "O que aconteceu em seguida? É uma grande história." Eu o estimulei o mais calorosamente possível.

Ele pareceu se abrir um pouco à minha aceitação. "Bom", disse, "uns quatro ou cinco dias depois, Fugler apareceu outra vez."

Fugler ainda estava rebrilhando. Prosseguiam as conversas sobre como e onde fundar a escola. "Então", disse Harold, "sem dar grande importância à coisa, ele me disse que evidentemente parte da rotina era que todo homem em posição executiva na área cultural tinha de passar por 'um programa de certificação racial'." Retomando seu sorriso irônico, Harold disse: "Eu precisava tirar as medidas para ver se era ariano". Devia acompanhar Fugler ao laboratório do professor Martin Ziegler para um exame de rotina.

Com essa notícia, Harold se viu mergulhado em uma posição ainda mais incômoda. "É difícil de explicar; acabei nessa situação em que sabia que tinha de deixar a Alemanha. Exatamente quando e como eu não tinha certeza. Mas ser examinado parecia me colocar numa posição diferente. Porque eu estaria enganando a eles. Quer dizer, eles podiam depois transformar a coisa numa questão, dizendo que eu era inimigo e que tinham de fazer alguma coisa a meu respeito, com passaporte ou sem passaporte. Eu estava de um jeito que conseguia farejar violência no ar."

Mas ele não fugiu. "Não sei", ele respondeu quando perguntei por quê. "Acho que eu estava simplesmente esperando para ver o que aconteceria. E, olhe, não nego, o dinheiro tinha criado raízes na minha cabeça. Porém..." Mais uma vez ele se calou, insatisfeito com a explicação.

Em todo caso, quando entrou no carro de Fugler, começou a temer estar ainda mais vulnerável agora que havia sido notado pessoal e afetivamente por Hitler. "Era quase como... Não sei, como se ele estivesse me vigiando. Talvez porque tínhamos conversado, eu tinha apertado a mão dele", disse, sugerindo que ele também tinha uma vaga sensação de obrigação para com Hitler, que, afinal de contas, seria seu pretenso benfeitor — que ele havia ludibriado.

Olhando para Harold, percebi as coisas simplificadas; sem dúvida havia nele uma desconcertante mistura de sentimentos, mas achei que vi uma clara linha reta por baixo — Hitler o estimara com tanto sentimento, em certo sentido o amara, ou ao menos o seu talento, e mais ardentemente do que qualquer pessoa em qualquer lugar havia sequer chegado perto de igualar.

Me perguntei se aquela apresentação tinha sido o ponto alto de sua arte, talvez de sua vida, um anzol que ele engolira e que ainda não conseguia cuspir fora. Afinal de contas, ele nunca se tornara uma estrela e provavelmente nunca mais sentiria o calor daquela luz mágica em seu rosto.

No carro, sentado ao lado de Fugler, a caminho de seu exame, olhando a grande cidade pela janela e as pessoas comuns pelas ruas, Harold sentiu que tudo o que via parecia significativo, era de repente como uma pintura, como se tudo devesse ter um *sentido*. Mas qual? "Eu tinha de pensar", disse ele, "será que todos se sentiam assim? Como se estivessem num aquário e lá em cima houvesse alguém olhando que se *preocupava*?"

Eu não podia acreditar no que ouvia — Hitler *se preocupava*?

Os olhos de Harold estavam cheios. Ele disse que quando olhou para Fugler sentado confortavelmente a seu lado, fumando seu cigarro inglês, e em seguida as pessoas nas ruas, "tudo era tão fodidamente *normal*. Talvez isso é que fosse tão assustador. Como se você estivesse se afogando num sonho e as pessoas jogando cartas na praia poucos metros adiante. Quer dizer, aqui estou eu num carro a caminho de medirem meu nariz ou algo assim, ou inspecionarem meu pau, e isso era absolutamente normal. Ou seja, não eram homens da lua, porra, aquelas pessoas tinham *geladeiras!*".

A raiva pareceu falar nele pela primeira vez, mas achei que não pelos alemães particularmente. Era mais por alguma situação transcendente impossível de definir. Claro, o nariz dele era pequeno, largo e arrebitado e a circuncisão havia se tornado prática comum entre os alemães naquela época, então ele não temia um exame físico. E como se lesse meus pensamentos, ele acrescentou: "Não que eu tivesse medo de um exame, mas... não sei... estar *envolvido* naquela porra...". Interrompeu-se de novo, de novo insatisfeito com sua explicação, eu achei.

As paredes do consultório do professor de eugenia Ziegler, num prédio moderno, estavam cheias de pesados volumes médicos e moldagens de gesso de crânios — chinês, africano, europeu — em prateleiras por trás de vidros corrediços. Olhando em torno, Harold se viu cercado por uma plateia morta. O próprio professor era mais para o miúdo, um acadêmico míope, bastante obsequioso, mal chegava às axilas de Harold. Logo o convidou a sentar numa cadeira enquanto Fugler esperava na sala externa. O professor tiquetaqueou pelo piso branco de linóleo pegando caderno, lápis, caneta-tinteiro, enquanto garantia a Harold: "Em poucos minutos podemos terminar. De fato, é bem estimulante, a sua escola".

Sentado num banco alto na frente de Harold, caderno no colo, o professor notou o azul satisfatório de seus olhos e o cabelo loiro, virou as palmas das mãos dele, procurando aparentemente algum sinal de algo e finalmente anunciou: "Podemos tirar algumas medidas, por favor". Pegou da gaveta da mesa um grande compasso de calibragem, pousou uma ponta debaixo do queixo de Harold e a outra no alto da cabeça, e anotou a distância entre um ponto e outro. Fez o mesmo com os malares, com a altura da testa a partir da ponte do nariz, a largura da boca e dos maxilares, o comprimento do nariz e das orelhas, e suas posições em relação à ponta do nariz e o alto da cabeça. Cada medida era cuidadosamente anotada num caderno de capa de couro, enquanto Harold esperava pensando como conseguir o horário dos trens sem ser notado, e como criar uma razão inquestionável para ter de ir a Paris naquela mesma noite.

A sessão toda levara cerca de uma hora, inclusive a inspeção de seu pênis, que, embora circuncidado, foi de pouco interesse para o professor, que, com uma sobrancelha crítica levantada, se curvara para olhar o membro por um momento, "como um pássaro com um verme em sua frente". Harold riu. Por fim, erguendo os olhos das anotações espalhadas sobre a mesa, o professor anunciou com um decidido tinir profissional na voz: "Estou concluindo que *senhorr* muito *forrte* e tipo nítido de raça *arriana*, e *querro oferrecer* meus *melhorres fotos* de sucesso".

É claro que Fugler não tivera qualquer dúvida a respeito, principalmente quando recebera do regime o crédito de ser o criador desse assombroso programa. Imitando o sotaque macio de Fugler, Harold contou como, na volta de carro, ele havia divagado que o sapateado prometia "transformar a Alemanha em uma comunidade não apenas de produtores e soldados, mas de artistas, os espíritos mais nobres e eternos da humanidade" e daí por diante. Virando-se para Harold a seu lado, ele disse: "Devo confessar — mas posso chamar você de Harold agora?".

"Pode, claro."

"Harold, chegar a essa triunfante conclusão, esta aventura — se posso chamar assim — me traz a sugestão do que deve sentir um artista quando termina uma composição, uma pintura ou qualquer obra de arte. Que ele se imortalizou. Espero que eu não esteja deixando você constrangido."

"Não, não. Entendo o que quer dizer", Harold disse, com a cabeça claramente em outro lugar.

De volta ao hotel, Harold cumprimentou os membros da trupe que haviam se reunido em seu quarto. Estava bastante pálido e assustado. Fez os três dançarinos sentarem e disse: "Nós vamos embora".

Conway perguntou: "Você está bem? Está branco".

"Façam as malas. Tem um trem às cinco da tarde. Temos uma hora e meia. Minha mãe está muito doente em Paris."

Benny Worth ergueu as sobrancelhas. "Sua mãe em *Paris*?" Então viu o olhar de Harold e os três bailarinos se levantaram e sem dizer uma palavra foram para seus quartos, fazer as malas.

Conforme Harold esperava, Fugler não desistiu tão fácil. "O porteiro deve ter chamado Fugler", Harold disse, "porque mal havíamos girado a chave e lá estava ele, olhando a nossa bagagem com uma expressão de desgraça."

"O que estão fazendo? Não podem ir embora", Fugler disse. "O que aconteceu? Existe uma possibilidade concreta de um jantar com o Führer. Não pode haver recusa!"

Conway, que estava parada ali perto, foi até Fugler. O medo fazia sua voz soar meia oitava acima. "Não está vendo? Ele está apavorado porque a mãe está morrendo. Ela não é velha, de forma que alguma coisa terrível deve ter acontecido."

"Posso telefonar para a embaixada em Paris. Eles mandam alguém. Vocês têm de ficar! Isto é impossível! Qual o endereço dela? Por favor, têm de me dar um endereço e providencio médicos para ela. Isto não pode acontecer, mister May! Herr Hitler nunca antes exprimiu tamanha..."

"Eu sou judeu", Harold disse.

"O que ele falou?", perguntei, atônito.

Harold ergueu os olhos, percebeu minha excitação. Imaginei se era esse o ponto central da história — descrever como escapara não apenas da Alemanha, mas de sua relação com Hitler, tal era o prazer que se espalhava por seu sorridente rosto de menino, até o repartido do cabelo.

"Fugler disse: 'Como vai o senhor?'."

"Como vai!", quase gritei, aturdido.

"Foi isso que ele disse: 'Como vai o senhor?'. Deu meio passo para trás, como se um jato de ar comprimido tivesse atingido seu peito, e disse: 'Como vai o senhor?', e estendeu a mão. Ficou de boca aberta. Branco. Achei que ia desmaiar, ou cagar. Senti pena dele... Até apertei sua mão. E vi que ele estava com medo, como se tivesse visto um fantasma."

"O que ele queria dizer com 'como vai o senhor'?"

"Nunca cheguei a uma conclusão", Harold disse, sério. "Pensei muito a respeito. A expressão dele era como se eu tivesse caído do teto na frente dele. Definitivamente apavorado. Definitivamente. E quero dizer: com muito medo. Isso eu podia entender, porque ele havia levado um judeu para Hitler. Judeus para eles eram como uma doença, coisa que só vim a entender mais tarde. Mas acho que foi outra coisa que o deixou apavorado também."

Fez uma pausa por um momento, olhando o copo de refresco vazio. Pela vitrine, vi funcionários de escritório começando a tomar a calçada; o dia estava terminando. "Olhando para trás, para quando nos conhecemos em Budapeste e tudo, eu me pergunto se ele não teria, sabe, ficado muito próximo de mim. Não falo de sexo, mas que eu podia ser o passaporte dele para aquele encontro face a face com Hitler, que só gente importante conseguia ter, e além disso sei que ele havia reservado um alto posto para si na nova escola. Então, eu assumira o poder de certa forma, coisa que comecei a perceber quando fui levado ao professor para receber o certificado, e no carro Fugler começou a me tratar como superior a ele. Quando o professor saiu e contou que eu era raça pura, ele já estava se tornando outro homem, como se estivesse abaixo de mim. Era meio patético."

"Veja bem", Harold continuou, "isso antes de nós sabermos muita coisa sobre os campos e tudo", e calou-se.

"Como assim?", perguntei.

"Nada. Só que eu..." Ele ficou quieto. Depois de um momento, olhou para mim e disse: "Para falar a verdade, ele não era um mau sujeito, o Fugler. Só era louco. Muito louco. Todos eram. O país inteiro. Talvez todos os países, francamente. De certa forma. Quando vejo Berlim bombardeada agora, aquela merda, tudo no chão, e me lembro quando não havia um papel de bala nas calçadas, eu me pergunto: Como é possível? O que fez isso com eles? Alguma coisa fez. O quê?".

Calou-se outra vez. "Não estou desculpando os alemães de forma nenhuma, mas quando ele disse 'como vai o senhor?' como se nunca tivesse me visto antes, eu pensei: essa gente está absolutamente mergulhada num sonho. E, de repente, aqui está este judeu que ele achou que era uma pessoa. Acho que se pode dizer que foi um sonho que matou quarenta milhões de pessoas, mas sempre um sonho. Para dizer a verdade, acho que nós todos estamos — num sonho, quero dizer. Eu fiquei pensando muito desde que saí da Alemanha. Faz mais de dez anos que voltei para casa, mas ainda me pergunto a respeito dessa história. Quer dizer, ninguém gosta mais de organização do que os alemães. Povo prático até o cordão dos sapatos. Mas é o sonho deles que leva todos para aquele entulho."

Ele olhou a rua. "Não dá para não pensar, quando a gente anda pela cidade. Nós somos diferentes? Talvez a gente também esteja preso em algum sonho." E indicando a multidão da rua com um gesto, ele disse: "As coisas que eles têm na cabeça, as coisas em que eles acreditam. Quem sabe o quanto é real? Para mim, nós somos canções que andam, romances que andam, e a única vez que parece real é quando alguém mata alguém". Ninguém falou durante um momento. Então perguntei: "E você conseguiu sair sem problemas?".

"Ah, sem problemas. Eles devem ter ficado satisfeitos de ver a gente ir embora sem publicidade negativa. Voltamos para Budapeste e trabalhamos na roda até a Alemanha invadir Praga. Depois disso voltamos para casa." Ele encostou na cadeira, preparando-se para levantar. De repente me ocorreu que ele parecera enganosamente jovem e sem marcas meia hora antes, quando nos conhecemos, como alguém acabado de sair da zona produtora de milho, quando na verdade o fracasso havia enrugado sua pele em torno dos olhos. Ele estendeu a mão, que apertei. "Pode usar a história, se quiser", ele disse. "Quero que as pessoas saibam. Talvez você consiga explicar — à vontade." Então se levantou e saímos para a rua.

Nunca mais o vi, mas a história me voltou centenas de vezes nos últimos cinquenta anos e por alguma razão eu sempre a deixo de lado. Talvez eu prefira pensar em coisas positivas, cheias de esperança. O que também seria um jeito de sonhar, claro. Mesmo assim, gosto de pensar que muita coisa boa nasce dos sonhos.

# Castores

A lagoa, normalmente silenciosa como um espelho d'água, de repente ressoou, um *splash* à aproximação do homem. Um ruído pesado, muito mais intenso que um sapo ou um peixe pulando poderiam fazer. E então se estendeu de novo, lisa como o espelho de sempre. O homem esperou, mas havia apenas silêncio. Circundou a margem em busca de algum sinal, parou quieto, ouvindo. Seu olho percebeu um toco de árvore no extremo da lagoa. Chegando a ele, viu o choupo caído, a ponta roída e o toco roído também. Havia castores ali. Estranhos ladrões de sua privacidade. Espreitando a margem, contou seis árvores derrubadas numa única noite. Mais vinte e quatro horas e a encosta em torno da lagoa pareceria devastada. Mais dois dias e pareceria que uma escavadeira passara por ali, derrubando o que havia sido um lindo bosque aninhando a lagoa durante anos. Tempos atrás, ele se assombrara com a destruição de uma floresta em Whittlesy, ao menos dez acres que ficaram parecendo a floresta Argonne depois de um bombardeio da Primeira Guerra Mundial. A floresta verde às suas costas era sua, tinha de defendê-la.

Virou-se a tempo de ver a cabeça achatada do roedor se deslocando pela água. Imóvel, observou o animal chegar à parte estreita da lagoa e desferir com a cauda coriácea e chata um tapa na água, relampejando para o céu ao deslizar para baixo e desaparecer. Aproximando-se da borda, o homem divisou então, logo abaixo da superfície da água transparente que refletia o céu, o contorno do abrigo. Incrível. Deviam ter construído aquilo durante a noite, uma vez que ele estivera nadando exatamente ali no dia anterior e não havia nada. Sentiu um frio de surpresa na espinha, à mera apropriação. Ele se lembrou de ler, muito tempo antes, que bosta de castor era tóxica. Ele e Louisa não podiam mais nadar ali como faziam havia trinta anos, exultantes com a pureza da água, que uma vez fora comprovada potável, filtrada pela passagem para cima através de areia e barro.

Ele correu para casa, encontrou a espingarda e uma caixa de munição e desceu depressa a encosta até a lagoa que circundou até o abrigo. Com o sol mais baixo dava para ver a estrutura, uma parede tecida de ramos finos que o castor havia cortado das árvores que derrubara e prendera com barro ao fundo da lagoa. Muito provavelmente o animal estava descansando na plataforma que construíra dentro da estrutura. O homem apontou, com cuidado para não acertar o abrigo, e atirou na superfície da água, que respondeu com o ressoar de uma explosão e um borrifo de luz. O homem esperou. Minutos depois a cabeça reapareceu. Na expectativa de um confronto, recarregou a arma e esperou, tencionando não matar o bicho, mas fazê-lo sentir tanta incerteza que quisesse ir embora. Disparou de novo. A cauda chata fez um arco e soou. O homem esperou. Minutos depois a cabeça reapareceu. O castor nadou, talvez preocupado, mas demonstrando plena segurança ao descrever uma linha reta através da lagoa até o cano regulador de nível de trinta e cinco centímetros que ficava a um metro e meio ou dois da margem oposta.

Ali, desafiador — ou seria alguma outra emoção? —, o bicho derrubou um arbusto de aveleira que crescia à margem, nadou com ele na boca, e, subindo, empurrou a planta inteira dentro do cano. Mergulhou então e emergiu de novo com um emaranhado de grama e lama nas patas dianteiras, que jogou no cano, em cima do arbusto. Queria interromper o fluxo da água. Queria subir o nível da água da lagoa.

Perplexo, o homem parado do lado oposto a esse intenso trabalho, acocorou-se para pensar no enigma com que se defrontava. A análise convencional era que a construção do dique do castor tinha o propósito de bloquear o fluxo do ribeirão com um dique, a fim de criar uma lagoa na qual o castor pudesse construir seu abrigo e criar sua família a salvo de predadores. O projeto iria desmatar uma grande área para fornecer os ramos finos para a construção do abrigo, e celulose dos caules das árvores derrubadas com a qual o animal se alimentava. *Mas aquele indivíduo já tinha uma lagoa profunda onde construir seu abrigo.* De fato, já havia construído um. Por que precisava entupir o cano, impedir o fluxo regulador e subir o nível da água? Todo o esforço era de alguma forma admirável por sua habilidade de engenharia e, nesse caso, inteiramente desnecessário. Olhando o bicho trabalhar, o homem identificou sua sensação de infelicidade com o que estava vendo e se perguntou, depois de alguns minutos, se teria de alguma forma de confiar na natureza como uma fonte última de lógica firme e ordem, que só humanos inconscientes traíam com sua ambição e frívola estupidez. Aquele castor estava se comportando como um idiota, imaginando criar uma lagoa onde já existia uma lagoa perfeita. O homem apontou perto o bastante do animal para lembrá-lo mais uma vez que não era bem-vindo, disparou, viu a cauda subir, bater na água, e o idiota desapareceu. Minutos depois, voltou à superfície e continuou entupindo o cano. O homem sentiu que fraquejava diante dessa persistência, essa dedicação absoluta que era tão diferente de sua própria natureza infindavelmente hesitante, de suas convicções fracionadas. Precisava de um conselho de conhecedor; de uma forma ou de outra, o bicho teria de ir embora.

Carl Mellemcamp, filho do farmacêutico, era o homem de quem precisava. Conhecia Carl desde a infância, o vira crescer até ficar enorme agora, nos seus quase trinta anos, com bem mais de um metro e oitenta, pesando provavelmente bem mais de cem quilos, com passo oscilante, pulsos grossos de arqueiro, olhar firme de pedreiro e certo chapéu de palha com a aba revirada que usava caído para o lado esquerdo no calor e na neve durante os últimos dez anos ou mais. Carl vivia de erguer paredes de pedra, instalar varandas e caminhos de jardim, e caçava com espingarda ou arco. Quando chegou em seu caminhão dodge branco, no fim da tarde, o homem sentiu o pesado manto de responsabilidade passar de seus ombros para os ombros de Carl.

Foram primeiro inspecionar o cano, Carl levando seu rifle. Através da água transparente, viram, com alguma surpresa, que o bicho havia construído um cone de lama em torno do cano, chegando até a boca. "Ele pretende fechar o cano definitivamente."

"Mas por que diabos está fazendo isso? Já tem a lagoa", disse o homem.

"Pode perguntar para ele da próxima vez que se encontrarem. Vamos ter de matar o bicho. E a esposa dele."

O homem ficou parado ali em cima do dique, sacudindo a cabeça. "Não tem algum jeito de espantar ele pra que vá embora?... E eu não vi a esposa."

"Está por aí", disse Carl. "Devem ser jovens, expulsos do bando da lagoa de Whittlesy. Quem sabe dois ou três anos. Eles saem e começam uma nova família. Querem ficar." E sacudindo a arma na direção do bosque de pinheiros na extremidade da lagoa que o homem plantara na semente quarenta anos antes, disse: "Pode ir se despedindo daquelas árvores ali".

"Eu detestaria ter de matar os dois", falou o homem.

"Não gosto da ideia também." Carl falou, e ficou olhando a água com os olhos entrecerrados. Depois se endireitou e disse: "Vamos tentar mijando".

O sol estava quase baixo, sombras longas se estendiam sobre o lago, a água azul escurecia. Carl seguiu pelo dique até onde ficava o abrigo e parou, mijando no chão perto dele. Depois voltou para o homem e sacudiu a cabeça. "Duvido que funcione. Eles investiram muito nesse abrigo." Ouviram um *splash* e viram, no extremo da lagoa, que o bicho — ou um deles — estava saindo da água e seguindo a poucos centímetros de onde Carl havia mijado, indiferente ao cheiro de humano.

"Pior para ele", Carl sussurrou. "Quero pegar o bicho quando estiver fora da água, certo?"

O homem assentiu. A detestável alegria penetrante da matança o penetrou. "Por falar nisso", perguntou com um sorriso irônico, "estamos dentro da lei."

"A partir deste ano", Carl respondeu. "Até que enfim resolveram que eles são umas pragas."

"E botar armadilha?"

"Eu não tenho armadilha. E vai fazer o que com eles? Ninguém quer esses bichos. Conheço um cara que pode tirar a pele, mas eles não são mais protegidos."

"Bom, tudo bem", o homem concordou.

"Não se mexa", Carl sussurrou e ajoelhou com um joelho no chão, ergueu o rifle ao ombro e apontou para o animal que subia pelo lado do dique. De repente, ele se virou, correu pela inclinação que havia subido e deslizou para dentro da água. Carl se levantou.

"Como ele sabia?", o homem perguntou.

"Ah, eles sabem", Carl disse com um estranho orgulho de caçador pela esperteza do castor. "Fique aqui e tente não se mexer." Falou baixo, conspirador. "Não quero acertar nele dentro da água senão a gente perde o bicho se ele afundar", disse. Seguiu, então, pelo dique todo, até o outro extremo, onde ficava o abrigo, pisando com firmeza para não chutar uma pedra e alertar os bichos, o rifle carinhosamente equilibrado na mão.

Na frente do abrigo, havia uma densa touceira de caniços à beira d'água, alguns enraizados dentro da água. Carl se posicionou cuidadosamente no meio deles e acocorou-se, a coronha do rifle apoiada na coxa. O homem ficou parado no centro do dique, a uns cinquenta metros, olhando e imaginando como Carl podia saber que o bicho iria emergir. De alguma forma, estava contente de saber que Carl não desejava realmente matar.

Minutos se passaram. O homem ficou olhando. Por entre os caniços, viu que Carl levantara a arma muito lentamente. As reverberações do tiro trovejaram sobre a água. Carl entrou depressa na água rasa e ergueu o bicho, tirando-o do meio dos caniços pela cauda. O homem correu para ver. Com o rifle na mão direita, Carl levava o bicho morto com a esquerda e, de repente, o deixou cair na relva, virou para a lagoa, ergueu a arma e disparou na direção da margem oposta. "Aquela era a esposa", disse e, entregando a arma ao homem, percorreu correndo o dique, contornou a lagoa até a metade do lado oposto, onde estendeu a mão para a água e ergueu a parceira do castor.

Na estrada, com os dois bichos mortos na carroceria do caminhão, o homem observou Carl alisar a pele de um deles. "Meu amigo vai fazer alguma coisa com estes aqui. São uma beleza."

"Não entendo o que eles estão querendo, você sabe?"

Carl gostava de se apoiar nas coisas, levantou um pé e apoiou no eixo da roda traseira, removendo o chapéu para coçar a cabeça suada. "Estavam pensando em alguma coisa, acho. É que nem gente, sabe? Os animais. Eles têm imaginação. Esses aí deviam ter alguma ideia imaginária."

"Ele já tinha uma lagoa. Para que isso?", o homem perguntou.

Carl não pareceu lá muito preocupado com a questão. Não achava que tinha a obrigação de achar uma solução para aquilo.

O homem insistiu. "Não sei se ele não estava só reagindo ao som da água correndo no cano."

Divertido, Carl disse: "Ei. Pode ser". Mas era óbvio que não acreditava naquilo.

"Em outras palavras", disse o homem, "talvez não tivesse nenhuma ligação entre entupir o cano e subir o nível da lagoa."

"Pode ser", Carl disse, sério agora. "Principalmente porque ele já tinha construído o abrigo. É esquisito."

"Acho que a água corrente incomodava o bicho. Eles não gostam do som. Quem sabe machuca o ouvido deles."

"Seria engraçado, não é? E a gente achando que eles fazem tudo com algum objetivo."

"Quem sabe eles não têm objetivo nenhum", o homem disse, excitado com a possibilidade. "Eles simplesmente param o som, viram e olham a água subir. Mas na cabeça deles não tem ligação entre uma coisa e outra. Eles veem a lagoa subir e isso dá a ideia de construir um abrigo ali dentro."

"Ou quem sabe eles não têm nada para fazer então resolvem entupir um cano."

"Certo." Os dois deram risada.

"Eles fazem uma coisa", Carl disse, "e isso leva a fazer outra coisa."

"Certo."

"Para mim parece bom", Carl disse. Abriu a porta do caminhão e ergueu seu corpanzil para a cabine. Olhou o homem de cima para baixo, pela janela lateral. "É a história da minha vida", ele disse, e riu. "Eu comecei como professor, você sabe."

"Eu me lembro", disse o homem.

"Aí fiquei apaixonado pelo cimento. Quando vi, estava carreando pedra para todo lado."

O homem riu. Carl rodou, acenando pela janela. Na carroceria do caminhão os corpos dos dois bichos sacudiam debaixo da pele.

O homem voltou à lagoa. Era sua de novo, intocada. O luar estava se espalhando sobre sua face silenciosa como um bálsamo pálido. Amanhã teria, de alguma forma, de remover o entulho de dentro do cano e conseguir alguém com uma escavadeira grande o bastante para se esticar da margem por cima da água e levantar o abrigo de dentro da lama onde estava ancorado.

Sentou-se no banco de madeira que construíra muito tempo antes, ao lado da pequena praia de areia onde sempre entravam para dar um mergulho. Dava para ouvir a água escorrendo pela borda do cano de escoamento através dos detritos que o bicho havia enfiado ali.

O que ele tinha na cabeça? A questão era como uma cutícula machucada. Será que tinha cabeça para pensar? Seria meramente uma questão de tímpanos irritados? Se tinha cabeça, era capaz de imaginar um futuro. Podia ter sentimentos alegres, sentimentos de realização ao entupir o cano, imaginando um aumento no nível da água resultante de seus esforços.

Mas que trabalho inútil, tolo! Parecia uma contradição à economia da Natureza, a qual não admite tolice, assim como, digamos, um padre, um rabino, um presidente, um papa. Tipos assim não tinham tempo para dançar sapateado ou assobiar canções. A natureza era séria, pensou, nem cômica, nem irônica. Afinal de contas, uma lagoa suficientemente funda já estava ali. Como podia o bicho ter ignorado isso? E por que, ele se perguntou, era tão perturbador pensar numa coisa dessas?; seria o paralelo com sua sensação de futilidade humana? Quanto mais pensava sobre isso, mais provável lhe parecia que o animal tivera emoções, uma personalidade, até ideias, não apenas instintos cegos inelutáveis que o levassem a um ato que havia perdido completamente o sentido.

Ou haveria alguma lógica oculta ali que era literal demais para se perceber? Será que o bicho podia ter um impulso completamente diferente de fazer subir o nível da água? Mas qual? Qual poderia ter sido?

Ou poderia não ter nada na cabeça a não ser a felicidade muscular de ser jovem e facilmente capaz de fazer o que milhões de anos haviam treinado sua mente a fazer? Ele sabia que castores eram extremamente sociais. Uma vez entupido o cano, ele pode ter imaginado que voltava para sua parceira, que dormia no abrigo para sinalizar que havia feito o nível da água subir. Ela poderia ter expressado alguma apreciação. Era uma coisa que ela sempre esperara dele para se sentir mais segura. Nem ocorreria a ela, assim como não havia ocorrido a ele, que o nível da água já era suficientemente profundo. O importante era a ideia em si. De amor talvez. Animais efetivamente amavam. Será que ele entupira o cano por amor? Amor real, afinal de contas, não tinha nenhum propósito além de si mesmo.

Ou seria tudo muito mais simples: ele simplesmente acordou uma manhã e com prazer infinito começou a andar na água transparente quando, por total acaso, ouviu o correr do cano e, dirigindo-se a ele, viu-se cheio de desejo de captar aquele lindo som líquido, porque adorava a água acima de todas as coisas e queria de alguma forma ser parte dela, mesmo que só capturando seu tilintar?

E o resto, como se revelou, foi a morte imprevisível. Ele não acreditara em sua morte. Os tiros disparados na água não fizeram com que fugisse, mas apenas mergulhasse e voltasse de novo à tona alguns minutos depois. Ele era jovem e imortal para si mesmo.

O homem, insatisfeito, ficou junto da água, cansando-se com todo o dilema. Aliviado porque sua floresta não ia ser devastada, nem sua água envenenada por cocô de castor, ele sabia que não se arrependia das mortes, por tristes que fossem, apesar da complexidade dos animais e de certa beleza. Mas ficaria realmente agradecido se conseguisse descobrir algum propósito claro no entupimento do cano. Qualquer coisa assim parecia não existir mais, a menos que seu segredo tivesse morrido com os castores, ideia que o oprimia. E ele fantasiou sobre o quanto mais prazerosas as coisas teriam se revelado se de início não houvesse uma lagoa pronta, mas o tradicional ribeirão serpenteante que o animal, em sua sabedoria, havia represado a fim de criar uma lagoa profunda o suficiente para a construção de seu abrigo. Então, com a utilidade da coisa toda fornecendo algum sentido claro, seria possível até olhar a inevitável devastação das árvores em torno com uma alma mais ou menos tranquila, e, de alguma forma, lamentar por ele teria sido uma coisa muito mais direta, mesmo tendo encomendado que fosse morto com um tiro. Alguma coisa daria ao menos a sensação de terminada então, de completamente compreendida e, de alguma forma, mais fácil de esquecer?

# O manuscrito nu

Carol Mundt estava deitada na mesa, apoiada nos cotovelos, lendo um artigo sobre culinária na *You*. Media um metro e oitenta e pesava oitenta quilos de músculo, ossos e nervos, com apenas uma ligeira barriguinha. Em Saskatchewan ela não se destacava por seu tamanho, mas aqui em Nova York era outra história. Ela se mexeu para aliviar o peso da pelve. Clement disse: "Por favor", e ela se imobilizou outra vez. Podia ouvir a respiração dele acelerada em sua nuca e de vez em quando uma pequena fungada suave.

"Pode endireitar o corpo agora se quiser", Clement disse. Ela rolou de lado e sentou-se, as pernas penduradas. "Preciso de uns minutos", ele disse e acrescentou, brincando: "Tenho de digerir isto aqui", e riu, delicadamente. Foi então para a poltrona de couro vermelho, que ficava de frente à janela do sótão, dando para os bairros, até a rua Vinte e Três. Suspirou, acomodou-se em sua poltrona, olhou os telhados ensolarados. A casa era a última de pedra marrom que restava num quarteirão de armazéns reformado e prédios de apartamentos modernosos. Carol deixou a cabeça pender para a frente para relaxar, sentindo que não devia falar naquele momento, então desceu da mesa, fazendo um ruído deslizante com as nádegas quando se afastaram da madeira, atravessou o grande estúdio até o banheiro minúsculo, onde se sentou estudando uma receita de bolo de carne na *Times*. Três ou quatro minutos depois, ouviu "O.k.!" através da porta fina do banheiro e correu de volta para a mesa, onde se esticou de bruços, dessa vez repousando uma face nas costas da mão, e fechou os olhos. Um momento depois, sentiu o suave movimento do marcador na parte de trás da coxa e tentou imaginar as palavras que estava escrevendo. Ele começou em sua nádega esquerda, soltando breves grunhidos que demonstravam sua crescente excitação, e ela continuou perfeitamente imóvel para evitar distraí-lo, como se ele a estivesse operando. Ele começou a escrever cada vez mais depressa, e os pontos finais e pingos nos is pressionavam fundo a pele dela. Sua respiração estava mais ruidosa, lembrando-a de novo do privilégio que era servir ao gênio dessa maneira, ajudar um escritor que, segundo a orelha de seu livro, conquistara tantos prêmios antes mesmo dos trinta e talvez fosse rico, embora sua mobília não fosse combinada e tivesse um ar gasto. Ela sentia o poder de sua mente como uma grande mão pressionando suas costas, como um objeto real com peso e tamanho, achava que aquilo era uma honra, um sucesso e parabenizou a si mesma por ter ousado responder ao anúncio.

Clement agora estava escrevendo na parte de trás da panturrilha. "Pode ler, se quiser", ele sussurrou.

"Estou só descansando. Está tudo bem?"

"Está, ótimo. Não se mexa."

Ele chegou ao tornozelo dela com o marcador e parou. "Por favor, vire", disse.

Ela rolou de costas e ficou olhando para ele.

Ele olhou o corpo dela, notando o pequeno sorriso de vergonha em seu rosto. "Está à vontade com isto aqui?"

"Ah, estou, sim", ela disse, quase sufocando com sua alta risada automática naquela posição.

"Bom. Está me ajudando muito. Vou começar aqui, tudo bem?" Ele tocou logo abaixo de seus sólidos seios redondos.

"Onde quiser", ela disse.

Clement ajeitou os óculos de aro metálico. Era meia cabeça mais baixo que aquela giganta, cujas risadas afetivas deviam ser, ele pensou, seu jeito de esconder a timidez. Mas seu otimismo vazio e aquela maldita doença de bom-mocismo do Meio-Oeste o incomodavam, principalmente numa mulher — masculinizavam-na. Ele respeitava mulheres decididas, mas à distância, preferindo muito o tipo não explícito, como sua esposa, Lena; ou melhor, como Lena havia sido antes. Ele adoraria poder dizer àquela ali em sua mesa para relaxar e deixar seu lado louco se manifestar, porque havia entendido sua história básica de masculinidade e seus dilemas de namoro no momento em que ela mencionou que tinha em casa seu próprio rifle e adorava caçar gamos com seus irmãos Wally e George. Ele imaginava agora que, com a aproximação dos trinta anos, a piada acabara, mas as risadas de camuflagem continuavam, como uma concha abandonada por um animal.

Com a mão esquerda, ele esticou ligeiramente a pele debaixo do seio dela para o marcador poder deslizar por cima e seu toque fez se erguerem suas sobrancelhas e produziram nela um sorriso ligeiramente surpreso. A humanidade era de dar pena. Uma alegria incerta, incoerente se infiltrava nele agora; ele não sentia esse tipo de formulação de frases sem esforço desde o primeiro romance, seu melhor, que havia escrito absolutamente sozinho e feito a sua fama. Alguma coisa estava acontecendo com ele que não acontecia havia anos: estava escrevendo da virilha.

A autocrítica corroera seu lirismo inicial. Sua desconfiança dominante era simplesmente de que a juventude que desaparecia levara seu talento com ela. Tinha sido jovem durante um tempo muito longo. Mesmo agora, ser jovem era praticamente sua profissão, de forma que a juventude se tornara algo que ele desprezava e sem a qual não podia viver. Talvez não conseguisse mais encontrar um estilo próprio porque tinha medo de seu medo, e então em vez de frases valentes genuinamente suas ele escrevia frases de imitação vazias que podiam pertencer a qualquer um. Há muito tempo, ele fora capaz de quase tocar os personagens que sua imaginação fornecia, mas aos poucos eles haviam sido substituídos por uma espécie de vazia superfície branca como granito frio, brilhante ou uma tela não pintada. Muitas vezes, pensava ter perdido um dom, quase uma coisa sagrada. Aos vinte e dois anos, vencedor do prêmio Neiman-Felker e, logo depois, do prêmio Boston, ele gozara tranquilamente uma consagração que, entre outras bênçãos, o impediria, com efeito, de jamais envelhecer. Depois de uns dez anos de casamento, começou a procurar aquela bênção da companhia feminina, às vezes em seus corpos. Seu jeito de menino e os cabelos fartos, o corpo sólido e a risada fácil, mas sobretudo sua indefinição nada ameaçadora, levavam algumas mulheres a adotarem-no por uma noite, uma semana, às vezes meses, mas só até ele olhar para uma folha de papel em branco, quando mais uma vez ele conhecia o silêncio da morte.

Para salvar seu casamento, Lena o direcionara para a psicanálise, mas sua aversão de artista por espiar dentro da própria mente e correr o risco de deslocar sua mágica cegueira com o senso comum cotidiano o manteve distante do divã. Mesmo assim, aos poucos concedera, por insistência de Lena — ela se formara em psicologia social —, que seu pai podia tê-lo prejudicado muito mais profundamente do que ele jamais ousara admitir. Criador de galinhas numa área rebaixada perto de Peekskill, no rio Hudson, Max Zorn havia demonstrado uma necessidade fanática de disciplinar seu filho e quatro filhas. Clement, aos nove anos, tendo decapitado acidentalmente uma galinha ao fechar uma porta em seu pescoço, ficou trancado num celeiro de batatas sem janelas durante uma noite inteira, e pelo resto da vida não foi capaz de dormir sem uma luz acesa. Ele precisava também levantar para urinar duas ou três vezes por noite, sem dúvida como consequência de seu terror de urinar nas batatas no escuro. Ao sair para a luz matinal com o céu azul aberto sobre a cabeça, ele pediu perdão ao pai. Um sorriso se abriu no rosto barbudo do pai e ele caiu na gargalhada ao ver Clement mijando na calça. Clement correu para a floresta, o corpo tremendo com calafrios, os dentes batendo apesar da manhã quente de primavera. Deitou-se num fardo de feno cortado que fora aquecido pelo sol e cobriu-se com os caules. A experiência foi em princípio mais ou menos paralela à de sua irmã mais nova, Margie, que em sua adolescência passara a ficar fora de casa até depois da meia-noite, desafiando o pai. Ao voltar de um encontro uma noite, ela ergueu a mão para puxar a cordinha que acendia a lâmpada do hall de entrada e pegou num rato morto ainda quente que o pai havia pendurado ali para ensinar-lhe uma lição.

Porém, nada disso entrou no primeiro conto de Clement, que ele ampliou no romance que foi sua assinatura. Em vez disso, o livro descrevia a adoração mal disfarçada que a mãe tinha por ele, e pintava o pai basicamente como um homem basicamente bem-intencionado, embora triste, que tinha alguma dificuldade para expressar afeto, nada mais. Clement, no geral, sempre acharia difícil condenar; Lena achava que para ele o equilíbrio de julgamento em si era um desafio a confrontar o pai e simbolicamente chamava por um segundo sepultamento. E então sua escrita era romanticamente esquerdista, uma nota de melancólico protesto sempre tremulando em algum ponto, e se essa qualidade de inocência foi atraente no primeiro livro, parecia uma fórmula previsível mais tarde. De fato, nos anos 1960 ele se juntaria à anárquica revolta contra as formas com um enorme alívio, passando a desesperar contra a estrutura em si como inimiga da poesia; mas a estrutura em arte — disse-lhe Lena — implicava inevitabilidade, o que ameaçava voltá-lo para o assassinato, reação lógica aos crimes aterrorizantes de seu pai.

Essa notícia era desagradável demais para ser levada a sério e, assim, no fim ele permaneceu um sujeito bastante lírico e sedutoramente alegre, mesmo que em particular infeliz por ser inabalavelmente inofensivo.

Lena o entendia; era fácil, uma vez que tinha os mesmos traços. "Somos membros cativos da sociedade da asa partida", ela disse uma vez, tarde da noite, enquanto arrumava a casa depois de uma festa deles. Durante algum tempo, durante o final dos anos 1920 e começo dos 1930, uma festa parecia coagular todo fim de semana na sala da casa deles em Brooklyn Heights. As pessoas simplesmente apareciam e eram recebidas com alegria para fumar seus cigarros, dos quais Lena arrancava os filtros, e relaxar no tapete e se espalhar pela mobília surrada, para beber o vinho que traziam e falar da nova peça, filme, romance ou poema; também para lamentar a sintaxe deficiente de Eisenhower, a lista negra de escritores do rádio e de Hollywood, a nova hostilidade incrível dos negros pelos judeus, seus aliados tradicionais, a caça pelo departamento de Estado dos passaportes de suspeitos de serem radicais, o silêncio irracional e surpreendente que sentiam se abater sobre o país à medida que o novo conservadorismo ia recolhendo e jogando fora a própria memória dos trinta anos anteriores, da Depressão e do New Deal, até mesmo transformando o inimigo de guerra, os nazistas, numa espécie de defensor contra os antigos aliados russos. Alguns se renovavam com a hospitalidade do Zorn e avançavam noite adentro com companhia recente ou sozinhos, mas de um jeito ou de outro sob a influência de um tempo infeliz de valores perdidos: eles se viam como uma minoria lúcida num país em que a ignorância da revolução do mundo era plenitude, o dinheiro estava fácil de ganhar, os psicanalistas eram a autoridade suprema e um distanciamento pessoal não comprometido a virtude primordial.

Em seu devido tempo, Lena, incerta sobre tudo, menos de que estava perdida, analisou a questão e viu que ela, assim como as frases dele, não era mais dele, e que suas vidas haviam se tornado o que ele passara a dizer que seus escritos se tornaram: uma imitação. Continuaram vivendo juntos, agora numa casa de pedras marrons de Manhattan por empréstimo permanente do herdeiro homossexual de uma fortuna do aço, que acreditava que Clement era um novo Keats. Mas Clement muitas vezes dormia no terceiro andar nesses dias, e Lena no primeiro. O presente da casa era apenas o maior de muitos presentes que as pessoas lhes davam: um casaco de pelo de camelo de um amigo médico que achou que precisava de um número maior; o uso de um chalé em Cape Cod ano após ano de um casal que ia para a Europa todo verão e com ele um antigo, mas bem mantido buick. O destino também provia. Caminhando por uma rua escura uma noite, Clement chutou algo metálico que acabou sendo uma lata de anchovas. Levou-a para casa, descobriu que precisava de uma chave especial e a pôs numa prateleira. Mais de um mês depois, em outra rua, ele mais uma vez chutou algo metálico — a chave para abrir a lata. Ele e Lena, ambos fãs de anchovas, imediatamente pegaram umas bolachas, sentaram e comeram a lata toda.

Ainda davam umas risadas juntos, mas acima de tudo compartilhavam uma dor surda que nenhum dos dois tinha a força de resolver, ambos sentindo que haviam decepcionado o outro.

"Temos até uma imitação de divórcio", ela disse e ele riu, concordou, os dois continuaram de qualquer forma sem mudar nada a não ser que ela cortou o cabelo loiro, comprido e ondulado e arrumou um emprego como conselheira de crianças. Apesar de nunca haverem resolvido ter um filho, ela entendia as crianças instintivamente, e ele viu com certo desânimo que o trabalho a deixava contente. Ao menos por algum tempo ela pareceu se animar com algum tipo de autodescoberta e isso ameaçava deixá-lo para trás. Porém, em menos de um ano ela desistiu e anunciou: "Simplesmente não consigo ir ao mesmo lugar todos os dias". Essa foi a volta da velha e louca Lena lírica, e ele ficou satisfeito apesar do alarme pela perda de seu salário. Estavam começando a precisar de mais dinheiro do que ele conseguia ganhar com a venda de seus livros caindo quase a nada. Quanto ao sexo, era difícil para ela lembrar quando significara tanto. Gradualmente foi ficando uma atividade permitida quatro ou cinco vezes ao ano, se tanto. Os negócios dele, de que ela desconfiava, mas se recusava a confirmar, a aliviavam de uma carga mesmo corroendo o que restava de sua autoestima. Na visão dele, um homem tinha de *ir* a algum lugar com sua ereção, enquanto uma mulher sentia que *estava* em algum lugar. Uma grande diferença. Mas em um momento cruel, ele admitiu a si mesmo que ela ficava muito infeliz de ser comida com alegria, estado de que ela culpava a sua formação.

Então, num domingo de verão, enquanto fumava seu cachimbo no degrau instável do chalé de praia emprestado, ele viu uma moça caminhando sozinha na beira da água, parecendo totalmente imersa em seus pensamentos, com o sol batendo em seus quadris, e imaginou como seria se conseguisse pô-la nua e escrever no corpo dela. Sua alma se acelerou. Fazia muito, muito tempo que ele não via a si mesmo de um jeito que produzisse tamanha animação de alegria. Essa imagem de si mesmo escrevendo no corpo de uma mulher era de alguma forma vigorosa e saudável, como segurar um pão fresco na mão.

Ele poderia nunca ter publicado o anúncio se Lena não tivesse finalmente explodido. Estava em seu escritório no terceiro andar, lendo Melville e tentando esvaziar a mente, quando ouviu choro no andar de baixo. Ao entrar na sala de estar, Lena estava sentada no sofá se desmanchando no ar. Ele a abraçou até ficar exausta. Não era preciso falar; ela estava simplesmente morrendo pela amorfa indignidade de sua vida, da incessante falta de dinheiro, do fracasso dele em exercer qualquer liderança. Ele segurou sua mão e mal conseguiu olhar para seu rosto devastado.

Ela ficou quieta. Ele lhe trouxe um copo de água. Ficaram sentados juntos no sofá, esperando por nada. Ela pegou um chesterfield de um maço sobre a mesa de centro, arrancou o filtro com a unha e deitou para trás inalando desafiadoramente, uma vez que o dr. Saltz já a alertara duas vezes. Ela estava tendo um caso amoroso com os cigarros chesterfield, Clement pensou.

"Estou pensando em escrever alguma coisa autobiográfica", ele disse, insinuando de alguma forma que isso traria dinheiro.

"Minha mãe...", ela disse, e calou-se, olhando fixo.

"Diga."

Essa obscura menção à mãe dela lembrou-o da primeira vez em que ela revelou a culpa que sentia. Estavam sentados à janela da pensão de Lena, olhando para a rua esplêndida, ladeada por árvores em plena folhagem, com estudantes passando preguiçosos e a plácida calma do campus do Meio-Oeste sequestrando-os do mundo real, enquanto lá em Connecticut, disse ela, sua mãe levantava às cinco horas todas as manhãs para ir de bonde para as oito horas de seu dia de trabalho na lavanderia a vapor Peerless. Imagine! A nobre Christa Vanetzki passava camisas de estranhos para poder mandar à filha os vinte dólares mensais de casa e comida, recusando-se a permitir que a filha trabalhasse, como fazia a maior parte dos estudantes. Lena havia fechado os olhos e afastado da cabeça a sua falta de valor. Para deixar a mãe contente, tinha de obter sucesso, o sucesso curaria tudo — talvez um emprego de psicologia social em uma agência da cidade.

Estava usando seu suéter branco de angorá. "Esse suéter faz você brilhar como um espírito nesta luz insana", Clement disse. Saíram para um passeio, de mãos dadas pelas trilhas serpenteantes que atravessavam sombras tão escuras que pareciam sólidas. A claridade da lua a deixava enervantemente próxima na noite sem vento. "Deve estar mais próxima que o normal, ou algo assim", ele disse, apertando os olhos contra o luar. Ele adorava a poesia da ciência, mas os detalhes eram muito matemáticos. Naquela luminosidade incrível, os malares do rosto dele ficavam mais proeminentes e o queixo viril como uma escultura. Eram exatamente da mesma altura. Ela soubera sempre que ele a adorava, mas sozinha com ele podia sentir a exigência do corpo dele. De repente, ele a puxou para uma clareira debaixo de uns arbustos e delicadamente a puxou para o chão. Beijaram-se, ele acariciou seus seios, depois esticou o corpo e apertou-se contra ela para separar suas pernas. Ela sentiu a dureza dele e ficou tensa de medo da vergonha. "Não posso, Clement", ela disse, e deu-lhe um beijo de desculpas. Nunca havia dado nem esse tanto de si a ninguém antes, e queria que ele esquecesse seu presente.

"Um dia vamos ter de fazer." Ele rolou de cima dela.

"Por quê?", ela riu, nervosa.

"Por quê? Olhe o que eu comprei."

Ele ergueu um preservativo para ela ver. Ela o pegou da mão dele e sentiu a borracha lisa com o polegar. Tentou não pensar que todos os versos dele eram sobre ela — os sonetos, as *villenellas*, os haicais — eram meros recursos para prepará-la para aquele ridículo balão de borracha. Ele o levantou até o olho como um monóculo e olhou para o céu. "Dá quase para ver a lua através dele!"

"O que está fazendo!" Ele riu e sentou-se. "As loucas Vanetzkis." Ela se sentou, rindo, e devolveu-lhe o preservativo. "Qual é o problema, sua mãe?", ele perguntou.

Ela ficou muito séria. "Talvez você deva encontrar outra pessoa. Podemos ser amigos." E acrescentou: "Eu não entendo mesmo por que estou viva". Clement sempre se comovera com essas rápidas mudanças de humor — "a profundidade polonesa", como ele chamava. Lena tinha uma intrigante conexão com algum mistério do outro lado do Atlântico, na sombria Polônia centro-europeia, um lugar em que nem ele, nem ela jamais tinham estado.

"Existe algum poema sobre algo parecido com isso?"

"Isso o quê?"

"Uma garota que não consegue descobrir o que pensa das coisas."

"Talvez Emily Dickinson, mas não me lembro de nenhum especificamente. Todos os poemas de amor que eu conheço terminam com glória ou morte."

Ele passou os braços em torno dos joelhos dobrados e olhou a lua. "Nunca vi a lua assim antes. Deve ser assim que ela faz os lobos uivarem."

"E as mulheres enlouquecerem", ela acrescentou. "Por que será que são sempre as mulheres que a lua enlouquece?"

"Bom, elas já começam com vantagem."

Ela se curvou para afastar um galho do seu campo de visão, entrecerrando os olhos contra o luar. "Eu acho mesmo que a lua podia me enlouquecer." De um jeito distante, ela tinha realmente medo da insanidade. Nunca esquecera a morte louca do pai. "Parece tão próxima, como um olho no céu. Dá para entender por que assusta as pessoas. A gente chega a pensar que é quente com essa claridade, mas é luz fria, não é? Como a luz da morte." Sua curiosidade enternecedora, infantil deixava-o gelado de expectativa pelo corpo dela, que ele ainda esperava possuir algum dia. Será que ela era loira lá embaixo? Ao mesmo tempo, era sagrada e rara. Seu único defeito eram os malares, ligeiramente salientes demais, mas não fatalmente, e o nariz polonês muito largo. Mas ele já não a comparava com a perfeição. Abriu a mão dela e pressionou a palma nos lábios. "Cathleen ni Houlihan, Elizabeth Barrett Browning, a rainha Mab", ele agora a fizera rir, tristonha, "Betty Grable... quem mais?"

"A mulher dos Karamazov?"

"Ah, isso, Grushenka. E quem mais? Peter Paul Mounds, Baby Ruth, Cleópatra..." Ela agarrou a cabeça dele e esmagou os lábios contra os dele. Detestava decepcioná-lo assim, mas quanto mais tentava o contato físico, menos sentia. Talvez se realmente fizessem amor, alguma mola dentro dela se desenrolasse. Ele com certeza era delicado, adorável, e se alguém fosse entrar nela antes que encontrasse um marido podia muito bem ser Clement. Ou talvez não. Ela não tinha certeza de nada. Deixou a língua dele deslizar sobre a dela. A receptividade de sua boca o surpreendeu e ele a fez deitar no chão, deitou-se em cima dela e começou a se movimentar, mas ela escorregou de debaixo dele, levantou-se e saiu para a trilha. Ele a alcançou e começou a se desculpar quando viu sua intensa concentração. As frustrantes mudanças de humor dela pairavam sobre ele como um brinquedo de cores vivas acima do berço de um bebê. Caminharam num silêncio quase enlutado até a rua e a pensão dele, onde pararam na ampla varanda vitoriana, o brilho do luar estendendo suas gigantescas silhuetas negras no gramado.

"Eu não saberia o que fazer."

"Posso te ensinar."

"Eu ia ficar com vergonha."

"Só por um ou dois minutos. É fácil." Os dois caíram na risada. Ele adorava beijar sua boca quando ria. Ela tocou os lábios dele com a ponta dos dedos.

Ele parou na calçada olhando a forma incrível dela subindo o caminho da casa — a bunda redonda, as coxas roliças. Ela se virou na porta, acenou e desapareceu.

Tinha de se casar com ela, por mais louco que isso parecesse. Mas como? Não tinha nada, nem perspectivas, a menos que conseguisse ganhar outro prêmio ou ser aceito como assistente na faculdade. Mas havia centenas de graduados acima dele à procura de emprego. Muito provavelmente ia perdê-la. Parado ali na calçada enluarada, ele sentiu uma ereção começar, a trinta metros de onde ela se despia.

"Por que perde tempo com ela?", a sra. Vanetzki perguntou a Clement. Clyde, o vira-lata branco e preto, estava estendido na sombra, cochilando aos pés dela. Era uma tarde quente de domingo de cidade industrial, último dia da folga de primavera. Até mesmo o rio Winship parecia oleoso e quente abaixo da casa e no ar parado pairavam fiapos de fumaça de um trem que partira havia muito pelos trilhos que corriam à margem do rio.

"Não sei", Clement respondeu. "Acho que pode ficar rica um dia."

"Ela? Ha!" Para a visita de Clement a sra. Vanetzki usava um vestido de algodão azul cuidadosamente passado com arremate de renda na gola e sapatos brancos. O cabelo avermelhado preso no alto da cabeça com um pente branco, enfatizando tanto sua altura — era meia cabeça mais alta que a filha — e, de alguma forma, a amplidão dos malares e da testa. Por baixo da brincadeira provocante, Clement sentiu a força assustadora dos majestosamente derrotados, algo que ele não conseguia harmonizar com suas esperanças. Na sala, uma foto emoldurada, colorida à mão, mostrava-a apenas dez anos antes, orgulhosamente parada ao lado do marido, com seu *foulard* à Byron e cabelo esvoaçante, um chapéu de feltro na mão. Sua incompreensão do desprezo por estrangeiros dos Estados Unidos, às vezes letal, ainda não o havia atado à maca e feito dele um paranoico, vociferando em polonês para as paredes de uma ambulância, amaldiçoando a esposa como puta e a raça humana como assassinos. Só Lena restava para ela agora. A responsável, "a única que tinha cérebro". Patsy, irmã de Lena, a filha do meio, fizera dois abortos de dois homens diferentes, um dos quais ela admitia não saber nem o sobrenome. Tinha a voz enlouquecida aguda como um gemido, e confusão nos olhos. Uma garota doce, na verdade, com grande coração, mas simplesmente cabeça oca. Patsy uma vez confidenciou a Clement que sabia que Lena não o deixava possuí-la e que não se importaria de substituí-la "umas duas vezes". Não havia inveja nem provocação na oferta, simplesmente o fato em si e nenhum ressentimento fosse qual fosse a reação dele. "Ei, Clement, que tal eu se ela não quer?" Brincando, claro, mas com um brilho inegável nos olhos.

Havia também Steve, o caçula, mas para ela ele de alguma forma nem contava. Era pesadão, manso, pisava duro, o lado camponês da família. Steve era como Patsy, nadando como uma carpa no fundo do tanque, mas ao menos não era louco por sexo. Hamilton Propeller gostava dele, surpreendentemente bastante. Sabiam que tinham nele um trabalhador sério e o promoveram para tecnologia de calibração depois dos primeiros seis meses — Steve, que tinha apenas dezenove anos, e apenas dois anos de ensino médio. Ele se daria bem, embora suas bobagens recentes a incomodassem.

"Steve é muito sonâmbulo, sabe? Ultimamente." A sra. Vanetzki dirigiu essa frase a Lena com um pedido implícito por sua interpretação universitária.

"Talvez ele precise de uma garota", Lena arriscou. Clement ficou perplexo e divertido com a ironia de ela falar com tanta facilidade sobre sexo.

"O problema é que esta cidade não tem prostitutas", disse a sra. Vanetzki coçando a barriga. "Patsy está sempre dizendo para ele ir passar o fim de semana em Hartford, mas ele não entende o que ela está falando. E você, Clement?"

"Eu?" Clement ficou vermelho, imaginando que em seguida ela perguntaria se tinha ido para a cama com Lena.

"Talvez você possa conversar com ele sobre as florzinhas e as abelhas. Acho que ele não sabe como são essas coisas." Lena e Clement deram risada e a sra. Vanetzki se permitiu um sorriso contido. "Acho mesmo que ele nunca ouviu falar disso, mas o que se pode fazer?"

"Bom, alguém tem de ensinar para ele!", Lena exclamou, preocupada com a persistente infância do irmão. Clement estava intrigado de ela ser capaz de aplicar tamanha energia para fazer a família encarar dilemas quando ela fugia dos seus.

"Parece que ele entortou a bicicleta velha de Patsy", disse a sra. Vanetzki, confusa.

"Entortou a bicicleta?"

"Quando estava todo mundo dormindo. Parece que ele andou dormindo à noite, saiu e entortou a forquilha da frente com as duas mãos. É uma força qualquer nele." Ela virou-se para Clement. "Quem sabe você fala com ele sobre ir para Hartford algum fim de semana."

Mas antes que Clement pudesse responder, a sra. Vanetzki o dispensou com um aceno. "Ah, vocês homens, nunca sabem ser práticos quando precisam."

Lena logo o defendeu. "Ele fala com Steve com prazer. Não é, Clement?"

"Claro, será um prazer falar com ele."

"Mas você sabe alguma coisa sobre sexo?"

"Mãe!" Lena ficou vermelha e gritou rindo, mas a mãe mal sorriu.

"Ah, sei umas coisinhas." Clement tentou afastar o intrigante quase desprezo da mulher por ele.

"Agora, você seja boa com Clement, mãe", Lena disse, e foi sentar no balanço ao lado da mãe.

"Ah, ele sabe não se incomodar. Eu só falo as coisas." Mas ela havia pregado o rótulo de inadequação em sua natureza. Ela apertou o calcanhar no chão e fez o balanço balançar.

Ninguém falou nada. O balanço guinchava, íntimo. Além da varanda, a rua estava silenciosa. A sra. Vanetzki finalmente virou-se para Clement. "A coisa que mais arruína a vida das pessoas é sexo."

"Ah, que é isso? Mesmo que você ame a pessoa? Eu amo essa menina maluca", Clement disse.

"Ah, amor."

Lena riu, nervosa, em meio à fumaça do cigarro.

"Isso não existe?", Clement perguntou.

"Quem não é realista, a América mata", disse a sra. Vanetzki. "Você é um rapaz educado. É bonito. Minha filha é uma pessoa confusa. Ela não vai mudar nunca. Ninguém muda. Só mais e mais sai para fora, só isso, como uma bola de barbante desenrolando. Faça um favor para você mesmo: esqueça dela, ou seja só amigo, não case. Devia encontrar uma mulher esperta com uma cabeça prática e ideias claras. Casamento é uma coisa para sempre, mas uma esposa só é boa se for prática. Essa moça não faz ideia do que é ser prática. É uma sonhadora, igual ao coitado do pai dela. O homem vem para este país esperando algum respeito, pelo menos com o nome dele. Ninguém respeita um polaco. O que eles sabem sobre os Vanetzki que vêm lá dos duques da Lituânia? Ele enlouqueceu por um pouco de respeito, um homem formado em engenharia. Ficavam querendo ser amigos dele, o tipo de gente com quem ele nem falaria no antigo país, a não ser talvez para mandar engraxarem seus sapatos. Então ele vem para Akron e Detroit e depois para cá em busca de um círculo cultural. Essa é a natureza do pai de Lena. Ele não sabia que aqui você é ou um fracasso ou um sucesso, não um ser humano com um nome. Então ele foi alucinado para o túmulo. Não fale em casamento. Por favor, por vocês dois, deixe ela sossegada. Nossa Patsy, sim — ela devia ter casado. Essa só o casamento pode salvar e mesmo assim, duvido. Mas esta aqui não." Ele se virou para olhar a filha mais velha, que havia dado risada num adorável constrangimento durante todas as suas observações. "Contou para ele o quanto você é perdida?"

"Contei", Lena disse, incomodada. "Ele sabe."

A sra. Vanetzki suspirou, apertou a mão contra a própria face suada e oscilou ligeiramente de um lado para o outro. Ela estava em contato com o que o tempo lhe traria, Clement pensou, e ficou comovido com essa transcendência de sua natureza, mesmo sendo trágica demais para seu gosto.

"O que vai fazer para ganhar a vida? Porque posso adiantar que ela não vai dar em nada financeiramente."

"Mãe!", Lena protestou, deliciada com a revolta feminina insinuada pela ingenuidade da mãe. "Ah, mamãe, não sou tão ruim assim!"

"Ah, está chegando lá", disse a sra. Vanetzki. E repetiu sua pergunta a Clement. "Do que você vai viver?"

"Bom, ainda não sei."

"Ainda? Não sabe que cada dia custa dinheiro? 'Ainda'? A economia não espera nenhum 'ainda'. Você tem de saber com o que vai viver. Mas estou vendo que você é igual a ela — o mundo não é de verdade para você também. Não tem alguma coisa que Shakespeare falou a respeito?"

"Shakespeare?", Clement perguntou.

"Você vai me dizer que está tudo em Shakespeare. Me diga como uma moça bonita e sem futuro pode casar com um poeta que não tem emprego. Meu Deus, vocês são muito crianças!" E ela riu, sacudindo a cabeça desacorçoada. Clement e Lena, aliviados por ela não estar mais julgando os dois, riram com ela, deliciados com o fato de ela estar participando do dilema deles nesta vida louca.

"Mas não vai ser já, mãe. Eu tenho de me formar primeiro, e depois se conseguir um emprego..."

"Ela consegue um emprego — tem notas perfeitas", Clement disse, com segurança absoluta.

"E você? Existe emprego para poeta? Por que não tenta ficar famoso? Tem algum poeta famoso na América?"

"Claro, existem poetas americanos famosos, mas a senhora provavelmente nunca ouviu falar deles."

"É isso que você chama de famoso? Gente de que ninguém nunca ouviu falar?"

"São famosos entre outros poetas e pessoas interessadas em poesia."

"Escreva alguma história — aí você fica famoso. Não essa poesia. Daí quem sabe fazem um filme da sua história."

"Não é esse tipo de coisa que ele escreve, mãe."

"Eu sei, não precisa me dizer isso."

Patsy apareceu atrás da porta de tela de calcinha e sutiã. "Mãe, viu meu outro sutiã?" Ela parecia se sentir perseguida.

"Pendurado no banheiro. Por que não olha de vez em quando em vez de 'mãe, mãe, mãe'?"

"Eu olhei."

"Bom, olhe de novo, com os olhos abertos. E quando você vai lavar sua própria roupa?"

Patsy abriu a porta de tela e saiu descalça na varanda, os braços cruzados diante dos seios grandes em consideração a Clement. Uma toalha enrolada como um turbante no cabelo molhado. Na luz do dia que terminava, ele viu grandeza em suas coxas poderosas, costas largas e peito firme. Num impulso, Patsy agarrou o rosto da mãe com as duas mãos e a beijou. "Adoro você, mãe!"

"Tem um homem aqui e você andando por aí nua desse jeito? Vá para dentro, sua maluca!"

"É só o Clement. Clement não liga!" Virou as costas para a mãe e a irmã e olhou para Clement, cujo coração inchou com a visão de seus seios salientes, mal contidos pelo sutiã pequeno para ela. Com o guinchar provocante de uma risada, ela perguntou: "Você liga para mim, Clement?".

"Não, não ligo."

A sra. Vanetzki inclinou-se para a frente e deu um tapa forte na bunda da filha, rindo em seguida.

"Ai! Doeu!" Patsy correu para dentro de casa, segurando a nádega.

Estava quase escuro agora. Um trem de carga passou ressoando não muito longe. Lena acendeu um cigarro e encostou-se na almofada do balanço.

"Ele vai escrever uma peça de teatro, mãe."

"Ele?"

"Ele é capaz."

"Isso é bom", disse a sra. Vanetzki como se fosse uma piada. Diante de seu negro humor de descrença, todo mundo se calou.

Mais tarde, saíram para dar uma volta. Era um bairro de bangalôs e prédios de apartamento de quatro andares de madeira, moradas de operários.

"Ela está certa, sabe", Clement disse, esperando que Lena o contradissesse.

"Sobre o casamento?"

"Seria bobagem nossa."

"Talvez", ela concordou, aliviada. Uma decisão decididamente protelada era tão reconfortante quanto uma decisão tomada, e ela pegou a mão dele, animada com essa concretização do indefinido.

Ele não conseguia juntar coragem para pôr um anúncio. Estava começando a pensar que poderiam achar perversão. Mas aos poucos foi parecendo um dever consigo mesmo. Um dia, pegou um exemplar do *Village Voice* e parou na esquina de Prince com Broadway examinando as colunas pessoais: página após página de convites, pedidos de companhia, ofertas de descoberta psíquica e melhoria física — como um campo de gelo, pensou, com vozes humanas pedindo socorro de fendas profundas. Dante. Levou o jornal para casa, sobre sua mesa nua, tentando pensar em alguma estratégia e finalmente resolveu por uma abordagem direta: "Mulher grande para experimento inofensivo, idade indiferente, mas pele deve ser firme. Fotos".

Depois de cinco começos falsos — imensas mulheres nuas e gelatinosas fotografadas de todos os ângulos —, ele entendeu no momento em que viu a foto de Carol Mundt que ela era perfeita: cabeça atirada para trás como se estivesse num ataque de riso. Quando ela apareceu à porta — minissaia amarela, boina branca e blusa preta, quinze centímetros mais alta que ele e tocante de um jeito cafona com aquele sorriso tímido, valente — ele sentiu vontade de abraçá-la, imediatamente convencido de que ela ia validar seu conceito. Ao menos tinha feito alguma coisa a respeito do próprio vazio.

Acomodando-se na poltrona dele, ela fez uma tentativa inútil de abaixar a saia enquanto tentava parecer ceticamente resoluta, como se fossem estranhos num bar. Ela tilintava pulseiras pesadas e correntes no pescoço, e nitria — risada de cavalo, irritante ao ouvido sensível dele. Na verdade, havia nela algo extravirgem, como no melhor azeite de oliva, frase que ele resolveu memorizar para usar algum dia. "Então do que se trata? Será que eu sou grande o suficiente?", ela perguntou.

"É muito simples. Sou romancista."

"Hã-hã", ela assentiu, incrédula.

Ele pegou um de seus livros da estante e passou para ela. A moça olhou sua foto na orelha e sua desconfiança cessou. "Bom, então, diga..."

"Vai ter de ficar nua, claro."

"Hã-hã." Ela parecia excitada, como se estivesse se endurecendo para o desafio.

Ele continuou. "E quero poder escrever em qualquer parte do seu corpo porque, você sabe, a história que tenho em mente vai precisar de todo seu espaço. Pode ser que eu esteja sobre-estimando, ainda não tenho certeza, mas talvez seja o primeiro capítulo de um romance." Ele então explicou sobre seu bloqueio e a esperança de que escrever na pele dela o arrancasse de suas garras. Ela arregalou os olhos, fascinada, concordando, e ele percebeu que ela estava orgulhosa de ser sua confidente. "Pode não funcionar — não sei..."

"Bom, vale a pena tentar, certo? Quer dizer, quem não arrisca não petisca."

Para ganhar tempo, tirou de cima da mesa uma caixinha de clipes de papel e um mata-borrão de moldura de couro, presente de Natal de Lena muitos anos antes. Como pedir para ela se despir? A loucura daquele esquema estava rugindo para ele como uma onda, ameaçando lançá-lo de novo na impotência. Embaraçado, disse: "Tire a roupa, por favor?" — coisa que nunca ousara de fato dizer para uma mulher, pelo menos não em pé. Com algo que pareceu um mero dar de ombros e menear de cabeça, ela estava parada na frente dele nua, a não ser pela calcinha branca. Ele baixou os olhos e ela perguntou: "Calcinha também?".

"Bom, se não se importa, por favor. É um tanto menos — sei lá — estimulante sem ela, sabe? E quero usar essa área."

Ela baixou a calcinha e sentou na mesa. "Para que lado?", perguntou. Era evidente que ela tivera arrependimentos e ao superá-los ficara na incerteza, um estado mental de que ele era praticamente dono. E assim a familiaridade deles se aprofundou.

"De barriga para baixo primeiro. Gostaria de um lençol?"

"Está bom assim", ela disse e estendeu-se na mesa. A vasta expansão das costas bronzeadas e os globos brancos das nádegas faziam um violento contraste, parecia agora, com a secura devastada de sua mesa antes. Numa urna de prata gravada, um de seus antigos prêmios, havia uma dúzia de canetas de ponta de feltro, uma das quais ele pegou. Algo dentro dele estava tremendo de medo. O que estava fazendo? Será que finalmente enlouquecera?

"Tudo bem?", ela perguntou.

"Tudo bem! Só estou pensando."

Havia uma história — fazia meses agora, talvez um ano — que ele começara diversas vezes. Então, de repente e simplesmente, ocorreu-lhe que havia sobrevivido ao seu dom e não tinha mais nenhuma fé em si mesmo. E agora, com aquela carne em expectativa debaixo de sua mão, ele se comprometera a acreditar de novo.

"Tem certeza que está tudo bem?", ela repetiu.

Não era uma grande história, nem mesmo muito boa, mas continha uma imagem de como ele havia conhecido sua esposa, debaixo de uma onda que derrubara os dois e os mandara rolando juntos para a praia. Quando ele se levantou, ajeitando a sunga quase despida pela água, ela se levantando também, puxando o maiô inteiro sobre um seio que saíra no movimento da água, ele viu que estavam fadados, como gregos surgindo do oceano em algum mito de afogamento e renascimento.

Ele era um poeta ingênuo na época, e ela adorava Emily Dickinson e trabalhava dia e noite. "O mar tentou tirar sua roupa", ele disse. "O Minotauro." Ele viu que os olhos dela eram vidrados, o que lhe agradava, porque ele se sentia bem com gente vaga, como logo descobriu que ela era. Vomitados pelo mar — como ele viu a cena durante anos depois —, eles instintivamente olharam um para o outro com certa angústia, o mesmo desejo de escapar do definitivo. "A morte pelo definitivo", ele iria escrever, um poema ao fog como força criativa.

Agora, segurando a caneta de ponta de feltro na mão direita, baixou a esquerda no ombro de Carol. O calor de sua pele firme foi um choque. Não era frequente sua fantasia se tornar real, e ela estar disposta a fazer isso por ele, um estranho, o levava quase às lágrimas. A bondade da humanidade. Ele sentia que ela devia ter precisado de toda a coragem para responder ao anúncio, mas algo o impedia de perguntar demais sobre sua vida. Contanto que não fosse louca. Um pouco estranha, talvez, mas quem não era? "Obrigado, Carol."

"Tudo bem. Não tenha pressa."

Ele sentiu que começava a inchar. Como costumava acontecer havia muito, muito tempo, quando escrevia. Um homem escrevia com aquilo, seu órgão devidamente nomeado, e um galão de sangue extra parecia se expandir em suas veias. Ele se inclinou sobre as costas de Carol, a mão esquerda pressionando o ombro dela com mais confiança agora, e escreveu devagar: "A onda ficou mais e mais alta lá longe onde a plataforma de areia descia para as profundezas quando um homem e uma mulher tentaram nadar contra a corrente subjacente que os puxava, estranhos um para o outro, rumando para seu destino". Atônito, ele viu com clareza fragmentos dos dias de sua juventude e começo da idade adulta e, formando como um arco-íris sobre eles, sua inquestionável fé na vida e todas as suas promessas quase esquecidas. Sentia o cheiro da carne de Carol como se ela reagisse à pressão de sua mão, um aroma fecundo de mar, esverdeado, que de alguma forma o provocava com sua força enxuta. Como descrever a pura dor que sentia em seu coração?

E o rosto de Lena surgiu na frente dele como ela era mais de vinte anos atrás, os olhos ligeiramente congestionados pela água do mar, os cachos do cabelo loiro grudados no rosto risonho, o corpo jovem cheio quando ela foi para a areia e se deixou cair, sem fôlego, rindo, e ele já apaixonado por sua forma e ambos de alguma forma familiares e confiantes depois do caldo conjunto. Parecia que aquelas eram as primeiras imagens que ele experimentara em muitos anos, e sua caneta deslizou pelas costas de Carol até as nádegas, desceu pela coxa esquerda, depois pela direita, e virando-a continuou em seu peito, barriga e de volta coxa abaixo, no tornozelo onde, milagrosamente, a história mal disfarçada da primeira traição à sua mulher chegou a seu elegante final. Mas era um conto ou o começo de um romance? Estranhamente, não importava, mas ele tinha de mostrar para seu editor imediatamente.

"Terminei no seu tornozelo!", ele exclamou, surpreso com a juventude do tom de sua voz.

"Não é ótimo? E agora?" Ela se sentou, as mãos infantilmente erguidas para não se borrar.

Ocorreu a ele o quanto era estranho ela ignorar o que estava escrito nela como numa folha de papel. "Podia escanear você, mas não tenho escâner. Ou então podia copiar para o meu laptop, mas vai levar algum tempo — eu não digito depressa. Nem tinha pensado nisso... a menos que ponha você num táxi para o meu editor", ele brincou. "Mas é brincadeira. Ele podia querer cortar algumas coisas."

Resolveram o problema com ele sentado atrás dela, lendo suas costas em voz alta enquanto ela digitava no laptop. De quando em quando, caíam na gargalhada pelo procedimento. Para o texto na frente de seu corpo, ela pensou em ter um espelho grande para ler, mas ficaria tudo invertido. Então ele se sentou na frente dela e digitou enquanto ela segurava o computador no colo. Quando ele havia lido até suas coxas, ela precisou se levantar para ele continuar — até ele estar no chão, lendo as panturrilhas e os tornozelos.

Então ele se levantou e olharam fundo nos olhos um do outro pela primeira vez. Assim, talvez por terem feito algo tão íntimo e tão inusitado, não tinham ideia do que fazer em seguida, começaram a rir e caíram no chão de tanto rir, uma histeria contagiosa movimentando seus diafragmas até que tiveram de apoiar a testa na beira da mesa e não olhar um para o outro. Por fim, ele conseguiu dizer: "Pode tomar uma chuveirada, se quiser". E por alguma razão isso os pôs guinchando outra vez, despencando com delicioso abandono.

Sem fôlego, caíram no chão e a risada cessou. Estavam deitados lado a lado, cheios de algum inesperado conhecimento infantil recíproco. Quietos, ainda ofegantes, deitados face a face no tapete oriental.

"Acho que eu vou embora, certo?", ela perguntou.

"Como vai lavar isso?", ele perguntou, sentindo uma ansiedade incompreensível.

"Vou tomar um banho, acho."

"Mas suas costas…"

"Conheço alguém para lavar para mim."

"Quem, um homem?"

"Não, uma garota do fim do corredor."

"Mas eu preferia que ninguém lesse ainda. Não tenho certeza de que esteja pronto para publicar, sabe? Ou para alguém ler.

Quer dizer..." Ele estava rodeando, procurando alguma razão para evitar a curiosidade daquela amiga desconhecida que lavava costas; ou talvez fosse para preservar a privacidade de sua criação — Deus sabe por quê, mas ele sentiu que o corpo dela era pessoal demais para qualquer estranho olhar. Ergueu-se num cotovelo. O cabelo dela estava espalhado no tapete. Era quase como se tivessem feito amor. "Não posso deixar você ir assim", ele disse.

"Como assim?" Havia uma nota de esperança na voz dela.

"Pessoas que nos conhecem vão reconhecer coisas de minha mulher no texto. Não estou pronto para isso."

"Por que escreveu então?"

"Só registrei o texto cru e depois mudo alguma coisa mais tarde. Você não pode ir assim. Tomo um banho com você e esfrego suas costas, tudo bem?"

"Tudo bem, claro. Mas eu não pretendia deixar ninguém ler", ela disse.

"Eu sei, mas vou me sentir melhor se apagar."

No pequeno box de metal, ela parecia tão imensa que ele começou a ficar cansado de esfregá-la por alguns minutos com a escova de costas. Carol lavou a frente, mas ele fez as partes de trás das coxas, panturrilhas, tornozelos. E quando ela estava limpa, a água correndo pelos ombros, ele a puxou para si. Havia uma força sólida em seu corpo.

"Está se sentindo melhor agora?", ela perguntou. Ele ficou abstraído diante daquela mulher, os últimos vestígios de cérebro escorreram de seu crânio e desceram pela virilha.

Mais tarde, ele se perguntou por que fazer amor com ela debaixo da água corrente foi tão fácil e direto, enquanto antes, coberta como estava com suas palavras, a simples ideia daquilo era como penetrar num mato com espinhos. Ele gostaria de poder discutir esse enigma com Lena. Mas claro que estava fora de questão, embora ele não estivesse convencido de que devesse estar.

Depois de ajudar Carol a se enxugar, ela vestiu a calcinha, o sutiã, a blusa e puxou a saia para cima enquanto ele se sentava à mesa, abria uma gaveta e tirava o talão de cheques. Mas ela imediatamente tocou seu pulso.

"Tudo bem", disse. O cabelo molhado traía a intimidade deles, o fato de que ele a havia mudado.

"Mas quero pagar você."

"Dessa vez não." Uma franca timidez passou por seu rosto diante dessa involuntária sugestão de seu desejo de voltar. "Talvez da próxima vez, se você me quiser de novo." E então ela pareceu se alarmar com um novo pensamento. "Será que vai querer? Quer dizer, já fez, certo?" Seu atrevimento anterior estava voltando. "Acho que não dá para ter uma primeira vez duas vezes, certo?" Ela riu, baixo, mas os olhos estavam implorando.

Ele se levantou e fez um movimento para lhe dar um beijo de despedida, mas ela se virou ligeiramente e ele beijou seu rosto. "Acho que tem razão", ele disse.

Certa dureza aflorou então no rosto dela. "Então, olhe, melhor eu pegar o dinheiro."

"Certo", ele disse. A realidade é sempre um tamanho alívio, ele pensou, mas por que tinha de vir com raiva? Ele se sentou e preencheu um cheque; depois, com uma pontinha de vergonha, entregou a ela.

Ela dobrou o cheque e enfiou na bolsa. "Foi um dia tranquilo, não foi?", ela gritou e soltou uma das suas risadas de cavalo, assustando-o, porque tinha parado de rir assim depois de seus momentos iniciais como estranhos. Ela voltou a caçar gamos agora, ele pensou, e a trabalhar na tundra. Depois de escapar da dissimulação por um momento de autoconfiança, ela deslizara de volta.

Quando Carol foi embora, ele se sentou à mesa com o manuscrito na frente. Dezoito páginas. Seu olhar sem foco, o corpo recém-lavado, a força despendida pareceram esclarecer e elevar a ele. Pôs a mão em cima da pilha de papel, pensando: "Molhei a ponta do pé além da borda da sanidade, então é melhor isto aqui ser bom". Esfregou os olhos e começou a ler quando ouviu, lá embaixo, a porta da rua fechar. Lena estava em casa. Em casa com seu rosto de rugas profundas como um pimentão maduro ressecado, a boca voltada para baixo, os seios chatos, um detestável cheiro marrom de nicotina no hálito. Ele estava ficando zangado outra vez, enchendo-se de ódio pela teimosa autodestruição dela.

Voltando à história, lendo e relendo, ele sentiu uma tremenda surpresa por seu doce fluxo de compaixão e amor por ela pulsar vivo dentro dele mesmo agora, quase como se escrito por um homem muito jovem e sem marcas, um homem aprisionado dentro dele, um poeta livre cantador cujo espírito era real e convincente como as ondas do mar. E se ele tentasse transformar o conto em uma espécie de poema para ela, como havia sido antes — será que ela se reconheceria e se apaziguaria? Ao ler, ele viu como ela ainda era bonita e poética em algum centro enterrado de sua mente, e lembrou-se como meramente andar com ela de manhã um dia o enchera de felicidade e animação. Erguendo os olhos do manuscrito para olhar os telhados áridos, sentiu uma pontada por Carol, cuja presença brutalmente jovem ainda vibrava na sala, e quis que ela voltasse talvez mais uma vez para poder escrever de novo em sua pele esticada e talvez pescar alguma outra coisa inocente que pudesse estar tremendo no escuro dentro dele, algum remanescente de amor tão aterrorizado de sair que parecia ter desaparecido — levando com ele sua arte.

# O engenho de terebintina

1

Aquele verão do começo dos anos 1950 foi excepcionalmente frio em Nova York, no mínimo parecia assim para Levin. A menos que aos trinta e nove anos tivesse envelhecido prematuramente, ideia de que ele gostava bastante. Pela primeira vez na vida, realmente estava ansioso para ir para o sol, então, quando Jimmy P. voltou do Haiti todo bronzeado, ele ouviu com interesse mais que sociológico o seu relato arrebatado de um novo vento democrático soprando pelo país. Levin, bem adiante de seu tempo, tinha de duvidar que a política jamais mudasse realmente o comportamento humano para melhor e, além de seu negócio, se voltara para a música e para alguns livros exemplares. Porém, mesmo em seu passado mais político, ele nunca confiara totalmente nos entusiasmos de Jimmy, embora se sentisse enternecido pelo ingênuo respeito de Jimmy. Antigo lutador Colgate com nariz achatado, ombros caídos e fala ciciante, Jimmy era um comunista sentimental que idolatrava pessoas talentosas, algumas das quais ele representava como um publicitário, como Stálin e qualquer indivíduo que apresentasse sinais de alardear qualquer regra respeitável que estivesse em jogo no momento. Rebelião para Jimmy era poética. No dia de seu sétimo aniversário, seu pai heroico o beijou no alto da cabeça, partiu para se juntar a uma revolução na Bolívia e nunca mais voltou de fato, a não ser para algumas visitas inesperadas que duravam duas semanas, até desaparecer para sempre. Mas um farrapo fossilizado de expectativa pelo reaparecimento do homem devia rondar ainda a mente de Jimmy, alimentando-se de seu pendor idólatra. O que ele admirava em Mark Levin era a coragem de ter deixado o emprego no *Tribune* para assumir o tedioso negócio de couros do pai, em vez de continuar editando com a nova antibelicosidade russa exigida dele. Na verdade, porém, a cabeça de Levin estava em Marcel Proust. Durante o ano anterior quase todo, os livros de Proust haviam afastado praticamente o resto de seus pensamentos a não ser talvez pela música, por sua combativa e adorada esposa Adele e uma reconfortante hipocondria.

O Haiti, para Levin e Adele, era o lado escuro da lua. O que sabiam sobre o lugar vinha da *National Geographic* do dentista, das fotos de carnaval de mulheres de aspecto maluco, incrivelmente bonitas, dançando nas ruas, e do vodu. Mas, segundo Jimmy, uma onda inexplicavelmente sofisticada de excelente pintura e literatura estava ocorrendo no momento, explodindo com uma força da natureza reprimida num país governado por gerações de facas e armas. A velha amiga de Jimmy, Lilly O'Dwyer, antiga colunista do *New York Post*, estava ansiosa por receber os Levin; ela se mudara para lá para viver com a mãe expatriada e conhecia todo mundo, principalmente os novos pintores e intelectuais jovens que tentavam insinuar reformas democráticas de esquerda antes de serem assassinados ou expulsos do país. Na última eleição, o candidato da oposição, sua esposa e quatro filhos tinham sido mortos por desconhecidos, a machadadas, em sua sala ao nível da rua.

Os Levin estavam ansiosos para ir. Suas últimas férias de inverno — infindáveis cinco dias numa praia caribenha — haviam feito jurarem ficar longe dessa autoindulgência desmiolada, mas aquilo prometia ser diferente. Os Levin eram gente séria; numa época em que filmes estrangeiros ainda não eram exibidos em Nova York, eles se filiaram a uma sociedade que os exibia em salas particulares e Mark especialmente era muito apaixonado pelos franceses e italianos. Ele e a esposa eram ambos talentosos pianistas clássicos e, de fato, se conheceram na casa do professor de piano, ela chegando para a aula quando ele estava saindo, e foram imediatamente atraídos pela altura incomum de ambos. Mark media um metro e noventa, Adele exatos um metro e oitenta; formarem um par normalizou o que haviam vivido como uma espécie de deformação, mesmo que ainda salpicasse uma ironia defensiva em suas conversas. Mark dizia: "Finalmente encontrei uma garota que posso olhar nos olhos sem ter de me sentar".

"É verdade", ela acrescentava, "e qualquer dia ele vai resolver olhar para mim."

O rosto de Adele, abaixo da franja e do cabelo cortado curto, possuía um ar quase oriental, os olhos pretos e os malares amplos arqueando seu olhar, e Mark tinha um rosto longo, equino, cabelo pixaim e uma risada tímida, relutante, a não ser nos dias em que, resmungando em desespero, ele acreditava mais uma vez que o estômago havia caído tragicamente ou que seu coração tinha mudado ligeiramente para o centro do peito. Mesmo assim, sob uma resguardada ironia, eles conseguiam ser suficientemente ingênuos para serem arrebatados, ao menos a uma distância discreta, pelo esquema idealista de melhoria social que ambos alimentavam. Durante o almoço em seu escritório da cidade de

Long Island, ele leu *The New Republic* com uma ocasional olhada furtiva no livro *Em busca do tempo perdido*, no francês que ele só amava menos que sua música. Voaram para Port-au-Prince na cabine trovejante de um Constellation da Pan American, os dois batalhando contra a premonição de que a viagem estava condenada a ser mais uma conta no colar de seus erros.

A casa O'Dwyer, concluída um ano antes, ficava pendurada como um ninho de concreto acima do porto de Port-au-Prince. Projetada pela sra. Pat O'Dwyer e o genro, Vincent Breede. Em sua versão do espírito de Frank Lloyd Wright, a casa induzia as brisas a correrem livremente por seus amplos quartos e janelas. A sra. Pat estava no momento profundamente concentrada num jogo de pôquer com o bispo episcopal Tunnel, com o comandante Banz do cruzador pesado dos Estados Unidos ancorado no meio do porto e com o chefe de polícia, Henri Ladrun. Em torno deles, um vasto tapete oriental se estendia até as paredes brancas cobertas com um Klee, um Léger e meia dúzia de pinturas haitianas de cores vivas, estas testemunhas do gosto e acúmen da sra. Pat, tendo o preço delas subido às alturas desde que as comprara antes que os pintores haitianos tivessem começado a vender. Ela depressa simpatizou com Adele nessa noite, compartilhando sua raiva por congressistas e republicanos em geral por instigarem a atual caçada a vermelhos no governo, uma previsível difamação de liberais partidários do New Deal, na opinião dela, e por serem o partido do infame senador McCarthy.

Jimmy P. informara os Levin a respeito da sra. Pat antes de eles deixarem Nova York. Começando como assistente social em Providence, Rhode Island, ela havia logo concluído que o que seus clientes, sobretudo católicos, mais precisavam era de preservativos, que na época eram coisas vendidas por baixo do pano onde não eram ilegais. Levando caixas deles de Nova York, onde os comprava em consignação, ela aos poucos se tornou distribuidora e acabou abrindo uma fábrica para manufaturá-los, vindo a adquirir grande fortuna. Em férias no Haiti, ela percebera uma necessidade ainda maior de seu produto ali e fundou uma nova fábrica, dessa vez doando grande parte da produção a organizações não lucrativas. Com quase oitenta anos agora, bonita como sempre, com cabelo prateado esvoaçante e olhos azuis serenos como um lago, a sra. Pat levava uma vida que consistia em tentar fazer as pessoas serem objetivas. A impaciência a convertera do catolicismo para a ciência cristã que ela interpretava como uma fé de autossuficiência, expressando assim seu empreendedorismo pessoal e, em sua aplicação mais ampla, seu objetivo de uma sociedade socialista, humana.

Estendida numa *chaise* junto à mesa de jogo, lendo o *Times* três dias atrasado, sua filha, Lilly, disse: "Jean Cours viu Charles Lebaye na rua ontem". Derrotada em sua batalha contra o peso, Lilly usava vestidos brancos escorridos e *négligés*. Pulseiras de lata de fabricação local tilintavam em seus braços. Seu olho percebeu a entrada do filho de onze anos, Peter, de seu primeiro casamento com um crítico de teatro alcoólatra em Nova York, e ela não conseguiu deixar de pensar que ele tinha o instável temperamento irlandês e sombrio do pai e também a mesma beleza e elegância. Peter, com short bege sujo e descalço, estava enchendo a boca com cerejas de uma tigela de frutas e não se dignou a responder seu cumprimento, castigando-a, ela pensou, por privá-lo do pai.

A sra. Pat mal levantou os olhos das cartas na mão. "Viu Lebaye, o comissário?"

"É."

"Mas achei que ele tinha morrido faz uma semana e tanto."

"Morreu mesmo." O jogo de cartas parou. Vincent e Levin saíram à sacada para ouvir e todos os jogadores voltaram-se para Lilly. "Cours o viu no caixão e assistiu ao enterro."

"Como ele pode saber que era Lebaye?"

"Os dois se conheciam a vida inteira. Ele disse que o abordou na rua, mas que Lebaye passou direto. Disse que foi transformado em zumbi."

"O que é zumbi?", Adele perguntou, virando-se para Vincent que como jamaicano negro devia saber.

Vincent disse: "Uma espécie de escravo. Dizem que ressuscitam uma pessoa morta, removem seu espírito e assim ele faz tudo o que o seu senhor mandar".

"Mas o que é de verdade?", Levin perguntou, pairando acima da mesa de jogo e sentindo com o indicador a pulsação da artéria carótida.

"Não sei, acho que eles devem drogar a vítima e fingir que enterram…"

"Cours jura que viu Lebaye entrando na terra", Lilly disse.

"Ele pode ter visto um caixão entrando na terra, minha cara, mas…", Vincent disse.

"Coisas muito estranhas realmente acontecem", o bispo interrompeu. Todos se voltaram para ele, como o mais experiente com os haitianos, tendo convertido muitos, além de promover a nova pintura e a nova literatura no país. O interior caiado de sua grande igreja estava coberto de pinturas recentes. Com o rosto rosado em forma de melão ele tinha um agradável ar de incompetência, mas havia dado abrigo a revolucionários e enganado homens armados à procura deles. "Não tenho nenhuma certeza de que usem drogas", ele disse. "Eles têm seus modos de tocar o cerne das coisas, sabe? Quer dizer, mais parece uma espécie de hipnotismo profundo que os leva ao centro da pessoa."

"Mas não podiam ter enterrado o homem de fato", disse o comandante Banz, "ele teria sufocado." De cabelo preto, com um perfil impecável, a farda branca da Marinha com gola alta perfeitamente ajustada ao pescoço, ele parecia mais com o padre militante do que com o bispo acima do peso. Discordando patrioticamente de tudo o que a sra. Pat acreditava sobre a desonestidade imperial dos Estados Unidos, Banz a considerava uma mulher superior, um mistério elegante à espera de ser resolvido. De qualquer forma, aquela casa era o único lugar em toda a ilha onde ele se sentia bem-vindo.

"A menos que tenham um jeito de deixar mais lento seu metabolismo", disse Vincent, "mas eu não acredito em nada disso."

O delegado Ladrun, um homem baixo de cento e quarenta e cinco quilos cuja barriga parecia começar abaixo do queixo, era o único haitiano na sala. Com uma risada satisfeita, ele disse: "É tudo bobagem. Muita gente parecida. O vodu é uma religião como outra qualquer, só que tem mais magia, claro. Mas lembrem dos pães e peixes e de andar sobre a água".

A conversa virou para magia, o jogo animou-se de novo, e Lilly voltou a seu jornal. Vincent e Levin voltaram à sacada, onde sentaram lado a lado olhando o porto. Vincent, único negro com quem Levin tivera a chance de conversar desde suas tardes de basquete na faculdade, era impressionante para Levin. Ele já sabia então que Vincent começara como um jamaicano pobre de físico poderoso, que conseguira diplomas de Oxford e de uma universidade sueca, e era encarregado de uma agência da ONU para reflorestamento da área do Caribe. E Levin ficava bem contente com o aberto interesse de Vincent por ele e por seu fascínio com Proust.

"É sério, o vodu?", Levin perguntou.

"Bom, conhece o ditado: o Haiti é noventa por cento católico e cem por cento vodu. Na minha opinião, é mais um incômodo que qualquer outra coisa, mas acho que no fundo toda religião é uma forma de controle social, então não posso levar muito a sério seu lado espiritual. Este país precisa de cientistas e de pensadores esclarecidos, não de mágicos. Mas acho que como todo o resto tem seu bom uso. Na verdade, eu mesmo já usei o vodu." Ele tendia a desculpar toda afirmação com uma risada.

Explicou que tinha feito arranjos para o plantio de vários milhares de árvores de crescimento rápido, uma vez que o carvão era o combustível básico ali. Nem um ano depois, as mudinhas foram todas cortadas e recolhidas para queimar. "Quando parei de me sentir indignado", ele disse, "estava um dia no barbeiro, por acaso, e ele sugeriu que eu procurasse o *houngan* local, que poderia ajudar. Encontrei o sujeito; em troca de uma doação ele preparou uma cerimônia para tornar sagrada a área de plantio. Uma grande multidão apareceu para assistir ao plantio, e ninguém mexeu com as árvores sagradas durante três anos, até serem devidamente colhidas. Devo dizer que detestei a ideia, mas funcionou de fato." Depois de um momento de silêncio, perguntou: "Por que está interessado no Haiti?".

"Eu não sabia que estava", disse Levin, "mas existe algum tipo de atração atmosférica, uma espécie de segredo talvez. Realmente não sei."

Ele olhou o rosto do negro na luminosidade amarela que vinha da sala e com as águas escuras do porto atrás dele e as luzes esparsas da cidade empobrecida lá embaixo, a estranheza de estar ali o atingiu e com ela uma apreensão, como se se encontrasse nadando no mar de cabeça para baixo. Ele gostava de sua segurança, mas desejava os riscos de um artista mais que o desperdício de sua luta diária com os negócios. "Eu pulo numa perna só com solidez, o outro pé suspenso sobre um abismo", ele dissera uma vez a Adele quando terminaram um dueto de Schubert que o comovera quase às lágrimas.

"Você e sua esposa gostariam de conhecer melhor o país? Tenho de subir para a floresta de pinheiros amanhã." Vincent o encarou, um homem de ombros sólidos, de seus trinta anos, infinitamente seguro e à vontade naquele país negro.

Ansioso para ver mais daquele estranho lugar, Levin concordou instantaneamente, surpreso pelo choque de expectativa que tinha quase esquecido estar ainda vivo dentro dele. O rosto amado de Proust relampejou por sua mente, *como uma flor morta*, pensou.

2

Quando Adele viu o minúsculo austin na entrada do Gustafson Hotel ela desistiu, preferiu passar o dia conhecendo a cidade em vez de sentar de lado durante horas no banco traseiro. Na realidade, ela planejava vagar em torno do hotel por algum tempo; seu estilo colonial francês sem reformas a lembrava de uma relíquia submersa. Através das janelas altas, cortinadas, conseguia imaginar Joseph Conrad passando ou sentando em uma das enormes poltronas de ratã do saguão e devia haver algumas lojas para as quais Mark não teria paciência. Ela acenou alegremente para o carrinho que partia.

Quando o austin passou por ela, o sol da manhã ainda estava suficientemente baixo para inundar seu rosto divertido debaixo do chapéu de palha preto, de abas largas; era uma luz macia que parecia elevá-la, suspendê-la no espaço e Levin censurou a si mesmo por não fazer amor com ela com mais frequência. Fazia o que agora, uma semana? Talvez mais. Dentro dele soou um alarme silencioso. Jogar para lá e para cá suas ironias e observações inteligentes não substituía os choques que enfrentava nos negócios e ele resolveu tentar conhecer Adele outra vez. Sete anos de casamento e tinham perdido muito da curiosidade. Ele precisava parar de se esconder. Precisava começar a escutar outra vez.

Vincent conduziu o carro pelas ruas principais da cidade e em torno dos postes de telefone com cabos pendurados, alguns plantados como distraídos arrependimentos no meio das ruas ou a poucos metros da sarjeta, alguns na calçada. O segundo andar projetado sobre a rua de algumas casas protegia lojas abertas para a rua, na maioria das quais parecia haver homens consertando panelas, para-choques de automóveis, móveis quebrados. Uma loja enorme em uma esquina vendia pneus, fogões, refrigeradores, carne, peixe, vestidos, botas, querosene, gás. As vitrines do banco eram imaculadas e através delas Levin viu moças jovens trabalhando solenemente nos caixas com blusas brancas engomadas, sem dúvida os melhores empregos da cidade. Uma dupla de homens de negócios bem vestidos, sérios, parou na calçada, as mãos travadas num digno aperto de mão matinal. Ainda havia tempo para tudo ali.

Vincent girava a direção nas curvas. "Direção inglesa", riu, "apertada, mas apurada. Esta coisa é construída para melhorar o caráter — acho que empurrei mais vezes do que dirigi. Se tem um boato de uma neblina distante a coisa não dá partida."

A cidade foi ficando mais rala e a estrada surpreendentemente bem asfaltada contornava grupos de barracos e pequenos jardins, quase sempre trabalhados por uma mulher enquanto o homem estava sentado por perto conversando com ela ou com um amigo. "Os homens parecem não fazer muita coisa", Levin observou.

"África", disse Vincent. "Os homens caçavam e a mulher cuidava da casa e da plantação. Claro que não resta mais nada para caçar. Alguns trabalham duro, mas precisam de educação. É uma situação desesperada. Este país está esperando para começar a existir."

"O que eles podem exportar?", Levin perguntou. Cada grupo de barracos parecia ter uma placa escrita à mão anunciando *reparations pneu*. "Além de consertos?"

"Bauxita. O minério para fazer alumínio. Costumava haver ouro. Não muito, mas acabou faz tempo."

Levin se viu tentando imaginar melhorias. "E o que poderiam fazer com mais educação? Além de emigrar?"

"Eleger um governo decente, para começar. Isso seria uma grande coisa." A séria intensidade de Vincent deixava sua voz mais grave. De repente, ele havia parado de brincar; Levin estava surpreso. Lembrou-se de suas frenéticas discussões políticas na faculdade, não muito tempo antes.

O carro subia já havia meia hora por uma floresta de pinheiros que se adensava, o ar com um cheiro fresco e agradável agora. "De quem é tudo isto?"

"Do Estado. Mas os políticos estão roubando para eles."

"Como?"

"Alterando os registros."

"Estão replantando?"

"Não. É isso que eu estou tentando que seja feito. Está condenada, a floresta inteira, mas o cargo público é uma licença para roubar", disse Vincent.

O corpo de Levin ficou tenso com uma espécie de combatividade que ele instantaneamente reconheceu absurda — não era sua floresta e, de qualquer forma, o que podia fazer a respeito?

Uma mulher solitária apareceu de repente da floresta levando um bode teimoso pela corda. Seu corpo alongado movimentava-se sem esforço, como uma figura de sonho que mal tocava a terra, e a ponta de uma longa bandana carmesim enrolada em sua cabeça descia sobre os seios como uma ferida. Ela mantinha estendido um braço que oscilava com graça para se equilibrar, como uma bailarina.

"Muitas delas são muito bonitas", disse Levin.

"É isso que dá pena, é."

A estrada parou de subir e, numa clareira, Levin viu uma cabana de troncos de estilo alpino com o telhado muito íngreme e beirais largos, ali onde nunca nevava.

"Tenho de prestar meus respeitos ao gerente", Vincent falou ao descer e desaparecer dentro da casa. Levin saiu do carro e se espreguiçou até ficar na ponta dos pés. O silêncio era como um toque suave em sua carne. Naquele momento, estar parado naquele ponto específico da terra era algo miraculoso. O que estava fazendo ali? No carro, Vincent mencionara um homem com quem precisava falar hoje. Tinha dado risada do sujeito, um ex-executivo de publicidade da avenida Madison que havia virado nativo ali. Ele contara mais, porém o barulho do motor atrapalhava. Agora saía da casa, rindo ao lado de um negro que ficou por lá e acenou um adeus.

"Um dos bandidos menores", Vincent disse quando se afastaram. Minutos depois, estavam completamente fora da estrada, seguindo uma trilha de terra no meio da floresta. As árvores eram muito maiores ali, mais difíceis de cortar e derrubar do que aquelas na periferia da floresta. Então chegaram a um simples bangalô de troncos. Havia jornal enfiado na janela quebrada e uma picape ford vermelha caindo aos pedaços ao lado. Havia peças de metal de alguma máquina espalhadas pela clareira cheia de mato, ao lado de pneus carecas, um grande toldo, molduras de janelas, uma bomba manual enferrujada, e uma casinha de vaso sanitário caindo aos pedaços encostada a uma árvore. Tudo parecia encostado. Os degraus da varanda empenados. Um varal entre duas árvores com um único sutiã pendurado. Vincent desligou o motor, mas ficou à direção. Suas risonhas ironias haviam desaparecido, e Levin achou ter visto alguma tensão em torno de seus olhos.

"Quem é este mesmo? Não peguei o nome..."

"Douglas. É um problema complicado", ele disse, parecendo incerto pela primeira vez. "Eu não devia ter me deixado envolver, mas na época não pensei que ele fosse chegar a esse ponto."

"Estou perdido. Do que está falando?" Evidentemente, Vincent esquecera que nem todo mundo estava a par daquela situação.

Ele encostou no banco, os olhos na casa, só um ocasional relance para Levin. "Gosto do sujeito, mas ele é muito estranho. Bom coração, sabe, mas... bom, acho que se pode dizer que é bobo. Deixou um emprego importante uns dois anos atrás na BBD&O na avenida Madison para navegar em um barco excedente da Marinha, mostrando filmes para as pessoas das várias ilhas." Ele riu, mas a tensão continuou em seu rosto. "Achou mesmo que ia conseguir ganhar a vida vendendo ingressos para os nativos! E é claro que não havia bastantes clientes com uma moeda no bolso, não no Caribe. Então ele chegou aqui, talvez procurando alguma coisa que pudesse fazer com o barco, acho. E — Deus sabe de onde surgiu a ideia, nunca entendi direito essa parte — mas acho que foi quando ele viu aquele tanque gigantesco perto da doca onde atracou. Pode ter vindo com algum naufrágio grande. Capaz de armazenar, sei lá, talvez alguns milhares de litros. E largado lá sem serventia. Ele ficou por ali, morando no barco com a família, se enchendo de frustração por causa do tanque."

"Porque não estava fazendo nada."

"Claro! Isso mesmo!" Ele riu de novo. "Nós estamos sempre salvando o Haiti. Você parece ter também um pouco desse sentimento."

"Bom, não realmente, embora eu confesse que posso entender. Talvez seja o povo; eles parecem tão..."

"Doces, é. E tão cheios de imagin*ação*", ele deu à palavra uma ênfase comemoratória jamaicana. "De qualquer forma, ele ouviu falar da floresta e um dia subiu aqui, teve a ideia de que, com todos esses pinheiros, podia colher a resina para fazer terebintina e instalar um processo de destilação. Terebintina é uma coisa importante no Haiti; usam para tudo, desde reumatismo até problemas de pulmão e de sexo, e mais uma porção de coisas. Então ele tinha o tanque e de repente aqui estava um uso fantástico para ele." Ele caiu na risada, mas a preocupação ainda estava em seus olhos. "Não só tinha um uso para o tanque, mas ajudaria a proteger a floresta, e criar talvez uns vinte empregos bons para as pessoas. Havia uma porção de diferentes virtudes, além da terebintina em si."

Ele fez uma pausa, ainda olhando a casa. Estava com os lábios secos e umedeceu-os com a língua. "Não era de jeito nenhum minha intenção, mas acho que inadvertidamente eu dei força para ele. Eu era o único por aqui com alguma formação científica, embora o que ele precisasse de fato era da assessoria de engenheiros. Ele pediu para uns amigos na agência mandarem literatura sobre tecnologia de destilação e insistiu comigo sobre a química de que eu mal me lembrava, e deu a partida. Primeiro de tudo, aprendeu que o tanque tinha de ficar num ângulo específico — esqueci exatamente de quantos graus —, mas arrumou um equipamento de topógrafo e se virou aqui em cima até que descobriu um grau com a inclinação exata de que precisava e contratou dois homens para fazerem almofadas de concreto a fim de apoiar o tanque. Claro que a coisa era grande demais para trazer até aqui em cima de caminhão, então infelizmente encontrei para ele um soldador que eu conhecia no porto e ele mandou cortar a coisa em setores, trouxe pedaço por pedaço na caminhonete dele e soldou de novo na forma original outra vez. A coisa toda era tão absurda que eu..." Ele se interrompeu, absolutamente sério. "Acho que me sinto um pouco responsável, embora tenha tentado fazer ele desistir. Mesmo assim..." Fez nova pausa, confuso. "Não sei, talvez eu tenha dado força no sentido de que eu estava contente de *alguém* se entusiasmar com as possibilidades deste país. Eu simplesmente — não sei, acho que eu devia ter levado tudo mais a sério. O perigo, eu quero dizer."

"Quanto tempo faz que ele está nisso?"

"Deve fazer ao menos oito meses, talvez um ano. É uma loucura — se você precisar de um prego não tem nada daqui até o porto, então ele ou a mulher dele tinham de sair correndo para cima e para baixo da montanha para buscar qualquer coisinha."

"Mas o que preocupa você? Tudo me parece bem inofensivo", disse Levin.

"Ele está pronto para acender o fogo."

"E daí?"

"O tanque vai se encher de vapor. Ele tem algum tipo de válvula de segurança no alto, mas, meu Deus do céu, não sei se é do tipo certo; é uma coisa lá que ele pegou no porto. Válvulas assim têm diferentes capacidades e eu não sei nada a respeito, nem ele." Uma risada nervosa, aguda, escapou dele: "A pressão do vapor tem de ficar em torno de cento e quarenta libras por polegada quadrada e todo o equipamento dele é de segunda mão ou improvisado. É muita pressão para um equipamento que foi ressoldado com solda em cima de solda, e muito mexido. Deus sabe que é capaz de ele explodir o alto desta montanha, ou tocar fogo na floresta e morrer junto!".

"Quando é para isso acontecer?"

"Hoje."

"Melhor você roubar os fósforos dele e nos levar embora daqui agora mesmo." Os dois homens caíram na gargalhada. "O que você vai fazer?"

"Bom, eu espero mesmo fazer ele desistir. Precisa da assessoria de engenheiros."

"Seria de esperar que ele tivesse feito isso há muito tempo."

De repente, pelo canto dos olhos, Levin viu um rosto espiando por sua janela, mas, no instante em que se virou, o rosto desapareceu. Parecia o rosto de uma criança.

"É a Catty", disse Vincent, deslizando de seu banco. Quando se encaminharam para a casa, ele continuou. "Tem também o Richard, de sete anos, acho, e ela tem nove. Escute." Ele parou, olhando para Levin. "Queria que você perguntasse a ele se os meninos vão para a escola. Porque acho que não têm ido durante todo o tempo que estão aqui, vivem correndo feito loucos com os meninos do lugar. Ele não me dá ouvidos, acha que sou um daqueles negros convencionais demais. Pode fazer isso?"

Uma mulher apareceu na varanda estreita, o braço numa tipoia branca. "Vincent! Que prazer!" Com um olhar cuidadoso para um degrau quebrado, ela correu no meio do mato até eles com a mão boa estendida, como um anfitrião de algum almoço elegante. Denise era miúda e viva, com quarenta e poucos anos. Havia um brilho ousado em seus olhos alertas e o cabelo loiro estava embaraçado e com nós, provavelmente, Levin pensou, porque ela não conseguia lavá-lo com uma mão só. Ela não parava de sorrir, mas "por favor, socorro" era como um luminoso aceso acima de sua cabeça.

"O que aconteceu?", Vincent perguntou, apontando a tipoia.

"Ah, Vincent", ela começou a dizer e agarrou o braço dele procurando mais que apoio físico, o rosto agora com uma expressão desanimada. "Eu estava descarregando um dos tambores de cinquenta e cinco galões, ele escorregou e bateu em mim. Está melhorando, mas foi horrível durante algum tempo, o motor da caminhonete não pegava, as crianças estavam não sei onde e Douglas lá nos tanques. Então tive de andar segurando a fratura..."

Levin viu que Vincent era o seu salvador, sua única esperança de escapar, fosse o que fosse que obrigava uma mulher evidentemente de classe alta a ficar descarregando tambores de cinquenta e cinco galões. "Venha, entre, ele vai ficar tão contente de ver vocês." Levin só foi apresentado quando entraram na casa, mas ela mal olhou para ele, toda a atenção fixa em Vincent.

A sala em que entraram tinha um cheiro desagradável. Numa parede, uma imensa lareira feita de pedras redondas, com um aparador sobre o qual havia quatro ou cinco livros em mau estado. Não havia cadeiras, nem mesa, apenas alguns caixotes espalhados, em cima de um dos quais os pratos usados numa refeição recente. Um ornamentado órgão de pedal contra uma parede, e sentado num dos caixotes um homem com botas de trabalho, calça jeans rasgada e camiseta, com um boné dos Yankees manchado de óleo, estudava plantas abertas em seu colo e pelo chão, a língua aparecendo entre os lábios. Uma lente dos óculos de aro metálico estava rachada e na armação torta faltava um pedaço da haste, substituído por um barbante branco em torno da orelha. A barba de vários dias raspada em alguns pontos, como se distraidamente, deixando tufos grisalhos. Apesar do dia ensolarado, a sala estava escura; as janelas no alto das paredes debaixo dos largos beirais do telhado pareciam deixar entrar mais sombra que luz.

"Vincent está aqui, querido!", a mulher quase gritou ao entrarmos.

Douglas levou bem meio minuto para sair de sua concentração. Ele então se pôs de pé, abraçou Vincent, a planta ainda na mão, e depressa apertou a mão de Levin sem olhar para ele. A mão manchada de óleo era áspera como lixa. Douglas era alto e polidamente curvado, e Levin reconheceu a Ivy League assim que ele começou a falar.

"Filho da mãe, onde você andou, estou esperando você faz uma semana!" Três crianças — duas brancas, uma negra — passaram pela porta de tela e desapareceram tão depressa como gamos.

"Quer um chá antes da gente ir?", ele perguntou, o braço no ombro de Vincent, um gesto camarada do qual Vincent parecia se encolher. "Acho que temos chá, não temos, querida?" Ele procurou a esposa, mas ela havia desaparecido, e ele chamou na direção dos fundos da casa: "Tem chá, querida?"

Como não houve resposta, Vincent sugeriu: "Por que não sentamos um minuto, Doug?".

"Claro, claro, desculpe." Douglas deu um salto e puxou outro caixote, o passo oscilante, como um urso. Nessa altura, Vincent, vendo que Douglas não havia registrado de fato a presença de Levin, apresentou-o de novo; Douglas olhou para ele surpreso, como se Levin tivesse caído do teto. "Claro! Muito prazer em conhecer. Desculpe pelas acomodações", ele riu e virou-se de novo para Vincent, sentado à sua frente. A esposa reapareceu e sentou-se num caixote, a mão boa protegendo o gesso. Ela conseguira escovar o cabelo e vestir uma calça jeans limpa, com blusa cor de pêssego esticada sobre os seios, e essa tentativa de arrumação foi tocante para Levin. Ele sentiu que ela estava muito nervosa com a culminação de alguma campanha para a qual decidira convocar Vincent para seu lado.

Mas Douglas parecia abstraído. "Estou pronto para começar desde o fim de semana." Apesar do sorriso, havia um toque de reclamação em sua voz. "O que aconteceu? Por onde andou?"

Vincent se concentrou um ou dois minutos e começou: "Estava ocupado. Mas tenho de lembrar, Douglas, que eu realmente nunca me coloquei como... Quer dizer, não acho que eu tenha uma responsabilidade específica nisto aqui."

"Claro que não. Nunca esperei isso. Mas achei que estava *interessado*."

"Estou, mas com toda franqueza, Doug, não sinto muita confiança no processo todo. Até onde eu posso entender, pelo menos. Como eu disse da última vez em que estive aqui — andei me informando sobre o tipo de árvore que temos aqui em cima..."

"Eu sei disso", Douglas interrompeu.

"*Pinus sylvestris* é o tipo certo de..."

"Bom, seria o melhor tipo, sim, mas estas aqui têm bastante resina também."

"Doug, tenho de pedir que me escute." A voz de Vincent tinha subido e pela primeira vez Levin notou o peso que havia nela. Douglas ficou quieto, mas era visível o esforço para isso. "Ao que parece é preciso que a temperatura viva do vapor fique em torno dos cem graus centígrados na caldeira..."

"De oitenta e oito a cem."

"Parece que depende da qualidade da resina e o tipo que você tem aqui é pobre. O que eu quero dizer, Doug, é o seguinte: seus tanques são ressoldados, e vi um pouco de ferrugem..."

"Completamente superficial."

"Mas você tem certeza disso? A pressão pode chegar a cento e cinquenta psi e a temperatura a cento e setenta. O que eu estou tentando dizer, Doug, é que..."

"A coisa é perfeitamente segura!" Douglas se levantou. "Onde você foi buscar essa informação?"

"Conversei com o comandante Banz."

"Daquele *navio de guerra*? O que ele pode saber a respeito de terebintina?"

"Ele é do Alabama. Fazem muita terebintina lá e a família dele tem..."

"Meu Deus!" Douglas ergueu o rosto para um céu surdo, "um *marinheiro* pontificando sobre terebintina!" Ele andou de um lado para o outro, batendo o boné na coxa como um menino contrariado. "Eu estou no comando, Vincent, você sabe disso. Dezesseis meses naquela porra de destróier de lata e aqui estou para dizer a você que nenhum cara da Marinha sabe porra nenhuma sobre terebintina. Ele está pensando na porcaria das caldeiras dele lá, que são outra história completamente diferente."

Levin teve dificuldade para manter uma expressão séria no rosto. Mas mesmo assim percebia certo ar genuíno na angústia de Douglas, um brado autêntico que ele nunca tinha visto igual, ao menos não num homem de trato. Nem ele, nem ninguém que conhecia, deu-se conta subitamente, jamais se interessara tanto e tão abertamente por alguma coisa. Mas tudo por causa de terebintina? Levin duvidava que houvesse dinheiro por trás daquilo tudo — terebintina era barata demais, pensou. O que era então?

"Querido, você tem de pelo menos escutar o Vincent", Denise falou.

"Bom, você tem alguma proposta?", Douglas perguntou.

Vincent fez um momento de pausa, depois falou: "Não tenho nada além de respeito, Doug, pelo que você está tentando fazer aqui...".

"Meu Deus do céu, Vince, tem empregos aqui, tem autorrespeito uma vez na vida, vai ter gente trabalhando e impedindo esse roubo todo. Este país está *morrendo*, Vincent!"

Seus olhos estavam cheios de dor, cuja visão repeliu Levin, que prontamente amaldiçoou a própria insensibilidade. Uma espécie de repulsa indireta rondava os limiares de sua mente enquanto os dois homens e Denise concordavam em ir até o engenho dar uma olhada nas coisas. Levin achava inacreditável que apesar da incerteza Douglas estivesse ainda determinado a começar o processo.

Vincent e Levin foram no austin, com Douglas e Denise logo atrás na picape. O mau humor de Vincent havia aflorado e ele ficava avançando e freando o carro. "Eu não tenho mesmo nada a ver com isso, sabe?" Por alguma razão, estava se desculpando com Levin, que sentia, ele próprio, alguma inominável responsabilidade, cuja causa ou finalidade não conseguia nem começar a explicar a si mesmo.

"Ele juntou um monte de lixo. É lixo! De jeito nenhum vou ficar por perto se ele acender aquilo."

"E as crianças?"

"Não sei. Simplesmente não sei."

Levin viu canecas de metal em alguns troncos de árvore e Vincent explicou que captavam a resina que fluía de cortes na camada de câmbio acima delas. O ar era quase frio, como no norte da Europa. Estranho que poucos quilômetros abaixo da montanha havia o mar quente. "Claro que é o tipo errado de pinheiro. Mas não me pergunte por quê. Não é minha especialidade."

"Qual é o problema dele?", Levin perguntou. "Vaidade? Quer dizer, ele não espera ganhar um monte de dinheiro sozinho, não é?"

"Poderia ser, se tivesse vários engenhos, mas tem só um. Não sei se é vaidade, não. Ele gosta mesmo do país, se bem que ela já deve estar cheia daqui, eu acho."

"Esqueci de perguntar da escola das crianças."

"Não tem importância, eu sei o que ele responderia: ia apontar os livros no aparador. Uma história do mundo de 1925, sei lá, um livro escolar de química de 1910 mais ou menos, uma coleção de contos de Kipling e um outro que não me lembro... ah, sim, um atlas do mundo. Que ainda tem a Índia pintada com o cor-de-rosa britânico."

"E ela? Não fica preocupada?"

"Você viu como ele é teimoso." Fez uma pausa. "Ele está apaixonado, sabe?"

"Por quem?"

"Não sei como dizer. Por uma ideia talvez. De..." Ele procurou a palavra, depois pareceu desistir. "Sabe, ele esteve atrás de submarinos alemães nesta área durante a guerra e se apaixonou. Pelo sol e pelo mar maravilhoso. Isso foi antes dos turistas, claro, ou de qualquer coisa como uma civilização tecnológica. Havia carruagens puxadas a cavalo no porto, e as praias eram como virgens, ele me disse uma vez. Era tudo terrivelmente pobre, mas não estava estragado ainda. Então ele sonhou vir morar aqui e inventou essa ideia de passar filmes naquele barco.

Às vezes eu penso se não é tudo muito simples de verdade — ele só queria *começar* alguma coisa. Todo mundo quer, acho, mas para algumas pessoas é uma necessidade absoluta. Ser o germe de alguma coisa, o inventor, aquele que começa. Digo isso porque ele tinha um emprego muito bom em Nova York e a casa em Greenwich, tudo que se pode querer. Mas não estava *começando* nada. De certa forma, estava procurando uma briga, acho." Ele riu, sacudiu a cabeça. "E aqui é o lugar certo, se é isso que o cara quer."

"Ele quer fazer o bem, você acha?"

"Ah, quer sim, mas passei a achar que isso talvez não seja o principal."

"Meio inventar ele mesmo. Criar alguma coisa."

"Acho que sim."

Levin olhou a estrada de terra em frente, os buracos e as pedras. Não tinha filhos e passara a acreditar que era uma sorte ter baixa contagem de espermatozoides. Simplesmente não era um pai, decerto não mais, agora que estava chegando aos quarenta. Por um lado, tinha todo o tempo que queria para o piano, e Adele também. Nenhum arrependimento aí. Será que ela concordaria? Sacudindo no carrinho minúsculo, os joelhos batendo no painel, se perguntou se Adele estava realmente tão contente como demonstrava por não ter filhos. Pensou em alusões dolorosas, gestos, uma lágrima que notou uma vez no olho dela ao ver o berço do bebê de um amigo. Ele gemeu por dentro diante dessas lembranças. O que estava fazendo no Haiti, naquele lugar sem sentido, onde não entendia nada? Sentiu-se confuso, abandonado e, de repente, se perguntou se Adele o amava, até mesmo se a sua rápida decisão de ficar na cidade hoje teria alguma outra finalidade. Uma ideia ridícula — ela nunca o trairia. Mas lá estava. E imediatamente a ideia desabrochou: ela havia esperado até o último minuto, quando seria tarde demais para cancelar a viagem, deixando-a livre para se deslocar por aquela cidade impossível de conhecer, uma mulher branca sozinha...

Estavam na estrada havia quase um quilômetro quando Vincent virou para uma trilha e repentinamente estavam numa clareira: o tanque negro jazia contra a montanha em ângulo, como um monstro repousando, ligado por um emaranhado de canos a vários tanques menores dispostos a diversas alturas ao lado e acima dele. Perto, uma pilha imensa de troncos de pinheiro duas vezes maiores que um homem, assim como um misturador de cimento, barris, tambores de metal, cachorros dormindo e meia dúzia de homens se movimentando, bebendo água, rindo ou olhando o nada.

Levin desceu do carro quando Denise se aproximou. Vincent foi até os tanques com Douglas, que estava explicando alguma coisa. Denise disse num sussurro bastante conspiratório: "Temos um órgão, sabe".

"É, eu notei."

"Quem sabe podia tocar para nós."

"Ah. Bom..." Como ela sabia que ele tocava? Estava ficando exausto com as perguntas sem resposta. Não tinha certeza nem de haver contado a Vincent que ele e Adele tocavam, e então a voz de Vincent o fez virar para os tanques.

"Vai ter de me ouvir, Douglas!", ele estava gritando. E Douglas literalmente se retorcendo ao tentar interromper o amigo, a cabeça virada para o céu, batendo um pé. "Eu sei o quanto isto é importante para você, Douglas, mas está tudo errado, você não pode começar uma coisa dessas sem uma inspeção profissional."

"Você..."

"Não!", Vincent gritou, com uma súplica na voz. "Eu não tenho qualificação, já disse isso milhares de vezes, e não posso me responsabilizar..."

"Mas as pressões não são..."

"Não sei nada a respeito, e você também não! Estou pedindo para esperar! Só espere, pelo amor de Deus, até eu encontrar para você alguém que..."

"Não posso esperar", Douglas disse, baixo.

Levin se admirou de, nesse instante, quando Douglas parou de gritar e ficou quieto, uma motosserra distante ter silenciado. Como se o mundo inteiro parasse para ouvir.

"Por que não pode esperar?", Vincent perguntou, a curiosidade superando a raiva.

"Estou doente", Douglas disse.

"Como assim?"

"Estou com câncer."

Instintivamente, Vincent estendeu a mão e agarrou o pulso do amigo. Os trabalhadores estavam todos fora do campo de audição nesse momento, parados, esperando as ordens de Douglas. "Tenho de ver isto funcionando antes de ir embora."

"Certo", Vincent concordou. Denise tinha ido até o marido e agarrado seu braço. Levin viu como os dois se amavam, ela tão inadequada para aquela vida, sacrificando até a educação das crianças para Douglas poder viver a sua indispensável fantasia. "Vou voltar para o porto hoje à tarde. Deixe eu fazer uns telefonemas", Vincent disse. "Tenho certeza de que consigo alguém, se necessário do nosso escritório de Miami. Deve ter gente lá que possa nos dar uma opinião abalizada!" O *nós* pareceu dissolver a postura rigidamente defensiva de Douglas; finalmente, estavam juntos naquilo, pelo menos até o ponto de validar a coisa, de torná-la real. Douglas agarrou o pescoço de Vincent e puxou-o para perto; Denise se esticou e beijou o rosto de Vincent. O alívio que surgiu no rosto de Vincent deixou Levin atônito, agradecido por nada terrível ter explodido entre os dois amigos, mas, ao contrário de Vincent, não estava muito animado com a explosão de esperança de todos os lados. Afinal de contas, nada tinha sido

Levin empinou as orelhas para as margens da estrada escura. "Não escuto nada."

"Não mesmo", Vincent riu.

"E o que você diria que eles estão sentindo?"

"Curiosidade."

Levin sentou no para-choque ao lado de Vincent. Podia ouvir a respiração do amigo, mas na ausência de qualquer luz noturna mal conseguia vislumbrar sua cabeça. Até o céu estava sem luz. Será que havia mesmo gente por ali observando no escuro? O que estavam pensando? Será que iam roubá-los? Ou éramos como dois atores, pensou, a que eles estavam gostando de assistir no meio do mato?

"E se a gente deixar o carro rodar na gravidade? Podemos chegar a uma aldeia, o que acha?"

"Shh."

Levin ouviu e logo registrou o barulho de um motor distante. Os dois homens se levantaram e olharam na direção do som, na direção do alto da montanha de onde tinham vindo. Faróis se aproximavam à distância remota, e então o caminhão apareceu de dentro da noite, uma carroceria aberta com uma multidão em pé. Vincent e Levin acenaram para parar o caminhão e Vincent explicou ao motorista, em crioulo, que a bateria arriara. O motorista abriu a porta e desceu. Era jovem, em boa forma, e falava um inglês surpreendentemente bom. "Acho que tenho uma coisa que pode ajudar aqui", disse, indo para a parte de trás do caminhão, onde baixou a guarda traseira e gritou para os passageiros saltarem. Eles desceram do caminhão sem reclamar. Aquilo era interessante para eles. O motorista saltou para a carroceria e arrancou um encerado desbotado de dentro de uma pilha de lixo, falando inglês o tempo inteiro para impressionar *les blancs*, claro. "Acho que tem aqui talvez... Ha!" Os passageiros abriram uma risada triunfante com ele, quando dançou na carroceria e desceu para a estrada, onde entregou uma bateria de automóvel para Levin. Contornou o caminhão depressa até a cabine e tirou uma chave inglesa de debaixo do banco, voltou ao carro, soltou a bateria, encaixou a nova e prendeu os cabos. Levin se espremeu dentro do carro, girou a chave e o motor gritou, vivo, os faróis se acenderam. Ele desceu e ficou rindo junto com o motorista e um Vincent deliciado.

"Deixe eu pagar você", ele disse, "*s'il vous plaît, permettez...*" Tirou a carteira diante do farol agradecidamente claro do austin.

"Não, não", disse o motorista, estendendo a mão. Depois falou em crioulo com Vincent, que traduziu para Levin.

"Ele disse que basta devolvermos a bateria para ele nos próximos dias."

"Mas qual o endereço dele?", Levin perguntou. O motorista já estava subindo no caminhão.

"Ele disse que é entregar num dos píeres e dizer que é para Joseph. Todo mundo conhece ele lá."

"Mas qual píer?"

"Não faço ideia", Vincent disse quando entraram no carro e começaram a descer a montanha.

Levin dirigiu de novo, batalhando agora com a surpresa do salvamento e, além disso, a confiante generosidade do motorista. E ainda mais impenetrável, a ausência de surpresa dos espectadores. Seria tudo simplesmente mais uma cena na fantasia de sua vida, a aparição repentina desses *blancs* na estrada escura, a aparição da bateria debaixo da lona? E como a bateria era do tamanho certo para o austin? E ainda carregada?

"O que você acha que eles acharam disso tudo?", Levin perguntou.

"Do que acabou de acontecer?"

"É. Nós ali de repente e ele ter a bateria e tudo."

Vincent riu. "Sabe Deus. Talvez fosse inevitável. Como todo o resto."

"Ninguém estranha ele não aceitar nosso dinheiro? E confiar que vamos devolver a bateria?"

"Duvido que achem estranho. Porque de certa forma *tudo* é muito estranho. Foi só uma coisa mais, imagino. A maior parte do que eles vivem não pode ser explicada. É tudo um vasto fluxo de... sei lá. De tempo, talvez." Ele se calou, limitando-se a indicar a Levin onde virar para seguir as ruas. A cidade dormia no escuro, a não ser por uma ou outra loja, não mais que um balcão aberto para a rua, onde as pessoas ficavam sentadas com refrescos debaixo de luzes alaranjadas, crianças brincavam na borda do escuro, e um macaco acorrentado mascava algo de uma pilha de lixo.

3

Passaram-se trinta anos. Trinta e três para ser exato, como Mark Levin tentava ser a respeito do tempo, "últimos itens do inventário", como ele chamava as horas e semanas que passavam. Estava se tornando obcecado pelo tempo, disse a si mesmo, não necessariamente uma coisa boa. Com mais de setenta anos, estava pondo bulbos de tulipas nos buracos que havia cavado no jardinzinho lateral à porta da frente de sua casa. Como Adele fazia todo outono tanto tempo atrás, mas dessa vez ele se perguntava se veria as flores. Agora tudo, como em alguns sonhos, levava uma eternidade para ser feito. Podia ouvir o rolar das ondas não muito longe, sentia certa gratidão vazia pelo mar estar ali. Vazio o saco de rede, ele cobriu os bulbos e pisou o solo ralo, arenoso, levou as ferramentas para a garagem, depois passou pelo porão, subiu a escada e entrou na cozinha. O *Times* estava deitado, virginal, sobre a mesa da cozinha, as notícias já superadas e ele se perguntou quantas toneladas de *Times* havia lido na vida e se isso tivera alguma importância. Assistira a alguns filmes bons em cidades vizinhas e não se interessava por televisão. O piano, que não tocava fazia dois meses, protestava com seu negro silêncio. A luz estava morrendo depressa lá fora, na rua arenosa. O que fazer com esse fim de tarde, essa noite, além de se confrontar com a autopiedade e mantê-la à distância?

Foi tocando cada vez menos nos seis anos depois da morte de Adele, dando-se conta gradualmente de que tocava buscando a aprovação dela, até certo ponto, ao menos, de forma que agora perdera parte da motivação. De qualquer forma, tinha finalmente concordado consigo mesmo que nunca atingiria o nível que um dia sonhara, muito certamente não sozinho. Estava sentado perto do balcão da cozinha onde havia aterrissado. Não havia dor em seu corpo saudável, mas um experiente olhar interior ainda supervisionava o bater do coração e a posição da barriga. A questão que tinha diante de si, dizia a si mesmo, era se e por que levantar e para onde ir: a sala, o quarto, o quarto de hóspedes ou talvez uma caminhada pela rua vazia. Era um homem livre. Mas liberdade sem obrigações, no fim das contas, era outra coisa. Nessa inércia, seus pensamentos geralmente repassavam a ala dos mortos, de seu pequeno círculo de amigos, ao último dos quais sobrevivera recentemente, o que o fazia pensar, com certo toque de orgulho, por que tinha sido escolhido. Mas as questões principais eram todas sem resposta.

Ligar para Maria? Ter uma conversa de amante com aquela pessoa querida, só para continuar como antes a discar seu número, ainda mais duas vezes mais velho que ela, ainda e para sempre apenas sua amiga? Que bobagem, que horror, ficar amigo de uma pessoa que se ama. "Mas se eu fizer amor com você", ela dissera, "iria me isolar de todo o resto." Sim, alguém de sua geração. Mais uma vez. Mas o egoísta maldito dentro dele uivou antes de silenciar agradavelmente. Melhor não telefonar para ela, mas se lançar em alguma direção potente. Seria um homem livre até cair de joelhos.

E inevitavelmente, sua cabeça, como um pássaro a circular, pousou em Adele, voltando sempre e sempre àquela visão gasta, mas ainda glamorosa, que ele teve dela parada na frente do Gustafson Hotel com o chapéu de palha preto de abas largas, e o sol baixo da manhã mantendo-a suspensa em sua luz amarelada, fixa ali, como veio a acontecer, para sempre. Como ela estava realmente linda naquele momento! Como ele queria ter demonstrado mais o seu amor! Mas talvez tivesse; quem sabe? Levantou-se, vestiu um paletó leve que estava pendurado ao lado da porta da frente e saiu para a rua, onde o frescor do outono o escorou.

O sol ia se pôr. Ele caminhou, os passos mais curtos que no passado, seguiu a rua e chegou à praia, parou na areia olhando o sol deslizar para o horizonte. Rigidamente se abaixou para sentar na areia fresca. Ondas suaves abriam caminho para uma ocasional vaga trovejante. A praia estava vazia, assim como a maior parte das casas atrás dele, agora que outubro raiava. Ele pensou em Douglas lá na floresta de pinheiros. Provavelmente já morto agora. Assim como o pobre Vincent depois que um médico local lhe dera uma injeção errada de alguma coisa, um ano depois de terem se conhecido.

Será que alguém além dele se lembrava de Vincent, perguntou a si mesmo? (E como podia ter sido trinta e três anos atrás quando em sua cabeça estava tudo tão fresco?) Levin lembrou-se, então, olhando as ondas, que Jimmy P., também já morto, havia mencionado uma vez que o engenho de terebintina nunca chegara a ser aceso. Por medo, Levin se perguntava, ou por alguma razão empresarial? Ou Jimmy teria entendido errado? Mas as perguntas mais importantes eram sempre sem resposta.

Ele odiava sua solidão, era como um armário abafado, como uma toalha molhada, como sapatos largos. Então por que não propor casamento à moça, fazer dela sua herdeira? Mas dinheiro não significava nada para ela e ele tinha tão pouca vida a oferecer. Porém, essa cadeia infindável de dias que ameaçava se desenrolar vazia diante dele era intolerável. Por que não uma viagem ao Haiti? Tentar ver como tudo acabou. A ideia, por absurda que parecesse, o animou, espantou seu cansaço. Mas quem procuraria? A sra. Pat sem dúvida teria morrido já e provavelmente sua filha também. Era tão estranho que somente ele levasse as imagens dessa gente na cabeça. A não ser por ele mantê-las vivas no macio nó de tecido debaixo de seu crânio, elas não teriam existência. E de todos, era Douglas que voltava mais vividamente para Levin, principalmente seu boné dos Yankees e a voz rouca; ainda podia ouvi-lo gritando: "Este país está *morrendo*, Vincent!". A angústia daquele homem! A ânsia que ele devia sentir para... para quê? O que ele pretendia?

Olhando o mar cinzento, o céu que escurecia, de repente ficou evidente para Levin que para Douglas o engenho de terebintina devia ser sua obra de arte. Douglas sacrificara a si mesmo, a carreira, a esposa e os filhos, pela criação de uma visão de alguma beleza em sua cabeça. Ao contrário de mim, Levin disse a si mesmo, ou da maior parte das pessoas que jamais conseguem interceptar aquele raio invisível que se agita dentro delas com seu poder de imaginar algo novo. Então o que interessava, ele pensou, era a criação, a criação do que ainda não existia. "E isso eu nunca fui capaz de fazer", ele disse em voz alta e, com frio agora, voltou excitadamente pela praia até sua casa.

Ficou imóvel um momento no meio da sala, dominado por uma pergunta, será que — como era o nome dele? O filho pequeno de — como era mesmo o nome dela? Isso, Lilly O'Dwyer. Peter! Isso, era Peter. Será que ele ainda estaria lá? Estaria apenas nos seus quarenta anos hoje. Pela primeira vez na memória, Levin sentiu a vida inchar dentro dele outra vez. Como era glorioso estar ali, parado ereto em cima da terra! Ser livre para pensar! Viajar na própria imaginação! Bateu as mãos e logo encontrou a velha agenda de endereços de Adele numa gaveta debaixo do telefone, procurou o número de seu agente de viagem. Viagens Kendall. A sra. Kendall, isso. Uma mulher muito atenciosa.

"Viagens Kendall, em que posso servir?"

Ela estava viva! Ele reconheceu sua voz. Uma onda de autopiedade tomou conta dele quando se deu conta de que ia para o Haiti, mas sozinho. Depois, a angústia toda de novo, por sua falecida mulher. E finalmente, no avião, se perguntando por que estava fazendo aquilo, indo para um país que, segundo todo mundo, havia afundado no abismo. O que estava por trás daquilo, queria saber? Seria apenas por que ele era um velho ocioso que precisava fazer alguma coisa?

Peter O'Dwyer se lembrava dele, uma surpresa para Levin, que, no entanto, o reconheceu no momento em que entrou em seu pequeno escritório caótico no píer. Duas janelas de metal, pré-fabricadas, davam para o porto com suas ruínas meio afundadas e um cargueiro enferrujado cujo convés não mostrava nenhum sinal de vida. Uma dúzia e tanto de trabalhadores negros montavam e empacotavam cadeiras no depósito de metal corrugado que Levin havia atravessado para chegar ali.

Peter ainda era o menino de pele escura, descalço, de que Levin se lembrava comendo todas as cerejas naquela primeira noite, só que grande agora, quase de sua altura, e com um corpo poderoso. Havia algo maldoso em seu rosto, ou apenas rusticidade, difícil dizer, mas ele tinha incríveis olhos cinza-água, como um cachorro *weimaraner*.

"Fazemos cadeiras para exportação, ráfia trançada", Peter respondeu à pergunta de Levin. "O que traz o senhor ao Haiti? Como sabia onde me encontrar?"

"O gerente do Gustafson."

"Certo. Phil. No que posso ser útil?" Havia algo castigado em seus olhos.

"Não quero tomar seu tempo..."

"Me lembro do senhor tocando aquela noite, um dueto com a sua mulher."

"Eu tinha esquecido."

"Era a primeira vez que alguém tirava música de verdade daquele piano."

"Não pensava nisso havia anos. Na verdade, agora que você falou disso, acho que era uma obra de Schubert."

"Não sei que música era, mas era realmente incrível." A aberta admiração de Peter surpreendeu Levin e o ajudou a tomar impulso. "Ainda toca?"

"Não, não a sério. Minha mulher morreu, para começar."

"Ah, sinto muito. Então, em que posso ser útil?", ele repetiu, com insistência dessa vez.

"Eu tenho pensado naquele engenho de terebintina lá no alto da floresta."

"No quê?"

"O engenho que aquele homem, Douglas, montou lá em cima. Ele era muito amigo de Vincent."

"Vincent morreu, o senhor sabe."

"Ouvi dizer. Você não conheceu Douglas?"

Peter sacudiu a cabeça.

Levin se sentiu travado; tinha pensado que naquele pequeno país, com tão poucos brancos, todos saberiam de tudo sobre todos. Sentiu-se alarmado, e quando percebeu o olhar franco, vazio, de Peter, passou por sua cabeça a pergunta (impossível, claro) de se Douglas havia existido de fato.

Levin sorriu e, brincando a respeito de Douglas, disse: "Ele era uma espécie de maluco. Vivia lá em cima, na floresta, numa espécie de bangalô, com a família".

Peter sacudiu a cabeça. "Nunca ouvi falar. Minha mãe conhecia?"

"Acho que não, mas tenho certeza de que ela *sabia* dele. Ela ainda...?"

"Já morreu. E vovó também."

"Sinto saber disso."

"O que o senhor quer com ele?" Ao menos despertara o interesse de Peter, mas diante daquela pergunta direta, Levin se viu perdido. O *que* ele queria com Douglas? "Acho que eu... bom, tenho curiosidade de saber se ele algum dia acendeu aquele engenho. Porque Vincent estava muito preocupado, sabe, que pudesse explodir." Levin achou que sua explicação parecia ridícula. Uma explosão trinta anos atrás o tinha trazido até ali? Então, para manter as coisas reais ele procurou alguma coisa parecida com negócios: "Ele ia usar a resina dos pinheiros. Achou que havia um grande mercado para terebintina aqui."

Para sua surpresa, a expressão de Peter mudou para atenciosa curiosidade. "Daqueles pinheiros, é mesmo?" Parecia que alguma coisa havia despertado sua imaginação.

Aliviado ao ver que não estava sendo considerado louco, Levin pressionou um pouco as duras realidades. "Não era a melhor resina, mas servia, segundo Vincent. Só que a coisa toda era improvisada, montada com partes separadas, e a pressão era muito alta. Eu me pergunto se aquilo explodiu, ou o quê?"

"E foi por isso que o senhor veio?", Peter perguntou, mais intrigado do que crítico, o que deu a Levin a sensação de que talvez tivessem em comum alguma necessidade, ainda indefinida, ou alguma posição, uma sensação. E com o alívio do confessor ele riu e disse: "Eu queria descobrir algum jeito de voltar lá em cima, embora o mais provável é que não exista mais. Mas talvez não".

"Como o senhor pensa subir até lá?"

"Não sei. Pensei em alugar um carro, se for possível. Pelo que vi, as coisas são bem caóticas aqui."

"Eu levo o senhor lá."

"Leva? Seria fantástico. Estou pronto quando quiser."

"Que tal amanhã? Preciso cuidar de umas coisas por aqui primeiro." Peter se levantou. Levin se pôs de pé, estendeu a mão agradecida e, ao sentir a força da garra de Peter, parecia que tinha saído da água para a terra.

A caminhonete land rover rodava duro, o motor a diesel soando como um barril cheio de rolamentos. Peter estava com uma camisa bege e calça branca de brim grosso, além de botas de trabalho fortes, bem surradas e um boné de beisebol com o logotipo da Texaco. As mangas da camisa, enroladas quase inteiras, mostravam os braços bronzeados, tão firmes como a cara de um cavalo. Atrás do banco fronteiro, estendia-se um colchão de casal, coberto com uma colcha vermelha axadrezada e dois travesseiros na extremidade da frente. O gerente do Gustafson, conversando com Levin na entrada do hotel, abriu um sorriso ao ver o veículo se aproximar, um sorriso malicioso, e disse algo sobre "muita vida rolou naquele colchão". E Peter estava bonito com seu rosto limpo, bronzeado. Ele parecia empenhado, menos reservado que no encontro de ontem. Ao deixarem a cidade para trás e subirem para a floresta de pinheiros, ele parecia feliz, como se estivesse gostando do passeio. "Não venho aqui em cima desde criança", ele disse.

"Tem outra estrada para subir?"

"Não. Por quê?"

"Não parece com o que eu me lembro. Não tinha uma floresta aqui?"

"Provavelmente."

Peter mudara de quarta para terceira para conseguir subir e em certos pontos tinha de engatar segunda. De ambos os lados da estrada, o solo nu se dissolvendo em poeira e areia estendia-a até a distância. A memória de Levin guardava ainda a imagem de árvores. Diante deles abria-se uma expansão bege-branca de rocha, onde a pavimentação desaparecera.

"Quanto tempo até o alto?"

"Pelo menos uma hora, talvez mais, com essa estrada."

"Vincent disse que estavam roubando a floresta."

"É, tudo", disse Peter.

"Não dá para acreditar nisso aqui." Levin fez um gesto indicando a paisagem devastada.

Peter apenas assentiu com a cabeça. Era difícil dizer o que ele estava sentindo. Freou o carro, avaliando uma vala de uns sessenta centímetros de profundidade que atravessava a estrada. Seguiu, então, para dentro dela e subiu de volta, a estrutura rígida do carro gemendo.

"Nossa, me lembro de uma estrada boa aqui."

"Erosão. Com a derrubada das árvores todas, os últimos furacões arrasaram tudo."

"Parece perdido para sempre."

Peter assentiu ligeiramente.

"É como se tivessem comido o país e cagado no lugar."

Peter olhou para ele e Levin lamentou essa explosão; as coisas tinham ido tão longe ali que a indignação tocava a autoindulgência.

Na verdade, a indignação de Levin lembrou Peter de gente que ele conhecera em menino. Seu pai, depois sua avó e sua mãe costumavam falar assim, como se fosse possível fazer alguma coisa.

A ideia era interessante para ele, parecia jazz antigo, remoto. Ele gostava do ritmo, mas as letras eram bobas, antiquadas.

O leito de rocha era inclinado ali. Peter tinha de segurar na maçaneta da porta para não cair em cima de Levin, que ia agarrado ao painel. Levin não se lembrava de nada disso. Agora, à direita, havia gente e o que parecia mesas postas no chão. Peter seguiu pelo deserto rochoso e parou a caminhonete. Havia barracos ajuntados além das mesas, uma pequena aldeia. A cena parecia tão nova para Peter como para ele, Levin pensou.

Eram quase todas mulheres esfarrapadas, cada uma vagando em torno da própria mesa sobre a qual estavam espalhados seus produtos, incongruentes ali, distantes de qualquer comprador. Peter e Levin se deslocaram entre as mesas, cumprimentando com a cabeça as mulheres que mal registravam suas saudações. Nas mesas havia pentes velhos, talheres descombinados, facas, colheres e garfos — alguns enferrujados — e, sobre uma mesa, velhas garrafas de refrigerante tornadas opacas pelo sol e pela chuva, tampas de garrafa, lápis e tocos de lápis, sapatos usados, e por toda parte crianças inchadas de fome pelo chão, algumas com menos de um ano, comendo terra. Peter pegou uma colherinha gravada com uma escrita ilegível e deu dinheiro à mulher. Elas por fim pararam, olharam em torno. Peter fingiu que não estava olhando para elas.

"Por que elas fazem isso, de onde vão vir os clientes?"

Peter deu de ombros e pareceu incomodado com a pergunta, como se Levin tivesse falado alto demais junto a um túmulo. Voltaram para a caminhonete.

O arremedo de estrada era desenhado por alguns metros de cerca de contenção arrebentada que um dia marcara seus limites. "Estou errado?", Levin perguntou. "Isto *era* uma floresta, não era?"

"Não sei. Pode ser. Mas oitenta por cento da superfície da ilha era de florestas cem anos atrás, e agora é menos de três por cento." Depois de um momento, ele disse: "O senhor disse que conheceu esse tal de Douglas?".

"Foi. Brevemente. Só passei um dia aqui em cima."

"O que ele estava aprontando?"

"Difícil descrever. Ele estava quase febril. Vincent achava que ele estava ligeiramente perturbado, mas que queria fazer alguma coisa pelo país e para ele mesmo também. Começar uma indústria, criar empregos, dar alguma dignidade às pessoas. Eu ouvi ele dizer isso."

"Por isso é que o senhor está interessado?" Não havia nenhuma ironia, nem caçoada na voz de Peter.

"Não sei bem", Levin disse. "Em certo sentido, acho que sim."

"Em que sentido?"

"Não sei exatamente como dizer. Acho que era a convicção dele. Me impressionou. À sua maneira louca, ele amava este lugar."

Peter olhou abruptamente para Levin, e para a estrada outra vez. "O que ele amava aqui?", perguntou. A pergunta parecia importante para ele.

"Bom, não sei", Levin riu, "agora que você pergunta." Depois de um momento, falou: "Você nunca ouviu mesmo falar de Douglas?". A caminhonete sacudia dolorosamente de um lado para o outro.

"Não. Mas naquela época eu vivia correndo por toda parte, não parava muito para ouvir." Depois de um momento, perguntou, bastante tímido: "O senhor veio até aqui só por isso?".

Levin ficou constrangido. "Bom, não tenho muito o que fazer. Minha esposa faleceu, praticamente todos os meus amigos também. Não sei por quê, mas esse sujeito fica voltando na minha cabeça. Penso muito nele. E, francamente", tentou dar uma risada, "às vezes parece que foi um sonho. E agora vim até aqui", e riu de fato, então, "e não sobrou nenhuma testemunha!"

Peter olhou para ele.

"Eu realmente gostaria de encontrar esse engenho, se for possível. Só para ver outra vez."

"Entendo", disse Peter. E acrescentou: "Eu também gostaria de ver".

Estavam saindo com esforço de um vale e, chegando ao topo, viram, a algumas centenas de metros, outra land rover estacionada no deserto com meia dúzia de pessoas sentadas em torno. Peter estacionou e desceu; Levin acompanhou-o até o veículo, um táxi, que estava muito inclinado para a direita. Havia um homem debaixo dele — o motorista, Levin concluiu, tentando fazer um conserto. Os observadores formavam uma coleção estranha: uma moça sombria de vestido vermelho curto com meias arrastão pretas, salto alto, grandes brincos de latão, o cabelo penteado alto, sentada em cima de um jornal do chão seco; sentado ao lado dela, um homem baixo, barrigudo, com um revólver na cintura que olhava de vez em quando para ela como um cachorro que guarda uma ovelha. Uma mulher esquelética sentada sobre uma pedra chata com um bebê no colo e dois outros, uma dupla de camponeses jovens, em pé, fumando, enquanto outro rapaz estava sentado com a cabeça entre os joelhos.

Ninguém falou quando Peter se curvou debaixo do chassis. Ele não havia cumprimentado, nem olhado para as pessoas. Falou em crioulo com o motorista do táxi, que parou de trabalhar e respondeu em tons suaves as perguntas de Peter. Levin ouviu ruído atrás de si, virou e viu um cavalo marrom, de cara branca, com um cavaleiro, galopando no descampado em sua direção. O cavalo era pequeno, mas com uma linda constituição, cabeça de cavalo árabe e pernas esguias, nervosas que, quando o cavaleiro o deteve, nunca ficavam quietas, os cascos matraqueando constantemente nas pedras soltas. Em torno do pescoço do cavalo, uma corda grossa como corda de navio, bem enrolada em seu maxilar. O cavaleiro tinha longos dreadlocks e um sorriso insolente. "Deus abençoe a todos!", exclamou alegremente. "Pensem nos sofrimentos deste mundo e agradeçam ao céu pela saúde e bom humor! Saúdo a todos, irmãos e irmãs, com toda a boa vontade da criação!"

O grupo havia se voltado para ouvir, sem reagir. Peter foi até o cavaleiro e disse: "Eles estão com um problema".

"É, estou vendo", disse o cavaleiro, "mas não se deve duvidar que podia ser muito pior."

"Eu gostaria de comprar a corda." Peter apontou a corda amarrada em torno do pescoço do animal.

"Ah, sinto muito, é impossível. Preciso da corda para amarrar o animal senão ele vai embora quando eu desmontar."

"Eu posso pagar e você encontra outra corda."

"Mas aí como é que posso desmontar?"

"Pode encontrar outra pessoa que segure o cavalo enquanto você compra a corda."

"Não, não."

"Pago um dólar americano pela corda."

"Não, não."

"Então dois dólares."

"Por essa corda?" Ele pareceu estar reconsiderando.

"É."

"Não, não", disse o cavaleiro. O cavalo, olhos rolando, de repente dançou um círculo completo e ficou de frente para Peter outra vez. Inesperadamente, o cavaleiro soltou o nó, desenrolou a corda e deixou-a cair na mão de Peter. Peter estava pegando a carteira no bolso de trás, mas o cavaleiro, lutando para segurar as rédeas e tendo de virar para a direita e para a esquerda para olhar Peter e o grupo, ergueu um braço, gritou "Lembrem de Deus!" e abaixou bem o corpo enquanto o cavalo voava embora, os cascos fazendo as pedras soltas baterem com ruído na encosta nua.

O presente inesperado da bateria trinta anos antes passou pela cabeça de Levin e ele sentiu um frio na espinha. Peter acocorou-se ao lado da caminhonete e instruiu o motorista sobre onde colocar o macaco debaixo do chassis. Um parafuso em U havia se quebrado, soltando a mola da estrutura. Seus comandos pareciam brutalmente breves, impacientes, às vezes desdenhosos. "Não! Para a esquerda, esquerda, não sabe qual é esquerda, qual direita? Segure no lugar e bombeie. Isso. Agora saia." O motorista se espremeu de debaixo da caminhonete, Peter deitou no chão e deslizou para baixo com a corda. O grupo olhava, sem comentar, interessado, mas mantendo distância. Todo mundo esperou em silêncio enquanto Peter trabalhava. Então ele saiu de debaixo do veículo e aceitou com um movimento de cabeça — não tanto de agradecimento, mas de mudo reconhecimento — um lenço azul grande do homem do revólver para limpar as mãos. O motorista, exausto, pele e ossos, parou na frente de Peter, bateu continência.

Peter disse: "Vá devagar. Não vai segurar durante muito tempo. Bem devagar".

O grupo encheu a land rover. Levin limpou a terra das costas da camisa de Peter. O homem com o revólver conduziu a moça de vestido vermelho, a mão quase tocando a parte baixa de suas costas. O homem balançava a cabeça obsequiosamente a Peter, que devolveu a ele o lenço e apontou o revólver na cintura.

"Precisa disso aqui?"

"Os caras ruins estão começando a descer das árvores", disse o homem.

"Não tem exército aqui? *Gendarmerie?*"

O homem jogou a cabeça para trás numa risada silenciosa, bateu continência e entrou na land rover atrás da mulher.

Peter não disse nada ao continuar rodando, parecia zangado. Levin se sentiu responsável por sua camisa suja, pela ameaçadora inutilidade da viagem, até mesmo pela feiura do descampado que tinham de atravessar.

"Que coisa estranha, ele dar a corda grátis", disse, tentando alegrar Peter. Então contou a ele do homem que emprestara a bateria trinta anos atrás, muito próximo desse mesmo lugar.

"E daí?", Peter perguntou.

"Não sei, me parece estranho. Ou aqui sempre ajudam estranhos desse jeito?"

Peter pensou um momento. "Acho que não. Mas não entendo o que acontece com as pessoas. Acho que ele simplesmente quis fazer aquilo."

Ocorreu a Levin que Peter havia parado para arrumar o táxi sem nenhuma intenção de recompensa para si. Sentiu-se envergonhado, depois bobo ao tentar e não conseguir entender o homem a seu lado, assim como não conseguia entender o presente do cavaleiro, nem o do motorista do caminhão tantos anos atrás. Talvez o que fosse tão intrigante era a ausência de sentimentalismo ou de entusiasmo de Peter pelas pessoas que ajudara. Havia mesmo um tom próximo de desprezo na maneira como deu ordens ao motorista. Por que se dera ao trabalho?

Irregularmente, começaram a aparecer pinheiros de ambos os lados da estrada com numerosos tocos entre as árvores. Ali, a estrada era de novo asfaltada. Peter olhou para Levin e disse: "Deve estar chegando. Reconhece alguma coisa?".

"Ele moravam num bangalô numa estrada lateral. Não ficava longe do escritório da gerência, se me lembro. Era para a direita, acho, mas é difícil de reconhecer sem as árvores."

"Acho que o escritório devia ser um pouco mais longe, talvez a gente possa perguntar lá." Mas de repente, Levin reconheceu uma pilha de pedras brancas ao lado de uma estrada de terra que saía para a direita. "Aqui!", gritou, e Peter virou a caminhonete no caminho estreito. E uns cem metros adiante, lá estava o bangalô.

Levin disse: "A última vez que vi isto aqui foi trinta e três anos atrás". Peter estacionou na frente da varanda. A tela fora arrancada e a porta estava aberta, as janelas quebradas, o lugar parecia soturno. Levin desceu e foi até a varanda que ressoava, oca, Peter atrás dele, e parou para olhar o lixo ainda no quintal, as ervas daninhas, os arbustos mortos. Não tinha sonhado, afinal; podia ver Douglas examinando as plantas e gritando pelo chá, a esposa aparecendo de blusa rosa e tipoia. Eles iam vencer o sistema, atravessar o mar mostrando filmes, deitar no convés à noite lambendo as estrelas. Depois a terebintina, ser útil às pessoas, tentar *fazer diferença*. Ele entrou na sala. Os quatro livros ainda estavam se desintegrando no aparador e duas achas de lenha carbonizadas pela metade e há muito frias na lareira. O órgão ainda estava encostado na parede. A esposa de Douglas o convidara uma vez para tocar; agora nunca mais saberia como ela sabia que ele tocava. Foi até o órgão. Seus passos pareceram ecoar. O marfim tinha sido arrancado das teclas. Sentou-se num caixote e pedalou, mas as entranhas podres chiaram. Ele se lembrou dela saindo com a blusa rosa, a mão protegendo o gesso. Olhou em torno. A sala era como ele lembrava; não havia nada ali para roubar, e seus sonhos e devaneios tinham desaparecido com eles. Pensou que ser útil era a ideia que os seduzira e a Vincent também, mas alguma outra coisa vencera no final.

"Tenho uma sensação de que posso encontrar o engenho. Saímos daqui para ir lá naquele dia", Levin disse quando saíram da casa. Peter parecia ter abrandado: "Era assim antes?", perguntou. Estava contaminado pelo romantismo da busca e gostou; Levin pensou que talvez a ausência de lucro da coisa toda fosse atraente a ele, a atração romântica natural das coisas perdidas. Talvez, Levin especulou, porque sua mãe havia escolhido um novo homem para substituir seu pai. Assim como o próprio Levin, Peter parecia viver com um pé sempre no limiar, em busca da nuvem à qual pudesse subir.

Peter rodou pela estrada pavimentada e seguiu devagar, Levin observando os emaranhados de trepadeiras e arbustos das margens em busca de um sinal. Peter foi mais devagar quando passaram pelo escritório alpino, mas não havia nenhum carro parado na frente, provavelmente ninguém ali dentro. "De qualquer forma, prefiro não envolver o governo", Levin disse. Desde que Adele morrera, ele nunca sentira tanto a falta dela. Queria-a agora, na caminhonete, viu-a com a aparência que tinha aos vinte anos, quarenta anos antes de sua morte, com a carne firme e os braços cheios em torno dele. *Acho que eu também devo estar em busca do que perdi*, pensou, e a ideia pareceu iluminar seu retorno àquele lugar. O fez sorrir — *então é a ela que estou procurando?* — quase falou em voz alta e pensou — *bem, é uma razão como outra qualquer.*

Continuaram durante quase um quilômetro. Quando Levin disse que não se lembrava de ter ido tão longe do escritório, pararam e imediatamente ouviram uma motosserra começando a funcionar perto. Desceram, encontraram uma trilha estreita entre as moitas, e, depois de uma breve caminhada, toparam com quatro homens cortando um pinheiro derrubado, com uma pilha de galhos numa clareira próxima. Ao ver os estranhos, os homens pararam imediatamente, esperando que os *blancs* falassem. Eram todos jovens, com seus vinte anos, a não ser por um homem curvado, velho, de cabelo grisalho com sobretudo esfarrapado, com um facão pendurado numa mão e um pau à guisa de bengala na outra. Estava recuperando o fôlego. Peter foi na direção dele e depois de um toque no boné, numa saudação bastante formal e calada, perguntou se estavam trabalhando na área havia muito tempo. O homem disse que sim, a vida inteira. Os outros homens observavam, alertas como invasores.

"Havia um *blanc* que vivia aqui, naquele bangalô com a mulher e dois filhos, tinha uma máquina que fazia terebintina. Já ouviu falar dele?"

"Eu trabalhava para ele", disse o velho, "quando era moço."

"E a máquina ainda existe?"

"Fica para lá", disse o velho, e apontou na direção de onde Peter e Levin tinham vindo.

Com o velho, cujo nome era Octavus, sentado entre eles, rodaram pela estrada pavimentada. Ele segurava o facão entre as pernas, com a ponta para baixo. Tinha olhos minúsculos, num rosto achatado, e seu cheiro desagradável de velho encheu a cabine. "Ele tem cheiro de ferro-velho, se isso cheirasse", Peter disse para Levin. Para Octavus, perguntou em crioulo: "Papá, estamos chegando mais perto ou mais longe?".

"*Près, près*", disse o velho, apontando adiante.

"*Près* pode ser três quilômetros", disse Peter. Nesse instante, o velho espetou o dedo para o mato e crocitou: "*V'la, v'la*", rindo como se estivessem no meio de um jogo.

Rígido como era, Octavus teve de deslizar pelo banco e descer ao chão como uma tábua. Peter segurou o braço dele ao se deslocar instável pelas moitas, separando-as com o facão e endireitando o corpo para proteger o rosto. Ele avançava como se estivesse separando o mar, Levin pensou. As trepadeiras espinhosas enganchavam em suas calças e camisas como se defendessem o espaço. Levin, seguindo atrás, sentia falta de ar e se lembrou da altitude ali, ou seria o seu tão esperado ataque do coração? Seu ligeiro esforço para respirar o fez lembrar-se do nariz quebrado de Jimmy P. e como ele roncava igual a um boxeador sempre que fazia esforço, a imagem lembrando a ele que Jimmy devia ter morrido uns vinte e cinco anos antes. E o que aconteceu com a abjeta fé de Jimmy nos russos, na virtude inata da classe trabalhadora e no inevitável desenrolar da história em benevolente socialismo? Crença assim profunda quase merecia ter dimensão e peso suficientes para ser enterrada; um feriado nacional seria bom, talvez, em que as pessoas fossem visitar as convicções mortas. Engraçado como era mais fácil de aceitar o desaparecimento de Jimmy da Terra do que o de sua paixão e toda mistura de amor e vingança que havia nela. O que pode ser mais desanimador do que a perda da devoção que deixa atrás de si os passos desaparecidos das pessoas que desencaminhou? Ou existiria alguma outra razão para todo o esforço?, pensou.

Saíram para uma clareira cheia de tocos e ervas daninhas. O velho parou com Peter ainda segurando seu braço, preparado para ampará-lo se tropeçasse, e apontou à direita uma pequena elevação com uma densa massa de espinheiros na base. Os três homens se aproximaram e espiaram através do espinheiro. Quando seus olhos se acostumaram à penumbra do emaranhado, viram, bem lá no fundo, um objeto alto e escuro, um tubo preto de quase dois metros de largura e talvez uns quatro e meio de altura. A coisa estava em ângulo, de forma que o topo ficava acima da elevação, como se estivesse apoiada nela, exausta.

"Minha nossa", Peter sussurrou. "Ele fez mesmo." E então riu diante do absurdo, mas seus olhos estavam sérios.

"Incrível, não é?", Levin disse, contente agora de Peter sentir alguma excitação para compensar as dificuldades da viagem e aliviado também de a coisa ser real. "Ele trouxe isso desde o porto!" Riu, e em sua alegria não conseguiu deixar de confessar a Peter: "Sabe, eu já estava achando que não tinha certeza de haver sonhado a coisa toda, como se tivesse inventado uma obsessão qualquer. Estou aliviado, embora ainda não entenda".

"Bom, o senhor tinha de ver para crer. Eu tenho de ver mais de perto", disse Peter. Pegou emprestado o facão de Octavus e atacou a barreira de trepadeiras. Levin ajudou, removendo as trepadeiras cortadas. "É como um esconderijo de leopardo", disse, respirando pesado. "Uma vez, vimos um na África, minha mulher e eu. Leopardos são muitos reservados, vivem no meio de arbustos de espinheiros, muito parecidos com estes." Quando arrancaram um denso eucalipto, o tanque principal estava protegido do sol por uma falange de tanques menores conectados por canos. Alguns canos que se conectavam a outros tanques tinham sido amputados e terminavam no ar. O aparelho todo pairava sobre eles como um deus de braços de cobra, Levin pensou, uma presença, uma intenção muda pedindo para ser lida. E era muito mais grandioso do que parecera de início, talvez seis metros de altura por dois e meio ou três de largura.

"Meu Deus!", Peter exalou, "ele queria *mesmo* fazer a coisa, arrastar tudo isso aqui para cima!"

"Eu adoraria saber se ele algum dia acendeu o engenho", Levin disse.

Peter virou para Octavus e perguntou em crioulo se haviam operado o engenho. O velho suspirou e sentou-se num toco. Peter sentou no chão num ligeiro declive e traduziu o que ele dizia. Levin se acocorou e despencou no chão. A voz do velho era áspera e rouca.

Mister Douglas tinha acendido o fogo e Octavus e mais três outros sangraram as árvores, e ele lembrava de Vincent, o jamaicano que supervisionou o processo um único dia e nunca mais voltou. Fizeram terebintina, que era como um milagre saindo dos pinheiros, e da primeira leva todo mundo ganhou um litro para guardar, e barris cheios eram levados de caminhão para o porto. Então gente doente começou a aparecer, mas não tinha nada para pagar a terebintina, então Mister Douglas dava uma ou duas xícaras para alguns, para curar problemas de barriga, de pele, para feridas na boca e para bebês, até que por fim em alguns dias havia multidões esperando uma cura para suas doenças. Douglas chegava a examinar as pessoas, como um médico, e sua esposa era como uma enfermeira. "Algumas pessoas pagavam com um pedaço de carne de carneiro e feijão, mas ele precisava de mais dinheiro para funcionar, eu percebi", disse Octavus, "porque minha família sempre teve loja e eu sei como é o negócio. Então o Mister Douglas foi até o banco do porto e mandaram gente para ver a coisa, mas disseram que não era o tipo certo de pinheiro e que não iam dar nada para ele."

"Nós trabalhamos uns cinco ou seis meses", Octavus continuou, "até que uma manhã, quando a gente começou a trabalhar, ele veio e disse para parar porque não tinha mais dinheiro para pagar a gente. Todo mundo sentou e discutiu a situação, mas não tinha nada que ninguém pudesse fazer então nós fomos embora e nunca mais voltamos. Mas minha casa é aqui perto, então a cada poucos dias eu dava uma passada só para olhar e ver se talvez ele ia começar de novo, e uma manhã encontrei com ele curvado para o chão na frente do tanque principal como se estivesse rezando, mas ele não se mexeu e toquei nele, ele olhou para mim e a cara dele era só osso. A mulher, tenho de contar, o braço dela inchou, ela voltou para os Estados Unidos para operar, levou as crianças e nunca mais a gente soube dela. Mas Douglas segurou minha mão e ficamos um tempão sentados juntos no chão. Ele falava crioulo muito bem, eu lembro direitinho. Disse que estava morrendo agora e me agradeceu pelo meu trabalho — eu nunca tinha afrouxado no trabalho e era responsável pelos outros, sabe? E ele disse que eu devia ser o dono agora e me deu um papel que tirou do bolso da camisa que eu não consegui ler porque estava em inglês. Mas o padre sabia ler e disse que era eu que herdava. Mas onde que eu ia arrumar o dinheiro para pagar os trabalhadores? Então o engenho acabou."

"Foi essa a última vez que esteve com ele?", Peter perguntou.

"Não, depois de um tempo eu fui na casa dele ver como ele estava passando agora que sabia o quanto ele estava doente, e sozinho lá com uma das velhas dando leite de cabra para ele e tal. Ele ficou contente de me ver, segurou minha mão e aí escreveu umas palavras num papel e deu para mim. Eu guardei sempre porque nunca mais vi ele vivo."

Ele procurou embaixo do braço um saco de couro surrado e tirou um pedaço de papel amarelado com o nome de Douglas elegantemente gravado no alto. Peter leu e entregou para Levin. *Se a ideia é morrer, deixe morrer, mas se conseguir continuar, continue e com certeza vai melhorar de vida um dia.* Estava assinado: *Douglas Brown.*

Peter olhou intensamente o velho e perguntou: "Que ideia era essa?". Levin percebeu o tom de ansiedade na voz de Peter.

A cabeça do velho era quadrada como um bloco; ele devia ter sido muito forte um dia. Sacudiu a cabeça gravemente e disse: "Não sei. Nunca entendi. Os tanques...".

Ele se calou, virou-se para os tanques, olhou para eles um longo tempo, tentando, ao que parecia, trazer algo à superfície. Levin achou que para ele tudo devia ser como um sonho depois de tantos anos. O velho parecia a ponto de falar, mas desistiu, sacudiu a cabeça, os olhinhos piscando, e Levin pensou: *E agora vai tudo deslizar para o esquecimento, toda aquela vida e todo aquele cuidado, toda aquela esperança, por incoerente que fosse.*

Ao voltarem para a estrada, Levin viu um parafuso brilhante caído na relva. Pegou e pôs no bolso, imaginando qual metal poderia conservar o brilho depois de tantos anos. Já dentro da caminhonete, Levin viu que o velho estava comovido e parecia satisfeito. "Ele parece mais feliz agora", disse.

"Bom, ele passou a história adiante", disse Peter.


Sacudindo e pulando em suas molas impiedosas, o land rover desceu pela montanha devastada, o diesel guinchando contra as irregularidades da estrada praticamente desaparecida. Olhando pela janela, Levin disse: "Realmente destruíram toda a paisagem. Jamais acreditaria que fosse possível. E havia uma estrada bem boa lá em cima, sabe?".

Peter apenas concordou com a cabeça. Seus silêncios, Levin entendeu então, eram uma espécie de luto por algo muito maior que sua própria vida; o país inteiro estava cercado por uma ambição sufocante, inexprimível diante da desesperança de poder mudar qualquer coisa. No silêncio entre eles, Levin lembrou mais uma vez que a última descida, tanto tempo atrás, o havia levado de volta com Vincent, o falecido Vincent agora, à casa da sra. Pat e a Adele a quem contara toda a aventura daquela noite, e até como haviam redescoberto seus corpos naquela noite, aos vastos raios de luar que penetravam no quarto do hotel, e ficou mais uma vez inconcebível ela não existir mais, não ser encontrada em parte alguma. Eles eram dois gigantes na cama, quatro pés saindo debaixo das cobertas. Como ele adorava *contar* com o corpo dela, sentindo-se pequeno em cima dela às vezes. Tudo acabado. Circulando de um lado para o outro entre a porta sem forro e o ombro de Peter, a desumanidade de sua solidão o assombrou. Entendeu que Douglas havia enlouquecido pela esperança. Esperança naquela montanha que já então, trinta anos antes, estava sendo despida de sua vida até a pedra morta. Quem era capaz de sentir a qualidade dessa esperança hoje? Ou era uma ilusão? Mas o que não era? Ali em cima ele havia captado um sopro disso outra vez; o desastrado Douglas podia ter tocado algo quase sagrado, ao querer fazer uma vida da avenida Madison significar alguma coisa, sem saber como, a não ser realizando algo tão absurdo. *E talvez por isso sua imagem, depois de tão pouco tempo em sua presença, permaneceu em minha mente*, Levin pensou. Agora, parecia que nunca mais o deixaria, mesmo que ele conseguisse apenas parcialmente captar a conexão consigo mesmo.

Virou-se para Peter que, afinal de contas, ele conhecia desde que era um menino se entupindo de cerejas. "O que você acha disso tudo, Peter?", perguntou.

"Acho do quê?"

"De tudo isso", disse Levin, gesticulando pela janela. "De tudo."

"Conheceu minha mãe em Nova York?"

"Sua mãe? Não, nos conhecemos aqui. Por quê?"

Peter deu de ombros, mas resolveu continuar. "Todo mundo achava que ia encontrar a resposta aqui. A resposta política. O senhor pensava assim?"

"Eu? Está falando de algum tipo de socialismo."

"É."

"Pensei, por algum tempo."

"O que aconteceu com tudo aquilo?"

"Bom, os russos, para começar. Os campos e o atraso, tudo amargurou as pessoas. E a prosperidade americana."

"Então desapareceu tudo."

"Parece que sim."

Rodaram em silêncio algum tempo. Aqui e ali, via-se um homem solitário caminhando no espaço aberto, olhando com surpresa a passagem deles, o rosto coberto de poeira. "Aqui é o fim, sabe?", Peter falou.

Levin sentiu a profundidade da perda dele, embora o tom de Peter fosse seco e controlado. "Acha que vai ficar indefinidamente por aqui ou…?" Ele se calou, percebendo que Peter devia amar o país, por que cutucar a dor de deixá-lo?

"Posso ir para os Estados Unidos, não sei de fato. Minha namorada quer casar, mas eu não sei mesmo."

"Estou curioso, Peter — o que você acha de Douglas?"

"Não sei. Devia ser um idiota total, acho."

"Por quê?"

"Bom, ele podia ter investigado o tipo de pinheiro que tinha aqui antes de ir tão longe. E, nossa, não procurar informação técnica antes. Isso é burrice." Ele pensou um momento. "Mas seria muito difícil trabalhar com essa gente, fizesse o que fizesse."

"Por quê? Qual o problema deles?"

"A cabeça deles está em outra coisa. Eles enxergam coisas que a gente não enxerga. Escutam o que a gente não escuta."

"Você tem amigos haitianos?"

"Ah, claro, cresci aqui. Mas a maioria acaba fodendo tudo mais cedo ou mais tarde."

"Mas eles parecem ter uma delicadeza", Levin disse, pensando em Octavus.

"Ah, sim. Alguns." E depois de um momento: "Tem gente muito ruim por aqui agora, e estão armados. Com ajuda da CIA, dizem. Assassinatos o tempo todo".

"O que você vai fazer?"

"Duvido que mexam comigo. Se mexerem, é provavelmente porque querem uma fatia do meu negócio. Eu teria de fechar e ir embora, se ficar demais."

Estavam passando pelo aglomerado de barracos, os jardinzinhos de novo. Levin revirou a pergunta na cabeça alguns minutos e finalmente disse: "Achei que o jeito como você conseguiu fazer aquele táxi funcionar outra vez foi incrível, Peter".

"Só amarrei a mola de volta, só isso."

"Tenho de confessar que fiquei surpreso de você parar e fazer aquilo por eles."

Peter pareceu não gostar da direção que a conversa estava tomando e franziu a testa: "Eu conheço aquele cara".

"O motorista?"

"Hã-hã."

"Parecia que não pelo jeito de falar com ele."

"Ele é burro. Não devia nem estar dirigindo. Ele jamais conseguiria fazer o carro andar, não sabia nem onde colocar o macaco. Estava tentando erguer o carro em vez da mola, exatamente o contrário do que devia fazer. É um idiota. Trabalhou um pouco para mim até eu ter de mandar embora."

"Sei", disse Levin. Então Peter não havia se comovido tanto por alguma compaixão desinteressada ou algum tipo de nobreza, mas sim por uma espécie de elegante impaciência com o motorista burro e por um orgulho na própria habilidade de fazer o conserto? Então o resgate não era um ato tão nobre quanto ele havia imaginado? A menos que cavaleiros também tivessem egos a massagear. Tudo o que Levin sabia com certeza era que ele próprio provavelmente não teria parado mesmo que soubesse consertar a mola do táxi. Seria por não ter o amor de Peter por aquela gente? Ou seria desprovido do desejo de ser senhor de qualquer um?

Sorriu para si mesmo, pensando: *Mas se houvesse um piano lá naquele descampado, adoraria sentar e tocar para eles enquanto o motorista fazia seu serviço malfeito e as pessoas morriam de fome e sede esperando aparecer alguém para salvá-las. Chacun à son ego.* Mas então pensou de novo no engenho, no tamanho do grande tanque principal e no trabalho que devia ter dado arrastar tudo aquilo do porto, através da floresta, mais a solda e seu gerador, e depois o louco pedido de Douglas a Vincent, seus óculos rachados e sujos, tortos sobre o nariz e seu brado: "Este país está *morrendo*, Vincent!".

Peter o deixou no hotel dizendo que viria buscá-lo para jantar essa noite, claramente satisfeito por ter companhia nova. Levin acenou um adeus e subiu para seu quarto. Depois de uma ducha, deitou nu na cama, talvez a mesma que ocupara com Adele. Uma buzina de carro penetrou a veneziana, que ele lembrou que Adele havia admirado, e então soou uma voz na rua em trinada linguagem de bebê, depois o ronco de uma motocicleta. Ele pensou de novo no tanque e como parecia estar em boas condições, só um pouquinho enferrujado nas soldas. Poderia durar mil anos lá. Em certo sentido era como uma espécie de obra de arte que transcendia a miudeza de seu realizador, até mesmo seu egoísmo e tolice. Ficou contente de ter voltado. Não que isso significasse alguma coisa, mas havia inadvertidamente prestado algum tipo de homenagem à inspiração de Douglas, uma ideia que ele sentia agora ter desaparecido do mundo, ao menos do mundo que ele conhecia. Amava Douglas e desejava poder ter sido tão descuidado consigo mesmo. Sentia vontade de tocar Schubert com Adele. Estava adormecendo. Talvez houvesse um piano no hotel que ele poderia imaginar tocar com ela a seu lado, tinha de perguntar ao porteiro. Sentiu o cheiro dela. Estranho ela nunca ter visto o tanque.

# Presença

Ele acorda às quinze para as seis, sol no rosto, ainda tenso pela crítica de não fazer o suficiente pelas mulheres, enfia o short de caminhada e as sandálias com um olhar para o braço dela exposto, e sedento pela névoa da manhã sai para o frio, caminha na direção da rua da praia nos redemoinhos de neblina, grato até mesmo pelo sol mortiço, por seu toque descomplicado de calor nas costas. A fileira de casas de praia adormecidas e seus carros sonolentos ao lado da rua, as sandálias chiando, ele procura o caminho público que desce para a praia e por fim o encontra ao lado da última casa da fileira. No alto do caminho, antes de descer, faz uma pausa para a primeira visão do oceano precioso, sua água natal sagrada de tanto tempo atrás na infância, quando o mar o amava e assustava, borbulhante, espumante e branco em cima, escuro embaixo com coisas vivas em sua sagrada profundidade. Uma vez, tinha quase se afogado, aos seis, sete anos. Mais um passo agora, desce para as pranchas inclinadas, desbotadas, cinzentas e ao atravessar a grama, ao lado dele, de repente, um corpo branco, um homem com sua camiseta preta visto do seu posto privilegiado ao alto, trepando. Ele se detém para olhar. Lento para a frente e para trás, um corpo jovem, firme e bronzeado, de joelhos em duro controle, mas a mulher agachada quase escondida atrás de uma elevação de areia e grama. Sem tomar a decisão, ele se vê voltando caminho acima e para idiotamente junto à rua. Não há outro caminho para a praia, vai ter de esperar. Desfila com suas sandálias frouxas diante das casas de praia, não realmente muito surpreso por não ter ficado excitado. Talvez porque haja algo mudo e controlado, e portanto remoto, nesse fazer amor, ou talvez seja sua própria repressão. De qualquer modo, deixa-o meramente com a restrição da cortesia. Logo superada por ressentimento por ser impedido de entrar na praia; que ideia, fazer aquilo a três metros de um caminho público! Por outro lado, não podiam esperar que viesse ninguém a essa hora. Mesmo assim, porém, alguém viria. Certo de que devem ter terminado, ele volta ao caminho e começa a descer outra vez, consegue produzir uma tosse de alerta, certo de que devem estar deitados lado a lado, provavelmente cobertos com um pano. No alto da duna, ele para, vê o homem abaixo dele ainda trepando, mas um pouco mais depressa agora, absolutamente exigente, dominador, um Pan trepando com a própria terra pelo que se pode ver. Um toque de algo semelhante a medo agora, diante daquela visão, algo santificado por tal poder, a troca primordial de dominação por submissão. O homem agora em movimentos mais rápidos, mais longos, silenciosamente controlados. Ele virou, a mente confusa, e voltou para a rua, antes de um iminente clamor, temeroso disso agora, não querendo testemunhar seu trovão absurdamente sagrado, como se assistir tornaria aquilo obsceno, talvez, ou havia ali algum desafio do qual ele preferia declinar.

    Mais um passeio, mais longo dessa vez, quase um quarteirão inteiro até a casa onde ele e sua mulher eram hóspedes, e finalmente voltando numa última tentativa de entrar na praia, subiu a duna e desceu. A neblina dera lugar a um céu de puro azul atlântico. Ao lado do caminho, jazia a forma do homem, enterrado como uma larva em seu saco de dormir cáqui, a mulher não mais ali. O oceano rolava suavemente, em paz consigo mesmo, a espuma crespa lavando a suave encosta bege de areia compacta. Ninguém na água virgem, mas então, à direita, uma mulher de short preto e camiseta branca, parada com água pelos tornozelos nas ondas que recuam, curvando-se para mergulhar as mãos abertas nas bolhas agitadas. De longe, ele não conseguia dizer como ela era, a não ser pelas coxas, cheias, bonitas, mas o cabelo parecia estar arrepiado em nós duros, verticais. Ele observou enquanto ela olhava o mar, viu quando subia a inclinação até a areia macia. Ela o viu, mas não deteve o olhar e voltou para sua duna, estendeu um cobertor e sentou-se ao lado do homem escondido, encolhido de lado. Um espaço de cerca de meio metro separava os dois. Ela se virou para olhar a forma de pupa a seu lado. Depois olhou o mar outra vez. Enxugou as mãos no cobertor, pareceu suspirar e deitou com os joelhos levantados. Mais alguns momentos e virou-se de lado, de costas para o saco de dormir.

Ele caminhou até a beira do mar, e se deu conta de que aquele sibilante sugar e empurrar era o som que tinha ouvido durante todo o episódio. Sem nenhum plano, vagou pela beira da água, afastando-se do casal. A pureza meditativa das profundezas do oceano o comoveu; nada na vida era tão cheio de sentimento, tão sábio e enganadoramente agradável com seus toques tranquilizantes, enquanto o temperamento assassino acumulava raiva. Fome de café da manhã; ao começar a voltar pelo caminho até a rua, deteve-se depois de alguns passos pela visão dos dois deitados ali a uns trinta metros, o casulo da pupa e a mulher encolhida de costas para ele, e sentou-se na areia para olhar. Por que ele achava, perguntou a si mesmo, que ela devia estar se sentindo abandonada e infeliz agora? Por que o cara não podia ser mais que um garanhão com o qual ela não queria mais nada? Talvez ela o tivesse caçado, derrubado, e agora jazia ali, vitoriosa, descansando antes da próxima conquista. Mudos como macacos, ele pensou. Dois numa gaiola com seu silêncio e saciedade. E o sol, as ondas do mar são o giro da terra tornado visível. A mulher jovem se sentou, o homem continuou inerte em sua mortalha, tendo feito o que podia ser feito com seu escárnio anterior à morte. Ela olhava o mar, o trecho de praia ainda absolutamente vazio. Deviam ter passado a noite ali. Podia ser a segunda trepada. Ela se virou devagar e olhou para ele através da luz. Ele baixou o olhar, diferente, por alguma razão tocado pela culpa de ela o descobrir ali, então resolveu devolver o olhar. Ela se pôs de pé e veio andando em sua direção. Ao se aproximar, ele viu o redondo dos quadris e o vigor dos seios. Ela era baixa. Quando chegou mais perto, ele viu que o cabelo rigidamente pixaim que havia visto era apenas uma ilusão produzida de alguma forma pela névoa e pelo sol; tinha na verdade cabelo castanho pesado, curto, na altura da nuca, faces cheias e olhos castanho-escuros. Um bico de viúva e brincos alaranjados de coral do tamanho de uma moeda de meio dólar. Um *band-aid* no polegar esquerdo; talvez ela passasse muito tempo na praia com suas garrafas quebradas e madeira lascada. Ela parou junto dele, sentado de pernas cruzadas.

"Sabe que horas são?"
"Não, mas deve ser por volta de seis e meia."
"Obrigada."
Ela olhou, cheia de indecisão, o mar atrás dele. "Você tem casa aqui?"
"Não, estou passando o fim de semana."
"Ah." Balançou a cabeça várias vezes, como um filósofo, mas, pretensioso ou não, ele começou a sentir que ela o encai-

xava em sua visão das coisas, fosse qual fosse. Ela parecia aceitar como inevitável ele estar sentado ali, única pessoa na praia além de seu amante e dela mesma. Ficou parada à vontade, apertando uma ponta solta do *band-aid* na pele. Depois, virou-se do dedo para ele, a cabeça inclinada para inspecioná-lo, absorvendo-o, um sorriso macio e solto expandindo sua boca como se esperasse que ele admitisse alguma coisa. Ele sentiu que estava ficando vermelho. Então ela suspirou tranquilamente e olhou para a água outra vez, o queixo erguido emprestando-lhe certa nobreza. Ele admitiu o absurdo de sua ideia agora que ela é que se encarregava da praia.

Alguma coisa acontecera. Perdido, ele se deu conta, com medo e infelicidade, de que tinha estabelecido um vínculo, não estava sozinho e resolveu não falar de novo a menos que tivesse um objetivo. Trinta anos atrás, ele fizera amor naquela praia. Havia menos casas então. Podia ter sido na relva da mesma duna, embora a duna em que ele se lembrava de ter transado fosse maior. Ela estava morta, agora, um esqueleto a essa altura, ele supunha. Mas não haviam se amado em absoluto silêncio. E tinha sido no escuro, e ele se lembrava da trilha da lua brilhando na água como uma estrada, sua luz continuando no cabelo preto dela.

Ela não ia falar? Ele tentou parecer divertido, mas sentiu uma mistura de medo ao olhar para ela. Um olhar rápido revelou que o saco não havia se mexido, como se seu parceiro tivesse partido para outro mundo. Mas ela não estava com sono. Podia estar ainda pulsando. Pensamentos passaram pela tela de sua testa, pelos olhos baixos. Do ângulo em que ele estava suas pernas eram como pilares subindo da areia.

"Você espiou a gente."

Ele perdeu a respiração, mas apegou-se ao seu direito. "Não fazia ideia que vocês estavam ali…"

"Eu sei, vi você."

"É mesmo? Não vi você. Estava escondida pela grama."

"Mas eu vi, sim. Nós estávamos ótimos?"

"Ótimos."

Ela se virou e olhou na direção do saco, sacudiu a cabeça como se maravilhada com alguma coisa. Mas sentando na areia, ela olhou por cima do ombro outra vez, aparentemente se certificando de que ele não ia se mexer. Então puxou o tornozelo para debaixo da coxa e, quase na frente dele, ficou em posição de meio lótus, as costas retas. Naquele momento, ela parecia ter um rosto quase oriental, as faces cheias apertando os olhos num olhar estreito. "Você voltou uma vez, não voltou?"

"Bom, achei que tinham terminado."

"Não dava para ver mesmo você, sabe; mas eu sentia que estava ali."

"Como assim?"

"Algumas pessoas têm uma presença."

Sentada em silêncio e olhando para ele, ela parecia estar esperando que alguma coisa combinada acontecesse. Ele não queria falar nem fazer alguma coisa que o embaraçasse ou o fizesse ir embora. Virou-se para o mar por um momento, fingindo relaxar, sem precisarem falar nada porque estavam tão seguros num silêncio comum. Mas ela se levantou com agilidade e entrou longe na água. Ele ficou vermelho com o começo de vergonha de perdê-la, então resolveu ir atrás dela apesar de se lembrar de um belo canivete no bolso, presente de aniversário de sua mulher, que ficaria estragado com a água salgada. Ela deslizou para baixo de uma onda macia. A água estava repelente de fria, mas ele se deixou entrar e nadou ao lado dela. Ficaram parados na água, um na frente do outro, até que ela chegou mais perto e pôs a mão no ombro dele. Ele a puxou pela cintura e sentiu suas pernas se abrirem e enrolarem nele. Uma onda bateu em cima da cabeça deles e os dois tossiram e riram, ela o agarrou pelos quadris, puxou-o para si e o beijou, os lábios frios, depois se soltou e nadou para longe, saiu da água para a praia e continuou até seu amante que não tinha se mexido.

Ele saiu da água, pôs a mão no bolso e tirou o canivete, abriu as quatro lâminas, esfregou-as com os dedos molhados soprando a umidade das partes internas, e sentou-se na areia. Não tinha toalha, mas o sol estava esquentando. O ar fresco em seus pulmões deixava a cabeça leve e ele inclinou-se para trás, olhos fechados, para absorver tudo em relaxamento. Devia haver algo que precisasse fazer. Virou-se, olhou do outro lado da praia e viu que ela olhava para ele, sentada no cobertor, e sustentaram o olhar como as duas pontas de um longo fio de seda. Agora ele ia perdê-la. Dores conhecidas estavam voltando a seu quadril. Esticou-se, deitou de costas com sua pequena vitória por ter tocado o corpo dela e, de alguma forma, o seu espírito, e fechou os olhos. Surpreendentemente, os dedos do sono começaram a se infiltrar atrás de seus olhos fechados; um mergulho no mar às vezes o deixava tão relaxado como depois do sexo, e ele sentiu que podia cochilar se quisesse. Uma paisagem de sonho começou a se formar, mas o sol estava esquentando depressa e ele iria se queimar, então sentou-se e, pondo-se de pé, olhou outra vez a praia na direção da duna protetora e seu coração gelou. Tinham ido embora. O choque o pegou no estômago, ameaçou produzir vômito. Como era possível, tão depressa? Teriam de dobrar o cobertor e o saco de dormir do homem, recolher algumas outras coisas que havia em torno. Ele correu até a duna, mas não havia nada, e a areia era solta demais para conservar pegadas. Um nódulo de medo inchou em seu peito, ele olhou em todas as direções, mas só havia o mar e a praia vazia. Correu pelo caminho de tábuas, esperando chegar à rua antes que desaparecessem, parou ao ver uma camiseta branca suspensa em pontas de grama. Abaixou-se e pegou-a sentindo um ligeiro calor corporal ainda no algodão. Ou teria sido esquecida por amantes anteriores e só estava quente agora por causa do sol? Um medo de ter atravessado algum limiar protetor para a perda absoluta. Mas no mesmo instante escuro, fluía dentro dele uma tremenda alegria que não era mais ligada a nada. Ele subiu o caminho até a rua, virou na direção da casa onde estava hospedado. Que estranho, pensou, que fosse tão pouco importante se eles tinham ou não estado ali de verdade, se o que ele havia visto o deixava tão feliz?

ESTA OBRA FOI COMPOSTA POR OSMANE GARCIA FILHO EM ELECTRA E
IMPRESSA PELA RR DONNELLEY EM OFSETE SOBRE PAPEL PÓLEN SOFT
DA SUZANO PAPEL E CELULOSE PARA A EDITORA SCHWARCZ
EM JANEIRO DE 2015